初代静岡県知事

関口隆吉の一生

三戸岡道夫　堀内永人

静岡新聞社

初代静岡県知事　関口隆吉の一生――目次

第一章　志の大きい青春時代

第二章　徳川慶喜の側近へ

第三章　明治新政府時代

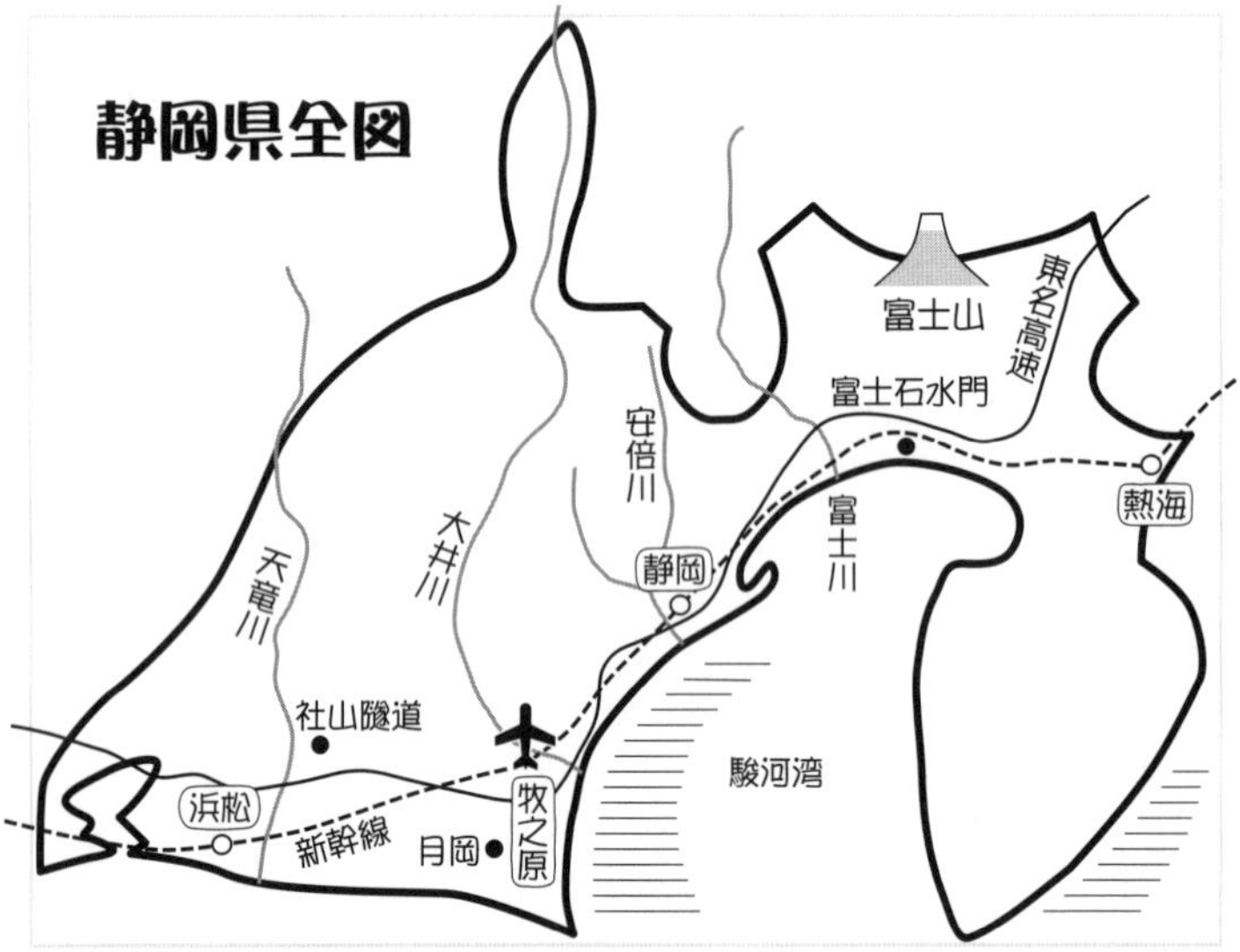
静岡県全図
富士山
東名高速
富士石水門
安倍川
熱海
大井川
天竜川
静岡
富士川
社山隧道
駿河湾
浜松
牧之原
新幹線
月岡

第一章　志の大きい青春時代

(一) 幼少の頃

明治新政府がスタートすると、明治四年(一八七一)に廃藩置県《はいはんちけん》が行われ、静岡県が誕生した。その初代知事として明治十七年(一八八四)に赴任したのが関口隆吉《せきぐちたかよし》である。その人格は高潔《こうけつ》にして胆力《たんりょく》あり、その仁《じん》の精神に徹《てっ》した偉大な政治は、まさに政治家の鑑《かがみ》というべきである。

静岡県が今日の繁栄のあるのは、初代の関口隆吉県知事から現在の石川嘉延《いしかわよしのぶ》県知事に至るまで、このように偉大な知事に歴代恵《れきだいめぐ》まれたからであり、静岡県民の誇《ほこ》りであり、幸せといわねばならない。

関口隆吉は、天保《てんぽう》七年(一八三六)九月十七日に江戸《えど》で生まれた。

父は関口隆船《たかふね》
母は琴《きん》
であり、隆吉はその次男である。
父の関口隆船は、遠州国城東郡佐倉村《きとうぐんさくらむら》（現静岡県御前崎市《おまえざきし》佐倉）の池宮神社の大宮司《だいぐうじ》である佐倉豊麿《さくらとよまろ》の第十三子であった。隆船は、微禄《びろく》（二百石）ではあるが幕臣《ばくしん》である関口家の養子となり、その娘の琴と結婚した。隆船は幕府の御持弓与力《おんもちゆみよりき》（将軍親衛隊《しょうぐんしんえいたい》）を勤め、江戸本所相生《ほんじょあいおい》町《ちょう》に居を構えた。その本所相生町で隆吉は生まれたのである。
隆吉が生まれた天保七年といえば、時の天皇《てんのう》は仁孝《にんこう》天皇、徳川《とくがわ》将軍は十一代家斉《いえなり》の晩年《ばんねん》で、大飢饉《だいききん》が続く奥州では餓死者《がししゃ》が十万人を越えるという、いわゆる天保の大飢饉の年であった。
そして関東では、二宮尊徳《にのみやそんとく》（金次郎）が初夏に初茄子《はつなす》を食べて、《秋茄子の味がする》と冷害《れいがい》による大凶作《だいきょうさく》を察知し、急いで村人に、冷害に強い稗《ひえ》や粟《あわ》を植えさせて、餓死者を一人も出さなかったなど、農民救済《のうみんきゅうさい》、農村復興《のうそんふっこう》に活躍していた頃であった。
もちろんこの時の関口隆吉は、まだ生まれたばかりであるから、このような惨状《さんじょう》を知っていたわけではない。しかし物心のつく頃から、その辺のことは父母から聞かされ、幼い胸に強烈な印象として残り、生涯《しょうがい》わすれることのできないものになっていたと思われる。

隆吉が三歳のとき、父の隆船は与力に任ぜられ、本所相生町から牛込赤城町《あかぎちょう》へと移った。

隆吉は身体が小さかったが、頭がよく、「穎悟《えいご》の子」（才知《さいち》が優《すぐ》れ悟《さと》りが早い）として評判が高かった。だから五、六歳の頃から近所の子供たちと遊ぶときは、いつも大将となり、高い所に登って指揮号令《しきごうれい》を掛けたが、年上の子供たちも隆吉には一目《いちもく》おいて、すすんでその指揮に従った。それで町の人々も、

（あの子は身体は小さいが、まさに人の上に立つ気品《きひん》を備えている）

と褒めたという話が伝わっている。

父はこの頃から隆吉に、書を読み、字を習うことを命じた。

そこで隆吉は、赤城町の同心《どうしん》（幕府《ばくふ》役人）の松島故山《まつしまこざん》という大橋流の書家について書道を学び、また幕府の儒官《じゅかん》（幕府学問所《がくもんじょ》の儒学《じゅがく》の教官）の木村金平について、四書五経《ししょごきょう》（儒学の重要な学問）を学んだ。

これは隆吉が成人してから、一般の志士《しし》と違い早くから農政《のうせい》問題にも深い関心を持っていたこと、旧士族《きゅうしぞく》の救済のために牧之原茶園開拓《まきのはらちゃえんかいたく》に全力を挙《あ》げたこと、洋学の輸入によって江戸時代の貴重《きちょう》な農学書などが惜《お》しげもなく捨てられるのをみて、これらを集めて保存し、久能文庫《くのうぶんこ》（現葵《あおい》文庫）を作ったことなど、いずれも幼少年時代に聞かされた天保の飢饉の話が、原因《もと》となっていると思われる。

（二）元服、仕官、学習、練武

嘉永《かえい》元年（一八四八）の春、十三歳になった隆吉《たかよし》は、斉藤弥九郎《さいとうやくろう》の練兵館《れんぺいかん》道場に入って修業《しゅぎょう》した。嘉永元年は、信州松代藩士《まつしろはんし》佐久間《さくま》象山《しょうざん》が、日本で初めて洋式野戦砲《やせんほう》を鋳造《ちゅうぞう》した年である。

隆吉は、この練兵館道場で神道無念流《しんとうむねんりゅう》という剣道を学ぶとともに、斉藤弥九郎の思想《しそう》の影響《えいきょう》をも強く受けた。

斉藤弥九郎は単なる剣《けん》の達人《たつじん》だけではなく、その人格《じんかく》は高潔《こうけつ》で、思想は時代を超越《ちょうえつ》した憂国《ゆうこく》の士であった。そのために練兵館には、当時の一級の名士が数多く出入りして、国家の将来《しょうらい》を論《ろん》じあっていた。

この頃練兵館道場では、隆吉より三つ年上の長州《ちょうしゅう》藩士桂《かつら》小五郎《こごろう》（後の明治の元勲《げんくん》木戸《きど》孝允《たかよし》）が塾頭《じゅくとう》をつとめ、隆吉と桂小五郎は、ともに激《はげ》しい修業を競《きそ》いあった仲だった。隆吉が剣と学問を学びながら、これらの俊傑《しゅんけつ》の士に接したのは、隆吉の将来の生き方を大きく決定したといえよう。

これらの俊傑のうちで特に傑出《けっしゅつ》していたのは、水戸藩《みとはん》の藤田東湖《ふじたとうこ》であった。その東湖がある

日隆吉へ、水戸の大学者である会沢正志斎《あいざわせいしさい》の書いた『新論《しんろん》』という一冊の書を与えて、

「この本をよく読んで身につけたならば、将来必ず国家の役に立つ人物になれる。しっかり勉強せよ」

と励《はげ》ましてくれた。隆吉は感謝して『新論』を一心に勉強した。

『新論』は、わが日本の国の歴史が偉大であることや、近世における欧米諸国《おうべいしょこく》の東洋侵略《とうようしんりゃく》の脅威《きょうい》などを説明して、日本人の覚悟《かくご》をのべたもので、文政八年（一八二五）に水戸藩主に献上《けんじょう》したものであるが、その論旨《ろんし》が過激《かげき》なので、公開が禁止になっていた書であった（『新論』は、これから少し後、安政《あんせい》の頃になると許されて公刊《こうかん》され、幕末《ばくまつ》の志士《しし》たちに重大な影響を与え尊皇攘夷論《そんのうじょういろん》の源流《げんりゅう》になった書である）。

またこの頃は、斉藤弥九郎の招きで、讃岐《さぬき》の儒官《じゅかん》の赤井東海《あかいとうかい》が練兵館に来て、儒学《じゅがく》を講義《こうぎ》したが、これも隆吉の生涯《しょうがい》に大きな影響を与えている。師の弥九郎も、父の隆船《たかふね》も、ともに隆吉の熱心な勉強ぶりをみて、大いに隆吉の将来を嘱望《しょくぼう》した。

嘉永三年（一八五〇）二月十五日、十五歳になった隆吉は元服《げんぷく》（成人式）した。この元服式には、佐久間庄司（佐久間象山とは別人）が烏帽子親《えぼしおや》となった。佐久間は父隆船の親友であり、家相学《かそうがく》の大家であった。したがって父の隆船も家相学にくわしかった。

元服した翌年、嘉永四年（一八五一）の春、十六歳の隆吉は、御持弓与力見習《おんもちゆみよりきみならい》に任ぜられた。

しかし、御持弓組頭《くみがしら》である男が私腹《しふく》を肥《こ》やすことばかりしているのに立腹《りっぷく》して、間もなく隆吉は与力見習を辞任してしまった。隆吉の性格の潔癖《けっぺき》さがよく現れた事件といえよう。

この年には、ジョン万次郎こと中浜万次郎らが、アメリカ船で送られて帰国している。

さらに翌年、すなわち嘉永五年（一八五二）隆吉が十七歳のときに、父隆船が隠居《いんきょ》したので、隆吉が家督《かとく》を相続した。そのため父の後任として、御持弓与力に任ぜられた。この時から隆吉は少年から一人前の武士へと脱皮《だっぴ》し、人生の覚悟を新たにしたのである。

翌年の嘉永六年（一八五三）、動天驚地《どうてんきょうち》ともいうべき大事件が起こった。

まず、六月三日、アメリカ東インド艦隊司令長官《かんたいしれいちょうかん》のペリー提督《ていとく》が、軍艦《ぐんかん》四隻《せき》を率《ひき》いて浦賀《うらが》に入港し、さらにロシアの使節《しせつ》プチャーチン提督が長崎に入港し、ともに幕府《ばくふ》に対して開港通《かいこうつう》商《しょう》を強引《ごういん》に求めてきたのである。隆吉が十八歳のときである。

徳川三百年にわたり鎖国政策《さこくせいさく》をとってきた日本は狼狽《ろうばい》するばかりで、大騒《おおさわ》ぎとなった。

太平の眠りをさます上喜撰《じょうきせん》（蒸気船《じょうきせん》）
　たった四杯で夜もねむれず

と、上喜撰という名の銘茶《めいちゃ》と、外国の蒸気で走る船、蒸気船とをかけた狂歌《きょうか》が生まれたのもこの時であった。

こういう現状をみた青年士官である関口隆吉は、万一の場合に備えて戦争の用意をしなければならないと考えた。そこで兵法《へいほう》、武家故実《ぶけこじつ》（武家の昔の儀式《ぎしき》・法制《ほうせい》・慣習《かんしゅう》）などの戦略戦《せんりゃくせん》術《じゅつ》に関するものや、馬術《ばじゅつ》、弓術《きゅうじゅつ》、砲術《ほうじゅつ》、遊泳術《ゆうえいじゅつ》などを、専門の師について勉強した（後日、隆吉が作った久能文庫《くのうぶんこ》に兵法の本が多いのは、隆吉が軍事学《ぐんじがく》への関心が高かったことを証明するものだといわれている）。

馬術は　帯金弥四郎《おびかねやしろう》に、
弓術は　安富小膳《やすとみしょうぜん》に、
泳法は　山田豊太郎に、
武家故実は　稲生虎太郎《いなおとらたろう》に、
兵法は　吉原守拙《よしはらしゅせつ》に、

とそれぞれ学び、砲術については、伊豆韮山代官・江川太郎左衛門の本などで研究した。江川太郎左衛門は、海防《かいぼう》の必要性を痛感《つうかん》して、伊豆の韮山に大砲《たいほう》鋳造のための反射炉《はんしゃろ》建設に着手《ちゃくしゅ》した人物である。

隆吉が教えを受けたこれらの師のうち、兵法の吉原守拙は、文政二年（一八一九）駿河《するが》松長藩《まつながはん》（現静岡県沼津市松長）の陣屋《じんや》役人《やくにん》である斎藤雪斎《さいとうせっさい》の長男に生まれたが、幼時に父を失い、母とともに伊豆国古奈村《こなむら》（現伊豆の国市古奈）に移住した。志《こころざし》の高い守拙は、十代の半ばに江戸に出て、兵法の第一人者といわれた吉原雅明《まさあき》の門に入り、儒学、兵法を学んで頭角《とうかく》を現した。やがてその才能を師の吉原雅明に認められて養子となり、吉原の姓《せい》となった。関口隆吉はこの吉原守拙の門に入り、兵法を学んだのである。

吉原守拙は維新後、故郷の静岡県三島に帰り、三島における最初の小学校である開心庠舎《かいしんしょうしゃ》（明治五年）の初代校長になるなど、三島地方の教育に貢献《こうけん》し、明治二十九年（一八九六）に死去した。隆吉は後日、静岡県知事になってからも、三島を通過するときは、必ず師弟《してい》の礼を尽《つ》くしたと伝えられている。

歳月は流れて安政五年（一八五八）、隆吉は二十三歳になった。

この頃になると日本はペリーの来航以来《らいこういらい》、アメリカ、ロシア、イギリス、フランスなどとの外交問題に苦しみ、これを打開するためには、優《すぐ》れた人物を将軍《しょうぐん》に据《す》えなければ駄目《だめ》だという意見が起こった。時の将軍は十三代徳川家定《とくがわいえさだ》であったが、新しい将軍の候補としては、徳川斉《なり》昭《あき》の七男である一橋慶喜《ひとつばしよしのぶ》があげられ、慶喜擁立《ようりつ》運動が盛んに行われていた。

しかし、開国派《かいこくは》であり、かつ、慶喜の対抗馬《たいこうば》である紀州藩《きしゅうはん》の徳川慶福《よしとみ》擁立派である井伊直《いいなお》弼《すけ》が大老になると、井伊直弼は、慶喜擁立運動を抑えにかかり、慶喜派である青蓮院宮《しょうれんいんのみや》、近《この》衛忠熙《えただひろ》、徳川斉昭、一橋慶喜、松平慶永《まつだいらよしなが》らを蟄居《ちっきょ》、隠居、謹慎処分《きんしんしょぶん》などにした。また尊皇攘夷派の志士である福井藩士の橋本左内《はしもとさない》なども逮捕投獄《たいほとうごく》した。そのためかえって慶喜擁立運動は激しく燃《も》え上がった。

その慶喜擁立運動の有力な指導者《しどうしゃ》の一人に、大橋訥庵《おおはしとつあん》という尊皇攘夷論者がいた。隆吉はこの大橋訥庵を師として崇敬《すうけい》していたのである。そのため、その家族を含めて親戚《しんせき》付き合いするようになり、ひそかに国事《こくじ》を語り合ったりしていた。

安政五年（一八五八）七月に、井伊直弼が大老に就任した。すでに安政元年に老中《ろうじゅう》阿部《あべ》正弘《まさひろ》の手によって、日米和親条約《わしんじょうやく》が勅許《ちょっきょ》を得ずに締結《ていけつ》されていたが、井伊直弼はさらにそれを前進させて、日米修好通商条約《しゅうこうつうしょう》を安政五年六月十九日に締結した。そして神奈川、長崎、新潟、兵庫を開港したのである。

なおこの年、安政五年（一八五八）七月に、十三代将軍家定が死亡すると、井伊直弼を中心とする南紀派《なんきは》が擁立した紀州家の慶福が、十四代将軍の座に就き、家茂《いえもち》と称した。

その翌年の安政六年（一八五九）には、井伊大老は、横浜、長崎、函館で貿易を開始する一方、将軍継嗣問題《けいしもんだい》に端《たん》を発する一橋派攘夷派を弾圧《だんあつ》した。そのため京都の頼三樹三郎《らいみきさぶろう》や長州の吉田松陰《よしだしょういん》ら多数の志士たちが処刑《しょけい》された。幕末史上《しじょう》、悪名《あくめい》高い安政の大獄《たいごく》が起きたのである。

すると、安政の大獄の命令者である大老井伊直弼への反感《はんかん》が全国的に高まり、隆吉が師として尊敬する大橋訥庵も、一橋慶喜を将軍に擁立せんとして、反慶喜派の巨頭《きょとう》である井伊直弼打倒《だとう》を企《くわだ》てていた。

安政の大獄が行われた後、大橋訥庵は、処刑された志士たちを惜しんで、千住《せんじゅ》の回向院《えこういん》に墓を建てて弔《とむら》った。その時関口隆吉は、墓石《はかいし》の建設資金の調達《ちょうたつ》に奔走《ほんそう》したので、尊皇攘夷派の中心人物である長州の久坂玄瑞《くさかげんずい》や、出羽《でわ》上山《かみのやま》藩士の金子与三郎《かねこよさぶろう》などは、隆吉の志気《しき》に感動《かんどう》してこれを応援した。これも隆吉の義侠心《ぎきょうしん》の現れである。

このとき隆吉は二十五歳で、次第にこれらの志士との交際が深まった。

こうした隆吉の活躍があったため、従来に倍して大橋訥庵、陶庵《とうあん》父子は、隆吉を信頼するようになった。

なおこの年（安政六年）の四月、二十四歳であった隆吉は、武家の儀式などの師である稲生虎太郎の娘と結婚した。しかし、この娘は病弱《びょうじゃく》であったため、不幸《ふこう》にして翌年（万延元年）十一月十七日に、僅《わず》か一年半の結婚生活で死別《しべつ》してしまった。

こうした雰囲気《ふんいき》の中で、安政七年（一八六〇）三月三日、桜田門外《さくらだもんがい》の変《へん》が起き、水戸浪士《ろうし》ら十八名の同志《どうし》によって、井伊直弼は斬《き》られてしまった。隆吉が二十五歳のときであった。

孝明天皇《こうめいてんのう》は、桜田門外の変があった直後の安政七年（一八六〇）三月十八日に、年号を万延《まんえん》元年に変えた。しかし、万延の年号も長続きせず、辛酉革命《しんゆうかくめい》の故事《こじ》（辛酉《かのととり》の年には革命が起きるとする中国古代の説）に従い、万延二年二月十九日から文久《ぶんきゅう》元年（一九六一）に替わった。

その年（文久元年）の十月に皇女《こうじょ》和宮《かずのみや》内親王《ないしんのう》が、公武合体《こうぶがったい》のために十四代将軍家茂と結婚した。

桜田門外の変があってから二年後の文久二年（一八六二）正月十三日に、徳川慶喜擁立派の指導者で、かつ熱烈な尊皇攘夷論者であった大橋訥庵、陶庵父子は、弟子の岡田真吾《おかだしんご》、松本錤太郎《まつもときたろう》の二人が過激な攘夷活動《かつどう》を画策《かくさく》したため、これに連座《れんざ》して謀反《むほん》の罪で、幕府の奉行所《ぶぎょうしょ》に捕らえられてしまった。

そのとき同時に行われた大橋家の家宅捜索《かたくそうさく》によって、さらに数人の関係者が捕らえられたが、関口隆吉は運よく難《なん》を逃《のが》れることができた。

というのは、隆吉は「赤城関口」と書かれた袱紗《ふくさ》に包んだ関口家所有の銘刀《めいとう》（短刀）一振りを、大橋訥庵に貸してあったが、幸運にも捕吏《ほり》に見つからず事無きを得たのであった。

また、大橋訥庵の弟子で、隆吉の同志だった椋木弥助《むくのきやすけ》が書いた幕府高官襲撃計画書《しゅうげきけいかくしょ》「斬奸《ざんかん》趣意書《しゅいしょ》」が大橋家に保管されていた。しかしこの計画書も、当日発売された『唐宋八大家《とうそうはちたいか》読本』という新刊本の間に挟《はさ》んであったため、幸運にも捕吏に見つからずにすんだ。もしこの趣意書が幕吏《ばくり》の手に渡れば、隆吉の投獄は免《まぬが》れなかったであろう。

隆吉は、後年になって酒席《しゅせき》で、よくこのことを語ったが、隆吉はよほど強運《きょううん》の人であったのであろう。

また、このときの奉行所の家宅捜査《そうさ》について隆吉は、次のように話していた。

だいたい家宅捜索というものは、目につく所に置いてある物には目をくれず、隠《かく》してある物に目を付けるものだ。大橋家では家宅捜索のあった日、大橋家秘伝《ひでん》の目《め》薬《ぐすり》を調剤《ちょうざい》していて、その目薬を小瓶《こびん》に入れて目張《めば》りをしておいた。

するると役人がこれに目を付け、さんざん小瓶を眺《なが》めていたあげくに、危険物と勘《かん》違《ちが》いしたのか、

「これなる瓶の中身《なかみ》は、いかなるものか……」

と下女《げじょ》のおせいに聞いた。機転《きてん》のきくこの下女は、

「はい、まことに大切なるもので、私どもはいっさい触《ふ》れたこともございません」

と答えた。すると役人は、おっかなびっくり目張りを取り、瓶の中身をしばらく眺めていたが、瓶の底に溶けていない固形薬品《こけいやくひん》のような塊《かたまり》があるのを見て、高性能《こうせいのう》の爆薬《ばくやく》と思ったのか、瓶をだいじそうに抱えて、

「この瓶の中にある黄色い物体が怪しい……これはなにか」

と再び下女に訊《たず》ねた。すると下女は、くすくすと笑いながら、

「これは大先生秘伝の目薬でございます。捜索をする前にこの目薬をお付けになればよろしかったのに……」

と役人にジョークを飛《と》ばしたところ、その役人は苦笑《にがわら》いして、
「そうか、この目薬を捜索の前に付けておけばのぉ……」
と独《ひと》り言《ごと》を言いながら、こわごわと瓶に蓋《ふた》を閉め、そっと元の位置に戻《もど》して、そそくさと部屋を立ち去ったということである。

このように、大橋訥庵に連《つら》なる水戸藩の浪士たちは、訥庵と共に絶えず幕府に狙《ねら》われていたが、ついに文久二年（一八六二）正月十五日、井伊直弼の後任である老中安藤対馬守信正《あんどうつしまのかみのぶまさ》の公武合体と開港政策に反対して、坂下門外《さかしたもんがい》において安藤老中を襲撃する事件が起こった。いわゆる『坂下門外の変』である。

この坂下門外の変も隆吉は参加せず、危機《きき》一髪《いっぱつ》で逮捕の難を逃れることができたのであった。しかし、これらの事件について関口隆吉は、ただ運がよかったから幕吏に捕《つか》まらなかったのかというと、そうではなかった。隆吉も純真《じゅんしん》な尊皇攘夷論者であったが、（武力《ぶりょく》で相手を倒《たお》すことを可《か》とせず、相手の論理《ろんり》を正して意見の合一《ごういつ》を図《はか》るべき）という信念《しんねん》があるために、一時的な感情論《かんじょうろん》に走ることがなかったのである。

ここで当時の幕府の内部組織について、ちょっと触れてみる。

尊皇攘夷論指導者である大橋訥庵は、隆吉の師であり、かつ同志であって、隆吉も一つ間違

えば訥庵と同罪となったであろう。

しかし隆吉は、将軍護衛隊《ごえいたい》の士官《しかん》、すなわち幕府の御持弓与力であった。そして、隆吉の妹、りゅうの夫である吉田駒次郎《よしだこまじろう》は、幕府の司直《しちょく》たる八丁堀《はっちょうぼり》の与力で、訥庵の家宅捜索の実行担当者であった。さらに隆吉は、訥庵逮捕後にその善後策《ぜんごさく》を練《ね》るために、この義弟《ぎてい》の吉田駒次郎を訪ねて、いろいろな情報《じょうほう》を収集《しゅうしゅう》しているのである。

隆吉のこのような行動からみて、進むときには勇《ゆう》であり、処《しょ》するときには慎重《しんちょう》である、という態度《たいど》が窺《うかが》われる。

（三）勇退の決断

このように隆吉《たかよし》は、これまでにもたびたび義弟《ぎてい》の吉田駒次郎《よしだこまじろう》と飲食《いんしょく》を重《かさ》ねて、幕府《ばくふ》の捜査《そうさ》情報《じょうほう》などを探《さぐ》っていた。

その時には、駒次郎に迷惑《めいわく》がかからないように細心の注意を払いながら、入獄中《にゅうごくちゅう》の志士《しし》の状況を聞き出しては善後策《ぜんごさく》を立て、志士たちの健康保持に万全を期すのであった。

隆吉は、師である大橋父子や志士の逮捕に心を痛めるなど、日本国の現状や将来を憂《うれ》う心がますます高《こう》じてきた。しかし自分の行動によって、両親や兄弟など身内《みうち》を巻《ま》き添《ぞ》えにするようなことがあっては申しわけないと考えて、文久二年（一八六二）四月、病《やまい》と称して御持弓与力の職を辞し、家督《かとく》を義弟の関口鉦次郎《せきぐちしょうじろう》に譲《ゆず》り、自分は漢学塾《かんがくじゅく》を開くことにした。時に隆吉二十七歳であった。

隆吉が家督を関口鉦次郎に譲った文久二年という年は、四月二十三日に田中謙助、有馬新七ら薩摩藩士《さつまはんし》が、関白九条尚忠《かんぱくくじょうひさただ》、京都所司代酒井忠義《きょうとしょしだいさかいただあき》を暗殺《あんさつ》しようと企《くわだ》て、これが露見《ろけん》して主君島津久光《しまづひさみつ》の命によって京都伏見《ふしみ》の船宿《ふなやど》で殺害された寺田屋事件《てらだやじけん》が起きた年である。

さらに八月二十一日には島津久光の行列の前を通過《つうか》しようとしたイギリス人四人を、無礼打《ぶれいう》ちにした生麦《なまむぎ》事件が発生した。

年が替わって文久三年（一八六三）十一月、隆吉は、茶道宗家宗偏流《さどうそうけそうへんりゅう》の五代山田宗俊《やまだそうしゅん》の養子である山田宗也《そうや》の長女の、綾《あや》と結婚した。この時隆吉は二十八歳、綾は二十一歳であった。

隆吉は、二十四歳のときに稲生虎太郎《いなおとらたろう》の娘と結婚（一年半で死別）しているので、綾との結婚は再婚ということになる。

綾を語るために、少し茶道宗偏流について説明する。

宗偏流の始祖《しそ》である山田宗偏は、三河吉田（現愛知県豊橋市）の出身で、始め小堀遠州《こぼりえんしゅう》に師《し》事《じ》していたが、のち千宗旦《せんそうたん》の門に入り、研鑽《けんさん》し茶道の奥義《おうぎ》を極《きわ》めた。その後三河吉田の城主小笠原侯に仕えて、茶道の宗匠《そうしょう》を務《つと》めたが、晩年《ばんねん》になって江戸《えど》に出て子弟の教導《きょうどう》に当たった。

宗徧は宝永《ほうえい》五年（一七〇八）に八十五歳で没《ぼっ》したが、それより六年前の元禄《げんろく》十五年（一七〇二）十二月十四日、赤穂《あこう》四十七士の吉良邸討《きらていう》ち入りに際して、門人でもあった義士《ぎし》大高源吾《おおたかげんご》に、吉良上野介《こうずけのすけ》の動静《どうせい》をそれとなく悟《さと》らせて、無事本懐《ほんかい》を遂《と》げさせた人物である。

宗徧流には大名、旗本、大商人などの門人が多かったので、家政《かせい》は隆盛《りゅうせい》であった。おそらく隆吉も門人として山田家に出入りしているうちに、美人であった宗家の長女綾と知り合い、結婚したものと思われる。

隆吉の容姿《ようし》は、背丈《せたけ》はやや小柄《こがら》、顔《かお》は面長《おもなが》で色が白く、髪《かみ》はふさふさとしていた。眉《まゆ》は濃《こ》く、切れ長の眼は涼《すず》しげに輝《かがや》き、常に微笑《ほほえ》みを絶やさず、口元《くちもと》がきりりと引《ひ》き締《し》まった美男子《びだんし》であった。まさに美男美女《びなんびじょ》の似合《にあ》いのカップル誕生《たんじょう》であった。

綾は三歳の時に母を喪《うしな》い、一時期は金銭的にも苦労したが、十五歳の時には茶道師範《しはん》となり、持前の美貌《びぼう》と聡明《そうめい》さで、父の宗也を援《たす》けて茶道を広め、家運《かうん》を隆盛に導《みちび》いた才色兼備《さいしょくけんび》の女性であった。

綾は関口家に嫁《とつ》いでからも、舅《しゅうと》、姑《しゅうとめ》によく仕え、隆吉が家督を義弟に譲った後の家計が一番苦しい時でも、夫婦手を携《たずさ》えてこれを切り抜けた。隆吉にとって綾は、妻であると同時に、戦場で生死を共にした戦友のような存在でもあった。

綾が新婚早々のある日、水戸《みと》藩士と名乗る男が関口家の玄関に現れ、必死《ひっし》の形相《ぎょうそう》で、

「わたしは水戸藩士藤田小五郎《ふじたこごろう》の使者である。関口殿に会わせてもらいたい」

とわめき立てた。綾は、

（これはただ事ではない。舅と姑に心配かけてはいけない）

と機転《きてん》を利《き》かせ、猛《たけ》り立《た》つ男に対して優《やさ》しくたずねたところ、男はますます猛り立ち、

「関口に会わせろ、すぐ此処《ここ》へ呼んで来い……」

と大声でわめいた。綾はひるむ心に気合《きあい》を入れて、その男を丁重《ていちょう》に座敷《ざしき》に通し、お点前《てまえ》を立ててその男を落《お》ち着《つ》かせ、それから静かに話し掛けた。

「あいにく主人は外出しております。どのような御用でございましょうか、よろしければ私がお話を承《うけたまわ》ります……」

と丁重にたずねたところ、男は少し平静さを取り戻し、そして一瞬《いっしゅん》考え込む様子を見せ、寒中《かんちゅう》なのに額《ひたい》に汗《あせ》を浮《う》かべ、やや伏《ふ》し目《め》勝《が》ちに綾の顔を見ていたが、すぐに意を決し、

「実は、拙者《せっしゃ》は藤田小五郎（藤田東湖《とうこ》の四男で、後の尊皇攘夷《そんのうじょうい》の過激派天狗党《かげきはてんぐとう》の主導者《しゅどうしゃ》）の使いの者である。藤田が急に金が必要になったので、少し金を貸してもらえないだろうか。いまここに水戸の烈公《れっこう》（徳川斉昭《とくがわなりあき》）から拝領《はいりょう》した家宝《かほう》の刀を持参している。これを担保《たんぽ》にするの

で……」

と、最初の物凄《ものすご》い剣幕《けんまく》はおさまり、少し穏《おだ》やかになって話し出した。それで綾は、

（この水戸藩士は意外に気が弱いのかしら……）

と思った。その時、残念《ざんねん》ながら関口家にはお金の持ち合わせもなかったが、この水戸藩士と名乗る男の様子が何か気にかかったので、綾は少し冷静にならなくてはならないと思った。藤田小五郎といえば、隆吉のかつての師である藤田東湖の四男であり、通常であれば、少しばかりの金を借りに来るようなお方ではない。

（これは何か裏《うら》がある……）

綾の胸に、何やら危険なものが感ぜられた。その男の様子から、背後《はいご》に何か重大なことが隠《かく》されているようにも察《さっ》せられたので、手元《てもと》にお金がないことを丁重に詫《わ》び、かつ、水戸藩主から賜《たま》わった宝刀《ほうとう》を預《あず》かることもできない旨《むね》を話して、男には帰ってもらった。

この綾の判断は正しかった。

それから一カ月後に藤田小五郎が関口邸を訪れ、日頃の交友を謝《しゃ》し、先頃、水戸藩士が金子《きんす》を借りに来たときの事情を説明した。

「あの頃私は、重大事な計画に加わっており、計画実現のために、まとまった金子が必要だったのです。しかし、もし、あのとき奥様からご指摘《してき》を受けなければ、私は計画の実現に突き進

み、大変な間違《まちが》いを起こすところでした。奥様のお陰で私は暴発《ぼうはつ》を未然《みぜん》に防《ふせ》ぐことができました。ありがとうございました」

と深々と頭を下げて感謝の意をあらわした。

その重大な計画とは、それから間もない元治《げんじ》元年（一八六四）三月に、水戸藩の武田耕雲斎《たけだこううんさい》とともに藤田小五郎らが起こした尊皇攘夷の筑波山《つくばさん》（天狗党）挙兵《きょへい》事件である。しかしこの事件は、結局内輪《うちわ》もめにより失敗に終わっている。

まさに綾夫人は、婦人の鑑《かがみ》ともいえる女性であり、後年、隆吉が活躍し、後世に名を成《な》すことができたのも、賢夫人《けんぷじん》たる綾の内助の功《こう》があったればこそといえよう。

（四）たびたび幕府に建白書を提出

関口隆吉《せきぐちたかよし》は、家督《かとく》を義弟《ぎてい》に譲《ゆず》り、漢学塾《かんがくじゅく》を開いて静かな日々を送り、平穏《へいおん》な日常生活を始めた筈《はず》であったが、身辺の状況が騒《さわ》がしくなると、じっとしてはいられなくなってきた。

というのは、文久三年（一八六三）の五月と六月には、長州藩《ちょうしゅうはん》が、通商《つうしょう》を求めて下関《しものせき》に立ち寄ったアメリカ商船を、砲撃《ほうげき》して追い払った下関事件《じけん》と、イギリス艦隊《かんたい》が生麦《なまむぎ》事件の賠償《ばいしょう》を要求して薩摩《さつま》を砲撃した薩英戦争《さつえいせんそう》が起こり、また、八月と十月には幕府《ばくふ》の開港《かいこう》政策に反対して尊皇攘夷《そんのうじょうい》を進める天誅組《てんちゅうぐみ》の変《へん》と生野《いくの》の変が起こり、またその翌年の元治《げんじ》元年（一八六四）には、天狗党《てんぐとう》の乱、池田屋《いけだや》事件、四国連合艦隊の下関砲撃、第一回長州征討《せいとう》など、数々の事件が起こり、国内が騒乱《そうらん》の様相《ようそう》を呈《てい》してきたからであった。

長州と薩摩とは、この下関砲撃と薩英戦争によって、外国との武器武力《ぶきぶりょく》の格差《かくさ》をいやというほど知らされた。そのため薩摩藩はイギリスに近づき、西郷隆盛《さいごうたかもり》や大久保利通《おおくぼとしみち》ら下級武士の主導のもとに武器を輸入して、軍備を強化していった。そして今までの攘夷派の旗振《はたふ》りから、一転して開国《かいこく》、討幕運動《とうばくうんどう》へと、方向転換《ほうこうてんかん》するのであるから、当時の世情《せじょう》は全く予断《よだん》を許さなかった。

元治元年（一八六四）はとくに事件の多い年で、前項で述べた筑波《つくば》山挙兵《さんきょへい》事件、六月五日に長州、土佐《とさ》、肥後《ひご》の尊皇攘夷派の志士《しし》二十人が新撰組《しんせんぐみ》に襲撃《しゅうげき》された池田屋事件、それに端《たん》を発する長州藩と幕府軍との戦い、蛤御門《はまぐりごもん》の変、八月五日の英仏米蘭四国連合艦隊の下関砲撃、第一回長州征討などであった。

この元治元年六月一日に、二十九歳になった隆吉は、国難《こくなん》ともいうべき現状について、大目付《おおめつけ》の松平康英《まつだいらやすひで》（後の幕府政事総裁《せいじそうさい》）に対して、情熱あふれる建白書《けんぱくしょ》を差し出した。

五千石の旗本であった松平康英は、元治元年十一月に本家の陸奥棚倉藩《むつたなくらはん》松平家（五万石）の家督を相続し、さらに翌年の元治二年（一八六五）一月十一日に周防守《すおうのかみ》に任ぜられ、年号が慶《けい》応《おう》元年（一八六五）に替わった四月十二日に老中《ろうじゅう》となった。しかし同じ年の慶応元年十月十六日には一旦《いったん》老中を辞職《じしょく》したが、すぐ老中に再任されて外国事務取扱《がいこくじむとりあつかい》を兼ねるなど、幕閣《ばっかく》での発言力が大きかった人物であった。

松平康英は、その翌年の慶応二年（一八六六）四月に、海軍事務取扱を兼任すると同時に、十月には江戸《えど》に近い交通の要所である川越城主《かわごえじょうしゅ》となり、八万石を領する実力者となったのである。

関口隆吉が、前年（元治元年）の六月に、松平康英に宛てて建白書を提出したのは、我が国の国情と、松平康英の将来性を見通してのことであった。

隆吉は、この建白書に関して、後年、養嗣子《ようしし》隆正《たかまさ》に次のように語っている。

　建白書を提出した後に、羽倉簡堂《はくらかんどう》の子息とともに、松平侯の邸に行って、攘夷作戦は時期を失してしまったことを論じた。このとき、その子息は、表座敷に横臥《おうが》したり、過激《かげき》な行動が多かったりしたので、私もいろいろと気《き》を揉《も》んだものだ。

この時期には、次第に世論が攘夷論から開港論に変わりつつあったものと推察《すいさつ》される。

元治二年（一八六五）四月七日に、年号が元治から慶応に替わった。

この年は、欧米列強《おうべいれっきょう》による威嚇《いかく》や不平等条約《ふびょうどうじょうやく》による為替《かわせ》レートなどで、小判が買われ、大量の金が流出して物価《ぶっか》が高騰《こうとう》、さらに社会不安が高じて米価《べいか》が暴騰《ぼうとう》し、各地で一揆《いっき》や打《う》ち壊《こわ》しが頻発《ひんぱつ》した。

この年（慶応元年）の四月に、長州再征の勅許《ちょっきょ》が下りて、幕府は第二回長州征討軍を再編し、将軍家茂《しょうぐんいえもち》は自ら長征軍《ちょうせいぐん》を率いて五月一日に江戸城を出発した。

関口隆吉は、義弟関口隆恕《たかひろ》に命じて長征軍に従軍《じゅうぐん》させたが、隆吉は隆恕が出発するに際して、戦況や兵士の士気などの軍情《ぐんじょう》を、その都度《つど》つぶさに報告するように頼んだ。

江戸に残った隆吉は、その軍情報告《ほうこく》を基《もと》に、幕閣の要人と情報交換するなど緊密《きんみつ》に交流し、日本国の将来あるべき方向について思索《しさく》を練《ね》ったのである。

この頃隆吉は、川越藩重臣の高橋留三郎に、すぐれた政治、すぐれた戦略《せんりゃく》に最も必要なことは、

（道徳に基づく政治、即ち王道政治《おうどうせいじ》）

であることを書き送っている。

関口隆吉が王道政治を論ずるのは、十三歳で入門した練兵館《れんぺいかん》の師《し》、斉藤弥九郎《さいとうやくろう》の文武《ぶんぶ》の薫陶《くんとう》や、藤田東湖《ふじたとうこ》から渡された会沢正志斎《あいざわせいしさい》の書いた『新論《しんろん》』、及び斉藤弥九郎の招きで練兵館で講義した讃岐《さぬき》の儒官赤井東海《じゅかんあかいとうかい》の教え、さらに尊皇攘夷論者の大橋訥庵《おおはしとつあん》、陶庵《とうあん》父子の教え、船橋随《ふなはしずい》

庵《あん》の農政学《のうせいがく》の指導《しどう》などが大きく影響《えいきょう》しているからであった。

慶応元年（一八六五）五月、十四代将軍徳川家茂が、長州征討のために江戸を出発した頃、隆吉は初めて片桐義卿《かたぎりよしあき》と会い、交友関係が始まったが、二人はたちまち意気投合《いきとうごう》して十年来の友のように親交を結ぶようになった。

片桐義卿は、越後《えちご》南蒲原郡《みなみかんばらぐん》福島村二俣《ふたまた》（現新潟県三条市）の庄屋《しょうや》の家に生まれ、裕福《ゆうふく》な家庭に育った教養人《きょうようじん》であった。文久三年（一八六三）に隣村《りんそん》との水争《みずあらそ》いの訴訟《そしょう》で、江戸と越後を往復しているうちに、尊皇攘夷論者の関口隆吉と意気投合し、親交を結ぶようになったのである。

片桐義卿は江戸に滞在中に、隆吉の同志であった川越藩士の栗間進平《くりましんぺい》や松岡萬《まつおかつもる》、竹内朴斎《たけうちぼくさい》らとともに、隆吉の家に集まって、川越藩主松平康英の時局に対する優柔不断《ゆうじゅうふだん》の態度《たいど》を怒《おこ》り、再び隆吉の筆になる長文の建白書を松平康英に提出したのである。

現在、関口家に「栗間決死之図《けっしのず》」という絵が残っている。

この絵には、隆吉が右手に煙管《きせる》を持って座り、増野某《ますのぼう》が扇子《せんす》を持って傍《かたわ》らに控え、松岡萬は大刀を手挟《たばさ》み、腕を組んで一同を舌鋒《ぜっぽう》鋭く論じ立て、竹内朴斎が満座《まんざ》の間で手を挙げて松岡を制止し、栗間は首を垂《た》れ短刀を右手に握りしめて何事かを考えている、という様子が描《えが》かれている。

川越藩主に提出した二度目の建白書は、松岡と栗間の、

「よろしく死をもって川越侯を諫《いさ》めるべし」

という強い意見によって行われたものであった。

建白書の内容は、第一回目の元治元年（一八六四）六月一日に川越侯に提出した建白書と同《どう》趣旨《しゅし》のものであった。

栗間はこの建白書を藩主に差し出した罪で、入獄《にゅうごく》させられた。

その後片桐義卿は京都に滞在中《たいざいちゅう》、岩倉具視《いわくらともみ》の知遇《ちぐう》を得て、明治二年（一八六九）東京府権判《ごんはん》事《じ》という要職に就いたが、同年十一月、新政府の警察官僚《けいさつかんりょう》になった旧幕臣《きゅうばくしん》の嫉《そね》みを買い、冤罪《えんざい》で家財没収《かざいぼっしゅう》、三宅島遠島《みやけじまえんとう》の刑罰《けいばつ》を受けた。その後、関口隆吉や長谷川《はせがわ》泰《たい》（日本医科大学創立者）らが運動して、冤罪が晴れ、明治四年（一八七一）の春、無罪となって故郷の新潟に帰国した人物である。

慶応元年（一八六五）十月八日、御手先与力《おんてさきよりき》（将軍の行列の先頭を守る武将）の矢野正純《やのまさずみ》がひとつの報告を持ってきた。その報告によると、京都に大事変《だいじへん》が発生したということであった。

その事変とは、十四代将軍徳川家茂が九月に病気を理由に将軍職を辞任したが、その間の取り扱いが不届《ふとど》きだとして、阿部・松前の両老中が免職《めんしょく》となり、代わって備中松山《びっちゅうまつやま》藩主の板倉《いたくら》勝静《かつきよ》と、川越藩主の松平康英が老中となったことである。この二人の老中就任《しゅうにん》は、朝廷の内《ない》意《い》によるものであった。

将軍徳川家茂の辞任による一連の事変により、江戸城内では議論が紛糾《ふんきゅう》し、関東八州《かんとうはっしゅう》の兵を率いて京都に攻めのぼり、朝廷に異議を申し立てようという気運《きうん》が高まった。

隆吉はこの情報をキャッチすると、大いに驚き、江戸城に残っている幕臣の軽薄《けいはく》さに涙を流して憤《いきどお》り、

　　神無月《かんなづき》しぐれしぐれて昨日けふ
　　　降るは正臣《まさおみ》のなみだなるかも

という歌を詠《よ》んだ。そして師大橋陶庵を訪ねようとした途中で、川越藩士の富益《とみます》某にぱったりと出会った。

「関口先生、大変なことになりました。私はどうしてよいのか解《わか》りません。どうか私たちの進むべき道をお教え下さい」

富益某は只々《ただただ》おろおろするばかりであった。

隆吉は、事態《じたい》に対処できずに取り乱している富益を、睨《にら》み据《す》えて一喝《いっかつ》した。

「この意気地《いくじ》なし！　今は泣き言を言っている場合ではない。将軍は職を辞して江戸に帰るという。それに対して外国の艦船《かんせん》は、我が国を囲《かこ》んで開港を迫り、侵略《しんりゃく》の手を拡《ひろ》げようとしている。いま我が国は存亡の危機《きき》にあるのではないか。たとえ朝廷より命令がなくとも、直《ただ》ちに京都に馳《は》せ参じ、いまこそ国恩《こくおん》に奉《ほう》ずべきである。お前の藩は、先に詔《みことのり》をいただいて、幕閣の中枢《ちゅうすう》に席を温《あたた》めているではないか。今さら何をうろたえるのか。私の意見を聞いて何になる。直ちに帰藩《きはん》して行動を起こせ」

と国家存亡《こっかそんぼう》の急務《きゅうむ》を厳《きび》しく諭《さと》したのである。

隆吉の叱咤激励《しったげきれい》を聞いて、富益某は、一旦は驚き、なすすべを知らなかったが、すぐに目から鱗《うろこ》が落《お》ちたように、活気《かっき》を取《と》り戻《もど》して、急いで川越に帰って行った。

その日の夕刻に、日頃親交のある医師の寛斎《かんさい》が関口邸を訪れた。

隆吉は直ちに筆をとって、『事務策八条《じむさくはちじょう》』を書いて寛斎に手渡した。その時、隆吉は寛斎に、

「川越侯が『事務策八条』の通りに実行されれば、寛永時代《かんえいじだい》（一六二四〜四三、第三代将軍徳川家光《いえみつ》の頃）のような隆盛《りゅうせい》になることは間違《まちが》いない。もし実行されないならば大変なことになろう」

と堅《かた》く申《もう》し渡《わた》した（しかし残念なことに、『事務策八条』の草稿《そうこう》は今も発見されていない。それが第三者の眼に触《ふ》れることを避《さ》けるために、わざと残さなかったのかも知れない）。

御手先与力の矢野正純が、隆吉のところに将軍家茂が辞職したという知らせを持って来た。その翌日の慶応元年十月九日に、松岡萬、大草高重《おおくさたかしげ》、依田雄太郎（徳川慶喜の側近、原市之進を斬《き》った男）などが相次いで隆吉の家を訪れ、侃侃諤諤《かんかんがくがく》、時局《じきょく》について論じた。しかし合意に至らぬままに、隆吉を含めて一同は、高橋泥舟《たかはしでいしゅう》の屋敷へ行って、

（今この時局に対して如何《いか》に対処すべきか）

を訊《たず》ねた。

高橋泥舟は槍の達人で、槍術の大家山岡静山《やまおかせいざん》の弟である。高橋泥舟の妹の英子《ふさこ》は山岡鉄舟《てっしゅう》を迎えて婿《むこ》養子としたので、高橋泥舟と山岡鉄舟は、一つ違いの義兄弟となったわけである。

泥舟は二十五歳で幕府講武所《こうぶしょ》の教授となり、伊勢守《いせのかみ》に任ぜられた。泥舟は、文久三年（一八六三）に、浪士隊《ろうしたい》の新徴組《しんちょうぐみ》を編制して京都に上ったが、尊王攘夷論が勢《いきお》いを増している時局を熟慮《じゅくりょ》し、軽率《けいそつ》な挙動《きょどう》を避けて江戸に引き返している。

そして泥舟は、大政奉還《たいせいほうかん》後の慶応四年（一八六八）一月三日に起こった鳥羽伏見《とばふしみ》の戦い以後は、将軍慶喜《よしのぶ》に恭順《きょうじゅん》を説いて引退《いんたい》を勧《すす》め、終始《しゅうし》、慶喜の身辺にあって警護《けいご》の役《やく》を果《は》たした。明治新政府になってからは一切公職《いっさいこうしょく》には就《つ》かず、ある時、関口隆吉が新政府への就職を勧めたところ、新政府で働く意思が全くない泥舟は、

「関口君、総理大臣ならやってもいいよ……」

と言って呵々大笑《かかたいしょう》したという人物であった。

隆吉がいつ頃から泥舟と親交を結ぶようになったか明らかではないが、隆吉は、元治元年（一八六四）には泥舟の義弟の山岡鉄舟と昵懇《じっこん》であったので、三十歳前後から交際があったと思われる。慶応年間になってからは、交際の密度も濃《こ》くなり、隆吉は泥舟の感化を受けて、隆吉のその後の出処進退《しゅっしょしんたい》に大きく影響を与えたと思われる。

この日（慶応元年十月九日）には、後に明治政府の警視庁《けいしちょう》警視になった川越藩士の梅田国之輔《うめだくにのすけ》も、隆吉を訪ね、

「君たちは何を無益な議論を重ねているのか。いまや伸《の》るか反《そ》るかの土壇場《どたんば》にある。徳川将軍家の家臣である我らにやるべきことは、ただ一つ、死あるのみだ。幸い今夜は土砂降《どしゃぶ》りである。この機を逃さず、夜陰《やいん》に乗じて京に上り、決行すべきである」

と大刀の柄《つか》を叩いて、大声で吼《ほ》え捲《まく》った。

隆吉は、思わず片膝《かたひざ》を立て、右手を大きく挙げて梅田の暴言《ぼうげん》を制止し、

「梅田！　君は考え違いをしている。今は軽挙妄動《けいきょもうどう》を慎《つつし》まなくてはならない。我々が今すぐにすべきことは、川越の松平侯に寸刻《すんこく》を措《お》かずしてご老中の職務をお取りいただくことだ。梅田、君は速《すみ》やかに藩に戻って、川越侯にこのことを進言してもらいたい」

と眦《まなじり》を決して言い切った。

その翌日（慶応元年十月十日）、家茂が病気を理由に将軍職を辞任して、江戸中が大騒ぎになった。その時、隆吉が往来《おうらい》で偶然《ぐうぜん》出会った川越藩士富益が、同藩士の佐々木某といっしょに隆吉を訪ねてきた。

「わが藩侯《はんこう》は、勅命《ちょくめい》で今直《す》ぐに老中職に就き、京都に上るように命じられていますが、只今病気療養中で、勅命に従うことができません。数日間治療すれば出発することができると思われましたが、時局はあまりにも複雑《ふくざつ》、重大であり、かつ、焦眉《しょうび》の難局《なんきょく》に直面《ちょくめん》しています。イギリス、フランスは長崎に来航し、アメリカは横浜に、ロシアは北辺《ほくへん》に艦隊を差し向けて、交易《こうえき》を迫り、隙《すき》あらば我が国を侵略しようと虎視《こし》眈々《たんたん》と狙《ねら》っています。その折りもおり、幕府は長州征討に手を焼いているので、世上には、開国論とともに倒幕論も起こりつつあります。この重大事にわが川越藩はどのように行動したらよいか見当もつかない有り様です。そこで山田家老が、藩侯の内意を受けて関口先生に教えを請《こ》いに来たいと言っています。是非《ぜひ》とも山田家老先生にお眼通《めどお》りさせていただくことをお許しいただきたい。お願いいたします」

と、富益、佐々木の両人は、何度も頭を下げ、額《ひたい》に汗《あせ》して隆吉に懇請《こんせい》したのである。

富益と佐々木の話が一区切りすると、隆吉は細い眼を大きく見開き、色白の顔を紅潮させて、

「富益と佐々木のご両氏、しっかり私の話をお聞きいただきたい。私は生まれつきおろかな人

間で、浅薄《せんぱく》な知識しか持っておりません。しかし私は下町で成長しましたので、下々の事情はよくわかります。そういう意味では、松平侯のご参考になることが、一つや二つはあるかも知れません。しかし我が国の安危《あんき》存亡は、松平侯のたった一つの言動で左右されるのです。だから私が一人で、軽《かる》はずみで無鉄砲《むてっぽう》な行動はすべきでないと思うのです。どうか川越藩士ご一同がよくよく熟慮し、至誠をつくして、藩侯の立ち居振る舞いをお間違えにならないように、補佐《ほさ》していただきたいと願うばかりであります」

と答えて、山田家老の来訪《らいほう》を承諾《しょうだく》しなかった。

しかし隆吉の胸の内を知らない大草高重や松岡萬らは、隆吉を川越侯の参謀《さんぼう》にしようとはかり、さらに、第三回目の建白書を松平侯に提出するように隆吉に強引に勧めた。が、隆吉は、大草らの勧めを断り、体調不良《たいちょうふりょう》を理由に一切の面会を謝絶し、門扉《もんぴ》を堅く閉じて来訪者を受け付けなかった。

しかし隆吉は面会謝絶中《めんかいしゃぜつちゅう》に、門人の増野と栗本の二人だけを自宅に呼び、連日連夜豪飲《ごういん》して日々を過ごしたということであった。

このとき、石見国津和野藩《いわみのくにつわのはん》（島根県）の藩士であった増野は、

「わが津和野藩主は川越侯の兄君であります。だから私は川越侯が自分の主君のような気がしてなりません。今日の国情《こくじょう》を視《み》ていますと、意見もいわず黙《だま》って座《ざ》していることは到底《とうてい》できま

せん。なんとかして関口先生の深遠《しんえん》なお考えを川越侯にお伝えして、ご理解いただきたいと思っています。先生是非ともよろしくお願いいたします」

と手を合わせんばかりに、切々と訴《うった》えるのであった。

それでも隆吉は、口を真一文字《まいちもんじ》に結んで応諾《おうだく》しなかったが、増野と栗本両人の意気に感じて、意見を述べて二人の相談に乗ったということであった。

慶応元年（一八六五）十月十五日になると、隆吉が子供の頃に教えを受けた、神道無念流《しんとうむねんりゅう》の斉藤弥九郎の嗣子の二代目斉藤弥九郎が、隆吉を訪ねて来た。隆吉は病気であることを告げて面会を断《こと》わったが、二代目弥九郎はこれを承知《しょうち》せず、家人の制止《せいし》を振り切って隆吉の自室に入って来た。隆吉は恩師の嗣子であるため、止《や》むを得《え》ず対面《たいめん》すると、弥九郎は意外なことを言い出した。

「この頃の国情について私はよく判らないが、推察するに幕府の存立が難《むずか》しいように思われる。われわれ徳川幕府から恩顧《おんこ》を受けた者は、私情を捨てて大義《たいぎ》に従うべきである。われらは斃《たお》れて後已《のちや》むの覚悟《かくご》あるのみである。私は父に遠く及ばぬ若輩《じゃくはい》であるが、すでに父の後を継いで門人たちを指導している身である。いまこそ我ら一門、力を合わせて京に上り、外敵《がいてき》を撃《う》って国勢を挽回《ばんかい》したいと考えて、百方《ひゃっぽう》に呼びかけているが、これに呼応する者がいない。如何ともし難《がた》い。古《いにしえ》より関東の地は武勇にすぐれたところで、武蔵国《むさしのくに》と称されている。そのうえ武蔵国は、信義《しんぎ》を重んじ、節度《せつど》を守るところであるといわれている。それなのに、この有様である。情けなく、悔《くや》しいではありませんか。聞くところによれば、関口殿は、川越藩主松平侯の信頼が厚く、いろいろ相談に与《あずか》り、『事務策八条』を差し出して松平侯をお輔《たす》けしているとのことである。私も貴殿のお考えをぜひ承《うけたまわ》りたい」

と、眦を吊り上げ、語気《ごき》を荒《あら》げて言うのであった。

隆吉は満面《まんめん》に笑みを浮かべ、静かに二代目の斉藤弥九郎に言い聞かせた。

「弥九郎先生、先生は思い違いをしているようでありますな。川越藩の考え方や、やることは、すべてその場しのぎで、一時的であります。まったく話になりません。ましてや今日のように多難《たなん》な時になると、とても問題になりません。第一、私は今そのように難しいことには興味《きょうみ》もありませんし、考えることもありません。日々、花鳥風月《かちょうふうげつ》を友にし、泉石《せんせき》を楽しむというのが私の生活です。先生、もうそのような話は無用に願います」

すると弥九郎は、両手のこぶしを握りしめ、怒りで全身をわななかせ、眦を引き裂き、口角《こうかく》泡《あわ》を飛《と》ばして捲《まく》し立て始めた。

「何を申されるか、人の心は当てにならないと聞いていたが、関口殿がこうまでもひどいとは思ってもみなかった。昨日までは忠義の志《こころざし》篤《あつ》く、正義を通す胆力《たんりょく》を備《そな》えた人であった貴殿が、道理に背き、仁義に反する人になり下がるとは、なんたることか。中国の儒家王陽明《じゅかおうようめい》の言葉に、『気骨《きこつ》は粗暴《そぼう》につながり、粗暴はやがて心荒く猛々《たけだけ》しくなる』とあるが、私はただ今あなたを見て、『義《ぎ》を守る心は決断力《けつだんりょく》の弱体《じゃくたい》につながり、決断力が欠け優柔不断になると邪悪《じゃあく》にふるまう』と言いたい。今の関口殿はまさにその邪悪にほかならない」

弥九郎は、口を極《きわ》めて隆吉を罵倒《ばとう》するのだった。

弥九郎の様子を冷静に見ていると、弥九郎はただ一時の怒りにまかせて怒号《どごう》しているだけで、他意のないことが解ってきたので、隆吉は弥九郎に今までの事情をじっくりと話して聞かせた。するとと弥九郎の身体から今までの猛々しい剣幕《けんまく》はすっかり影をひそめ、両手を膝《ひざ》に置き、神《しん》妙《みょう》な顔をして、

「関口殿、申し訳なかった。私の早とちりで大変無礼《たいへんぶれい》なことを申し上げてしまいました。どうか許して下され。貴殿のお話で今までの事情がすっかり解りました。よって、私が川越侯のところへ参上して、幕府中興《ちゅうこう》の策《さく》を進言してきます」

と一転《いってん》して隆吉の構想《こうそう》を推《お》し進《すす》めようとした。

しかし隆吉は、事を早まっては失敗するのが目に見えているので、弥九郎の高ぶる気持ちをなだめ、

「弥九郎先生、いましばらく様子を見ましょう。実は、私は既《すで》に川越藩の山田家老と会談する

約束を取り付けてあります。また、私を川越藩の参謀にする話も進んでおります。しかし私には、そのような大役が務まる才能もなければ知識もありません。参謀という役目は重責《じゅうせき》です。武士には新たに主君に仕《つか》えるときは、身《み》の処《しょ》し方《かた》をよく考えて行うことが肝要《かんよう》です。濫《みだ》りに突き進まないことが大切で、その時の成《な》り行《ゆ》きで行動致しますと失敗します。したがって、川越侯を始め山田家老など重役方から、私を必要とする旨のご要請があるならば、私も道義《どうぎ》に照《て》らして恥《は》ずかしくないようお仕えする決心です。それでなければ、私は川越侯といわず、どこへもお仕えしません」

隆吉がそう話したところ、それをじっと聞いていた弥九郎は、自分にたいする隆吉の気配り、思いやりがじーんと胸に響《ひび》き、先ほどからの無礼を真摯《しんし》に詫《わ》びて、隆吉に対する敬愛《けいあい》の念をさらに深くしたのであった。

（五）隆吉、農政学を学ぶ

慶応《けいおう》元年（一八六五）、関口隆吉《せきぐちたかよし》は三十歳になると、ひとつの転機《てんき》が訪《おとず》れた。

そのひとつは、前述《ぜんじゅつ》した高橋泥舟《たかはしでいしゅう》と知り合い、その影響《えいきょう》を受けたことであり、もうひとつは、同志ともいうべき農政学の大家、船橋随庵《ふなはしずいあん》から、田制《でんせい》と農業についての学問を学んだことである。

田制とは、幕府《ばくふ》や各藩《かくはん》が領《りょう》する農地の耕作、年貢《ねんぐ》の徴収《ちょうしゅう》に関する法体系で、財政の基本となるものであった。

後年、隆吉が農政、特に田制に精通し、明治政府になってから地方行政に手腕を発揮できたのは、随庵の教えによるものである。また隆吉が庶民（県民）を深く愛したのも、随庵の農民を大切にした思想に感化《かんか》されたためであり、その根底には、二宮尊徳《にのみやそんとく》の人のために尽《つ》くす報徳《ほうとく》思想《しそう》が培《つちか》われていたからであろう。

船橋随庵は、寛政《かんせい》七年（一七九五）、下総国関宿《しもうさのくにせきやど》（現千葉県野田市）に生まれ、明治五年（一八七二）に没《ぼっ》するまでの間、利根川流域《とねがわりゅういき》に位置する関宿藩《せきやどはん》（四万八千石）の農地の干拓《かんたく》、改《かい》良《りょう》に生涯《しょうがい》を捧《ささ》げた人物である。

船橋随庵は、関宿藩の武芸師範《ぶげいしはん》と読書学問《どくしょがくもん》師範を務《つと》めて頭角《とうかく》を現《あらわ》し、以後、町奉行《まちぶぎょう》、寺社《じしゃ》奉行を歴任《れきにん》し、天保《てんぽう》二年（一八三一）に郡《こおり》奉行となってから、利根川の増水による水害対策や用《よう》排水路《はいすいろ》の工事に力を注ぎ、多大な功績《こうせき》を挙《あ》げた。とくに治水《ちすい》と開墾田《かいこんでん》に、高度な理論と卓越《たくえつ》した技術《ぎじゅつ》を持ち、「随庵流」の治水工学《こうがく》を確立したほか、「利根川沿革《えんかく》」や「利根川治水考《こう》」など多くの著書《ちょしょ》を著《あらわ》している。天明《てんめい》三年（一七八三）の浅間山《あさまやま》の大噴火《だいふんか》により、利根川の川床《かわどこ》が上昇《じょうしょう》して農地の排水が困難《こんなん》となったとき、随庵は利根川の治水対策《たいさく》の抜本的見直《ばっぽんてきみなお》しを、幕府に提案《ていあん》した。しかし取り上げてもらえず、やむなく農民と協力して用排水路工事に着手した。

その後、藩命《はんめい》により沼地《ぬまち》の開発工事を行い、水路を造るなどして七十町歩（七〇ヘクタール）の新田を開発して、約一万五千石の増産《ぞうさん》に成功した。しかし関宿藩は、身分制度《みぶんせいど》を楯《たて》にとって、開発《かいはつ》した農地を農民から取り上げた。

このため、怒った農民は集団直訴《しゅうだんじきそ》を起こし、それを舟橋随庵が応援したため、一時投獄《とうごく》されてしまった。その後釈放《しゃくほう》されて蟄居《ちっきょ》処分となったが、その後も藩における随庵の影響力は強く残っていた。

元治《げんじ》元年（一八六四）頃、随庵は出府して、尊皇攘夷《そんのうじょうい》の志士《しし》たちと交誼《こうぎ》を持つようになったが、その頃に隆吉は随庵と親しくなり、田制や農政を学ぶことになったのである。

現在随庵の生地には、その功績を称《たた》える顕彰碑《けんしょうひ》が建てられ、その前を通る小学生は、随庵の顕彰碑にお辞儀《じぎ》をしてその功徳《こうとく》に感謝《かんしゃ》し、地域住民からは「舟橋様」と呼ばれて崇《あが》められている。

関口隆吉が舟橋随庵から農政について教えを受けていた頃、隆吉は、一橋《ひとつばし》家の家臣穂積彦之《ほづみひこの》進《しん》と攘夷などについて情報を交換していた。このとき、二人の間の連絡係をしていたのが、穂積の下僕《げぼく》の清水清次という男であった。

清次は下僕とはいえ、なかなか侠気《おとこぎ》があり、かつ、京の事情にも通じていたので、ある日隆吉は、師であり熱烈《ねつれつ》な尊皇攘夷論者《ろんじゃ》である大橋訥庵《おおはしとつあん》と相談して、清次に旅費を渡して、京都に情報収集《じょうほうしゅうしゅう》に向かわせた。

清次は、京都に向かう途中、千住の遊郭《ゆうかく》で遊興中《ゆうきょうちゅう》に、イギリス士官殺害《しかんさつがい》の罪《つみ》で幕吏《ばくり》に、逮《たい》捕《ほ》されてしまった。

このイギリス士官殺人事件とは、元治元年（一八六四）十一月二十一日、イギリス軍の横浜《よこはま》駐屯部隊《ちゅうとんぶたい》の士官二人が、鎌倉《かまくら》、江ノ島方面へ観光に行った途中、鎌倉八幡宮《はちまんぐう》の参道付近《さんどうふきん》で惨《ざん》殺《さつ》されるという事件であった。いわば第二の生麦事件《なまむぎじけん》である。イギリス領事館《りょうじかん》を始め、各国の領事館は激《はげ》しく幕府を非難《ひなん》した。

この事件は、横浜の住民が、横浜開港以来、諸物価《しょぶっか》が高騰《こうとう》して生活が苦しくなったのは、異《い》人《じん》が来たからだと信じ込んだのが発端《ほったん》であった。このイギリス仕官襲撃《しゅうげき》事件の犯人《はんにん》の一人が、穂積彦之進の下僕の清水清次だということであった。

清次は逮捕されて、横浜戸部《とべ》の奉行所《ぶぎょうしょ》に拘禁《こうきん》され、横浜市中を引き廻しされた後に処刑《しょけい》された。この処刑は、イギリス領事館員を始め各国領事館員立ち会いのもとで行われた。処刑後、清次の首は、横浜の外国人居留地《がいこくじんきょりゅうち》と、外部との接点《せってん》である吉田橋の袂《たもと》に晒《さら》された。

その後、イギリス士官を斬《き》ったのは、清水清次ではないという冤罪陰謀説《えんざいいんぼうせつ》が噂《うわさ》された。その根拠《こんきょ》は、本当の犯人は、鎌倉宮の宮司平尾桃厳斎《ぐうじひらおとうげんさい》の養子で間宮一《まみやはじめ》という十八歳の青年であったが、侠気のある清次は、自分一人で罪を負うことを決意し、

「自分が斬った」

と申し立てて処刑されたのである。清次は処刑の際に、

「私は武士であるから、潔《いさぎよ》く最期《さいご》を遂《と》げたい。よって黒紋付《くろもんつき》を着せてもらいたい」

そう役人に申し出て、黒紋付を着用《ちゃくよう》した。いよいよ処刑の座に着いた清次は、顎髭《あごひげ》こそ奉行所の配慮《はいりょ》で剃《そ》ってあるが、月代《さかやき》は醜《みにく》く伸び、顔色は真っ黒に牢焼《ろうや》けし、群衆《ぐんしゅう》をカッと睨《にら》んだ目玉は炯炯爛爛《けいけいらんらん》と輝き、鬼をも拉《ひし》ぐ形相《ぎょうそう》であった。

首切り役人が、まさに首を切り落とさんとして刀を振り上げた時、清次は、物凄《ものすご》い形相で、馬に乗って処刑に立ち会っているイギリス領事館員をグイッと睨みつけた。その恐ろしさは尋《じん》常《じょう》ではなく、清次に睨みつけられた領事館員は、恐ろしさの余り、

「わ、わ、わぁー……」

と悲鳴を上げて、馬からころがり落ちてしまった。

日本の処刑を初めてみる外国人は、恐ろしさの余り思わず眼を閉じた。落馬《らくば》したイギリス領事館員は、清次の眼光に恐れをなし、その結果、二十万両の賠償《ばいしょう》金《きん》はうやむやになってしまっ

たといわれている。

清次の犠牲《ぎせい》があったにも拘《かかわ》らず、事件から十カ月後に間宮一も逮捕され、清次と同様に処刑され、吉田橋の袂に晒された。現在は、この事件を記した石塔が、吉田橋の袂に建てられている。

清水清次が処刑されてから一年後に、

「鎌倉事件の真犯人、清水清次は私である」

と名乗り出た者があって、戸部奉行所は大いに困惑《こんわく》した。誤判《ごはん》が表ざたになれば、奉行所の責任になる。そうかといって、今になってイギリス領事館に
「あの処刑は間違《まちが》いだった」

と告げることもできず、うやむやにしてしまったということである。

この第二の生麦事件が終了したことにより、攘夷の嵐《あらし》もようやくおさまり、次第に政治の動きは、勤皇討幕《きんのうとうばく》へと傾《かたむ》いていった。

慶応二年（一八六六）七月二十日、十四代将軍家茂《しょうぐんいえもち》は二十一歳の若さで死去し、慶応二年八月二十日に一橋慶喜《ひとつばしよしのぶ》が、徳川宗家《とくがわそうけ》を家督相続《かとくそうぞく》し、慶応二年十二月に十五代将軍となった。慶喜は三十歳であった。

慶応二年（一八六六）八月に、隆吉は、もと幕府学問所昌平黌《しょうへいこう》の教授で、漢学《かんがく》や法律に秀《ひい》でた正義《せいぎ》の士である幕臣《ばくしん》相原安次郎を、上野国前橋《こうずけのくにまえばし》（現群馬県前橋市）に転居《てんきょ》させ、治安《ちあん》の維持《いじ》に当たらせた。

もともと上野国は、国定忠治《くにさだちゅうじ》の時代から博徒《ばくと》の多いところであり、万一、関東で事変《じへん》が起きたときには、川越藩《かわごえ》主松平《まつだいら》侯と親しかった相原安次郎に出動してもらって、鎮圧《ちんあつ》しようとの配慮であった。相原安次郎は、のちに静岡県の役人となり、県下の四大河川である安倍川に最初の橋を架《か》けた人物で、静岡県警察部長《しずおかけんけいさつぶちょう》も務めた。

（六）『治計考』を著わし隠世

慶応《けいおう》三年（一八六七）正月、三十二歳の隆吉《たかよし》は、悟《さと》るところがあって隠居《いんきょ》することを考え、『治計考《ちけいこう》』と名付けた家訓《かくん》を書いて、田舎《いなか》に引《ひ》き籠《こも》ってしまった。

その『治計考』とは次のようなものであった（口語文著者）。

一家を治《おさ》めるのも、国家を治めるのも、根本となるものは同じである。家も満足に治められないものが、国家を治めることはできない。家を治める方法は、質素倹約《しっそけんやく》を旨《むね》とし、収入に見合った支出をすればよいということは、誰でも知っている。しかし、火災にあったりして家も家財もすべて無くなった場合や、収支が釣り合わない場合や、あるいは家族が多くて、一年の収入が十二月の経費を賄《まかな》えないときは、ただむやみに勤倹貯蓄《きんけんちょちく》するばかりでは、生活は難《むつか》しい。

一家に異変《いへん》が生じたときは、異変に応じて対処《たいしょ》し、一家全員の餓《う》えと渇《かわ》きを癒《いや》して、生命を保つ他《ほか》はない。最近、磐城国相馬藩《いわきのくにそうまはん》（現福島県）が、大改革を行って豊かになったのは、二宮尊徳《にのみやそんとく》の指導を受けて報徳仕法《ほうとくしほう》を実行し、住民がいかなる時も助けあい、異変に対処して、財貨《ざいか》の使い方が道理《どうり》にかなっていたからである。決して特別なはかりごとや、奇抜《きばつ》な策略《さくりゃく》があったわけではない。

学者は道徳を言い立てても、ものの役立て方を知らず、凡庸《ぼんよう》な人間は儲《もう》けることばかり考えて、ものの本質を知ろうとしない。どちらも、世を治め、民を救うことを考えていない。

中国の古書『大学《だいがく》』に、

（徳《とく》は本《もと》なり、財《ざい》は末《すえ》なり）

という教えがある。君主が国民に財産を分け与えれば、君主の財産はなくなるが、人々はその国へ集まってくる。その反対に、君主が徳政《とくせい》よりも財政《ざいせい》を重視《じゅうし》して国民から税を徴収《ちょうしゅう》すれば、国民は国外に逃げてしまう。

俗世間《ぞくせけん》でも、

（椀飯振舞《おうばんぶるまい》すれば人は集まり、財布の口を締めれば人は皆遠ざかる）

といわれている。

聖人君子《せいじんくんし》が、経世済民《けいせいさいみん》（世《よ》を治め民《たみ》を救《すく》う）の方法を詳《くわ》しく丁寧《ていねい》に説明し、これを学ぶ意思のある人が実行すれば、一家を治めることは難しくない。

一国一城を治めることも、一軒の家を治めることも、道理は皆同じである。

今度、将軍《しょうぐん》の大政奉還《たいせいほうかん》により、扶持米《ふちまい》（俸禄《ほうろく》）八十石ずつの両家（関口家現当主の鉦次郎《しょうじろう》と、家督《かとく》を譲《ゆず》った隆吉）が、三十五石ずつに減《へ》らされたため、今までの半分にも満たないが、これで一年の家計を立てなければならないのである。しかし実際の俸禄は、米《こめ》の相場《そうば》で換算《かんさん》した額《がく》の三分の二しか支給されず、残りの三分の一は米を支給されるため、従来に比べれば、ほとんど五割減となる。これでは生計《せいけい》が成り立たない。家族の人数は、両家を合わせて十三人いるので、薪炭紙油《しんたんかみあぶら》や日常不《にちじょうふ》可欠《かけつ》の費用二十三両《りょう》を除《のぞ》けば、残りはわずか二両である。

両家合わせて二両では、とても生活できない。さりとて、いやしくも武士の本分《ほんぶん》を尽くそうという者は、生活費のために悪事《あくじ》はできず、さりとて生活ができなければ、武士《ぶし》の格式《かくしき》を子孫に伝えることもできない。さりとて武士を捨《す》てて商人となり、僅《わず》かな利益を奪《うば》い合うような恥知《はじし》らずなこともできない。

いまここに、ひとつの試案《しあん》を家族に示したところ、全員が了承《りょうしょう》した。それも大変であるよって、それを家族一人一人よく説明しなければならないが、それも大変であるから、書面に表わして伝えることにする。

一、妹婿《いもうとむこ》隆恕《たかひろ》、及び養子（鉦次郎）は、世の中の動きに疎《うと》いので、役所勤《やくしょつと》めを止めさせ、いまふうのご奉公ができる者を他家から養子に迎えて役所勤めをさせる

二、俸禄三十五石の中で、一家の生計費を賄うこと

三、家屋《かおく》は勿論《もちろん》、書画骨董《しょがこっとう》、家具家財什器《かぐかざいじゅうき》、衣服《いふく》を売り払うこと

四、右の売却代金《ばいきゃくだいきん》数百両で老親《ろうしん》の生計を立てること（亡父の郷里は遠江佐倉村《とおとうみさくらむら》につき親戚《しんせき》もあるだろうから、この地に移れば生計の道はあるだろう）

五、弟の鉦《しょう》と潜《せん》の二人は、まだ若いから他国で文武を学ばせる

六、我ら夫婦《ふうふ》と娘の操《みさお》は田舎に住み、村の子女に読み書き手習《てならい》を教えてその月謝《げっしゃ》で生計を立て、妹婿夫婦とその幼女も田舎の知人を頼って、身に付いた技能を

用いて生活することも不可能ではない

七、ただ気にかかることは、家族の一人が、生活上の不安を感じたり、火災に遭《あ》うことである

八、そのときは、思《おも》い悩《なや》む前に、生活を改めるのが一番である

九、老親を除いて、全家族が協力一致すれば何事も可能である

十、国に尽くすことも忘れず、「廉恥節義《れんちせつぎ》」（心を清らかに、恥を知る心を持ち、節操《せっそう》を守り、正道を歩むこと）を基本として財貨を求める道を考えることである

以上が『治計考』の全体であるが、これを読めば、隆吉がこの頃すでに二宮尊徳の報徳思想の影響を受けていることがよく解《わか》る。

『治計考』の文中には、武士としての体面を汚すことなく、かつ、主君や先祖の名誉《めいよ》を辱《はずかし》めないように心を配《くば》り、しかも子弟《してい》の礼法《れいほう》、教育《きょういく》に配慮《はいりょ》して、その心得《こころえ》を教《おし》え諭《さと》している。

隆吉は『治計考』にこのように書くと、今まで大切にしていた刀剣《とうけん》や書籍《しょせき》を売り払って、家政を改革《かいかく》することにした。隆吉はかなり高価な道具類や貴重《きちょう》な書物を蔵《ぞう》していたが、この時これらのほとんどを処分して、生活費を始め諸費用に当てた模様《もよう》である。養嗣子《ようしし》隆正《たかまさ》が若い頃に

は、その売払目録《うりはらいもくろく》があったというが、今は散逸《さんいつ》して存していない。

いま改めて『治計考』を見てみると、当時の武士の生活が、如何《いか》に困窮《こんきゅう》していたかを、まざまざと見せつけられる思いがする。

隆吉は、『治計考』を書いた後、引退のための具体策《ぐたいさく》をいろいろ考え、大草《おおくさ》や渥美《あつみ》の両氏と共に、下総国《しもうさのくに》小金ヶ原（千葉県松戸市の北）を視察に行っている。

隆吉は、この視察の折に農政《のうせい》の師である船橋随庵《ふなはしずいあん》を関宿《せきやど》（現千葉県野田市）に訪《おとず》れ、教えを受けている。そのとき随庵は、

「関口殿、あなたは、安政《あんせい》三年（一八五六）に亡くなられた二宮尊徳というお人を御存じですか……」

と訊《たず》ねた。隆吉は、

「深いことは知りませんが、幼時に父から、天保《てんぽう》の飢饉《ききん》に際して、農民を指導《しどう》して荒れた農村《のうそん》対策《たいさく》を推《お》し進《すす》め、領内から餓死者《がししゃ》を一人も出さなかったという話や、また、関東各地を始め、東北、東海の各地に報徳仕法を指導して、農地の開拓《かいたく》、財政復興《ふっこう》にすばらしい成果を上げた人だと教えられました。また、二宮先生は、報徳金《ほうとくきん》という資金《しきん》を活用して、庶民《しょみん》の貧困《ひんこん》を救済《きゅうさい》し、世のため人のために尽くして、自《みずか》らの資産《しさん》は、びた一文《いちもん》残さなかった高潔《こうけつ》の人でもあったとも聞いております」

と答えると、さらに舟橋随庵は、

「いかにも……二宮先生は、『天保、安政の良心《りょうしん》』とも称《しょう》された人物です。先生の説くところは、まず自分の能力や収入の実態を認識し、その限度内で生活することや、天地自然の法則に従って人道を尽くすこと、一人の人間の荒れすさんだ心を正し、それを推し進めていけば、荒れ果てた土地が何万町歩あろうと心配ない。一人の心の開拓ができれば、一村の荒れ田《あれた》も美田《びでん》となる。他人の援助《えんじょ》を受ければそれに頼《たよ》り、働くことをしなくなる。必ず自力《じりき》で救済せよ。荒れ田は荒れ田の力で救済せよと指導して、各地の財政を再建した人物であります。一口《ひとくち》に申せば、日本全国で、大名も、武士も、町人も、農民も、あらゆる人々が苦しんだ経済問題を解決したのが、二宮先生の行った報徳仕法であり、先生の実践した報徳仕法の特色は、経済問題の解決を奉仕事業《ほうしじぎょう》として推進《すいしん》したことであり、これが二宮先生が他の農政家と違《ちが》うところです」

と二宮尊徳の報徳思想《しそう》を隆吉に語った。すると隆吉は、

「とかく人間は、物質的な豊かさを求め、人のため、村のための心をないがしろにすることが多いものでありますが、二宮先生の実践《じっせん》した、領民の幸せを第一義とする政治《まつりごと》や、飢饉に伴う被害《ひがい》を防ぐための農村対策を行って、領民の不安を取り除き、そして領民のやる気を起こし、領民一人のやる気が、次の領民に伝わり、やがて国全体にやる気が拡《ひろ》がって、荒れ田も美田になっていくという教え、また、他人《ひと》に頼らず自力で切り開き、荒れ田は荒れ田の力で開拓する

のだという教えが、よく解りました」

と答え、報徳の教えである飢饉対策や心田《しんでん》開拓、他人のため、村のために尽くした二宮尊徳の生涯に、おおきく感動したのであった。

その後、帰宅した隆吉あてに、舟橋随庵から手紙が届いた。その随庵からの手紙には、

貴殿が田舎に引っ込むお考えとのことを、倅《せがれ》から聞きました。先頃、わたしが日光山の下で、貴殿にお世話をした開発農地《かいはつのうち》四～五十町歩分の手付金《てつけきん》を支払ってあるので、その村では、他人にその農地を売り渡さずに、いつまでも貴殿の来るのを待っています。もし、貴殿がその農地の取得を見合わせるお考えならば、お預かりしてあるお金をお返しし、他の人に譲りましょうか……。しかしその村でも催促してこないので、世の中の動きが治まるまでお待ちになるならば、そのままにしておいてもかまいません。


という内容のものであった。

かつて二宮尊徳が幕府《ばくふ》の命により、日光神領復興に着手した時期に、農政家船橋随庵も日光の開拓に関与していたのであった。

隆吉は、その数年後に、牧之原《まきのはら》大茶園の造成を企画して、これに全精力を傾注《けいちゅう》している。これは幕府が消滅して禄《ろく》を離れ、職を失った多数の幕臣を救済するためで、こうした隆吉のエネルギーは、治計考の執筆中に萌芽蓄積《ほうがちくせき》されたものと推察される。

(七) 勝海舟を斬りつける

この頃は、世の中は勤皇《きんのう》か佐幕《さばく》か、攘夷《じょうい》か開港《かいこう》かの議論が入り乱れ、物情騒然《ぶつじょうそうぜん》たる世相《せそう》であった。それは徳川幕府《とくがわばくふ》の内部においても、また将軍直属《しょうぐんちょくぞく》の旗本たちの間においても、意見が異なっていた。

このような世の中において、関口隆吉《せきぐちたかよし》と、その門人や友人たちは、「勤皇、佐幕、鎖港《さこう》、攘夷」の説を主張していた。すなわち、皇室を日本国および日本人の象徴《しょうちょう》として尊崇《そんすう》し、政治は徳川幕府が担当して、外国との貿易《ぼうえき》は禁止し、外国人は日本国の領土に入れさせないという主張である。

ところが、幕府の軍艦奉行《ぐんかんぶぎょう》である勝海舟《かつかいしゅう》は、鎖港、攘夷に反対して、開港通商《つうしょう》を強く主張していた。

この頃、隆吉は、同年齢で、北辰一刀流《ほくしんいっとうりゅう》の達人山岡鉄舟《やまおかてっしゅう》と、剣《けん》の修業《しゅぎょう》や儒学《じゅがく》の修学《しゅうがく》を通じて交友《こうゆう》していたが、二人とも、かなり強硬《きょうこう》な尊皇攘夷論者《そんのうじょういろんじゃ》であった。

この二人の間は親密《しんみつ》で、次のような笑い話もあるほどである。

隆吉と鉄舟は、共に国事《こくじ》に奔走《ほんそう》している仲間であった。

ある日、隆吉が徳川慶喜《よしのぶ》に突然呼び出された。あまりにも国事に奔走しすぎて、慶喜の逆鱗《げきりん》に触《ふ》れ、悪ければ切腹《せっぷく》ものかと覚悟《かくご》を決めたが、慶喜の御前《ごぜん》に行く前に、ひと目鉄舟に会って挨拶《あいさつ》したいと思って、小石川の山岡宅に出向いた。

隆吉は玄関から、

「御免《ごめん》、お頼み申す……」

と大声で案内を乞《こ》うたが、家の中はシーンとして人の気配がなかった。家人か、あるいは門人がいるはずなのに、返事がないのは、

（おかしいな）

と思いながら隆吉は、

「お頼み申す……留守ならば掛《か》け軸《じく》などを貰《もら》って行くぞ……」

と少し茶目っ気を出して、もう一度大声で呼び掛けると、

「ハーイ……」

と山岡夫人の英子《ふさこ》の返事があった。しかし襖《ふすま》の蔭《かげ》からそっと顔だけ出し、照《て》れ笑《わら》いしながら、ちょっと頭を下げただけで、すぐに引っ込んでしまった。

（なんだ留守ではなかったのか……）

隆吉はそう思ったが、いつまで経《た》っても英子が出てこないので、

（ハハン……さては、裏の物干《ものほ》し竿《ざお》に女物の着物が干してあったが、一張羅《いっちょうら》の着物を洗ったので、下着姿《したぎすがた》では玄関に出るに出られないのだな……）

隆吉はそう気がつき、大急ぎで古着屋《ふるぎや》に駆《か》け込み、女物を一揃《ひとそろ》い買ってきて、それを玄関から奥に投げ込んで、そのまま山岡宅から退出した。

慶喜からの呼び出しは全く別件で、隆吉はなんの咎《とが》めもなかったので、家人は勿論、門人、友人たちも一様にホッとした。

鉄舟は隆吉同様、人の面倒見《めんどうみ》がよかったので、いつも家計は苦しく、「ぼろ鉄《てつ》」と綽名《あだな》されるほど貧乏《びんぼう》していたのである。

思いやりのある隆吉は、盟友《めいゆう》鉄舟の貧乏な様子を見て、蔭から援《たす》けていたのであった。

当時、朝廷をはじめ幕府も各藩も、鎖国《さこく》攘夷論が主流であったが、幕臣でありながら勝海舟

は、ただ一人攘夷論に真《ま》っ向《こう》から反対して、開国開港《かいこくかいこう》を強硬に主張していた。

時の老中《ろうじゅう》たちも、海舟の意見を採用して、天皇の許可も得ずにアメリカのペリーと通商条《じょう》約《やく》を締結《ていけつ》してしまった。

尊皇攘夷派の志士《しし》たちは、この暴挙《ぼうきょ》に奮《ふる》い立った。

この天皇の許可も得ないで行った開国施策《しさく》は、すべて海舟が強硬に開港論を主張したからであった。だから海舟は、攘夷派の同志からは、

「海舟斬《き》るべし」

という意見が噴出《ふんしゅつ》し、命を狙《ねら》う刺客《しきゃく》が各所から出てきた。隆吉も、

（軍艦奉行の要職にある者が、幕府の鎖港攘夷の政策に反対し、開港を主張するとは言語道断《ごんごどうだん》
……）

と勝海舟をどうしても許せなかった。

（よし、それなら俺《おれ》がやってやる……）

隆吉はそう決断して、その機会を狙っていた。

そんなある日、隆吉は、江戸《えど》九段のゆるやかな坂道を所用があって一人、牛《うし》が渕《ぶち》に沿って田《た》安御門《やすごもん》の方向に歩いていた。

その時、はるか後方から、蹄《ひづめ》の音が聞こえてきた。隆吉は、一瞬立ち止まって後ろを向き、

細い目を光らせて馬上の武士をじっと見て、

（天祐《てんゆう》なるか、あれなる武士は勝海舟……　斬るなら今だ）

と偶然《ぐうぜん》の好機《こうき》を喜び、意を決したが、隆吉は外見は何事もなかったように歩いて行った。

やがて、麻裃《あさかみしも》に身を包んだ海舟が、馬を煽《あお》って近づいてきた。馬上の海舟は、追い越しざまにチラリと隆吉を一瞥《いちべつ》したが、そのまま馬を煽って駆《か》け抜《ぬ》けた。

その瞬間《しゅんかん》、隆吉は両眼をかっと見開き、

「その騎馬《きば》！　しばし待たれよ」

と大声で叫ぶや、飛鳥《ひちょう》の如《ごと》く躍《おど》り出て、両手を大きく広げて馬前《ばぜん》に立ちふさがった。驚いた栗毛《くりげ》の馬は、前脚《まえあし》を蹴《け》り上げて棒立《ぼうだ》ちした。

「どう！　どう、どう、どう……」

手綱《たづな》を締《し》め、馬を静めた海舟は、

「無礼者《ぶれいもの》！　われを軍艦奉行勝海舟と知っての狼藉《ろうぜき》か！」

と大声で誰何《すいか》した。馬前に立ちふさがった隆吉は、深編《ふかあ》み笠《がさ》を脱《ぬ》ぎ捨てて、

「勝海舟殿に見参《けんざん》！　勝殿の裏切《うらぎ》りは許せず、よってお命頂戴《いのちちょうだい》！」

と鋭く叫んで、腰に差した二尺三寸の業物《わざもの》の鯉口《こいぐち》を切る間も見せず、

「エイ！」

と気合もろとも、居合抜《いあいぬ》きに海舟の左胴《ひだりどう》に斬りつけた。その気迫《きはく》に驚いた栗毛の馬は、

（ヒヒーン）

と大きくいななき棒立ちになった。馬が棒立ちしたため、隆吉が抜き払った白刃は、不運にも海舟の左足の鐙《あぶみ》に、

（カチーン）

と当たって跳《は》ね返《かえ》されてしまった。そしてそのはずみで白刃の切っ先が、馬の腹に突き刺さり、馬が驚いて飛《と》び跳《は》ねた。

「しまった……」

体勢《たいせい》を立て直《なお》した隆吉が、さらに一歩踏み出そうとしたその時、

「早まるな、関口！」

と叫ぶや、勝海舟は傷《きず》つき暴《あば》れる馬を巧《たく》みに御《ぎょ》して、ピシリッと鞭《むち》を一振り、馬を煽って遠ざかっていった。

海舟は、馬が驚いて棒立ちしたため、危《あぶ》ない所を命拾《いのちびろ》いしたのである。

（残念無念《ざんねんむねん》！）

幕閣《ばっかく》の中でただ一人開港論を強硬に主張する、軍艦奉行勝海舟を倒す千載一遇《せんざいいちぐう》の好機を逸《いっ》して隆吉は、眉《まゆ》をギリリと吊り上げ、地団駄《じだんだ》踏んで悔《くや》しがった。

張り詰めていた緊張から解き放たれた隆吉が、ふと傍《かたわ》らに眼を向けると、牛が渕の土手には、鮮《あざ》やかな紅色《くれないいろ》の花を付けた夾竹桃《きょうちくとう》が、何事もなかったかのように、強い陽射《ひざ》しに映《は》えてかすかに揺《ゆ》らいでいた。

しかし考えてみると、この時隆吉は、本当に海舟を斬る意思があったのだろうか？　もしあったとすれば、武芸《ぶげい》に心得《こころえ》ある隆吉のことである。まず先に乗馬《じょうば》の脚《あし》を斬り、海舟が落馬《らくば》したところを斬りつけるべきであった。

剣の修業を積んだ隆吉ならば、その辺のことは十分承知《じゅうぶんしょうち》していた筈《はず》である。すると隆吉は本気で海舟を斬るのではなく、ただ脅《おど》かすのが目的であったのではあるまいか。

かりに攘夷論者といえども、少しでも内外の情勢《じょうせい》に気配《きくば》りしている者ならば、開港通商の時代が来て、交易《こうえき》の必要性《ひつようせい》を感じている筈である。隆吉ほどの人物ならば、やみくもに海舟を斬ることが、真《しん》に我が国のためになることかどうか解《わか》っていたと思われる。

隆吉が本気で斬る気があったのかどうかは別として、隆吉はその足で小石川に住む山岡鉄舟を訪ねた。そして、

「山岡殿、実は今日の昼八《や》つ過ぎ（午後二時半頃）、勝軍艦奉行に天誅《てんちゅう》を加えんとしたところ、勝奉行の乗馬が暴れたため、切っ先が鐙に当たって打《う》ち果《は》たせなかった。残念でならない。機

会があればもう一度襲撃《しゅうげき》したいが……」

と襲撃失敗《しっぱい》の一部始終《いちぶしじゅう》を語った。すると鉄舟は、大いに驚き、

「えっ！　それは本当か、日頃貴殿が勝先生を厳《きび》しく批判《ひはん》していることは知っていたが、まさか襲撃しようとは思ってもみなかった。だが関口殿、失敗してよかったのだ。私は勝先生と面《めん》識《しき》はないが、義兄《ぎけい》の高橋泥舟《たかはしでいしゅう》の話では、勝先生は、日頃貴殿が思っているような、浮薄《ふはく》な腰抜《こしぬ》け武士《ぶし》ではない。あの人は直心影流《じきしんかげりゅう》の達人《たつじん》で、禅道《ぜんどう》も極《きわ》め、兵法《ひょうほう》も学び、洋学《ようがく》も習熟《しゅうじゅく》しており、通訳《つうやく》もできるほどである。その上、世界の事情にも精通《せいつう》している。勝先生は、儒学や洋学の知識の上にたって、今日の混乱《こんらん》した政治の窮状《きゅうじょう》を大変憂慮《ゆうりょ》している。さらに最近は将軍家と朝廷の協力一致の実現に心血を注いで、我が国の将来を真剣《しんけん》に考えている人だ。現在の幕府にとって、掛《か》け替《が》えのない人物なのだ」

と隆吉の軽挙妄動《けいきょもうどう》をたしなめた。隆吉はじっと眼を閉じ、鉄舟の言葉に耳を傾《かたむ》けた。さらに鉄舟は、

「関口殿、我が義兄の高橋泥舟から勝先生を紹介してもらって、よく話し合ってみたらどうか」

と勧《すす》めた。鋭敏《えいびん》な時代感覚《じだいかんかく》をもっている隆吉は、素直《すなお》に、

「そうか、ありがとう。勝海舟というお人は、そのような人物であったのか。貴殿のお言葉に

従って、勝殿と話し合ってみよう」

ということになった。隆吉は、さっそく高橋泥舟を訪ね、今日の勝海舟襲撃の件を話して、海舟への仲介の労を頼んだ。高橋泥舟は快く隆吉の頼みを引き受けてくれた。

この頃、高橋泥舟は、将軍家の側近にあって、従五位下伊勢守《いせのかみ》に任ぜられ、幕府武術教授を勤めていた。

隆吉と泥舟の二人は、さっそく勝海舟の邸を訪ね、隆吉はいさぎよく昼間の刃傷《にんじょう》について、

「勝先生、どうやら私は、思い違いをしていたようでした。大変申し訳ないことをいたしました。ぜひお許しいただきたい」

と頭を下げて詫《わ》びを言った。すると海舟は、

「いやいや、そのように関口殿から頭を下げられては、怒《おこ》るわけにはいきませんな……どうも私は生まれつき粗忽《そこつ》なところがありましてな……幕閣においても、攘夷論が大勢を占めておるのにも拘《かかわ》らず、私は十分に説明をしないままに開港論を主張しますので、どうも血気盛んな攘夷論者に誤解《ごかい》されてしまうようでしてな、アハハハ……」

生粋《きっすい》の江戸っ子気質をもっている海舟は、磊落《らいらく》に一笑に付した。

「お許しいただいてありがとうございます。ところで一つ疑問《ぎもん》があるのですが」

隆吉は、九段坂下で斬りつけたときに、海舟と隆吉は面識がないにも拘らず、

（早まるな、関口！）
と名指しで叫んだことが、頭の隅に残っていたので、隆吉は、
「勝先生は、私を御存知《ごぞんじ》でしたか……」
隆吉は、率直《そっちょく》に質問した。すると海舟は、
アハハハハッ……
と笑って、
「それはですな、最近売り出し中の関口殿のことは、誰でも知っていますよ。私も一度会って
ざっくばらんな話をしてみたかったのさ……、人間なんて、いつかどこかで会っているものさ。
貴殿が私を知っているように、私だって貴殿の顔くらい知っていても、不思議はないというこ
となのさ……」
海舟の明快な話っぷりで、始めのぎごちなさがいっぺんに氷解《ひょうかい》した。それから泥舟を交《まじ》えて
三人は、時勢について議論し、腹の中を打ち明けて話し合った結果、大いに意気投合《いきとうごう》し、これ
からは、力を合わせて朝廷と幕府の間をうまく調整し、国論統一のために頑張ろうと誓い合っ
た。会話の中で海舟は、
「ところで高橋殿、今日は、山岡殿はお見えにならなかったのですね」
と泥舟に訊《たず》ねた。泥舟は、

「義弟《おとうと》も勝殿に御挨拶したいと申しておりましたが、稽古《けいこ》が忙しく、道場を空けられなかったので失礼をいたしました。一度折を見て、御挨拶に伺わせましょう。その節には、ぜひお引き回しをお願いしたい」

と義弟である山岡鉄舟のことも頼んだ。すると、

「山岡殿にはまだ会ったことがありませんが、剣の腕はなかなかとの評判ですな。こちらこそよろしく頼みます。ぜひ一度会ってみたいものですな」

と海舟も、山岡鉄舟に対して大いに関心を見せるのであった。

この時点では面識のなかった勝海舟と山岡鉄舟の二人が、後日、幕府側と朝廷側との江戸城の無血開城の談判について、力を合わせることになるのであった。

関口隆吉は、こうして幕末三舟（勝海舟、高橋泥舟、山岡鉄舟）と親交が始まった。

このとき、勝海舟は文政六年（一八二三）生まれの四十五歳、高橋泥舟は天保六年（一八三五）生まれの三十三歳、山岡鉄舟と関口隆吉は共にその翌年の天保七年（一八三六）生まれの三十二歳、いずれも幕末から、明治維新の激動期《げきどうき》に活躍し、後世に名を残す人物であった。

隆吉と三舟との間に共通していることは、いずれも勤皇の精神《せいしん》と、五倫《ごりん》、即ち父子の親《しん》（親愛の情）、君臣の義《ぎ》（礼儀）、夫婦の別《べつ》（男女のけじめ）、兄弟の序《じょ》（長幼の順序）、朋友の信《しん》（信頼）の五つの心が強く、かつ、思想がぶれないことであった。この共通した強固な思想があっ

たればこそ、その後の数々の難局《なんきょく》を切り開くことができたのである。

四人の考え方に違いがあったとすれば、海舟は強硬な開国論者、泥舟、鉄舟、隆吉の三人は、熱烈な攘夷論者であったことである。しかし、この考え方の相違は、四者の意思疎通《いしそつう》がなされたことで、自然に解消していくのであった。

その後、海舟から隆吉に宛てた手紙の表書きには、いつも、

「鐙斎《とうさい》先生」

と書いてあった。

鐙《とう》は、あぶみ（乗馬の際、乗り手が脚を掛ける金具）のこと
斎《さい》は、隆吉の号「黙斎《もくさい》」の「斎」のことで、
隆吉が、九段坂下で鐙《あぶみ》に斬りつけたことにちなんで、勝海舟が隆吉に付けたニックネームである。

この隆吉が海舟を襲撃した事件は、誰も目撃者《もくげきしゃ》がなく、海舟も鉄舟も泥舟も、誰も他人に語らなかったため、この事件を知っている者はなかった。しかし、これが世に知られたのには、次のような事情があった。それは、明治三年（一八七〇）十一月に、隆吉は徳川慶喜に従って静岡県に移住した。そして徳川家の家臣《かしん》救済事業《きゅうさいじぎょう》として始められた牧之原開拓《まきのはらかいたく》事業の世話役《せわやく》を務めたが、そのとき隆吉は、父関口隆船《たかふね》の生地静岡県城東郡《きとうぐん》佐倉村《さくらむら》（現御前崎市佐倉）に近

い城東郡月岡村《つきおかむら》（現菊川市月岡）に居《きょ》を構《かま》えた。

するとその月岡村の寓居《ぐうきょ》に届いた勝海舟の手紙には、いつも、

「鐙斎先生」

と書かれていた。それを養嗣子《ようしし》の隆正《たかまさ》が見つけて、そのいわれを養父隆吉に訊ねると、隆吉は、おでこを右手でポンと叩いて、

「ウハハハ……」

と笑って、話を逸《そ》らしてしまった。

それから七、八年した後、山岡鉄舟が東京で没《ぼっ》したとき、読売新聞が鉄舟の履歴《りれき》を誤って掲載したのを隆吉が見つけ、隆吉の命で、隆正が鉄舟の履歴訂正《ていせい》に同新聞社に交渉に出掛けた。その交渉のとき、隆正が、記者から養父隆吉のニックネーム「鐙斎」のいわれを聞き出した。その後、毎日新聞の記者合田左太郎《あいださたろう》が「鐙斎」のいわれを聞きつけて、同紙に掲載したため、初めて全国にそのことが知れ渡ったというわけであった。

当時この記事を読んだ人々は、古代中国の春秋時代に、斉《せい》国の宰相管仲《かんちゅう》が、弓で桓公《かんこう》を射たところ、矢が乗馬の腹帯《はらおび》の留金《とめがね》に当たって、桓公は無事であったという故事《こじ》に因《ちな》んで、

「まさに、管仲射鉤《しゃこう》の事に比すべきだ」

といって、偶然の幸運をよろこんだという。

（八）隠棲できず

風雲急を告げる幕末には、日本には、さまざまな政治派閥が、わがもの顔で気ままにふるまっていた。例えば、

①従来の幕藩《ばくはん》体制を維持し、徳川将軍家《とくがわしょうぐんけ》を助ける佐幕派《さばくは》
②天皇の権威《けんい》を絶対化し、開国に反対する尊皇攘夷派《そんのうじょういは》
③天皇と幕府《ばくふ》を一体化させることで幕藩体制を強化する公武合体派《こうぶがったいは》
④西洋列強国との開国通商やむなしとする開国派《かいこくは》
⑤雄藩大名の有力者による合議体で国政を行おうとする合議政体派《ごうぎせいたいは》
⑥徳川幕府を倒して国政の実権を天皇に取り戻そうとする尊皇討幕派《そんのうとうばくは》（王政復古派《おうせいふっこは》）

などなど、大名《だいみょう》、公卿《くぎょう》、旗本、有力藩士たちが、様々な政治論を唱えて政争に明け暮れていた。特に朝廷の勅許《ちょっきょ》を得ずして独断で外国と条約を結び、「安政の大獄《あんせいのたいごく》」を主導して桜田門外《さくらだもんがい》で暗殺された大老井伊直弼《いいなおすけ》の亡き後は、攘夷派と開国派が鋭く対立し、血なまぐさい死闘《しとう》を繰り返していた。

慶応《けいおう》元年（一八六五）四月に、幕府は第二次長州征討《ちょうしゅうせいとう》を布告し、その翌年の慶応二年（一

八六六）六月に、第二次長州征討に発進した。しかし戦いは幕府に利あらず、同年七月二十日に将軍家茂《いえもち》が死去し、慶応二年八月二十日一橋慶喜《ひとつばしよしのぶ》が徳川宗家《そうけ》の家督《かとく》を相続した。そしてその翌日の八月二十一日には第二次長州征討を中止し、兵を引き上げている。幕府の力は長州征討に敗北し、大きく減退《げんたい》したのだった。

京都では、薩摩《さつま》、長州、土佐《とさ》、肥後《ひご》の列侯が王政復古を建議《けんぎ》し、これらにより、徳川慶喜は天下の大勢を察知し、幕府の存続は難しいと決断して、次第に大政奉還《たいせいほうかん》を断行せざるを得ない情勢に傾いていった。

慶応二年（一八六六）十二月五日、慶喜は朝廷の許しを得て十五代将軍に就任した。しかし、世情は混沌《こんとん》としており、幕府の内部のみならず、朝廷においても、親幕府派の公家《くげ》と薩長派《さっちょうは》に与《くみ》する公家の対立があり、慶喜が将軍職に就いた直後の慶応二年十二月二十五日に、孝明天皇《こうめいてんのう》が病死した。

孝明天皇の崩御《ほうぎょ》により、朝廷ではその翌年の慶応三年（一八六七）一月九日に、明治天皇が皇位《こうい》を継承《けいしょう》した。

そして同じ年の慶応三年（一八六七）十月十四日に、徳川慶喜は大政奉還をした。

徳川慶喜は将軍就任後、わずか一年足らずで征夷大将軍《せいいたいしょうぐん》の職を辞し、三百年つづいた徳川幕府に終止符を打ったのである。まさに目まぐるしい政変《せいへん》の連続であった。

では、なぜ慶喜は、大政を奉還したのであろうか。

まず、外交問題をめぐって政局が混乱しており、日本国の危機的な状況が深刻になるなかで、外交方針が朝廷と幕府で食い違っており（朝廷は攘夷、幕府は開国）、欧米列強《おうべいれっきょう》と互角《ごかく》の外交をするために強力な国家を創ることが必要であり、そのためには、政権が一元化しなければならないと慶喜は考えたのである。

その政権一元化のためには、

①幕府が反対勢力《はんたいせいりょく》を駆逐《くちく》して、実権を取り戻す方法

②朝廷が幕府を倒して、天皇親政《しんせい》とする方法

③幕府を廃止して、徳川家も一大名となり、大名合議制《ごうぎせい》の政府を創る方法

などが種々考えられるが、幕府が弱体化しており、単独で政権を運営するのが困難となっているので、①の案は難《むつか》しい。そして事実、薩長が力を付けて②の道が進みつつあった。慶喜は、徳川家生き残りをかけて、③の道を選択して、大政を奉還したとも考えられる。しかし、一部の幕府軍が鳥羽伏見《とばふしみ》の戦《たたか》いを起こして敗れた。この敗戦により慶喜は、（国力を付け、欧米列強と互角の外交を進めるためには、内戦は絶対に避けなければならず、そのためには、慶喜自ら恭順《きょうじゅん》の意を表して謹慎するべき）と決断して、②の道、すなわち大政奉還を選択《せんたく》したのであった。

慶喜が大政を奉還した日に、不可思議《ふかしぎ》なことが起こっている。すなわち、十五代将軍徳川慶喜が日本を統治《とうち》する権限を、朝廷へ無条件にて返還したのにも拘《かかわ》らず、同じ十月十四日に、薩長両藩へ討幕《とうばく》の密勅《みっちょく》が下っている。この密勅は直《す》ぐに取り消されたが、これを契機《けいき》に薩長は、続々と京都を目指して兵を移動した。

このような情勢の中で、薩長などの討幕派は、岩倉具視《いわくらともみ》などの急進派《きゅうしんは》公家と計画を練り、朝廷は、同じく慶応三年（一八六七）十二月九日に、明治天皇御来臨《ごらいりん》の場において、「王政復古」の大号令を発したのである。

この大号令により、摂政《せっしょう》、関白《かんぱく》、幕府、京都守護職《きょうとしゅごしょく》、所司代《しょしだい》が廃止《はいし》され、親幕府派の皇族《こうぞく》、公家が罷免《ひめん》され、御年十七歳の明治天皇を中心とする新政府が樹立されることになった。

さらに、王政復古の大号令が発せられた同じ日の慶応三年十二月九日に、夜半から小御所《こごしょ》会議が開かれ、その会議で徳川慶喜に対して、官位辞退《かんいじたい》と領地返上《りょうちへんじょう》を命ずることを決定した。これに憤激《ふんげき》した旧幕府と、会津《あいづ》、桑名《くわな》の親藩《しんぱん》が、やがて薩長などの政府軍と激突《げきとつ》し、鳥羽伏見の戦いの火ぶたが切られ、遂に戊辰戦争《ぼしんせんそう》が始まるのであった。

この徳川幕府の消滅により、日本中が混乱《こんらん》の渦《うず》を巻き起こし、江戸《えど》には諸国から志士《しし》と称する徒が集まり、芝《しば》の薩摩屋敷《やしき》に住み込んだ。そして薩摩藩士の名のもとに江戸の町を荒らし廻り、町民はその暴行強奪《ぼうこうごうだつ》に泣かされた。

一説によれば、薩摩藩が、東西呼応して兵を挙げようと計画して、江戸に志士を送り込み、そのような行動をさせたともいわれている。

慶応三年（一八六七）十二月、江戸市中取締《とりしま》りの酒井若狭守《さかいわかさのかみ》が、これらの志士を捕らえようとした。すると逆に、志士たちは薩摩屋敷から大砲を引き出して、酒井若狭守の屯所《とんしょ》へ砲撃《ほうげき》しようとした。

（これは大変だ、取《と》り鎮《しず》めなければ……）

ということで、江戸の治安《ちあん》の役《やく》を命ぜられていた山岡鉄舟《やまおかてっしゅう》と松岡萬《まつおかつもる》が、病気で床に臥《ふ》していた隆吉《たかよし》のところへ急使を出した。

「大事件が起きたから、直ぐ来てくれ。一緒に暴徒《ぼうと》を鎮撫《ちんぶ》しなければならない。大至急だ」

隆吉は、

（やはりきたか）

と叫ぶや否や、病床から飛び起き、直ちに塾生《じゅくせい》らを集めて、銃刀砲《じゅうとうほう》などで武装《ぶそう》し、隊列《たいれつ》を組んで現場に急行した。隆吉が、

（やはりきたか）

と、事件を想定していたのは、次のような事情があったからだった。

この頃は、一部の公家や、薩長などの勤皇の志士は、江戸の薩摩屋敷に浪士《ろうし》を潜伏《せんぷく》させて、関東と関西の両方から同時に討幕の火の手を上げようとする不穏分子《ふおんぶんし》が、水面下で動いており、長州藩の志士とも交流のある隆吉は、このような情報を、事前に掴《つか》んでいたのである。

隆吉が、塾生などを率《ひき》いて一里（四キロ）ほど進むと、幸いにも暴徒たちは山岡鉄舟らによって鎮圧《ちんあつ》されていた。隆吉は自宅に帰って甲《かぶと》などの武装を解《と》くと、

「幸いにも大高《おおたか》の二の舞をせずに済《す》んだ……」

といって笑ったという。

この時にかぶった甲は、皮革の扱いに巧みで、甲冑《かっちゅう》も製造していた播磨《はりま》林田藩士《はやしだはんし》の大高又次郎より贈《おく》られたものであった。大高は熱烈な勤皇の志士で、安政の大獄で投獄《とうごく》された梅田雲浜《うめだうんぴん》を追って江戸に潜伏していたとき、隆吉と交友があり、そのときに甲を隆吉に贈った。この大高は、元治《げんじ》元年（一八六四）六月五日に新撰組《しんせんぐみ》が起こした池田屋事件で死亡（四十四歳）しているので、隆吉は志士を装《よそお》った暴徒を新撰組に譬《たと》えて「大高の二の舞……」と言ったのであろう。

このような隆吉の忠誠心と、物事を正しく判断し処理する能力と、度量《どりょう》の大きさを知った徳川家では、慶応三年（一八六七）十二月二十五日に、

《数寄屋橋内辺巡邏取締り《すきやばしないへんじゅんら》》

という役目を、関口隆吉と二千石の大身旗本中条景昭《ちゅうじょうかげあき》の二人に命じている。

隆吉が巡邏取締りを拝命した翌日の慶応三年十二月二十六日に、父親の隆船《たかふね》が病没《びょうぼつ》した。孝心のあつい隆吉は大きなショックを受けた。隆吉は変動の激しい世情にもかかわらず、この時は世の乱れを憂《うれ》う気持ちも、激昂《げっこう》する感情も消え失せて、ただひたすら香《こう》を焚《た》き、喪《も》に服し、読経《どきょう》の日々を送った。ときに隆吉は三十二歳であった。

そのような中でも隆吉のところへは、京都滞在中《たいざいちゅう》の友人知人から、鳥羽伏見の戦況《せんきょう》が伝えられ、同志たる志士や門人たちの来訪が相次ぎ、情報交換《じょうほうこうかん》や意見交換が盛んに行われた。

このような緊迫《きんぱく》した情勢《じょうせい》においては、さすがに憂国《ゆうこく》の士である隆吉としては、喪中《もちゅう》といえども黙《だま》っていることはできず、世情に対応をせざるを得なくなった。

国家の非常時においては、坐《ざ》していては忠ならず、忠を尽くさなければ不孝となる。そこで、かつて書いた『管見録《かんけんろく》』を、相原安次郎らに校訂《こうてい》させ、これを急遽《きゅうきょ》友人知人に配布して同志を集合し、部隊《ぶたい》を編制《へんせい》して、京に上ろうとした。

このようなとき、無冠《むかん》になった徳川慶喜は、その翌年の慶応四年（一八六八）一月六日に、大阪城を出て海路《かいろ》江戸に向かい、六日後の慶応四年一月十二日に江戸城に帰ってきた。

このため隆吉は部隊編制の計画を中止した。

この頃のことを隆吉は、次のように手記に記している。

徳川家の興廃《こうはい》は如何《いか》に、朝廷のご様子は如何にと、良からぬ想《おも》いが脳裏《のうり》を去来《きょらい》し、精神が転倒《てんとう》して、喪中の身でありながら来訪者があるたびに国家の大事を論じ合っている有り様である。昨年、大政を奉還したうえは、徳川が朝廷に仕え、恭順する道は、今まで以上でなければならず、また各大名諸藩においては、これまでのような御仕《おつか》えでは済まないことになる。よって、ひとつひとつ逐条《ちくじょう》にて恭順の決意を書き出すべきであるとして、草案を書き出して同志である相原安次郎や山沢源吾らに示して、書き直しをさせた。

一方、徳川慶喜は鳥羽伏見の戦いの終戦処理《しゅうせんしょり》を、勝海舟《かつかいしゅう》に委《ゆだ》ね、自らは、朝廷に対する「恭順」の意思を表明するために、十三代将軍家定《いえさだ》夫人の天璋院《てんしょういん》（篤姫《あつひめ》）、十四代将軍家茂夫人の静寛院宮《せいかんいんのみや》（和宮《かずのみや》）をわずらわして、恭順工作をしている。

慶応四年（一八六八）一月二十三日に、慶喜は老中以下重臣列座の中で、旗本の勝海舟を海軍奉行に、同じく大久保一翁《おおくぼいちおう》（後の東京市長）を陸軍総裁に任命した。

さらに官位辞退と領地を返上した慶喜は、「幕府」の職制《しょくせい》を「徳川家」の職制に改め、譜代《ふだい》大名である老中や若年寄を罷免し、旗本、御家人を抜擢《ばってき》して、総裁やその他の役職に付けている。

この段階で、職制の上でも幕府は消滅し、一大名としての徳川家となったのである。
このとき以後、身分の低い者でも能力のある者は、慶喜の側近に仕えて、才能《さいのう》を発揮《はっき》するようになっていくのである。

なお、徳川慶喜は、慶応三年十月に大政を奉還したが、しかし朝廷には日本国の統治能力《のうりょく》がなく、実際の政治は幕府が行っていた。

第二章　徳川慶喜の側近へ

（一）大義恭順を説く

関口隆吉《せきぐちたかよし》が書いた『管見録《かんけんろく》』の草稿《そうこう》は、現在は残念ながら残っていない。しかし関口家にはその目録が保存されているので、その目録によれば、隆吉が如何《いか》に朝廷を尊崇《そんすう》し、幕府《ばくふ》のなした僭上《せんじょう》の行為（今までの身分を超《こ》える行い）を、深く天子に謝《しゃ》すべきことを説いていることがよくわかる。さらに譜代大名《ふだいだいみょう》を始め、幕府の臣に教え諭《さと》すべきこと、身分の如何《いかん》に拘《かかわ》らず人材を登用すべきこと、兵学《へいがく》、儒学《じゅがく》のみならず、医学、天文学、地理学、法律、経済、外交、交易などについて、広く国民に学ばせ、行わせることなどを、書き記していることがわかる。

この『管見録』の目録は、付則を含めれば百十一カ条に及ぶ大作で、その内容は多岐多彩《たきたさい》にわたる問題に触《ふ》れている。現代ならば総理府か内閣官房の部局で作成したような高度なもので、隆吉の学識《がくしき》、見識《けんしき》の高さがわかる。

さてこの時期に、川越藩主《かわごえはんしゅ》の松平康英《まつだいらやすひで》が、川越から厩橋《うまやばし》（現在の群馬県前橋市）へ領地替えを命ぜられた。するとこれに対する藩内の不満が起こり、藩士の庄司次郎八《しょうじじろうはち》が隆吉を訪ねて、不平不満を述べた後、転封《てんぽう》に対して何らかの報復《ほうふく》をしなければ収まらないと語った。

隆吉はこれをじっと聞いていたが、

「庄司殿、しばらくお待ち下さい……」

と次郎八を慰撫《いぶ》して、筆《ふで》、硯《すずり》を取り、書面をしたためて、これを与えた。この文書には宛名《あてな》がないが、厩橋侯松平康英にあてた形式をとって、血気にはやる次郎八ら藩士の軽挙妄動《けいきょもうどう》を慎《つつし》み、自重《じちょう》を促《うなが》したものであった。

また、その直後において隆吉は、厩橋侯に対して、

（主君徳川慶喜《とくがわよしのぶ》に意見具申《いけんぐしん》をするように）

と勧《すす》めたように考えられる。手記によれば、厩橋侯の名をもって徳川慶喜あての上書文《じょうしょぶん》（意見具申書）を書いているからである。しかしこの上書文が、確実に松平康英に届いたか否かは不明である。かりに松平康英の許に届いたとしても、それが慶喜のところに提出されたかどうかも明らかではない。しかし隆吉の手記によれば、上書文を慶喜が読んでいると推測される。

このとき隆吉が書いた、松平康英あての意見書の草稿が、関口家に残されている。

これら草稿を読むと、隆吉が松平康英の名義で書かれた慶喜あての忠諫状《ちゅうかんじょう》と、隆吉から松平

康英あてに出された意見書は、至誠溢《しせいあふ》れる内容で、隆吉の真骨頂《しんこっちょう》が余《あま》すところなく表われている。隆吉の憂国《ゆうこく》の志《こころざし》の深《ふか》きこと、篤《あつ》きことが明白である。

これらの史実《しじつ》から、明治維新前後《めいじいしんぜんご》に隆吉が占めていた地位と発言力、存在感を十分推測することができる。

関口隆吉は、徳川慶喜にたいする上書文ならびに松平康英あてに出された意見書の中で、

……ただひたすらに恭順《きょうじゅん》され、決《けっ》して御皇室《ごこうしつ》にたいして抵抗《ていこう》されることなく、もっぱら至誠をもってこれを表わされ、ただただ、かつての罪を朝廷《ちょうてい》に謝し奉ることであります。譜代の諸藩も、朝廷に対し奉り至誠恭順の意を表すことを人の道と心得《こころえ》て、万一、主君が恭順の誠を表わさなかったときは、直ちに諫言《かんげん》することこそ、徳川御家《とくがわのおいえ》に対する大忠臣《だいちゅうしん》であります。朝廷に恭順、至誠を表わし、己《おのれ》の罪を自覚《じかく》して、これを天下に余すところなく謝すならば、薩長土《さつちょうど》の藩が、御皇室より討幕《とうばく》の宣下《せんげ》を賜《たまわ》って、幕府以下、諸藩《しょはん》の滅亡《めつぼう》を主張するとも、御皇室にて徳川家の御討滅《ごとうめつ》の御意向《ごいこう》をお示しにならず、薩長土の列藩《れっぱん》もその意思を示さず、寛大《かんだい》なる御処置《ごしょち》となり、徳川御家も、譜代の諸藩も共に滅びず、ご政道《せいどう》も安泰《あんたい》となり、国家安寧《こっかあんねい》、天下太平《てんかたいへい》の御代《みよ》となり、国勢《こくせい》も必ずや盛んになるものであります。皆さんの一挙手《いっきょしゅ》

一投足《いっとうそく》が国家治安乱世《ちあんらんせい》、国家存亡《そんぼう》に相成《あいな》るものであります。忠君愛国《ちゅうくんあいこく》の武士《もののふ》は一にこれに意《い》を注《そそ》がれるべきであります。

と述《の》べて、ひたすら恭順を尽くすことと共に、重大なる事件の発生を強く警告《けいこく》している。さらに、

朝廷の御旗《みはた》を護持《ごじ》する海軍の大軍が攻めて来るならば、関東の軍はこれに対抗《たいこう》できず、勝利は望めず、援軍《えんぐん》を外国に要請《ようせい》する外に方法がない……しかし、これは一見良い方法と見えるが、一度外国に支援《しえん》を受ければ、必ずや御家は滅亡の危機《きき》に立たされることは明白《めいはく》である。

そのようにならば、天皇《てんのう》が統治《とうち》する我が日本も、外国人に蹂躙《じゅうりん》され、我が国土はみな彼らの所有になり、徳川家は彼らの配下《はいか》となり、譜代諸侯《しょこう》も外国の家来《けらい》となり、彼ら外国と戦って負ければ、徳川御家は滅《ほろ》び、譜代諸侯もことごとく滅亡する。

さらに、徳川、譜代ともども後世《こうせい》まで御皇室に叛《そむ》いた罪は逃《のが》れられず、永く歴史《れきし》上《じょう》に汚点《おてん》を残《のこ》すことになる。これこそ武門《ぶもん》の恥《はじ》であり、外国に支援を受けることは、話としてあっても、徳川家の恥であり、天皇統治国のこの上なき恥辱《ちじょく》である。

万一このような御評議《ごひょうぎ》があっては大変なことである。仮に御評議があるときは、これをお諫《いさ》めすることは道義《どうぎ》に背《そむ》くことにはならず、もし、諫言なきときは、譜代

侯としてお役目を果たしていないことになり、これこそ先祖に対して大不孝、主君に対する大不忠となる。ひとえに、徳川家へ正しきお諫めをすることを祈るばかりである。譜代諸侯のうち、一人でも至誠恭順を真《ま》っ先《さき》に唱《とな》えれば、諸侯は皆一致合同《みないっちごうどう》してこれに続き天下一同感動《てんかいちどうかんどう》することとなる。

と述べて、徳川慶喜の朝廷に対する恭順こそ、日本国を救い、徳川宗家《そうけ》を救う唯一最善《ゆいいつさいぜん》の道であることを力説《りきせつ》し、かつ、進言《しんげん》している。そして小さな事件から国家の大事件を引き起こすこともあるので、十分注意しなければならないと強《つよ》く警告《けいこく》した。

その頃の隆吉の心境《しんきょう》は、まさに、

《戦々恐々《せんせんきょうきょう》として薄氷《はくひょう》を踏《ふ》むが如《ごと》き》

というものであったろう。

やがて隆吉が心配していたことが、証明されるような事件が起こったのである。

この頃幕府は、洋学《ようがく》の学問所《がくもんじょ》として文久三年（一八六三）に、一橋門外《ひとつばしもんがい》（今の学士会館《がくしかいかん》のところ）に学問所を設立し、これを開成所《かいせいじょ》（この学問所は一八七七年に東京大学となる）と称し、蘭《らん》、英《えい》、仏《ふつ》、露《ろ》などの洋学を教えた。

今流《いまりゅう》に言えば、国立中央大学である。

ここにでは優秀《ゆうしゅう》な幕臣《ばくしん》、及び各藩《かくはん》の青年藩士《せいねんはんし》の俊英《しゅんえい》が学んでいた。

慶応《けいおう》四年（一八六八）一月十五日、この学問所の塾生《じゅくせい》たちが一室に集まり、激論《げきろん》を戦わせた。その内容は、昨年（慶応三年）十二月九日夜半から開かれた小御所会議《こごしょかいぎ》において決定した、徳川慶喜に対して官位辞退《かんいじたい》と領地返上《りょうちへんじょう》を命じた薩長など討幕派特に薩摩藩《さつまはん》の処置、ひいては朝廷の命令が、前将軍《ぜんしょうぐん》に対してあまりにも礼《れい》を失《しっ》し、武士の道に背くものである。よって我ら塾生が中心になって、処遇《しょぐう》の改善《かいぜん》、撤回《てっかい》を求めるために決起《けっき》しよう、というものであった。

隆吉は、このことを知って大いに驚《おどろ》き、友人前島密《まえじまひそか》など数人と相談して、開成所に駆《か》け付けた。このとき隆吉は三十三歳であった。

隆吉らが開成所に到着すると、建物の中から竹内という若い和歌山《わかやま》藩士が出てきた。早速隆吉がやや強面《こわもて》で、

「今室内にて会議に参加している塾生は何人か……」

と詰問《きつもん》すると、若い竹内は隆吉の剣幕《けんまく》に押されたのか、

「えぇーと……」

と言い淀《よど》んだ。業《ごう》を煮《に》やした隆吉が、一段と語気《ごき》を強めて、

「いかがした、私の問いが聞こえないのか……どこの誰か」

とさらに問い詰めると、竹内は、

「集まっているのは会津《あいづ》、桑名《くわな》の両藩《りょうはん》を始めとする親藩《しんぱん》や譜代大名などの藩士たちで、全部で三十六名です」

と小声で答えた。隆吉らは会議の内容は、ほぼ解《わか》っていたが、

「諸氏《しょし》は何を相談しているのか……」

と質問したところ、若い竹内は、またもや口ごもったが、ようやく覚悟したのか、

「上様《うえさま》に対する、朝廷からのご命令があまりにもひどいので、この際我ら徳川の者として、進んで戦うべきか、それともこのまま退《しりぞ》いて守るべきかと、その戦略《せんりゃく》の是非《ぜひ》を論議《ろんぎ》しております。この論議がまとまり次第、御重役に裁可《さいか》を仰いだ後、戦《いくさ》を実行するのである」

と、最初の応対ぶりから一転して、胸を張り、傲然《ごうぜん》と答えた。

隆吉たち一同は、予想していた以上の事態《じたい》に驚き、

「そうか、われらは御府内取締《おふないとりしま》りを仰せつかっている関口隆吉外一同である。しからば塾長に面談したいから、取り次ぎ願いたい」

と強硬《きょうこう》に申し入れ、開成所頭取《とうどり》に面会した。

通された部屋は、広い板敷《いたじき》で椅子《いす》がならべられてあった。隆吉と一緒にきているのは、前島密、相原安次郎、松岡萬《まつおかつもる》、山沢源吾である。一方、開成所頭取の神田孝平は、渡辺一郎、柳川春蔵、林欽之助を従えてその前に座った。隆吉が、

「貴殿たちの壮図《そうと》は賞《しょう》すべきことであるが、今の徳川家は非常に難《むずか》しい立場にある。主君慶喜公がご決断された御心《みこころ》を思うとき、貴殿たちの行動が御心に沿《そ》い奉《たてまつ》るものか、どうかである。慶喜公におかせられては、欧米列強《おうべいれっきょう》が開国を迫りくる国際情勢《こくさいじょうせい》にあって、天皇を中心にして、我が国が一つになって国難《こくなん》に当たるべきと御判断《ごはんだん》されて、大政《たいせい》を奉還《ほうかん》されたのである。しかるに、貴殿らが天皇のお決めになったご処置に不満をもって、天皇のご命令に逆《さか》らってことを起こせば、慶喜公のご決断は無に帰すことになる。それでは忠ならんとしてなした行動が、かえって不忠となるではないか……」

「……」

さらに隆吉は、

「京都、大阪にて朝廷をお守りすべき幕府軍と、会津、桑名の親藩らが、鳥羽《とば》、伏見《ふしみ》において軽はずみにも、戦を起こしたばかりに、慶喜公はいわれなき朝敵《ちょうてき》の汚名《おめい》を着せられてしまったではないか。家臣らの不見識《ふけんしき》な行動が、いかに罪深《つみぶか》いことであるのかがわかるのか……」

と条理《じょうり》を尽《つ》くして説《と》いたところ、一同は、声もなくうなだれていった。隆吉はさらに、

「朝廷の軍は、徳川家を誅《ちゅう》せんとして、江戸に進軍させようとしている。我ら徳川家の臣は、いかなる行動を執《と》るのが最善の道であるか、よくよく考えねばならない」

と懇々と説き伏せた。それにも拘らず、薩長憎《にく》しで頭が硬直《こうちょく》している開成所の一同は、

「だから、われわれはここに集まり協議し、全員の決議を得たその結果で、行動をしようとしているのです」

と口々に不満気《ふまんげ》な顔をして、申したてるのであった。

隆吉は、この塾生たちは一方的な情報しか持っていない、さらに厳しく諭さなければ考えを改めないだろうと思ったので、

「徳川家に仕える者のなすべき道、すなわち家臣として守るべきことは、慶喜公の命に従うことである。それなのになんでこう論議して、ことを起こす必要があるのか。慶喜公は、一橋家にいたときから、水戸《みと》の御父君斉昭公《ごふくんなりあきこう》の御志を奉戴《ほうたい》して、常に勤皇《きんのう》の御心が篤く、その忠孝に徹《てっ》した行動は、塾生の貴殿たちもよく知っているところである。慶喜公の御心と違って鳥羽伏見の戦いが起こったので、不忠のお疑いが朝廷軍に出て、なすすべがないような状況になってしまった。その上、今や朝敵と呼ばれるようになったが、我ら家臣としてまことに忍びないところである。昔、源頼朝《みなもとのよりとも》が鎌倉に幕府を創始《そうし》したが、北条、足利のような不忠《ふちゅう》の臣《しん》が出てしまった。慶喜公は、御自身がそのような立場になることを、最も心配されているのだ。塾生一同は、よくこの故事《こじ》を考えるべきだ。我々が恐れることは、慶喜公が不忠の臣、朝敵と呼ばれるようになることである。よって今すぐ論議は中止して解散すべきである。私心のない純粋な忠義の心で慶喜公に、勤皇に殉《じゅん》ずる御父君斉昭公の御命令を奉戴して初志《しょし》を全《まっと》うされるように、

誠意《せいい》をもって塾生一同の意見を、慶喜公に申し上げてもらいたいのだ」

と誠意をもって説得した。しかし、塾生一同は、

「………」

説得に対して不満があるのか返事がなかった。さらに隆吉は、

「一人が心を乱せば、十人が心を乱す。十人が心を治めれば、百人が心を治める。百人が心を乱せば、千人が心を乱す。千人が心を治めれば、万人が心を治める。これは天理自然《てんりしぜん》である。諸君ら一人ひとりが、よく理《ことわり》をわきまえて行動をとってもらいたい」

と二宮尊徳《にのみやそんとく》の説く「一心治乱《いっしんちらん》」の報徳の教義を用いて説得を重ねた。すると塾生一同は、

「関口先生の筋道《すじみち》の通ったお言葉は、よく判りました。我々もお言葉に従い、解散したいところですが、今日の会議は我々だけの考えで集まったものではなく、老中小笠原長行《おがさわらながみち》様の御意思により論議をいたしましたものです。したがって自分たちの考えだけで解散ができないのです。塾生全員の意見を聞いて、関口先生のお言葉に従うようにいたします」

ということになり、ひとまず反乱《はんらん》を防ぐことができた。

隆吉は、開成所の門を出ると、

「前島殿、まず愚《おろ》かな行動を抑《おさ》えることができて、よかったが、また、いつこのような馬鹿な者たちが出てこないとも限らない。今日は不慮《ふりょ》の行動を防ぐことができたが、お互いに情報の

交換と連絡を密にしよう」

　と約束して前島密たちと別れた。

　隆吉は、そのまま赤坂の溜橋（前橋）藩邸《はんてい》に出向き、今日の開成所の様子などを松平侯に報告して、

「このような心得違《こころえちが》いの者が今後出ないとも限りません。どうかご承知おき願います」

　と頼んで自宅へ帰った。

　翌日の慶応四年（一八六八）一月十六日に、隆吉は江戸城に出仕し、老中ほか幕閣の重役に対して、無謀《むぼう》な戦いの会議は中止すべきであることを、真情《しんじょう》を吐露《とろ》して進言した。

　老中たちは、隆吉を論議の場に同席させて、侃侃諤諤《かんかんがくがく》夜半に至るまで討議を重ねた。そして、（如何なる事態が起ころうとも、慶喜公の朝廷に対する恭順の御心《みこころ》に従い、決して反旗《はんき》を振るうことのないように）

　決議して、開成所その他の集会謀議《しゅうかいぼうぎ》を中止させる命令を発令した。

　こうして青年藩士たちが、江戸城に立て籠《こ》もって朝廷軍と戦う危機はひとまず去ったが、江戸市民の不安は尋常一様《じんじょういちよう》ではなかった。

　そんなある日の夕方、遠くから銃声が聞こえてきた。そのとき外出中の門人が、あわてふた

めき、

「先生、大変です……　江戸城の方にて暴徒《ぼうと》が銃撃戦《じゅうげきせん》をはじめました……」

と血相を変えて、駆け込んで来た。隆吉は、すぐに塾生を一室に集めて、

「いよいよ心配していた江戸の市中で、小競《こぜ》り合《あ》いが始まったようである。このまま放置しておくわけにはいかない。この騒動《そうどう》を鎮圧《ちんあつ》しなければ、せっかくの慶喜公の恭順は無に帰することになる。よって、わたしと共に決死の行動をしてもらいたい」

と話をしているところへ、急を聞いて、市中《しちゅう》巡邏《じゅんら》取締りの同志十数名が、駆け付けてきた。隆吉は、

「鈴木殿、大村殿、おのおの方の顔を見て百人力《ひゃくにんりき》である。直ちに出動して暴徒を鎮圧して、町民を安堵《あんど》させなければならない。ぜひ協力していただきたい」

と頼み、隆吉は彼等とともに、砲声を頼りにその方向に駆け出した。

本郷の自宅を出て小石川門を入ると、小川町の幕府軍歩兵隊から離脱《りだつ》してきた脱走兵《だっそうへい》らしき兵卒《へいそつ》数人が、いきなり隆吉らに小銃を乱射してきた。隆吉たちは、物陰に身を伏せて難を逃れ、被害はなかったが、脱走兵は暗闇《くらやみ》にまぎれて遁走《とんそう》してしまった。

しかし、銃声はいぜん鳴りやまず、銃声の聞こえてくる方角に向かって九段坂の上まで来ると、今度は、隆吉らの持っている提灯《ちょうちん》を目《め》がけて銃弾《じゅうだん》が飛んできた。直ちに提灯の灯《あか》りを消し

て、三番町の兵営屯所《へいえいとんしょ》の近くまで来ると、幕府軍の歩兵隊が、随所《ずいしょ》に隠《かく》れて、道路を行きかう町民を狙撃《そげき》していた。

隆吉は、江戸の町民を砲火《ほうか》から守るべき幕府軍が、町民を狙《ねら》い撃《う》ちするとはけしからんと、大いに驚きと共に怒《いか》りを覚《おぼ》えた。そこで同志たちと作戦を立てて、暴徒化した歩兵たちを奇《き》襲《しゅう》し、次々と歩兵を捕縛《ほばく》して鎮圧した。

さらに田安門前《たやすもんまえ》まで来ると、道路に銃弾薬《やっ》きょうなどが散乱《さんらん》し、そこここの門塀《もんへい》が破壊《はかい》されて、幕府軍の歩兵が反乱を起こしたことがあきらかになった。隆吉たちは手分けして反乱兵を、見つけ次第に捕縛した。

そのとき、幕府軍の上官らしき騎乗《きじょう》の兵が通りかかったので、これを呼び止め、

「貴殿は何者か……」

と誰何《すいか》したところ、

「わたしは歩兵頭《ほへいのかみ》加藤平内である。騒乱《そうらん》を知って駆け付けてきた」

と答えたので、隆吉は、先刻からの状況を説明し、直ちに反乱を鎮《しず》めて、兵を収拾《しゅうしゅう》するように促《うなが》した。

隆吉らは、さらに兵営の周辺を巡回した後、歩兵指図役《さしずやく》の宍戸虎之助《ししどとらのすけ》に会って、兵隊の規律《きりつ》を厳重《げんじゅう》にし、暴走《ぼうそう》しないように厳《きび》しく要求した。

ひとまず騒乱も鎮まったので、一同は市中巡邏取締り責任者の中条景昭《ちゅうじょうかげあき》の家に行き、各人の負傷の有無《うむ》を確認《かくにん》して休息《きゅうそく》した。

逮捕した歩兵十数人は、翌日、幕府陸軍奉行《りくぐんぶぎょう》の手に引き渡した。

この事件は、三番町にある幕府軍歩兵指図役《さしずやく》の古屋作左衛門が、部下の歩兵を率《ひき》いて中山道《なかせんどう》方面《ほうめん》に脱走《だっそう》した事件であったが、その後も、暴走した兵が事件を起こし、江戸町民はますます不安な毎日を過ごしていた。

そのようなとき、厩橋藩主の松平侯の提案《ていあん》で、町火消《まちびけ》しなど江戸町民の青年の中から希望者を募集《ぼしゅう》して民兵隊《みんぺいたい》を組織し、毎日百名単位で、桔梗門《ききょうもん》前の芝生《しばふ》でフランス式の教練《きょうれん》を行うことになった。これは江戸を守るための軍隊であった。江戸の町火消し人足は、度胸《どきょう》ときっぷの良さを売りものにしているので、上手に使えば死をも恐れぬ働きをするだろうということで計画されたものであった。

この民兵隊は、い組から始まる火消しの組別に班《はん》を編制《へんせい》し、火消しの頭取や纏持《まといも》ちを、中隊長、小隊長に任命して統轄管理《とうかつかんり》させた。

ご存じのように、江戸には、いろは四十八組の町火消組があったので、応募者《おうぼしゃ》は数千人にのぼった。火消しの若衆は、幕臣の中から選び抜かれた指揮官《しきかん》によって、彼らの江戸っ子気質を巧《たく》みにくすぐられ、

（よーし、長年天下《ながねんてんか》を泰平《たいへい》に治《おさ》め、八百八町の町民を、お護《まも》り下さった公方様《くぼうさま》をお守りするのは、俺達《おれたち》の番だ）

と大いに意気が上がった。

隆吉は、向こう見ずの火消しの若衆《わかしゅう》は、前述《ぜんじゅつ》した幕府の洋学学問所の開成所の塾生以上に急進的であり、かつ、教養のない命知らずの集団であるから、命令があれば猪突猛進《ちょとつもうしん》何をしでかすか判らないと心配した。

隆吉は、直ちに江戸城に行き、重役に即時解散《そくじかいさん》を進言したが、なかなか解散命令が出なかった。隆吉がイライラしているうちに、慶喜公の政治内局の方針が決まり、慶喜公は、すべての武器弾薬《ぶきだんやく》を放棄《ほうき》して、ひたすら謹慎《きんしん》恭順の誠を示すこととなり、当然にこの民兵隊も解散することになった。

江戸っ子の心意気を見せようと、いきり立っている火消しの若衆は、純真な心を併せ持っているだけに、一度誓《ちか》った報恩《ほうおん》の決意《けつい》は固く、一身《いっしん》を投げ出して、徳川様三百年の御恩《ごおん》に報《むく》いるのだと言って、なかなか解散命令《めいれい》に従わず、手こずった経緯《いきさつ》があった。

このように、政治事情《せいじじじょう》に縁遠《えんどお》い江戸の町民たちでさえも、死を賭《と》して徳川将軍家に尽くそうというのであったから、慶喜が謹慎恭順を行うのは、簡単《かんたん》なものではなかった。そのため隆吉は、かなう限りの努力をしようと、百方手《ひゃっぽうて》を尽くして恭順を説いて廻ったのである。

隆吉は、当時の事情を次のように書き遺《のこ》している。


慶応四年正月以降、慶喜公の政治内局では、和戦両論《わせんりょうろん》に分かれて議論がまとまらず、いたずらに日時を経過するばかりであった。

慶喜公は決然《けつぜん》と意を決して、重臣たちの意見を抑え、かねてより懐《いだ》いていた尊皇《そんのう》の志《こころざし》を遂げるべきであると決意を打ち明け、老中を始め重役の解散を命じた。このとき、板倉伊賀守、小笠原壱岐守らは免職《めんしょく》となり、勝海舟《かつかいしゅう》、大久保一翁《おおくぼいちおう》などを抜擢《ばってき》して参政《さんせい》に任命したほどであった。

慶喜公は、自ら引退して謹慎恭順の意思を示し、天皇のご指示を待つことを表明した。

慶応四年（一八六八）二月十一日、慶喜公は新たに任命した海軍総裁の矢田堀讃岐《やたほりさぬき》、会計総裁の大久保一翁、外国総裁の山口信濃《やまぐちしなの》らを召して、上野寛永寺塔頭大慈院《たっちゅうだいじいん》に入って謹慎すると告げ、翌日二月十二日、馬を駆《か》って寛永寺に移り、謹んで天皇の御命令をお待ちするという姿勢を示したのである。このとき付き従う者は数人であった。

翌日からは、中条景昭、山岡鉄舟《やまおかてっしゅう》、関口隆吉たちが率いる精鋭隊《せいえいたい》の隊士五十名と、高橋泥舟《たかはしでいしゅう》率いる遊撃隊《ゆうげきたい》百余名が、大慈院の護衛《ごえい》に当たることになった。

大慈院に蟄居《ちっきょ》した慶喜は、大久保一翁、勝海舟、高橋泥舟以外とは、誰にも面謁《めんえつ》を許さず、ただひたすら謹慎の意《い》を表した。数ある幕臣の中には、種々縁故を頼って面謁を申し出る者もあり、甚だしきは、大慈院の僧侶の中にも、尊皇の意を翻《ひるがえ》そうとする者もいる有様であった。

しかし、慶喜はいかなる翻意《ほんい》の言葉にも一切これに迷わされることはなかった。時折り、信頼する元家臣を召して会話することがあり、不心得者のあることを嘆き、自分の勤皇の初志《しょし》を理解してほしいと語っていた。隆吉も、時々伺候《しこう》してその話をお聴きした。

（二）慶喜の謹慎所勤務を拝命する

関口隆吉《せきぐちたかよし》は、慶応《けいおう》四年（一八六八）二月十五日に、

「大慈院《だいじいん》御謹慎所《ごきんしんじょ》勤方仰せ付く《つとめかた》」

という辞令を拝命した。これによって隆吉は、正式に常時徳川慶喜《とくがわよしのぶ》の側近にあって、直接護

衛する任務に就くことになったのである。

隆吉が慶喜の身近に仕えるようになったある日、田安慶頼《たやすよしより》（徳川家達《いえさと》の父）が輪王寺宮《りんのうじのみや》のところに行き、

（慶喜の罪を許してもらうように朝廷に奏上して欲しい）

とお願いしたが、聞き届けられなかった。

そこで隆吉は、中条景昭《ちゅうじょうかげあき》、山岡鉄舟《やまおかてっしゅう》、松岡萬《まつおかつもる》、相原安次郎《あいはらやすじろう》、杉山一成《すぎやまかずなり》五人を誘《さそ》って、会計総裁の大久保一翁《おおくぼいちおう》を訪ね、その事実を質《ただ》した。すると大久保もその事実を認めたので、隆吉は、

「輪王寺宮様は天子に連《つら》なる皇族で、雲上人《うんじょうびと》であらせられます。一度、二度の請願《せいがん》では、礼を尽くしてお願いしたことにならないと思います。『岩に立つ矢』の例《ためし》もあります。われら一同毎日伺候《しこう》して一念《いちねん》岩をも徹《とお》す覚悟をもって懇願《こんがん》すれば、宮様の御心を動かさぬとも限らないと思いますが如何《いかが》でしょうか」

と自分の考えを述べた。すると大久保からも、

「諸君が誠を尽くされることは願ってもないことだ。私の縁者《えんじゃ》に、小島銀之助という者がいる。この者が、上野の僧侶と親しくしているから、同道してはいかが……」

という助言があった。さっそく小島銀之助の案内で、まず覚成院《かくじょういん》へ行き、来訪《らいほう》の趣旨《しゅし》を述べ、宮様へのお取り次ぎを頼むと、意外なことに、日頃物静かな覚成院主は、

「身勝手とは、貴殿のような人たちのことである……」

と、眦《まなじり》を吊り上げ、青々と剃《そ》り上《あ》げた丸い頭から今にも湯気《ゆげ》が立ち上がるのではないかと思われるほどカッカとして、

「そのような大事は、とてもお取り次ぎできない。第一、慶喜公は将軍職にあったとき、わが寺を粗略《そりゃく》に扱ったのに対し、外国に対しては極《きわ》めて丁重《ていちょう》であった。これはわが寺を軽んじ、あなどっていたからに相違ない。いや、それればかりではない。慶喜公の父君の水戸斉昭公《みとなりあきこう》は、廃《はい》仏論者《ぶつろんじゃ》だったではないか。寺を廃して民家としたり、僧侶を還俗《げんぞく》（僧籍《そうせき》を離れて元の一般人になること）させたりしたではないか……　だから、ご本山だけでなく、日本中の僧侶でこれを憤《いきどお》り、恨《うら》まない者はいない。ましてやわが法皇は、若年でこそあれ、慶喜公に対して心よい筈《はず》がない」

と語気荒く怒り出し、はげしい口調で、隆吉たちの願い出を拒絶《きょぜつ》した。隆吉は、覚成院主の話が終わるのを待って、穏《おだ》やかな口調でこれを斬《き》り返した。

「水戸斉昭公が廃仏令を出したことは私も聞いたことがあります。しかし、幕府《ばくふ》は廃仏などしたことはありません。まして慶喜公がそのようなことをする訳がありません。このお寺の待遇《たいぐう》がよくなかったとのお話しでありますが、慶喜公は、一橋家《ひとつばしけ》から徳川宗家に入って将軍《しょうぐん》となるや、直《す》ぐに京都に行き、ご皇室の思し召しに従って政治を執《と》り行い、全力を挙げて国政にその

身を捧げたのは周知のことであります。天下は多難《たなん》で、内外の重大事が山積しており、江戸《えど》に帰る暇もない状態でありました。もしも寺院等に対する古い慣例《かんれい》に一つ二つ違うことがあったとしましても、今日どうしてそれを指摘して、悪くいうことができましょうか。いま日本の国が、国家的、国際的に重大な危機に直面していることを、貴僧は知らないのではありませんか。国を思い、民の安全を願う者ならば、身分の上下や優れているや否《いな》やの区別なく、思い悩み苦しんで、解決策を求めて所々方々を駆け巡り、国家の平和を願い、民の苦しい境遇を救おうとするでしょう……」

隆吉は、一気に申し述べた。すると院主は、

「なるほどそのようなお考えもありますかな……」

と少しずつ軟化してきた。

（よし、もうひと押しだ……）

と感じた隆吉は、

「このような非常事態に直面しているときに、太平の世と同じようなお考えとは、何事でありましょうか……　私が伺《うかが》っておりますところでは、このお寺が建てられたのは寛永年間（一六二四～四三）でありますが、その源《みなもと》は実に東照宮から出て、三代将軍家光公《いえみつこう》がその御志を受け継がれて七堂伽藍《しちどうがらん》を創建《そうけん》し、それ以後今日まで代々このお寺を尊《たっと》び信仰してきました。代々将

軍家のうちで、未だかってこのお寺を軽蔑《けいべつ》したお話は承《うけたまわ》っておりません。ましてや法皇《ほうおう》の宮様に対して御無礼を働いたこともありません。しかるに、今徳川家が生きるか滅びるかの瀬戸《せと》際《ぎわ》において、水戸斉昭様のことを引き合いに出して、あえて三百年にわたって徳川家から目を掛けられたことを棒引きにされようとは、何事でございましょうや……。それとも御仏《みほとけ》に御仕《おつか》えの方々ならば、このような人の道に外《はず》れたことをなさっても、許されるでありましょうか……。私たちは、いずれも徳川家の微臣《びしん》ばかりで、位階勲等《いかいくんとう》もなければ御皇室《ごこうしつ》の優遇措置《ゆうぐうそち》もありません。しかしながら、今の世に、家臣である我らが、どうして徳川家存亡《そんぼう》の事態を、他人ごとのように黙《だま》って見ていられましょうか。だからこそ、こうして貴僧《きそう》にお願いに来たのです。それにも拘《かかわ》らず、先ほどの慶喜公への侮辱《ぶじょく》のお言葉は、何事でございましょうか。永年修行《ながねんしゅぎょう》をされて、功徳《くどく》を積まれた御坊のお言葉とも思えません。よき機会でありますので申し上げますが、私は、かつて東照宮様（家康公）が天下を平定し、泰平の世を築かれたのは、武力によるもので、文化はこれに伴っておりませんでした。そのために道徳慣習に反することが度々ありました。たとえば、上野の法皇が、日光輪王寺門跡《にっこうりんのうじもんせき》をまねるが如《ごと》きはその一例であります。このような、誤った慣習はただちに改めて、不備な法制度や儀式を補《おぎな》い正《ただ》して、国を開かれた天子様のご政道に従うべきであるということであります。私の勤皇佐幕《きんのうさばく》の志は、今に始まったことではありません。是非私の言わんとするところをお察し下さい。これだけ真剣にお願いしても、宮様へお取り次ぎできないと言われるならば、死をもって我らの誠意を明らかにするだけでございます。貴僧のお考えをお聞かせ願います」

と理路整然《りろせいぜん》、かつ、ひたむきな態度で説《と》き諭《さと》した。

この凛《りん》とした隆吉の態度に、同行の五人は驚くやら嬉しくなるやらで、唖然《あぜん》となったが、それ以上に驚いたのが、相手側の覚成院の院主であった。

院主は、静かに声を抑えて諭すように話す隆吉の言葉にすっかり傾注《けいちゅう》し、ややうつむき加減に目を閉じ、じっと聴《き》き入っていた。

「貴殿の御高説は、まことに理《り》に適《かな》い、道理《どうり》を尽《つ》くされたお話で、感服《かんぷく》いたしました。お返しする言葉もありません。ご貴殿たちのお話は、重要な問題でありますので、さっそくほかの寺僧たちにも相談のうえ、微力ながらも、可能な限りのご協力をさせていただきます」

と、隆吉の話に魅了《みりょう》されて、やや上気《じょうき》したような様子で答えた。

さっそく院主は僧侶十四人を集めて、隆吉の話を伝えたところ、僧侶たちも、みな隆吉の意見に賛成した。

善は急げとばかりに、隆吉たちは次の覚王院《かくおういん》へ行った。しかし覚王院は、諸堂の設備、諸役を補任する格式ある寺院のため、直接院主に会うことができず、まず手代僧《てだいそう》に、

「慶喜公が寛永寺において、ただひたすらに謹慎恭順《きんしんきょうじゅん》の意を表しているので、法皇様に、京

都まで御足労願《ごそくろうねが》い、そのことを親しくご報告いただき、朝敵《ちょうてき》の汚名《おめい》をお取り消しいただけますよう御配慮賜《ごはいりょたまわ》りたい」

という来訪の趣旨《しゅし》を手短に伝えた。手代僧は承知して奥に入ったが、しばらくして再び姿を現し、

「まことにお気の毒でありますが、院主はこのことをお願いできない由にてございます。よって、本件はお断《ことわ》りせよと申しております」

と言葉少なく答えるのみであった。ここで引き下がっては、慶喜公の汚名をそそぐことはできないとばかりに、隆吉は同行の五人に向かって、

「事はすでにここまできてしまった。このまま中途半端《ちゅうとはんぱ》な形で引き下がることはできない。今から宮様のところへ参上してお願いし、これがお聞き届けできなかったときは、味死《まいし》してお聴きいただく以外に方法はない。御一同、いざ参ろう」

と呼びかけ立ち上がった。味死とは、身分の高い人にお願いして、聞き入れられない場合は、その場で自害《じがい》し、遺言としてもう一度お願いするというものである。忠義の心篤い隆吉は、宮様に味死をもって、慶喜公の汚名をそそごうと決意したのである。

そのとき折よく、一人の恰幅《かっぷく》の良い武士が姿を見せ、

「あなた方は、何のご用でお見えになられましたか」

と、隆吉たちに声を掛けた。隆吉はちょっと戸惑《とまど》ったが、

「我々は、法皇様にお願いがあって参りました」

そう答えて、山岡らと顔を見合わせた。すると、その武士は、

「あなた方のお願いの件について、私の話をお聴きいただきたい。そこで、どなたか代表の方とお話ししたいので、あちらの部屋へお越し願いたいが如何でしょうか」

と意外なことを言い出した。隆吉らは少し不審《ふしん》に思ったが、

「では、私が参りましょう」

と言って隆吉が、目で一同の了解を得て、その武士の後について行った。泉水《せんすい》の見える角の一室に入ると、隆吉が先に発言した。

「私たちは、道理を無視《むし》して法皇様にお願いしようとは思っておりません。だから順序を経てここまで来たのであります。ところが、先ほどの様子では、もう順序だ、形式だ、礼儀だなどと言ってはおられない状況になりました。そこで我ら一同、昧死を決意した次第であります」

と膝《ひざ》の上に置いた両手で袴《はかま》を掴《つか》み、ぐっと身を乗り出して、必死の表情で訴えた。するとその恰幅の良い武士は、

「左様でありましたか、あなた方のご決意はまことに見事であります。そのご覚悟こそ武士の鑑《かがみ》であります。浅学非才《せんがくひさい》の私でありますが、ぜひお力になりたい。しばらくお待ち下さい」

そう言って、その武士は部屋を出て行った。ややしばらくしてその武士は、喜びを面に表わし、座《すわ》るや否や、

「いやいや、お待たせいたしました。ただ今院主にお願いしましたところ、あなた方の真心を感じられて、必ずご誠意がお聞き届けいただけるように努力します、決して軽挙妄動《けいきょもうどう》はされないようにとのことであります」

と我がことのように話された。隆吉は、両手を膝の上において、

「まことに有り難いお言葉で、お礼の申しようもありません。ご貴殿の御高誼《ごこうぎ》に感謝の言葉もありません。申し遅れましたが私は大慈院《だいじいん》御謹慎所《ごきんしんじょ》勤方《つとめかた》の関口隆吉と申します。以後お見知り置き願います。して、ご貴殿のお名前をお聞かせいただきたいが……」

と感謝の意を述べた後に、その武士の名前を聞いたのである。

「私は、熊本藩《くまもとはん》細川越中守《ほそかわえっちゅうのかみ》が家臣、志満三郎《しまさぶろう》と申します」

そう名乗ったときに、一人の寺僧《じそう》が部屋に入ってきて、

「お伝えします。皆様お喜び下され。ただ今、院主の申されるには、宮様は皆様のご請願《せいがん》になられたことをお聴きなされて、御承知になられた由にございます。おめでとうございます。しかし、ただ、口頭《こうとう》ではいけませぬから、文書にしめされた請願書にしてお出しいただきたいとのことでございます」

この寺僧の話を聞いて隆吉は、感激が込み上げ、ジーンと胸が熱くなった。隆吉と志満三郎は、すぐに部屋を飛び出し、同志が待つ玄関脇《げんかんわき》の部屋に飛び込《とこ》み、一同にこの喜びを伝えた。一同は、場所柄をも忘れて、お互い手を取り合って喜ぶのであった。

隆吉は、直《ただ》ちに筆を執《と》って請願書の原案を起草《きそう》した。そして正式な請願書は、書道に優れた山岡鉄舟が雄筆《ゆうひつ》を揮《ふる》ってこれを清書《せいしょ》して、待っていた寺僧に渡した。

その請願書は次のような内容であった（現代文に訳す）。

わが主君《しゅくん》慶喜は、天の咎《とが》めを受けたので、家臣がその事情を弁明《べんめい》しようとすれば、世間の人々はこれを非難するでしょう。従って改めて言い訳はいたしません。慶喜がなしてきたことは、去年の慶応三年、大政《たいせい》を奉還《ほうかん》し、かねてよりの尊皇《そんのう》の志《こころざし》を表明して、天朝《てんちょう》に叛《そむ》く意思のないことを明確に致しました。

我が主君慶喜は、田安家、清水家、一橋家三卿の一つから宗家を継いで将軍となりましたが、将軍としての威光《いこう》も信望《しんぼう》も、いまだ天下に広く知られておりません。そのときに、会津《あいづ》、桑名《くわな》の二藩は、大阪より天子様のおわします都に兵を進めて、遂に鳥羽伏見《とばふしみ》の戦《たたか》いを起こしてしまいました。実に情けないことであります。深くお詫《わ》びする次第であります。

その後、慶喜は直ちに会津、桑名の二藩に命じて兵を収め、謹慎恭順の意を表し、朝廷からの御処分を待っております。そして徳川支配下の藩士たちについては、藩に命じて責任者を処罰《しょばつ》致しました。また、慶喜自身に対しては、自らにお灸を据え、自らを罰しております。

本山（上野寛永寺）は、家康公以来の墳墓の地であるので、ここに自ら退き恭順の意を表し、天子様のお恵みを受けられますように日々祈っております。それ以外の何ものをも考えておりません。主君慶喜は、永年勤皇の志篤《あつ》く、不幸にして二、三の家臣が誤《あやま》った行動を起こしたことに対して、ひたすら恐《おそ》れかしこまっております。しかし、これもまた慶喜の不徳《ふとく》の致すところであります。

ここにおきましてわが主君慶喜は、自らの志であります天朝にお尽くしする旨《むね》を布告しておりますことは、既《すで》に天下に広く知られております。

しかし、天朝の詔《みことのり》に従う薩長《さっちょう》と、わが家臣とは、双方共に東西に遠く離れているために、意思が疎通《そつう》せずして、薩長など六軍は京を出発し、東に向かわれたとのことであります。このことは、我ら慶喜の家臣の最も辛く悲しいことであります。

上野寛永寺は徳川家が創建したところでありまして、各院、諸坊《しょぼう》は、それぞれ因《いん》縁浅《ねんあさ》からぬものがあります。また、輪王寺宮と徳川家との関係は、単なる因縁だけのものではなく、宮様は既に法皇となられており、ご慈悲の御心《おこころ》を深くお持ちになられ、万民《ばんみん》のこの上なき幸せと御利益《ごりやく》をお授けになっておられます。

ここに御足《おみあし》を京にお運び下され、天子様に奏請《そうせい》下されて、東征の軍をお止めいただき、天下万民を戦禍《せんか》からお救い下さり、また、徳川家の霊廟《れいびょう》を御護《おまも》り下されんことを、我ら家臣一同、深く宮様にお願いするものであります。

身分低《みぶんひく》き我らの陳情《ちんじょう》をお取り上げ下さるならば、徳川の家臣のみならず、万民の大いなる幸せであります。我らを哀《あわ》れみて、お情けをお掛け下さることを伏してお願い申し上げます。


寺僧は、この請願書を見て驚いた。実に文字も、文章も立派である。これならば宮様もお受け下さるに違いないと思ったが、一通の書面だけで宮様が動かれたとあっては、ちょっと具合が悪いこともあるので、

「さすがに昧死も辞せぬと覚悟されて、請願に来られたかたがたである。実に見事なものでありまず。この請願書に加えて、さらに、田安慶頼公から公式に院主に請願していただけないでしょうか。そうすれば院主も、宮様に正式にお願いすることができますから」

と申し出た。

隆吉たちは、本日、覚王院に来た甲斐《かい》があったと大いに喜び、さっそくことの次第を大久保一翁に報告した。隆吉らの報告を受けた大久保は、直ちに田安慶頼以下各藩主と相談して、各々文書を作成して宮様に請願した。

二日後に、大慈院の方へ、近日中に宮様が京へ上られるので、護衛《ごえい》のために精鋭隊士《せいえいたいし》を選抜《せんばつ》して、お供するようにとの命令が伝えられた。

慶応四年（一八六八）二月二十日正午、精鋭隊から川井玖太郎《かわいきゅうたろう》ほか一名が、榊原式部太夫《さかきばらしきぶたゆう》らの指揮する警護隊《けいごたい》を従えて、宮様は上野を出発された。隆吉たちの努力が報《むく》われたのである。

関口隆吉の生涯には、特筆すべきことが幾つかあるが、上野寛永寺に謹慎中の慶喜の意を受けて、慶喜恭順の誠意を内外に示し、国家の内乱の危機を救うと共に、徳川家に朝敵の汚名を被らせないように、身命を賭《と》して奮闘《ふんとう》したこの活躍は、隆吉の、以後の政治における活躍の基礎となるものであり、最も重要な一つである。

この輪王寺宮への請願の教訓《きょうくん》は、

『至誠天《しせいてん》に通《つう》ず』

という隆吉の真骨頂《しんこっちょう》を示すものである。

(三)　小田原藩の抗戦を鎮める

小田原藩は、家康、秀忠、家光の、徳川草創期《とくがわそうそうき》三代に仕《つか》えた天下の御意見番《ごいけんばん》大久保彦左衛門の兄大久保忠世が入封《にゅうほう》して以来、ほぼ大久保氏が領主であった。その中でも文政《ぶんせい》元年（一八一八）から天保《てんぽう》八年（一八三七）にかけて老中をつとめた大久保忠真《おおくぼただざね》は、出色《しゅっしょく》の藩主《はんしゅ》であった。この忠真に抜擢《ばってき》されて、関東、東北、東海道の各地で、生涯に六百余の町村を飢饉《ききん》から救い、財政を再建した農政家の二宮尊徳《にのみやそんとく》は、ここ小田原藩の出身である。

後年、関口隆吉《せきぐちたかよし》は二宮尊徳に心服《しんぷく》して、尊徳の伝記『報徳記《ほうとくき》』を学び、行政や農政に成果を上げている。

老中大久保忠真の死後の慶応《けいおう》四年（一八六八）二月、家督《かとく》を相続した孫《まご》の大久保忠礼《ただのり》が小田原藩主のときのことである。小田原藩士は、東征《とうせい》する朝廷軍を迎え討つために、幼君忠礼を奉じて兵を挙げ、天下の嶮《けん》である箱根の山に陣地《じんち》を敷《し》くことを決定した。

この小田原藩士が立つという噂《うわさ》は、すぐに江戸《えど》に流れて、江戸城の政治総裁たちの知るところとなった。江戸城の重臣会議は大変驚き、御目付《おめつけ》の平岡庄七と、御徒目付《おかちめつけ》の前島密《まえじまひそか》を正使として小田原藩に派遣《はけん》し、慶喜公《よしのぶこう》の命令を伝えて軽挙妄動《けいきょもうどう》を慎《つつし》み、反乱《はんらん》を中止させることにした。

それでもなお心配であった慶喜は、二月二十七日の夜、にわかに精鋭隊《せいえいたい》の山岡鉄舟《やまおかてっしゅう》と、大草《おおくさ》

高重《たかしげ》を謹慎所《きんしんじょ》に呼んで、

「さきに御目付の平岡たちを正使として小田原に差し向けたが、予《よ》はいささか不安である。よってその方たちは、副使として小田原に出向いてもらいたい。正使を助けて必ず小田原の挙《きょ》兵《へい》を止《や》めさせよ……」

と沈痛な面持ちで、二人に命じた。さらに慶喜は、傍らに居た隆吉にも目を向けて、

「隆吉、そちはどうか、鉄舟らと一緒に小田原にいってはくれまいか」

と言った。主君の命令でもあり、隆吉は、

「謹《つつし》んでお請《う》けいたします」

と即座《そくざ》に承知した。このときのことを隆吉は、手記に次のように書いている。


二月二十八日から、小田原表鎮撫方《おもてちんぶかた》の山岡鉄舟と共に、小田原に向かうことになった。実はこれより先に、ある会合があり、同志と共に酒楼《しゅろう》に上がって酒を飲《の》み、激論《げきろん》を闘《たたか》わせたことがあったが、一部の家臣から、

（隆吉は怪《け》しからん、いま慶喜公は恭順《きょうじゅん》の意を表して謹慎している。このように非常な時であるにも拘《かかわ》らず、酒楼で遊んでいるとはもってのほかだ。よって処罰すべきである）

という強硬《きょうこう》な意見が提出されていた。

このことが慶喜公の耳にも入り、小田原に出発する前日（二月二十七日）の夜、隆吉は慶喜公に急きょ呼び出された。その使いになった松岡萬《まつおかつもる》は、馬を飛《と》ばしてやってきて、

「慶喜公が、用件は解《わか》らぬが、貴公に直《す》ぐに出仕するようにとのお言葉である。直ぐにということであるから、直ぐ来い」

と血相《けっそう》を変えて言った。隆吉は、

（先日の酒楼での一件だな……）

と覚悟《かくご》を決めた。

（こうなったらしかたがない。場合によったら、切腹してお詫《わ》びするしかあるまい）

と腹を括《くく》って、家族と水盃《みずさかずき》を交《か》わして、母、妻とも別れを告げて、謹慎所へ向かった。そのときに母は、

「隆吉殿、何事があっても、世間から後ろ指を差され、物笑いとなるようなことがあってはならない。よいな……」

と励まされて、家を後にした。

酒楼で共に遊んだ松岡萬といっしょに上野《うえの》に行き、慶喜に拝謁《はいえつ》したところ、予想していたこととは違って、慶喜は喜びを顔いっぱいに表《あら》わして、

「隆吉、来てくれたか。聞くところによれば、そちは酒楼で大いに英気《えいき》を養ったということで、とかくの評判があるようだが、いまのような多難なときに、少々羽目を外したということくらいで、あたら有能な家臣を失うことは予の望むところではない。実は、小田原に不穏《ふおん》な噂が流れている。ついてはそれを鎮《しず》めるために、平岡と前島を正使として派遣し、山岡と大草を副使としたが、なおも気掛《きが》かりだから、そちも山岡、大草と一緒に小田原に行き、様子をよく見てきてくれないか……」

ということであった。平時ならば、たとえ側近といえどもたやすくお目見得《めみえ》もできない高貴な慶喜に拝謁し、さらに『そちに頼む』と親しく声を掛けられた隆吉は、慶喜の意外な言葉に感激《かんげき》し、直《ただ》ちにこれをお受けして、夜明け頃、赤城《あかぎ》の自宅に帰って来た。母も妻も意外な結果に驚いたり喜んだりで、

「無事でお帰りになられて、嬉しい……」

と、涙にむせて声にならなかった。

慶応四年（一八六八）二月二十八日、関口隆吉たちは芝の小田原藩邸に行き、留守居役《るすいやく》の青

柳某に面会して慶喜の想《おも》いを伝えた。そして明日（三月一日）の小田原行きの案内を頼んだところ、面識のない隆吉らを信用できなかったのか、それとも他に何か理由があったのか、小田原行きの案内を承知しないばかりか、無礼な言い訳ばかりを言うので、隆吉たちは大いに腹を立てて小田原藩邸を辞去した。

隆吉たちは、その足で江戸城の西の丸へ行き、大目付の梅沢孫太郎に小田原藩留守居役との問答の一部始終を伝え、大目付より小田原藩へ、（関口隆吉、山岡鉄舟、大草高重の三名が、副使として小田原に派遣される旨《むね》）を通知してもらうことにした。

翌日の早朝、隆吉ら三人は、騎馬《きば》にて品川まで来たところ、偶然《ぐうぜん》、上野輪王寺宮《りんのうじのみや》へ請願《せいがん》に行ったときに世話になった、覚成院《かくじょういん》の僧侶の心浄《しんじょう》が、宮様の御用で来ており、奇遇《きぐう》に大いに驚いた。お互いに事情を話し合い、四人で品川宿場《しながわしゅくば》の役人に頼んで、早駕籠《はやかご》で西へ向かった。

川崎、神奈川、保土ヶ谷まで来たが、激しい風雨に遭《あ》い、さらに尾張藩主夫人の行列にかち合い、夜半まで動きがとれなくなった。ようやく夜半過ぎに早駕籠を出すことができ、藤沢で夜が明けた。

おもわぬ混雑《こんざつ》に出会ったため、小田原に着いたのは、三月二日の正午頃であった。

直ちに、正使の平岡、前島らが泊まっている茶畑町の石田屋を訪ねて様子を聞いた。すると小田原藩との交渉が成功し、小田原藩家老の加藤直衛の努力で、反乱行動《こうどう》は鎮静《ちんせい》したということであった。

平岡、前島らと共に、山岡、大草も直ぐに江戸に帰ったが、隆吉は、

「京に上る法皇宮《ほうおうのみや》（輪王寺宮）は、まだ小田原に御滞留《ごたいりゅう》しているが、どうしてだろうか、箱根を越えないつもりだろうか。小田原藩の家老たちは、東征軍に対する反乱を中止したと言っているが、どうもその辺がはっきりしない。私は、しばらく、一人でこの小田原にいて、法皇宮のご出発を促《うなが》し、兼ねて小田原の挙動《きょどう》を探《さぐ》ってみたい」

と申し出て、今少し様子を見るために小田原に残ることにした。

夕方、外出先から宿に帰って来ると、宿の亭主が頻《しき》りに隆吉に、江戸に帰ることを勧《すす》めるので、

（これは怪しい、何か訳があるな……）

そう思った隆吉は、

「ご亭主、私が小田原に滞在していると、何か不都合なことがおきるのかな……」

と訊《たず》ねたところ、思いがけない返事が返ってきた。

「実は、先ほど、東征軍の兵士がやってきて、『江戸から来た者は誰だ、名前はなんと言う。江戸の者が帰ってきたら、直ちに捕《つか》まえて差し出せ』と厳重《げんじゅう》に言い渡されました」

と青ざめて言うのであった。

さらに、そこへ宿屋《やどや》の番頭《ばんとう》たちまで加わって、

「もし、わたし共のところに、いつまでもお泊まりになっておりますと、どんな災難《さいなん》が降りかかるか解りません。それではわたし共のお役が果たせません。ぜひ一刻もお早く江戸にお帰り下さりませ」

と旅立ちを急《せ》かすのであった。

隆吉が部屋に戻ると、刀掛《かたなか》けに架《か》けておいた大刀がない。僅《わず》かな道中荷物もないではないか。直ぐに番頭を呼び、

「何をふざけたことをするのか。私は無益《むえき》な戦《いくさ》を起こさないために、小田原に来たのだ。それなのに、私を邪魔者《じゃまもの》扱いして刀と身回り品まで、隠《かく》すとはもっての外である」

そう叱りつけた。しかし、これ以上宿の者たちに迷惑を掛けるのは、不本意《ふほんい》であるので、直ぐに宿を出た。そして昨日、平岡、前島らが泊まっている茶畑町の石田屋で知り合った、峯町の小田原藩士の関一郎を訪ねて、事情を話して一夜を過ごした。

翌朝、隆吉は、法皇宮が御滞在《ごたいざい》の旅館に出向き、執当《しっとう》である覚王院《かくおういん》の住職に面談し、宮様のご予定を伺うと共に、すみやかなるご出発をお願いした。

しかし、宮様は少しも動かれる様子がないので、隆吉もそのまま小田原に止まり、関家《せきけ》から

宮様のお宿へ伺候して、京へのご出発をお願いし続けた。

このときには、小田原の町には、東征軍の兵士が溢《あふ》れんばかりにふくれ上がっており、旅籠《はたご》はもちろん、商家などにも兵士が泊まり込み、表にそれぞれ部隊の名前が書かれた宿札《やどふだ》が掲げられていた。

特にここ一両日は、尾州《びしゅう》、備前《びぜん》、肥後《ひご》、長州《ちょうしゅう》、薩摩《さつま》の兵士が、箱根と矢倉沢の二つの関所を破って小田原に入ってきたので、町中は豊臣秀吉の小田原征伐以来の混雑ぶりであった。

小田原藩士の関一郎は、隆吉へ、

「関口殿が我が家にいることは心配です。ここから一里（四キロ）ばかり東北に行ったところの井細田村というところに、星野次郎左衛門なる私の知人がおります。しばらくそこに隠《かく》れていた方がいいでしょう」

と言って、仲間《ちゅうげん》を付けて、隆吉を星野のところへ送ってくれた。この日の朝、宮様は出発して箱根に向かわれた。そこで隆吉も江戸に帰ろうとしたが、東征軍の通行人の取締りがきびしく、通行手形がなければ帰ることもできず、しばらく星野宅に逗留《とうりゅう》せざるを得なかった。

関氏と星野氏の骨折りで、数日そこですごし、慶応四年（一八六八）三月十一日早朝、星野宅を出て、三月十二日昼八つ（午後二時頃）に品川に着いた。そして夕刻《ゆうこく》には上野へ伺候《しこう》して、小田原であったすべての経過を徳川慶喜へ報告した。

驚いたことに山岡鉄舟たちも、この日に江戸に着き、上野に来たのであった。山岡は、駿府《すんぷ》（現静岡市）で西郷隆盛《さいごうたかもり》と談判した、その経過を報告するためであった。

隆吉は、この道中がよほど大変であったとみえて、次のような話を家族に語っている。

隆吉は、小間物屋《こまものや》に変装《へんそう》して馬入川《ばにゅうがわ》（現神奈川県平塚市の相模川、昔は渡《わた》し船《ぶね》を利用した）までやって来ると、仮の関所が設けられており、

『貴様はなんの商売で、何処《どこ》に行くのか』

と問われたので、隆吉は大地に両手をついて、

『小間物屋でございます』

と答えると、関所の番兵は胡散臭《うさんくさ》そうに、隆吉の身体つきや着物などをじろじろと見た。そしてまず荷物を調べ、次に着物を脱《ぬ》がせて、隠しものがないか調べたが、何も怪《あや》しい物をもっていなかった。そこで今度は隆吉に、着ている物を全部脱げと命令し、小さな刃物も持っていないことを確認した。

隆吉は、これでもうよかろうと思い、着物を着ようとすると、番兵は、隆吉が絹《きぬ》の褌《ふんどし》をしているのを見つけ、さも羨《うらや》ましげに眺《なが》めていた。隆吉は、

（これで身分がばれたか）

と、一瞬震《ふる》えがきて冷汗《ひやあせ》がでた。

当時、絹の褌をするのは武士だけで、町人は贅沢《ぜいたく》だと言って決して絹の褌をしなかった。それで身分がばれたかと思ったのだが、番兵は田舎者《いなかもの》とみえて、それにはなにも言わずに、今度は、

『手を出せ』

と言って、掌《てのひら》を調べた。掌を見れば武術の修業をした者かどうか解るので、掌を調べたのである。

隆吉は、少年時代から剣の修業に打ち込んだので、竹刀だこがあり、すぐに武士であることが解るのである。

（もう駄目《だめ》だ）

と観念《かんねん》した。すると、どうした訳か、

『もうよし、通れ……』

と、番兵がOKを出したのである。

（よし、助かった）

と思ったとたんに、冷汗が、全身からどっと溢れ出た。

さらに東へ進んで神奈川台地の蕎麦屋《そばや》で休んでいると、早打ち駕籠三挺《ちょう》がやって

来た。その中の一人の武士が、かねて隆吉が愛用していた御召鐺《おめしこじり》の長脇差《ながわきざし》を差しているので、おやっと思ってその武士を見ると、驚くなかれ、それは山岡鉄舟ではないか。

これは山岡が日頃貧乏して、刀《かたな》を質屋に入れてしまっており、碌《ろく》な刀も持っていないので、貸してやったものだった。

駕籠の一番目は、薩摩の中村半次郎（後の桐野利秋《きりのとしあき》）、二番駕籠が山岡鉄舟、三番駕籠が薩摩の益満休之助《ますみつきゅうのすけ》であった。

この前山岡は、小田原で隆吉と別れると、ひと足早く江戸に帰ったのである。

そして慶喜の命を受けると、駿府（現静岡市）に陣を張っていた東征軍大総督有栖川宮熾仁親王《すがわのみやたるひとしんのう》に、江戸城無血開城《むけつかいじょう》の請願に行き、西郷隆盛と交渉して談判が成立したので、その帰りであったのである。

隆吉は、品川に着くとすぐに赤城（現新宿区赤城元町）の自宅に使いを出して、衣服や両刀を取り寄せ服装を整えて、駕籠に乗って上野に向かった。

尾張町《おわりちょう》（今の銀座五丁目辺り）まで来ると、駕籠舁《か》き人足が突然駕籠を放り出して逃げ出したので、

（これは何かある……）

と思い、ハッと身を引くと、

（ダダダッ）

と数人の足音がして、駕籠を取り囲み、その中の一人が駕籠の戸を乱暴《らんぼう》に引き開け、白刃《しらは》を隆吉に突き付けた。

隆吉は曲者の顔をグイッと睨《にら》みつけた。すると意外や意外、その曲者は、

「やぁ間違《まちが》えた、人違いだ、失礼した……」

と、恐縮《きょうしゅく》しながら、駕籠の戸を閉めて仲間と共に立ち去ったのであった。

この曲者は、後日、肥後熊本藩士ということが解り、改めて人違いの謝罪があった。


一方、小田原藩では、家老加藤直衛が、東征軍に対して忠誠《ちゅうせい》を誓約《せいやく》し、慶応四年（一八六八）四月十一日、東征軍大総督の有栖川宮熾仁親王は、小田原に本陣を進めた。

(四) 山岡、西郷の駿府会見

関口隆吉《せきぐちたかよし》と山岡鉄舟《やまおかてっしゅう》とは、共に剣術を修業し、かつ、年齢が同じということもあって意気投《いきとう》

合《ごう》し、刀を貸すということまでもする親友で、家族ぐるみの交際をしていた。

話は少しさかのぼるが、隆吉が小田原へ出発する三日前のことである。

山岡鉄舟が、ぶらりと隆吉の家を訪《たず》ねて来て、

「今日は頼みに来た。また、例によって刀を貸してもらいたい。それも大小二本だ」

「よろしい、貸しましょう。ところで、今度はどこに出掛けるのか……」

と隆吉が訊《たず》ねると、鉄舟は、大きな仕事なのにさりげなく、

「実は、慶喜公《よしのぶこう》から命ぜられ、小田原の用事が済み次第、駿府《すんぷ》（静岡）まで行って、慶喜公の恭順《きょうじゅん》の実あるところを朝廷に奏請《そうせい》するように仰《おお》せつかったのだ。薩長《さっちょう》に負けないために、今度はごつい拵《こしら》えで、見るからに斬《き》れそうなヤツがいい」

と話した。

隆吉は、これは大仕事だ、誰と一緒に駿府まで行くのか、東海道は、東征軍《とうせいぐん》（朝廷軍）で溢《あふ》れているから、死ぬ覚悟でなくてはできない仕事だなと思いつつ、

「よし解《わか》った。では会津兼定《あいづかねさだ》を貸してやろう。この刀は二尺六寸（八〇センチ弱）の大業物《おおわざもの》で、反《そ》りが浅くて強度がある。何人斬っても大丈夫だ。それにしても、貴公の役目は重大だが、何か良い方策でもあるのか？」

と、隆吉は親友の身を案じた。

余談《よだん》であるが、会津兼定の鍛《きた》えた刀は、新撰組《しんせんぐみ》副長土方歳三《ひじかたとしぞう》も愛用している刀である。

すると鉄舟は、頬骨《ほほぼね》の張った、いかつい顔をさらにしかめて、

「城中の年寄《としより》どもと、その方策《ほうさく》について相談したが、話のできる奴は一人もいない。やむを得ないから、義兄の高橋泥舟《たかはしでいしゅう》に紹介してもらい、軍事総裁《ぐんじそうさい》の勝海舟《かつかいしゅう》を訪ねて意見を聞こうと思っている。駿府に行くのはそれからだ」

ということであった。

「なるほど、勝殿と相談するのか。貴公《きこう》も知っての通り、私もかつての、九段下事件以来何度か勝殿に会っているが、なかなかの人物だ。貴公の話ならば、勝殿も耳を傾け、良い知恵を出してくれるにちがいない」

と、隆吉は勝海舟の人物像《じんぶつぞう》を語り、

「だが、駿府といえば大総督《だいそうとく》が滞陣《たいじん》している。これは容易ならぬ役目《やくめ》だ。命懸《いのちが》けだな、ぬかるなよ……」

と励《はげ》ました。

「もちろん、死は覚悟している。大総督の有栖川宮熾仁親王《ありすがわのみやたるひとしんのう》に言上して、国家国民のため、その安泰《あんたい》を計るのだ。江戸百万の人命に代わって、我が一身を捨てることは、もとより本望だ」

と鉄舟は、心に秘《ひ》めた決意を隆吉に打ち明けた。隆吉は、鉄舟の覚悟を聞いて、はたと膝《ひざ》を

打ち、

「勇《いさ》ましい、いい覚悟だ。貴公なら大願成就《たいがんじょうじゅ》間違《まちが》いなしだ。頼むぞ、成功を祈る」

そういって、愛用の会津兼定の御召鐺《おめしこじり》（鞘尻《さやじり》に立派な飾《かざ》り）のある刀を差し出した。

「ありがとう、貴公にはいろいろ世話になったが、もう二度と再び顔を合わせることがないかも知れぬ。後を頼む……」

気持ちの昂《たかぶ》りからか、鉄舟の浅黒《あさぐろ》い顔《かお》が、赤くなっていた。

このとき、隆吉と鉄舟は三十三歳、泥舟は三十四歳、海舟は四十六歳であった。

こうして隆吉から刀を借りた山岡鉄舟が、隆吉よりひと足早く小田原から江戸《えど》に帰り、赤坂氷川町《ひかわちょう》の勝海舟の屋敷を訪れたのは、慶応《けいおう》四年（一八六八）三月五日であった。

勝海舟と鉄舟は、お互いに人物は知っていたが、どういう訳か、いつもすれ違っていて、まだ面識がなかったのである。

勝海舟は、乱暴者《らんぼうもの》の悪名が高い山岡鉄舟を警戒《けいかい》していた。山岡鉄舟は、幕臣《ばくしん》とはいえ、過激《かげき》な攘夷派《じょういは》であり、そのうえ名の知れた剣客《けんきゃく》である。勝海舟も直心影流免許皆伝《じきしんかげりゅうめんきょかいでん》であるが、危《あぶ》ない橋は避《さ》けた方がよい。

会計総裁《かいけいそうさい》である大久保一翁《おおくぼいちおう》（後の東京府知事）は、海舟に、

「山岡鉄舟は貴殿を殺すかも知れないので、会わない方がいい」

と注意していた。その山岡鉄舟が単身海舟を訪《おとず》れたのである。

「お頼み申す。山岡鉄舟でござる。勝先生ご在宅ならば、御意《ぎょい》を得《え》たい」

と大声で案内を請い、玄関に仁王立《におうだ》ちになった。勝家の家人が、面会しない旨《むね》を伝えても、不退転《ふたいてん》の決意で立ちはだかって帰ろうとしない。家人が断《ことわ》りかねているので、勝海舟はやむなく面会することになった。

勝海舟は、山岡鉄舟に会ってみて、噂《うわさ》と実物の違いが解り、二人は大いに意気投合した。勝海舟は、即座《そくざ》に協力を約し、たまたま勝邸に寄宿《きしゅく》していた、薩摩藩士《さつまはんし》の益満休之助《ますみつきゅうのすけ》を護衛《ごえい》に同行するように取り計らった。こうして以後、勝海舟、山岡鉄舟の二人は刎頸《ふんけい》（その友人のためなら、首を斬られても後悔《こうかい》しないほど）の交《まじ》わりをするようになったのである。

その後、駿府における、山岡鉄舟と西郷隆盛《さいごうたかもり》の会談を本《もと》に、江戸田町の薩摩藩下屋敷《しもやしき》において、勝海舟と西郷隆盛の会談が行われて、江戸城は無血開城《むけつかいじょう》となったのである。

世間では、徳川軍《とくがわぐん》と東征軍《とうせいぐん》（朝廷軍）との交渉を、勝海舟と西郷隆盛の二人だけでやったように思っている。これは、後年、勝海舟が、そのように話したり、人に書かせたりしたからであって、実際はそうではない。

江戸城無血開城の中心的な働きは、先《ま》ず第一に徳川慶喜の英断《えいだん》である。次に山岡鉄舟であり、そして山岡鉄舟が駿府行きの決断《けつだん》をするときの、重要な相談相手が関口隆吉だったのである。また、山岡鉄舟を慶喜に推薦《すいせん》したのは、高橋泥舟であり、またこの人たちの活躍には、大久保一翁の存在も無視《むし》できない。

元治《げんじ》元年（一八六四）、幕臣の子として江戸に生まれたジャーナリストで、キリスト教徒であった山路愛山《やまじあいざん》は、勝海舟を、

　彼は、冷静な目で天下を見据《みす》え、薩長の家老以下を小児《こども》扱いし、彼等を罵《ののし》り侮《あなど》って決して気にも留《と》めなかった。そして、常に大所高所《たいしょこうしょ》から世の中を観察《かんさつ》して、物事を進めていたが、これをもって、手腕優《しゅわんすぐ》れ、能力高《のうりょくたか》く、国を治《おさ》め民を済《すく》う政治家であるとは言い難《がた》い。私の見るところ、彼は単なる批評家《ひひょうか》にすぎず、もし実務《じつむ》をさせるとするならば、ほどほどの外交家にはなるであろう。しかし、好意的に見ても、国の中心的な存在になったり、時代の指導者、事業家になるには、もう少し別な才能が必要である。

と評している。勝海舟にはこのような、小才《こさい》と見せかけの一面があったのは、惜《お》しむべき点である。

それに対して隆吉や鉄舟には、そのような、見せかけやはったりはなく、もっと正直で清廉《せいれん》潔白《けっぱく》、誠実《せいじつ》であった。特に隆吉はその最《さい》たるものであった。

ちなみに、これら六人の没年《ぼつねん》と享年《きょうねん》は、次の通りである（没年の順）。

山岡鉄舟《やまおかてっしゅう》　…　明治二十一年（一八八八）：五十三歳没
大久保《おおくぼ》一翁《いちおう》…明治二十一年（一八八八）：七十二歳没
関口隆吉《せきぐちたかよし》　…　明治二十二年（一八八九）：五十四歳没
勝《かつ》　海舟《かいしゅう》　…　明治三十二年（一八九九）：七十七歳没
高橋泥舟《たかはしでいしゅう》　…　明治三十六年（一九〇三）：六十九歳没
徳川慶喜《とくがわよしのぶ》　…　大正二年（一九一三）：七十七歳没

この頃の隆吉は、履歴書《りれきしょ》によれば、慶応四年（一八六八）三月三日に、徳川慶喜を護衛《ごえい》する精鋭隊頭取並《せいえいたいとうどりなみ》（隊長代理）を命ぜられて、御切米《おんきりまい》（俸禄《ほうろく》）二百俵（禄高《ろくだか》二百石）を支給され、さらに、慶応四年三月二十三日に御町《おまち》奉行《ぶぎょう》支配《しはい》調役《しらべやく》兼務を拝命したと書かれている。

（五）江戸城明け渡しに立ち会う

慶応《けいおう》四年（一八六八）三月九日、駿府《すんぷ》へ到着した山岡鉄舟《やまおかてっしゅう》は、西郷隆盛《さいごうたかもり》と談判して、江戸《えど》城《じょう》無血開城《むけつかいじょう》の約束を取り付けた。しかし、このとき西郷が江戸城総攻撃中止《そうこうげきちゅうし》の条件として提《てい》示《じ》した、七カ条の第一条に、

「慶喜《よしのぶ》の備前藩《びぜんはん》お預け」（池田家、現岡山県の南東部）

とあった。山岡鉄舟は、他の六カ条は承知《しょうち》するが、慶喜の家臣として、第一条は絶対に承服《しょうふく》できないと強硬《きょうこう》に要請《ようせい》した。

「もし立場を代えて、西郷殿が、主君の島津公がこのような処置になったら承知するか」

と詰《つ》め寄《よ》り、水戸藩《みとはん》へのお預け替えを要請して、西郷を説得したのである。

西郷は、山岡の熱意に感じ入り、山岡の申し出を了承し、江戸への帰りの「通行御免《ごめん》」の鑑《かん》札《さつ》まで与えて、山岡の身の安全を図《はか》った。

それから四日後の、慶応四年（一八六八）三月十三日と十四日の両日、西郷は高輪《たかなわ》の薩摩藩《さつまはん》下屋敷《しもやしき》で、勝海舟《かつかいしゅう》と会談して、

「慶喜は隠居《いんきょ》の上、水戸に謹慎《きんしん》」

とする黙約《もくやく》が成立した。

江戸城無血開城は、一般には勝と西郷の二人だけの会談で決まったように伝えられているが、先に述べたように、この江戸城無血開城の中心的な勲功《くんこう》は、第一に、徳川慶喜の英断であり、

そして、慶喜の命を受けて特命使者《とくめいししゃ》を人選した高橋泥舟《たかはしでいしゅう》の判断《はんだん》であり、そして使者の重責《じゅうせき》を全うした山岡鉄舟の胆力《たんりょく》であり、さらに山岡と談判《だんぱん》についての戦略《せんりゃく》を練《ね》った、関口隆吉《せきぐちたかよし》の知略《ちりゃく》であることを見逃してはならない。

したがって勝と西郷との会見は、いわば儀式《ぎしき》のようなものだったのである。

こうして慶応四年（一八六八）三月十五日の東征軍《とうせいぐん》の江戸城総攻撃は中止され、四月四日に京都から江戸城無血開城を認める勅許《ちょっきょ》が下り、四月十四日に無事江戸城は明《あ》け渡《わた》しが行われたのである。

それと同時に慶喜は、四月十四日の暁《あかつき》（午前三時頃）に、供頭《ともがしら》の浅野美作守《あさのみまさかのかみ》を従えて上野の大慈院《だいじいん》を出て、水戸へ蟄居《ちっきょ》した。高橋泥舟が遊撃隊《ゆうげきたい》五十人、中条景昭《ちゅうじょうかげあき》ら精鋭隊《せいえいたい》五十人が、彰義隊士《しょうぎたいし》とともに慶喜を護衛《ごえい》した。

関口隆吉は、江戸城の明け渡しの仕事があるため江戸に残った。

江戸城明け渡しの前夜、広々とした城内には、人影もなく、ひっそりともの寂《さび》しく、広い庭園、樹木の生い茂る築山《つきやま》のここかしこより、狐狸《こり》が出てきて、実に感慨《かんがい》言うべからざるものがあり、隆吉は、涙《なみだ》を拭《ぬぐ》って一詩《いっし》を詠《えい》じた。

清夜《せいや》駸々《しんしん》馬を駈《か》けて行く（清く晴れた夜《よる》、馬を早駈《はやか》けして行く）

馬は驚く鼓笛《こてき》と鼕声《とうせい》と（馬は太鼓《たいこ》や笛《ふえ》の音に驚《おどろ》き）
悵然《ちょうぜん》轡《ひ》を按《あん》じて天を仰《あお》いで泣く（気落《きお》ちして、馬の手綱《たづな》を引き空を仰いで涙する）
空には月光の大城《たいじょう》を照らす有り（空には月の光が江戸城を照らしている）

隆吉は今までに、何度も播州《ばんしゅう》赤穂《あこう》城《じょう》明け渡しの芝居《しばい》を見てきたが、今度は自分が江戸城の明け渡しに立ち会うことになり、隆吉の胸中《きょうちゅう》は引き裂かれる思いであった。

同じ四月十四日の朝、西郷隆盛は、江戸城受け取りのために勅使《ちょくし》の橋本実麗《はしもとさねあきら》と共に、少人数の隊列を組み、池上本門寺《いけがみほんもんじ》の陣営《じんえい》を出発した。

城の受け取りは、和平《わへい》の証《あかし》である。したがって西郷は、わざと護衛兵《ごえいへい》を少数にしたのである。

当時の武家の作法として、江戸城の式台《しきだい》に上がれば、佩刀《はいとう》は禁止である。そうかといって、非常事態《ひじょうじたい》の時では城内といえども、いつどこで何が起こるか解《わか》らない。西郷は懐《ふところ》に刀を抱いて、勅使橋本実麗の身の安全を配慮《はいりょ》した。

しかし、そのような懸念《けねん》は全く不要であった。

徳川十六代を継ぐ田安家達《たやすいえさと》（当年六歳）以下が、裃姿《かみしもすがた》で威儀《いぎ》を正して待っていた。

江戸城の内外を警護《けいご》する元幕臣《もとばくしん》たち五百名をたばねるのは、慶喜から警護隊長を命ぜられた関口隆吉である。隆吉は、家達以下が居並《いなら》ぶ位置より、少し下がった見通しのきく位置に、裃姿で控えていた。

定位置についた勅使は、天皇の御沙汰書《ごさたしょ》を読み上げ、これをうやうやしく示して、城引き渡しの儀式は無事に終了した。

この日は、慶喜の高邁《こうまい》な考えを理解できない一部の抗戦的《こうせんてき》な元幕臣たちが、城の引き渡し式を妨害《ぼうがい》することも、十分に想定されたので、隆吉は、引き渡し式が終了したことで安堵《あんど》した。

が、同時に新生日本の将来について、いろいろと思いを巡《めぐ》らすのであった。

江戸城引き渡し式の翌日には、江戸城は完全に東征軍の手に移り、市中の警備も東征軍に委《ゆだ》ねられた。

ところが、江戸城無血開城の二カ月ほど前から、抗戦的な元幕臣たちと、親藩《しんぱん》の一部藩士らが集まって、抗戦集団《こうせんしゅうだん》を結成していた。この集団の一部が、不心得《ふこころえ》な小田原藩士と結合して、前述したような箱根で東征軍を迎え撃とうとする事件を起こしたり、また五月になると、上野に立てこもって彰義隊《しょうぎたい》の乱《らん》を起こすのだった。

東征軍大総督《だいそうとく》の有栖川宮熾仁親王《ありすがわのみやたるひとしんのう》が江戸城に入られるので、関口隆吉は命を受けて、有栖川宮をお迎えするべく、登城《とじょう》してその準備《じゅんび》をした。

江戸城の内外の番所には、すべて朝廷軍の兵士がつめて、お城の出入りは勿論、江戸市中の通行も自由にできなくなった。

そのため、江戸市中のあちらこちらでトラブルが発生し、その都度隆吉は、それを鎮《しず》めるために休む暇もなかった。

この頃、フランスの陸軍将校によって厳《きび》しく鍛《きた》え抜《ぬ》かれた、徳川方の洋式軍隊の隊長である福田八郎右衛門たちが、江戸を脱走《だっそう》して上総《かずさ》（現千葉県）に行き、大いに東征軍と戦った。さすがは二百六十年続いた徳川幕府《とくがわばくふ》の精鋭である。攻め寄せる東征軍を蹴散《けち》らして、意気軒昂《いきけんこう》であった。

あわてた徳川方は、鎮撫使《ちんぶし》の松平太郎をやって、福田八郎右衛門を説得させたが、説き伏せることができなかった。

隆吉は、この事態を憂《うれ》えて、自ら有栖川宮の執事《しつじ》の藤井永春《ふじいながはる》を訪問し、鎮撫策《ちんぶさく》を具申《ぐしん》した。しかし採用してもらえなかった。そこで隆吉は、山岡鉄舟と共に、東征軍の北陸道参謀《さんぼう》の津田山三郎を訪ねて、鎮撫策実行を説得したところ、津田はついに、鉄舟、隆吉の熱意に心を動かされた。さっそく、三人で東征軍の鎮将府《ちんしょうふ》に行き、参謀の海江田信義《かいえだのぶよし》と会った。そして半日間侃侃諤諤激論《かんかんがくがくげきろん》を戦わせ、遂に隆吉の鎮撫策が採用され、上総下総両国《しもうさりょうこく》（現千葉県）へ出張する手形《てがた》（通行証）を交付され、かつ、東征軍の兵士二人を護衛に付けてくれた。隆吉は直《ただ》ちに撤兵隊《さっぺいたい》の福田八郎右衛門を訪ねて、現在の国情や、慶喜の恭順《きょうじゅん》の真意《しんい》を諄諄《じゅんじゅん》と説き、反乱軍《はんらんぐん》を鎮めることに成功した。

その頃、このような小戦闘《しょうせんとう》は、関東の各地で起こったが、いずれも大事に至らず、無事に終結したのは、関口隆吉、山岡鉄舟、高橋泥舟、前島密《まえじまひそか》ら有識《ゆうしき》の士《し》が、（慶喜の恭順の誠意に逆《さか》らってはならない、一国を挙《あ》げて欧米列強《おうべいれっきょう》に対抗すること、さもなければ、日本は外国の思うままに侵略《しんりゃく》されてしまう結果となる）という大局的な判断に立って、指導し活躍したからである。

そして、慶応四年（一八六八）閏《うるう》四月二十九日、新政府から許可が下《お》りて、十五代徳川慶喜が隠居して、田安亀之助《たやすかめのすけ》が家督《かとく》を相続して、家達《いえさと》と名乗り、十六代徳川宗家当主《そうけとうしゅ》の座に就いた。このとき家達は数え年で僅《わず》かに六歳であった。そのために、一族の松平斉民《まつだいらなりたみ》（十一代徳川家斉《いえなり》の子）が、後見役《こうけんやく》になった。

慶応四年五月二十四日には、家達は新政府から、駿府城主として七十万石を与えられ、慶応四年八月に駿府（静岡）に移ることになった。この時点では、慶喜はまだ、水戸で謹慎していた。

（六）乳虎隊を鎮める

徳川方による反乱は、いったんは収まったが、慶応《けいおう》四年（一八六八）四月中旬頃になると、幕府《ばくふ》の崩壊《ほうかい》によって禄《ろく》を失った武士や、貧困《ひんこん》のため農地を捨てて、村を逃散《ちょうさん》して江戸《えど》に出て来た農民などの浮浪《ふろう》の徒《と》が、徒党《ととう》を組んで市中を横行し、乱暴略奪《らんぼうりゃくだつ》するなど治安が大いに乱れてきた。

その中でも、浅草付近を本拠地《ほんきょち》として武力集団を結成した乳虎隊《にゅうこたい》が、最も規模が大きく、統制《とうせい》がとれ、戦力が強い集団であった。

関口隆吉《せきぐちたかよし》は、この最有力な乳虎隊を解散させれば、他の小さな群《む》れは自然消滅するだろうと判断した。そこで乳虎隊の本陣である榧寺《かやでら》に単身で乗り込み、山門を守っていた衛兵《えいへい》に、

「私は市中取締役の関口隆吉と申します。折り入って隊長の岡野誠一郎殿に面談したい、お取り次ぎ願いたい」

と会見を申し入れた。しかし、衛兵同士《どうし》が酒に酔った勢いで、何か議論《ぎろん》していて、隆吉の言うことに耳を貸そうとしなかった。やむを得ず、他の隊士に取り次ぎを頼もうと山門《さんもん》から境内《けいだい》を見廻した。しかし隊士たちは皆酒を飲み、酔って寝ている者、片肌脱《かたはだぬ》いで大声で歌っている者、真っ赤な顔で口角泡《こうかくあわ》を飛ばして喚《わめ》いている者などなど、まともな隊士は誰も見当たらなかった。

（この者たちでは相手にならない……）

そう判断した隆吉は、つかつかっと本堂の前まで進み、

「市中取締役の関口隆吉と申す、隊長岡野殿に面談したい！　お取り次ぎ願いたい……」

と大声で呼んだ。すると、今度は本堂の中から、

「よーし、向こうから廻って、庫裡《くり》から入って参れ」

とダミ声が聞こえてきた。

（何を失敬《しっけい》な、私は慶喜公《よしのぶこう》から江戸の治安《ちあん》を任《まか》されている者だ。その私を物乞《ものご》い並《なみ》に扱うとはもってのほかだ……）

隆吉は、憤然《ふんぜん》として、右手の拳《こぶし》を固く握りしめ、その拳をやや少し前に出し、左手に大刀を握《にぎ》って、正面から気合を入れて本堂に上がった。

本堂前の階段には、徳利《とっくり》や盃《さかずき》が乱雑《らんざつ》に散らばっていた。隆吉はそれらを蹴飛《けと》ばし、踏《ふ》み砕《くだ》いて、本堂に入った。

本堂に入ると、隆吉の通行を妨害《ぼうがい》する隊士がいたが、そんな妨害などものともせずに進んだため、隊士一同は、隆吉の勢いに押されて黙って隆吉を通した。

また、本堂で酒を飲んでいた無頼漢風《ぶらいかんふう》の者たちも、ただただ驚き、唖然《あぜん》としてこれを見守るばかりであった。

本堂の奥深く進んだ隆吉は、祭壇《さいだん》の前で、仁王立《におうだ》ちで指図《さしず》している隊長の岡野誠一郎に向

かって、

「岡野殿、乳虎隊を直《ただ》ちに解散されたい。その理由は言わずともすでに、十分御承知の筈《はず》、今さら説明する必要はないと思う。如何《いかが》でござるか……」

眦《まなじり》を決し、眼光鋭《がんこうするど》く、語気《ごき》を強めて解散を要求した。

「………」

隊長の岡野誠一郎は、隆吉の気勢《きせい》に呑《の》まれて、口をパクパクさせ、言葉にならない声を出すばかりであった。横に居並ぶ幹部の隊士たちも、誰一人言葉を発する者はいなかった。

隆吉はつづけて、

「今は幕府がなくなり、幕臣《ばくしん》は皆禄《ろく》を離れて、明日のことも定《さだ》かでない。しかし、いま東征軍《とうせいぐん》に反旗《はんき》を翻《ひるがえ》して、戦いを挑《いど》んでも状況は好転しない。いやその反対に、慶喜公以下臣下の者は、全部朝敵《ちょうてき》の汚名《おめい》を着せられて、罰せられるだけである。よしんば戦いが有利に展開しても、日本を東西に分かれて内戦をしていては、外国の思う壺《つぼ》だ。日本は中国の阿片戦争《あへんせんそう》の二の舞《まい》となり、われらはみな外国軍に蹂躙《じゅうりん》されてしまう。いずれが自分たちのためか、ひいては日本のためになるのか、よく考えて、行動をとられたい」

と、じっくりと理《り》を説き、条理《じょうり》を尽くして説得した。

こうした隆吉の努力によって、岡野以下二十名ほどの幹部隊士が協議した結果、全員一致して隆吉の要求を受け入れて、乳虎隊は解散した。

徳川の家臣たちは、ややもすれば東征軍に抵抗《ていこう》しようとしたり、あるいは慶喜を擁《よう》して、昔の夢よもう一度とばかりに、徳川の世に引き戻そうと考える者が後を絶たなかった。

このような危機一髪《ききいっぱつ》の情勢《じょうせい》の中で、慶喜は、江戸を出て水戸《みと》に引き籠ったのであった。慶喜の身辺警護の役目を任された隆吉ら精鋭隊は、慶喜に同行して、常にその身辺を護《まも》ったのである。

（七）彰義隊を説諭する

慶応《けいおう》四年（一八六八）五月六日、三十三歳になった関口隆吉《せきぐちたかよし》は、病気を理由に、市中取締役の辞職届《じしょくとどけ》を徳川家に提出した。

不肖《ふしょう》、関口隆吉は、謹《つつし》んで言上します。

私は、もとより身分低く、国家に役立つような者ではありませんが、忠義の心を認めていただき、隊長に抜擢《ばってき》していただきました。今日、かかる地位に就《つ》いたことは、まことに身に余《あま》ることと思っております。そこで、国のため、世のため、人のためになり、御恩に報《むく》いたいと思って、粉骨砕身《ふんこつさいしん》、努力して参りました。大総督有《あり》栖川宮《すがわのみや》からの御沙汰《ごさた》があり、市中巡邏《しちゅうじゅんら》の役も新政府軍が行うことになり、私の仕事がなくなりました。このままでは恐れ多いことでもあり、今までの御恩にも背《そむ》くことになり、恐縮に思っております。その上、この頃体調不良で、長期療養が必要と思われますので、格別のご裁可《さいか》をもって、お役御免《ごめん》にしていただきたくお願い申し上げます。追って加療《かりょう》の上、病気全快いたしました上は、再びお仕えして、尽力いたす所存であります。事情ご理解賜わり、本件辞職の儀、お許し賜わりたくお願い申し上げます。本件願いをお聞きとどけいただけますならば、あり難《がた》き幸せと存じます。

この辞職願は、大久保一翁《おおくぼいちおう》に宛てて提出された。

ところが、慶応四年（一八六八）五月十四日戌《いぬ》の刻《こく》（午後八時）に、突然使者が来て、田安《たやす》家《け》（十六代徳川家達《とくがわいえさと》）の公館に直《す》ぐに出頭するようにとの命令があった。

（田安様から急の御召しとは、はて何だろう……）

隆吉は、一瞬不審《ふしん》に思ったが、直ぐに思い直して、さっそく馬を馳せて田安邸に向かった。

すると意外なことに、

（一旦、解散した筈《はず》の彰義隊《しょうぎたい》が、上野《うえの》で挙兵《きょへい》したので、直《ただ》ちにこれを鎮撫《ちんぶ》せよ）

との命令であった。

驚いた隆吉は、田安邸からそのまま上野に向かい、彰義隊の説得に当たることになった。

隆吉が馬に乗って上野に向かう途中、富坂まで来ると、上野の方から急ぎ足で歩いて来た山岡鉄舟《やまおかてっしゅう》と、ぱったり出会《であ》った。鉄舟は、よほど腹立たしいことがあったのか、口をへの字に曲げ、隆吉の進行《しんこう》を妨害《ぼうがい》するかのように、隆吉の乗っている馬の轡《くつわ》を掴《つか》んで、

「関口、貴公《きこう》は何を急いでいるのか、何処《どこ》へ行くんだ」

と訊《き》いた。隆吉は、

「上野だ……」

そう答えて馬を走らせようとすると、日頃、沈着《ちんちゃく》、かつ、剛気《ごうき》な鉄舟が、腹の虫が収《おさ》まらないのか、やや乱暴《らんぼう》に隆吉乗馬の轡を曳《ひ》いて、道路の片端《かたはし》に馬を寄せ、馬上の隆吉に向かって、

「やめた方がよい。俺が百方《ひゃっぽう》手を尽くして説得してみたが、奴らは聞く耳を持っておらぬ。今から行っても無駄だろう……」

と言うのだった。しかし隆吉としては、命令を受けたからには、そのまま引き返すことができなかった。

「家達公からの命令を受けたからには、引き返すことはできない。とにかく上野に行ってみる。

ご忠告ありがとう。十分注意し、全力をつくして説得《せっとく》してみよう。しからばご免……」

そう鉄舟に挨拶すると、隆吉は馬腹《ばふく》を蹴《け》って上野に直行《ちょっこう》した。このとき服部綾雄、岡鉄三郎、河村正平らが、隆吉に同行していた。

隆吉らは、上野の山中を駆《か》け巡《めぐ》り、彰義隊の隊士を捉《つか》まえては、（未曾有《みぞう》な国難に直面している現況《げんきょう》や、大政奉還《たいせいほうかん》を決断した慶喜公《よしのぶこう》の真意《しんい》）などを分かりやすく、しかも簡潔《かんけつ》に説明して、暴挙《ぼうきょ》の中止を説《と》いて廻った。この間は、約二《に》刻《こく》（四時間）、すなわち亥《い》の刻（午後十時）から丑《うし》の刻（午前二時）に及ぶ長時間にわたってであった。

この彰義隊というのは、もともと雑多《ざった》な無頼漢《ぶらいかん》のような連中が集まった、烏合《うごう》の集団であった。そのためリーダーがなく、秩序《ちつじょ》ある行動が執《と》れる集団ではなかったのである。したがって、説得してもそれが彰義隊全体に伝わらず、鉄舟が忠告した通り、結果的に隆吉たちの努力は報われなかったのだった。

遂に明け方近くになり、大砲の音が轟《とどろ》き、戦端《せんたん》が開かれてしまった。隆吉は、もはや致し方なしと、無念《むねん》の思いを抱いて、田安邸《たやすてい》に帰り、その状況を復命《ふくめい》せざるを得なかった。

そのとき岡鉄三郎と河村正平の二人が、

「我ら二人がここに残って、斥候《せっこう》となります」

と申し出た。

「君たちの申し出はありがたいが、斥候は戦場において用をなすものである。いま、我々の任《にん》務《む》は、戦うことではなく、彰義隊を鎮撫することである。戦端が開かれた今となっては、戦況を偵察しても意味はない」

隆吉は、そう説明して、二人の申し出を受け入れなかった。

この頃になると、上野の山の前門《ぜんもん》の辺りの戦闘が激しく、隆吉は馬を乗り捨てて、谷中方面から迂回《うかい》して根津《ねづ》を通り、湯島《ゆしま》へ出た。このときは、小銃の弾丸が四方八方から飛び交い、隆吉が銃弾《じゅうだん》を受けなかったのが奇跡《きせき》なくらいであった。

一行の中に、中丸木白三郎《なかまるきしろさぶろう》という、駿府《すんぷ》出身の十六歳の若い隊士がいた。駿府（現在の静岡市）は、隆吉の父隆船《たかふね》が、初めて駿府奉行所《ぶぎょうしょ》で幕府《ばくふ》の仕事に就いた思い出の地でもあり、隆吉は中丸木少年のことがなんとなく気になっていた。

「中丸木、よいか、ここは戦場だ、決して私から離《はな》れるな。君は江戸《えど》の町が不案内だから、私たちと離れたら最後、生きては帰れないのだ。必ず付いてくるのだぞ。よいな……」

と少年の身を案じた隆吉は、くどいほど注意しておいた。

「ハイ、必ず付いていきます」

と中丸木少年は返事をした。

隆吉たちは飛《と》び来る弾丸から身を避けるために、それぞれの判断で物陰《ものかげ》に身を潜《ひそ》めていたが、辺《あた》りは真暗闇《まっくらやみ》であったため、少年は味方の姿を見失って、いつしか独《ひと》りぼっちになってしまった。

翌日になっても、中丸木少年は関口邸に姿を見せず、結局、少年の生死はわからずじまいになってしまった。隆吉は、

（気の毒なことをしたな。駿府にいれば命を落とすこともなく、これから先、四十年も、五十年も生きて、新しい日本で存分《ぞんぶん》に活躍《かつやく》することもできたであろうに……）

と思うと、この不憫《ふびん》な中丸木少年のことが、いつまでも脳裏《のうり》から離れなかった。

その一方で、隆吉が乗り捨てた馬は、もう帰ってこないだろうと諦《あきら》めていたところ、その日の夕方に、無事関口邸の厩《うまや》に戻ってきたのである。

この頃の日記に、和歌が一首、記《しる》されている。

　上野やま花のおとずれ跡絶《あとた》えて
　　聞くさえ憂《う》しや山ほととぎす

彰義隊は、慶応四年（一八六八）二月に結成され、僅《わず》か三カ月後の、五月十五日に討伐《とうばつ》されたのであった。

この頃隆吉は、市中取締役から、町奉行御用取扱にお役替《やくが》えを命ぜられていたが、彰義隊が

討伐された後の五月二十三日付で、町奉行御用取扱を免ずる辞令が交付された。

隆吉は、幕府に代わる新体制の政府に対して、国防費《こくぼうひ》に加えられたいとして、金千円（千両）を寄付している。この寄付は、隆吉が政治の第一線から退くことへの、けじめの意味もあったのであろうか。

（八）慶喜、水戸から静岡に移る

朝廷は、慶応《けいおう》四年（一八六八）五月二十四日、徳川家達《とくがわいえさと》に対して、駿河国《するがのくに》七十万石に封《ほう》ずる旨《むね》の詔書《しょうしょ》を下《くだ》した。

『徳川氏御系譜《とくがわしごけいふ》』によれば、このときの移封《いほう》の内容は、

九月二十四日、駿河国府中城主《ふちゅうじょうしゅ》仰《おお》せ付けられる。御領地高《ごりょうちだか》七十万石下し賜《たま》わる。

駿河国一円、および遠江《とおとうみ》、陸奥《むつ》両国の一部を下し賜わる旨仰せ出される。


というものであった。

そのため関口隆吉《せきぐちたかよし》は、間髪《かんはつ》を入れず、水戸《みと》に謹慎《きんしん》している徳川慶喜《よしのぶ》に対して、おおよそ次の

ような意見《いけん》を具申《ぐしん》している。これをまとめれば、

一、直《ただ》ちに上京して、天朝の有り難き仰せに感謝を申し上げること
二、上京のときの従士《じゅうし》の服装は、最も簡素で便利な物にすること
三、駿河国に移封したときは、急がずに落ち着いて会計を定めること
四、住まいのことは後にして、第一に治国安民《ちこくあんみん》の政策を立てること

の四項目であり、これを速やかに実行するようにということである。

この移封については、彰義隊《しょうぎたい》の戦いが起こる直前までは、徳川家を二百万石にしようという内々の評議《ひょうぎ》がなされていたが、大久保利通《おおくぼとしみち》が彰義隊の反抗《はんこう》を理由に、七十万石に削《けず》ってしまったという話が残っている。

それはそれとして、隆吉は、よく時勢《じせい》の変転《へんてん》を見透《みとお》して、慶喜に対して、これ以上徳川家のマイナスが起きないようにと、誠心誠意《せいしんせいい》、しかも時機《じき》を失せず、意見具申を詳細《しょうさい》、かつ、具体的に、繰り返し申し述べている。隆吉の至誠《しせい》に、深く感じ入るものがある。

これが隆吉の本来の姿の現れであり、同時に、隆吉の中央に対する発言力、影響力の大きさを示すものであり、これらを見ることにより、その地位の重さを窺《うかが》い知ることができよう。

慶応四年（一八六八）七月二日、関口隆吉は、江戸留守居役《えどるすいやく》を命ぜられた。隆吉三十三歳のときのことである。

慶喜が水戸へ謹慎したころは、天下の形勢について、三百諸侯、朝廷方、徳川方、日和見派《ひよりみは》とそれぞれ意見が定まらず、天下は乱れて人心は穏《おだ》やかではなかった。

とくに、奥州《おうしゅう》各藩は薩長《さっちょう》に対して、反対の立場を取っていた。そのため仙台、会津の両藩が中心になって、水戸に謹慎中の慶喜を総帥《そうすい》にいただき、薩長による政府軍に対抗しようとする奥州列藩《れっぱん》の動きが活発であった。

大久保一翁《おおくぼいちおう》、勝海舟《かつかいしゅう》、高橋泥舟《たかはしでいしゅう》、山岡鉄舟《やまおかてっしゅう》などの諸氏は、この動向を深く心配していた。隆吉も、

（奥州列藩の動きを封ずるには、徳川慶喜を水戸に置かないことだ）

と判断すると、まず鉄舟と相談し、

「慶喜公を水戸から、奥州各藩の手の届かぬ地にお移しするのが一番よい。それには駿府《すんぷ》がよい。駿府にお移し申す役は、私がお引き受けしよう」

と隆吉が進んでこの難役《なんやく》を引き受けた。しかしその直後、隆吉は急に高熱に冒《おか》され、体調を崩《くず》して外出もできないような状態になってしまった。

しかし、事態は一刻も猶予《ゆうよ》できない状況にある。仕方がないので、同志の杉山秀太郎に代役を頼《たの》むことにした。そこで、すぐに杉山を自宅に呼び、現状をよく説明した後、

「このような状況なので、いますぐに慶喜公に、水戸から抜《ぬ》け出《で》ていただかねばならない。しかし、私はいま運悪く、頭痛と目眩《めまい》が酷《ひど》くて身体が思うように動かない。そこで是非《ぜひ》とも君にこの役を代わってもらいたい。何とか取り計らってくれないか……」

と頼んだ。杉山は、話が終わらないうちに、

「めっそうもございません。そのような大事な用件を、私ごとき若輩者《じゃくはいもの》ではとても務まりません。もし万が一にでも失敗したら、取り返しがつきません。事は重大で、なおかつ急を要します。今から人選していては機を失します。関口先生、ご病気中で大変ではございましょうが、この仕事を成《な》し遂《と》げられるのは、先生しかおりません。今すぐにでも、先生に奔走《ほんそう》していただかなければなりません。下働《したばたら》きは不肖《ふしょう》杉山がいたします。どうか先生お願いいたします」

杉山は、頑《がん》としてこの大役を受けようとはしなかった。杉山に言われてみれば、これはもっともなことだと隆吉は思い、

「そうか、解《わか》った。よし、私がやろう。君に無理なことを頼んで悪かった。もし、奔走中に私は病に倒れ、死すとも後には引かない。これもお国のためである。君も協力してくれ……」

隆吉は高熱に苦しむ身体に鞭《むち》打って、

「よし、出掛けるぞ。馬を曳《ひ》け……」

門人たちにそう命じて、ぐっと胸を張り、両手で自らの頬《ほほ》を、

バシッ、バシッ

と叩いて、気合いを入れた。これを見た妻の綾《あや》はびっくりして、

「あなた、大丈夫ですか。ご無理なさらないで下さい」

と声をかけたが、夫の身が心配で、綾は身体が震《ふる》えた。隆吉は、

「うむ、案《あん》ずるでない。子供たちを頼むぞ」

そう言って、綾の顔を振り返るとにっこり笑い、足を踏みしめて玄関を出て行った。

まず始めに隆吉は、築地に住んでいる旧知の鹿児島藩家老の小松帯刀《こまつたてわき》のところを目指して馬を馳《は》せた。時刻は、巳《み》の刻（午前十時）であった。

小松帯刀は、島津一門の実力者である。隆吉は、

（相談するならば小松殿がよい）

と判断したのである。

隆吉は、小松帯刀が島津斉彬《しまづなりあきら》の参勤交代に付き従って出府《しゅっぷ》したときに会っており、さらに、帯刀の紹介で西郷隆盛《さいごうたかもり》とも会っている。

築地《つきじ》の帯刀の宿舎に着いた隆吉は、玄関前に立って、

「夜分に恐縮《きょうしゅく》でござるが、小松帯刀殿にお目に掛かりたく、関口隆吉がまかり越した。お取り次ぎ願いたい」

と大声で面会を求めた。しばらくすると、施錠《せじょう》を外《はず》す音がして、玄関の大戸が開き、一人の侍《さむらい》が出てくると、

「如何《いか》なる御用か存じませんが、御家老は本日正午から外国の客人と用談しますので、失礼ながらお目に掛かることはできません」

と高飛車《たかびしゃ》に断《こと》わった。隆吉は、ここで引き下がっては、目前の危機が解決できなくなるので、身を乗り出すように一歩踏み出し、侍に向かって、

「外国人とどのような御用で御面談《ごめんだん》か存じませぬが、ただ今私が参りましたのは、国家の一大事で、寸刻《すんこく》の猶予も許されない、緊急《きんきゅう》、かつ、重大な要件で参ったのです。外国人のことはさて置き、是非とも御面談いたしたい。小松殿とは、既《すで》にお目に掛かったことがある。是非お取り次ぎ願いたい」

面談できねば、ここを一歩も退かないと、不退転《ふたいてん》の決意を全身に表わして申し入れた。

するとその侍は、隆吉の熱意《ねつい》に押されて、今までの高飛車な態度《たいど》をやや改めて、

「しばらくお待ちを……」

そう言って家の中に戻り、しばらくすると、

「では、こちらにどうぞ……」

と、隆吉を家の内に案内した。侍が先に立って奥まった二階の一室に隆吉を通すと、そこにはすでに小松帯刀が待っていた。帯刀は、

「関口殿、久し振りです。さぁ、こちらへどうぞ」

と、隆吉を部屋の内に招いたが、隆吉は、

「いや、重大なお話で参りました。お人払《ひとばら》いを願います」

と廊下《ろうか》に立ったまま申し出ると、

「それでは、ここよりも三階の方がいいでしょう。三階へ参りましょう」

帯刀は、自ら隆吉を案内して、三階の二間続きの座敷で二人は対座《たいざ》した。幸いこの三階は、二間だけであったので、余人《よじん》は一切近付《いっさいちかづ》くことがなく、安心して秘密《ひみつ》な話をすることができた。

「夜分遅くに参上して申し訳ございません」

隆吉は、さっそく話を切り出した。

「実は、今日、私が病を押して参りましたのは、慶喜公が、恭順《きょうじゅん》の意を表して水戸に謹慎しておりますのに、奥州各藩の不平の士らが、次々と慶喜公を訪ねて参り、慶喜公の担ぎ出しを執拗《しつよう》に迫ってまいります。慶喜公は謹慎中であるからと言って、すべての来訪者との面会を断わっております。もともと慶喜公の近くに付き添っております者たちは、ご貴殿御存じのとお

り、道理を説いて相手を説得させることが下手な者ばかりです。したがって、もし、不平の士らが慶喜公を奪《うば》いに来ました時には、果《は》たしてそれを防ぎ、不平の士らを退去《たいきょ》させることができるか、甚《はなは》だ心もとないところであります。万一、慶喜公が、奥州各藩のもとに奪い去られますと、会津《あいづ》、庄内《しょうない》、仙台《せんだい》をはじめとする各藩が、慶喜公を擁して政府軍に反抗するなどの事態になり、せっかく鎮静《ちんせい》し始めた日本国が大混乱となり、人民は戦禍《せんか》のために再び苦しみ泣くことになります。これこそ最も慶喜公の意思に反するものであり、何ゆえに大政を奉還して、江戸城を平穏《へいおん》のうちにお渡ししたか、意味が無くなってしまいます。これを避けるために、この際、何とかして慶喜公を、水戸から他所《たしょ》に密かに移したいと思う一心から、ご多用中のところ、参上した次第であります。何とぞ私の思うところを御考慮《ごこうりょ》賜わりたくお願い申します」

隆吉は、切々と心情を吐露《とろ》した。すると帯刀は、

「お話はよく解りました。関口殿の御心配はご尤《もっと》もです。今しばらく考えさせて下さい。それにしても関口殿は、高熱で大変苦しまれているご様子ですな。私が江戸に下る途中、箱根峠《はこねとうげ》の手前の三島宿にて風邪《かぜ》をひき、苦しんでいた折りに、韮山代官江川太郎左衛門殿から、解熱《げねつ》、鎮痛《ちんつう》の特効薬《とっこうやく》である『三島柴胡《みしまさいこ》』を貰《もら》って、大変助かりました。手元にその薬草がありますので、それをお飲みになって、早く風邪を治されることが先決ですな……」

そう言って帯刀は立ち上がった。

「いや、小松殿、私の身体のことよりも、今お話し申し上げたことの方が焦眉《しょうび》の急です。まずそれの対策を考えねばなりませぬ……」

そう言って隆吉は、帯刀の着物の裾《すそ》を掴《つか》まんばかりにした。すると帯刀は、にっこり笑って、

「関口殿の御心配はよく解っております。風邪は万病《まんびょう》の元《もと》と申しまして、こじらせると大変です。まず薬をお飲み下さい。このミシマサイコという薬草は、三島で採《と》れるものが良質ということで採り尽《つ》くされて、絶滅寸前《ぜつめつすんぜん》でしたが、江川代官がその保護育成《ほごいくせい》に努《つと》めた結果、旧《きゅう》に復《ふく》しつつあるようです。このような薬草にも、人の努力が払われているのです。ましてや、今日の我が国においては、薩長だ、徳川だ、などといっている場合ではありません。関口殿の御心配は、私の心配でもあります。よって別室でよい方策を考えてきますので、ミシマサイコをお飲みになって、しばらく身体を休めていて下さい」

帯刀は眼に笑みを湛《たた》えて、二階へ降りていった。すると入れ違いに、先ほど玄関で取次した侍が、白湯《さゆ》と散薬《さんやく》を持参して、

「先ほどは失礼しました。私は黒田清隆《くろだきよたか》（のちの第二代内閣総理大臣）と申します。以後お見知りおき願います。小松家老の言いつけで、風邪の妙薬《みょうやく》ミシマサイコを持って参りました。この散薬をお飲みになって、今しばらくお待ち願いとうございます」

と丁寧に挨拶をして引き下がった。ややしばらくすると、帯刀が、一通の手紙を手にして三

階の座敷に姿を見せた。

「関口殿お待たせいたしました。大急ぎで手紙を書きましたので、これをお持ちになって大久保利通をお訪ね下さい。そして、いますぐ、拙宅《せったく》まで来るように伝えて下さい。どんなに遅くなっても、帯刀は待っているから必ず来るようにとお伝え下さい。もしその後に、変わった動きがありましたら必ずお知らせしますので、関口殿は、大久保にこの手紙を渡したら、ひとまずお住《す》まいにお帰りになり、お待ちになっていて下さい」

帯刀は真剣な眼差《まなざし》で、半ば命令口調でそう言った。

隆吉は、お礼の挨拶もそこそこに席を立つと、帯刀の手紙を懐中《かいちゅう》にしっかりと終《しま》い込《こ》み、馬を江戸城に走らせた。城に着いた隆吉は、太政官府《だじょうかんふ》にいる大久保利通に面会を求めた。大久保は、隆吉が小松帯刀の紹介ということであったので、衣服を改めて出迎え、隆吉を一室に案内した。

隆吉は、簡単な挨拶の後、手短に今までの経緯を説明して、帯刀の手紙を大久保に差し出した。

大久保は直《す》ぐに手紙を開き、読み進めるに従って、

（ウム、ウム……）

と独《ひと》り頷《うなず》き、読み終わるや、戦乱を切り抜けてきた鋭い眼光を隆吉に向けて、低いが、よく

通る声で、

「解りもうした。関口殿の御心配は私も同じであります。関口殿のお考えの通り、慶喜公が水戸におられることは危険であります。すぐに駿府《すんぷ》にお移りいただきましょう。小松の手紙にも関口殿のお考えに同意の旨記されており、大至急取り計らうように書いてあります。さっそく、このことを有栖川宮大総督閣下《ありすがわのみやだいそうとくかっか》に申し上げますのでしばらくお待ち下さい」

大久保は、直ぐに立ち上がると奥に入った。四半時《はんとき》(三十分)足らずして、再び現れた大久保は、

「大総督閣下も、関口殿の申さることも尤もである。しかしながら、関口殿のお話だけでは、後日に異議をとなえる者もいないとも限らないので、この事についての『願い書』をお出しいただきたいとのお仰せであります。早速書面をお書き願えないでしょうか」

そう言って、紙《かみ》、筆《ふで》、硯《すずり》、墨《すみ》と、書道具一式を用意して、

「書き上がりましたら、私までお出し下さい。それまで私はあちらで仕事をしています」

大久保は、気を利かせて別室に移った。

思わぬ展開となったので、隆吉は、さっそく筆をとって起草《きそう》を始めた。

するとそのとき、偶然にも山岡鉄舟が隆吉のいる部屋の廊下を通りかかった。驚いた隆吉は、

「おッ、山岡、君はどうしてここに居るのか……」

そう言いながら、内心では、

（これは丁度《ちょうど》よかった）

とにっこりと笑って、鉄舟を招いた。嬉しくなった隆吉は、なにやら熱も下がったような気がしてきた。鉄舟は、

「私こそ、関口がどうしてここに居るのかと、不思議に思っている。実は、私は君を探していたんだ。あちらこちらと尋《たず》ね歩いたが、どうしても見つからなかったから、帰ろうと思って門を出たら、なんと君の馬が門前に繋《つな》いであるではないか。これは天祐《てんゆう》かと、小躍《こおど》りしてここまできたところだ」

実は、鉄舟も同じことを心配していたのだった。隆吉は、

「それは丁度よかった。今慶喜公のお身の上について、薩摩藩《さつまはん》の小松帯刀殿にご相談して、太政官府の大久保殿に陳情《ちんじょう》したところ、大総督閣下のご配慮で、お願い書を起草しているところである。君も相談に乗ってくれ」

と頼むと、

「そうか、よく一人でやってくれた。ぜひ私も手伝わせてくれ」

そう言って鉄舟は、得意な書道の腕を振るって、隆吉の起草したものを浄書《じょうしょ》した。書き上げた『願い書』は、隆吉の名文と鉄舟の達筆により、立派なものが出来上がったので、直ぐに大

久保のところに差し出した。

間もなく大久保は、先ほどとは打って変わったような、柔和《にゅうわ》な眼差しで現れた。

「大総督閣下に上申したところ、早速お聞き届け下さり、お許しがありましたから、手抜《てぬ》かりのないようにお運び下さい」

そう言うと大久保は、善《ぜん》は急《いそ》げと言わんばかりに、満面に笑みを浮かべ、先に立って隆吉らを正面玄関に案内した。

隆吉と鉄舟は、大久保に厚く礼を述べて田安邸《たやすてい》に戻った。

すると先ほどから隆吉は、なんだか高熱が下がったような気がしていた。それはこの難事件の解決のために精神を集中させたことと、小松帯刀から貰った解熱鎮痛剤のミシマサイコの効き目と相乗効果《そうじょうこうか》があって、熱も下がり、頭痛も消えて、すっかり元の健康体になっていたのであった。

後日、隆吉は、手記の中で、
およそ「病《やまい》は気《き》から」というが、精神を集中し、気力が体内に満ち満ちてくれば、病は身体の中に入ってこない。私は、慶喜公を水戸から駿府にお移し申し上げる交渉をしていたときに、「病は気から」ということを体験した。それにしても、ミシマサイコという薬草も、確かに稀《まれ》なる良薬である。

と書いている。

さて、隆吉の懸命《けんめい》な尽力《じんりょく》により、慶喜は水戸から駿府へ移ることとなったのだが、その時期、経路、方法などの具体的な方法になると、それがなかなか決まらなかった。

小松帯刀の意見は、陸上を行くのは非常に危険であるので、常陸《ひたち》（茨城県）の鹿島沖《かしまおき》から駿河の清水湊《しみずみなと》へ軍艦《ぐんかん》を利用して行くのが、一番安全だということであった。

しかし、徳川の家臣である榎本武揚《えのもとたけあき》が率いる海軍が健在であったので、

（何時、慶喜公を奪いに来るかもしれない）

ということで、軍艦使用には反対する意見も出て、なかなか議論がまとまらなかった。しかし、海路に比べて陸路は、より一層の危険であるということで、最終的に軍艦を使うことになった。

しかし、徳川の軍艦は榎本武揚が押さえているので、小松帯刀の好意によって、薩摩藩の軍艦を借りて、慶応四年（一八六八）七月十九日に、慶喜は鹿島沖から軍艦に乗り、四日後の七月二十三日に無事駿府に到着した。

駿府に着いた慶喜は、ひとまず、駿府の宝台院《ほうだいいん》に落ち着いた。

この宝台院は、徳川二代将軍秀忠の生母《せいぼ》、西郷《さいごう》の局《つぼね》の菩提寺《ぼだいじ》で、十万石の格式を与えられて

いる寺院である。この宝台院は境内も広く、かつ、建物も大きいので、警護《けいご》もしやすいということで、ここを慶喜の仮の住まいとした。

慶喜は、明治二年（一八六九）九月に、駿府代官所跡に移るまでの一年間を、この宝台院で謹慎したのである。

この慶喜の駿府移転については、当初、榎本武揚の行動を心配したが、榎本は、隆吉の誠意ある行動に感動し、自ら徳川の軍艦を指揮して、慶喜の乗った軍艦を蔭ながら護衛《ごえい》したのであった。そして慶喜が無事《ぶじ》駿府に到着したのを見届けた後の、慶応四年八月十九日に、軍艦八隻を率いて反乱《はんらん》を起こしたのであった。

「江戸」が「東京」と改称《かいしょう》されたのは、奇しくも慶喜が、水戸を立った慶応四年（一八六八）七月十九日であった。

このとき徳川慶喜は三十二歳、関口隆吉は三十三歳であった。

（九）戊辰戦争後の処理に尽くす

慶応《けいおう》四年（一八六八）の九月八日に、年号は慶応から明治《めいじ》に改元《かいげん》された。明治天皇は皇位《こうい》を

継承《けいしょう》されてから二年後の、この明治元年に即位《そくい》されたわけで、日本は名実ともに新しい御代《みよ》になったのである

関口隆吉《せきぐちたかよし》は、徳川慶喜《とくがわよしのぶ》が駿府《すんぷ》に移った後も、引き続き東京に残り、明治元年（一八六八）十一月十二日に、駿府藩徳川家東京詰《とうきょうづ》め公用人を命ぜられた。

明治二年三月に、静寛院宮《せいかんいんのみや》（和宮親子《かずのみやちかこ》内親王《ないしんのう》・十四代将軍《しょうぐん》徳川家茂《いえもち》の正室）が、父君仁孝《にんこう》天皇《てんのう》の年忌《ねんき》のために、京都に帰ることになり、隆吉はその警護《けいご》を命ぜられた。

隆吉は、無事に静寛院宮警護の任務を終えた。そして東京に帰る途中、「遠州《えんしゅう》の暴《あば》れ天竜《てんりゅう》」と異名《いめい》をとる天竜川を入念《にゅうねん》に視察《しさつ》した（この視察が、後に天竜川の水を磐田原《いわたはら》の田畑に引く「社山疎水《やしろやまそすい》」（磐田用水）の難工事《なんこうじ》に挑戦《ちょうせん》することになるのである）。

天竜川を視察した後、隆吉は、父の隆船《たかふね》の生まれた故郷、城東郡《きとうぐん》佐倉村《さくらむら》（現静岡県御前崎市《おまえざきし》佐倉）を訪れた。そのため供を数人連れて見付宿《みつけしゅく》（現静岡県磐田市見付）で東海道と分かれて、横須賀街道を南下し、御前崎に向かった。佐倉村まで十里（四十キロ）の距離であった。

隆吉の父隆船は、佐倉村桜《さくら》が池《いけ》に接する池宮神社の大宮司佐倉豊麿《さくらとよまろ》の十三子で、若きとき、青雲の志を抱いて駿府町奉行の牧野采女《まきのうねめ》に仕え、のち幕臣関口家の養子になった人である。

隆吉は未明に見付を出発し、途中で昼食のための休憩を取っただけで、ほとんど休みなしで歩き、昼八つ前（午後二時頃）に佐倉村に着くことができた。

隆吉は、遠州佐倉村を訪れるのは初めてであったが、子供の頃、父隆船から幾度《いくど》となく、佐倉村の話を聞かされていたので、懐《なつ》かしい想《おも》い出《で》の地のような気がしてならなかった。

隆吉が佐倉村に着いて最初に目にしたのは、池宮神社の境内に接する桜が池であった。この池は、有史以前の大昔に、八百万神々《やおよろずのかみがみ》により砂丘の中に創《つく》られた堰止湖《せきとめこ》であると伝えられている。

「そうか、この大きな池が、昔、父から聞いた伝説の池『桜が池』なのか。平安の末期に、名僧皇円阿闍梨《こうえんあじゃり》が衆生《しゅじょう》を救済するために入水《にゅうすい》し、龍蛇《りゅうじゃ》と化して池の主になったと伝えられている、信仰の池とはこの池か。ウーム……」

隆吉は、数々の伝説を秘め、三方《さんぽう》を神秘な原生林に囲《かこ》まれ、千古《せんこ》の昔《むかし》から満々と清らかな水を湛《たた》え、万葉集にも歌われた名池を目の当たりにして、思わず胸の中がジーンと熱くなった。

隆吉は、池のほとりに立って、青々と澄んだ神聖《しんせい》な水面をじっと見つめていたが、やがて隆吉の小柄な体の内に、ふつふつと勇気《ゆうき》が湧《わ》きあがってきた。

「よし、私は、徳川家とその家臣のために、身命《しんめい》を賭《と》してこの池の近くの地に根を下ろそう。阿闍梨が衆生を救うために、この桜が池に龍蛇となって入水したように、私も身命を投げ打って、この地から大井川下流まで、果てしなく広がる天領の牧之原《まきのはら》台地を開拓して、禄《ろく》を離れた人たちを必ず救おう」

そう固く決意したのであった。

そして、池宮神社の神殿に額《ぬか》ずき、日本の泰平《たいへい》と、徳川家および元幕臣一同《もとばくしんいちどう》の平安を、一心《いっしん》に祈った。

池宮神社に参拝した後、隆吉はさらに御前崎の海岸を視察し、ここを開発して一大港湾《いちだいこうわん》を建設する夢も頭の中に描《えが》いてみた。

事実この時から二年後に、隆吉は牧之原台地の茶園開拓に携《たずさ》わり、死ぬまでその事業に関わりを持つことになり、また、御前崎の築港設計案《ちくこうせっけいあん》も明治政府に提出するのであった。

東京に帰宅した隆吉は、長い間住み慣《な》れた赤城町《あかぎちょう》の家を出て、赤坂の徳川邸に住まいを移し、公用人を勤めた。

明治二年（一八六九）五月には、五稜郭《ごりょうかく》の戦いも終わり、慶応四年（一八六八）一月に始まった戊辰戦争《ぼしんせんそう》もようやく終結することができた。

明治二年六月、薩摩《さつま》、長州《ちょうしゅう》を始め、全大名が領土と領民を朝廷に返上し、中央集権が出来上がった。いわゆる「版籍奉還《はんせきほうかん》」が行われ、藩主は領土と領民を朝廷に返上し、藩士は武士の特権であった家禄《かろく》を失った。そして公卿《くぎょう》と大名は華族に、家臣は士族になった。

そして、各地の藩知事《はんちじ》には各大名が任命された。駿府は静岡藩となり、徳川家達《いえさと》が藩知事に任命された。

隆吉が三十五歳になった明治三年（一八七〇）三月に、朝廷は詔《みことのり》を下して戊辰戦争の罪《つみ》を赦《ゆる》された。このとき隆吉は、藩命《はんめい》により函館に行き、赦免《しゃめん》となった旧幕臣などを引き取り、それぞれの藩に帰藩《きはん》させる大任を果たした。このとき隆吉は、

「北海道に謹慎《きんしん》させられている者は、旧幕臣ばかりではない。各地の大名の家臣も多数入っている。これらの者を一度に東京へ帰したら、東京は大混乱をきたすにちがいない。謹慎している者たちを、事故もなく、各地に帰藩させよとの御命令ならば、私に二万両をお下げ渡し下さい。そうしたら、臨機応変《りんきおうへん》に処理して、後顧《こうこ》の憂《うれ》いなく、政府にも迷惑のかからぬようにいたします」

と申し出て、海老原某、橋爪正一郎、中山周介などと一緒に函館まで出張し、辛抱強《しんぼうつよ》く、誠意をもって、罪を赦された者たちを説得した。すると彼等は、隆吉らの説得を静かに聞いた後、隆吉を信用して、その指示に従うことを約束した。

さっそく隆吉は、外国製の大型船を斡旋《あっせん》してもらい、これに全員を乗せた。船は函館を出港して、ひとまず越後《えちご》（新潟）へ行き、越後から、旧幕臣は東京までの、その他の各藩士はそれぞれの郷里までの旅費を支給して、帰国させた。旧幕臣も各藩士も、別れに際して、

「関口殿、かたじけない。このご恩は、生涯《しょうがい》忘れない……」

と、一同は大粒の涙を流して、隆吉の行き届いた配慮に感謝した。

このとき、最後の函館奉行の杉浦梅潭《すぎうらばいたん》は、隆吉らに次の一詩を贈った。

庚午《かのえうま》の初夏、関口兄らは、藩命を奉じて遠く函館まで赴《おもむ》き、余を官舎に見舞して、留まること十余日、任務を終えて静岡に帰る。そこで、二十八字の詩を贈る。

君を送りむなしく撫《ぶ》す大刀の環《かん》
相遭《あいあ》い相分かる一瞬の間
郷里の故人《こじん》我に問《と》うがごとし
言《げん》を為《な》せば迂性《うせい》今に到りて頑《がん》なり

この戊辰戦争の大赦《たいしゃ》を受けた人の中に、安藤太郎という人がいた。後日のことであるが、安藤太郎は、その後上海領事《シャンハイりょうじ》となり、上海にいたが、隆吉の養嗣子《ようしし》隆正《たかまさ》が、その安藤太郎と上海で会った。隆正は、そのときのことを、父の隆吉に手紙で、「安藤談話」として、次のように知らせている。

五稜郭の戦いで敗れた徳川軍兵士は、函館で、数珠繋《じゅずつな》ぎに縛《しば》られ、下級兵士だった私は、あなたのお父さんに、大変お世話になりました。

あなたのお父さんはご存知かどうか知りませんが、郷里へ帰る旅費として、越後（新潟）で七両をいただきましたが、郷里の相場に換算すれば、七両の二倍にも三倍にも相当する金額でした。隆正が、

「あなた（安藤領事）は、幕臣ではなかったのですか」

と安藤に訊ねると、

「私は、志州《ししゅう》（志摩《しま》＝三重県）の医者の息子」

と言って、にっこりと笑った。

この手紙を見た隆吉は、早速、隆正に次のように書いて送った。

安藤は、函館から越後の寺泊《てらどまり》まで同船した男だった。船長は阿州《あしゅう》（阿波《あわ》＝徳島県）の人だったが、船長室で酒を振る舞われたとき、安藤もその酒席に同席した。安藤は学者だったので、他の侍《さむらい》と違って、遠慮《えんりょ》してものも言わないので、温和《おとな》しい人だと思った。

ところが、ヘンネツーンが来日したとき、安藤も随行《ずいこう》してきて、井上外務卿《いのうえがいむきょう》のところで、久し振りに会うことができた。函館に行ったときは、私（隆吉）は三十五歳のときで、随分若かった。安藤は私より年下だったろう。井上邸で安藤は、

「関口先生は随分年《ずいぶん》をとられましたね」

と言った。その会ったとき、私は鬢《びん》が白くなっていたので、そのように言ったのであろう。人も十年余を経るごとに、様子は変わるものだ。雲のような黒髪も雪のように白くなるもので、どうも面白くないものだ。


『酒間雑話』によると、隆吉が、五稜郭の戦いで敗れた徳川軍兵士を函館へ迎えに行ったときは、大変苦労した。彼ら兵士は、司令官を失ったので、表向きには謹慎していたが、

「我々は徳川家のために忠義《ちゅうぎ》を守った」

という誇りと、薩長《さっちょう》の横暴《おうぼう》に対する反感が、根強く残っていた。とくに、若い純真な兵士の心には、ある種の正義感《せいぎかん》のようなものがあったため、隆吉は、ときには大声で叱りつけ、あるときは御馳走《ごちそう》を供して慰《なぐさ》め、彼等を説得するのに大変苦心した。

このように地道な努力と忍耐《にんたい》を重ねて、ようやく本土に帰還《きかん》することを承知させることに成功したのであった。しかし、いざ静岡藩に帰ってくると、

「関口のやり方は、自分勝手《じぶんかって》の独断《どくだん》だ」

「関口は、二万両を出せ、使い方は俺に任せろ、と言って勝手に使った」

「関口は、自分の手柄のために二万両を使ったから、今度、静岡藩で金が必要になったときは、

関口に金を調達《ちょうたつ》させろ……」

などなど、蔭口《かげぐち》や、悪口《わるぐち》を言う者がいた。

このようなことがあったために、静岡藩の勘定方《かんじょうかた》は、極端《きょくたん》に隆吉を敬遠《けいえん》したともいわれている。それほど、五稜郭の戦いの終戦処理は、大変な仕事だったのである。

隆吉は、この終戦処理を命ぜられたとき、自分の命を捨てて、若い兵士たちを帰還させる覚悟でこの仕事を引き受けたのだった。二万両の大金を独断で使ったのも、また、外国製の大型船舶を借り受けて、兵士を越後まで運んだことも、将来を見通す隆吉の眼力があったからこそ、できたのであって、隆吉の胸の中が読めない人たちには、隆吉の苦労など、到底理解できなかったのである。

（十）牧之原開墾と旧幕臣の授産

慶応《けいおう》四年（一八六八）四月十四日、江戸城《えどじょう》の明け渡しが行われた後、徳川家《とくがわけ》は、明治二年（一八六九）一月に、明治新政府から、

「江戸城紅葉山《もみじやま》に建てられている徳川家祖廟《そびょう》を、しかるべきところに移転《いてん》せよ」

と命ぜられた。そこでこれを駿河《するが》の久能山《くのうざん》に遷《うつ》すことに決《き》めた。

この祖廟の移転は、明治二年（一八六九）十月十日までと期限を決められ、移転は周辺の石垣まで全部取り払って平地にせよとの、厳命《げんめい》であった。

この政府の命令に基づき静岡藩《しずおかはん》では、関口隆吉《せきぐちたかよし》と山岡鉄舟《やまおかてっしゅう》を徳川家祖廟の移転責任者に命じた。

そのため隆吉は住まいを、東京の外神田から、静岡に移すことになった。しかし静岡に移転するといっても、住居を買う時間的な余裕がないので、ひとまず静岡の感応寺《かんのうじ》を仮住《かりず》まいとしてこれに移転した。そして、その後、本通りの薬種商《やくしゅしょう》福島家の離れを借用することにした。

ところが、江戸城紅葉山で、「東照宮御神像御供《とうしょうぐうごしんぞうおんとも》」の職にあった人たちの処遇の問題が起こって、隆吉はその解決に苦慮した。この職にあった人たちは、幕臣といっても、神職という特別な仕事に携わっていたので、慣習や形式などにこだわり、久能山に移転が面倒であったのである。しかし隆吉は根気よく説得して、無事に霊廟《れいびょう》を移転することができた。

この頃には、すでに徳川慶喜《よしのぶ》と家達《いえさと》は、駿府《すんぷ》に入っていた。

慶喜の警護役《けいごやく》である中条景昭《ちゅうじょうかげあき》は、精鋭隊長《せいえいたいちょう》として駿府に移り、隊士の多くも駿府の久能などに移り住むことになった。しかし、精鋭隊のままでは新政府の手前如何《いかが》なものかということで、名称を新番組《しんばんぐみ》と改め、中条が引き続き隊長となった。

徳川宗家の家達の駿府入りに伴って、大勢の幕臣も駿河入りしていた。俗《ぞく》に旗本八万騎といわれているが、実数は三万人前後と思われる。そのうちで、駿河行きを希望した幕臣は、一万五千人で、家族や使用人を含めて総数、十万人が駿河に移り住んできたのである。これらの幕臣は、駿府や久能、清水、沼津などへ分散して移住した。

駿府の町へは、六千人の幕臣が移ってきたが、家族、使用人を含めると、四万人余になる民族の大移動というわけである。

当時、駿府の戸数は、四千五百戸で、周辺を含めても一万二千〜一万三千戸であるから、受け入れることは至難《しなん》であり、藩の重役は頭を悩ませた。

明治二年（一八六九）春になると、大名の版籍奉還《はんせきほうかん》が行われ、徳川家達は、駿府藩主から、従三位中将《じゅさんみちゅうじょう》、静岡藩知事《はんちじ》となった。藩主も、藩知事も、同じようなものに思われるが、藩知事には藩主とちがって領土も領民もないのであるから、徳川家達は従来のように、禄《ろく》を与えて家臣を召し抱えることができなくなってしまった。したがって武士（士族）には、僅《わず》かな家禄《かろく》が支給されたが、それもやがて、華族や士族への家禄支給を廃止する秩禄処分《ちつろくしょぶん》の実施により、次第に廃止されていった。

こうして版籍奉還以後の秩禄処分により、禄を離れた士族の不安は、いっそう増していった。慶喜や家達の護衛の役も解かれた新番組は、解散せざるを得なくなった。そこで新番組隊長の中条景昭や副隊長の大草高重《おおくさたかしげ》らは、静岡藩の重役である大久保一翁《おおくぼいちおう》や勝海舟《かつかいしゅう》、山岡鉄舟らと協議した結果、新番組の兵士たちは、帰農《きのう》して生活する外はないと決断《けつだん》せざるを得なかった。

さて、武士が帰農するといっても、どこで農業《のうぎょう》をすればよいのか、農業といっても米作だけでよいのか、それとも兼業《けんぎょう》になるのか、中条も大草も、農業の経験がないから全く見当がつかなかった。

中条と大草は、元新番組の隊士らを集めて協議を重ねたが、なかなか良い案が出てこなかった。すると、同席していた松岡萬《まつおかつもる》が、

「それならば徳川家祖廟移転準備のために、駿府に来ている関口殿の意見を聞いたらどうでしょうか……」

と発言した。中条も、大草も、一瞬怪訝《けげん》な顔をした。

「松岡殿、なぜ関口殿の意見を聞くのか……」

大草は、

(自分たちより遅れて静岡に移った隆吉になにが解《わか》るのか)

という思いがあったので、やや強い口調で松岡に質問した。すると松岡は、にっこりと笑い、

「実は大草殿、この静岡は関口殿の故郷なんですよ」

という松岡の言葉に、大草以下一同は、

（へぇー）

と驚《おどろ》きを隠《かく》せなかった。さらに松岡は、

「関口殿のお父上は、この静岡の町から十五里（六十キロ）ほど西方の御前崎《おまえざき》の佐倉村《さくらむら》というところのご出身で、関口殿にとって当地は地元というわけです。関口殿は、今までもたびたびその地を訪れており、駿河、遠江《とおとうみ》のことについて、よく知っておられます。したがって一度、関口殿の意見も聞かれてはどうかと思うのです」

と説明した。

「そういえば、私もそのような話を、関口殿から聞いたことがある」

と大草は、隆吉の父君の話を思い出したのか、大きく頷《うなず》いた。今度は中条が、

「それならば早速、関口殿にこの席に来ていただこうではないか。何かよい方法が見つかるかも知れない」

ということで、すぐに隆吉のところに使者が飛び、やがて隆吉も協議に加わることになった。そして、武士が帰農してどのような作物を耕作するのかということから、話は始まった。隆吉は、

「これから、我々が米を作るといっても、開墾《かいこん》して水田にするような平地は、徳川家の領地の

中にはありません。私が亡父の出生地、佐倉村を訪れたときに、大高原を通りましたが、そのときにこの地を活用する方法はないものかと、思ったところがあります。それは、大井川《おおいがわ》の右岸《う がん》から御前崎方面にかけて広がる牧之原台地《まきのはらだいち》です。関東の常総台地《かんとうじょうそうだいち》に次いで日本で二番目の広さであります。この台地は雑木林などがある原野ですが、さいわい徳川家の御領地でありますから、藩庁《はんちょう》にお願いすれば、お下げ渡し下さるのではないでしょうか。この牧之原台地ならば、我々家族や使用人を含めて、三千から四千の人が入植して耕作する広さは十分にあります」

さすがに隆吉は、遠江の出身というだけあって、土地の事情に詳《くわ》しく、隆吉の説明は一同をしっかりと納得《なっとく》させた。中条は、じっと隆吉の話をきいていたが、

「しからば関口殿、牧之原の台地で何を耕作すればよいとお考えですか？」

と、一歩踏み込んで隆吉に質問した。

隆吉は湯呑《ゆの》みに注《つ》がれた冷えた白湯《さゆ》を、一口飲んでから、その湯呑みを指《ゆび》さして、

「これでござるよ。いまはこの湯呑みには、ただの白湯が入っているだけですが、世が世ならば渋味《しぶみ》の効《き》いた、美味《おい》しいお茶を淹《い》れて風味《ふうみ》を味《あじ》わうところです。お茶は折りにふれて、万人が好んで飲んでおります。商人から聞いたところでは、アメリカや欧州諸国《おうしゅうしょこく》と貿易が始まってから、お茶は生糸についで輸出品の花形のようであります。緑茶《りょくちゃ》の風味は、欧米で珍重されていると聞いています」

「恐れ入りましたな。関口殿はいつそのような知識を身に付けられましたか……」

と中条たちは、隆吉の博識《はくしき》に感心するばかりであった。さらに隆吉は、

「実は私は、近い将来、士族《しぞく》の家禄がなくなるようなことがあれば、武士は何をして生活すればよいのかと考えました。そして思いついたのが生糸の生産と、お茶の生産でした。紅葉山の祖廟移転の準備でこちらに参りましてから、生糸やお茶を取り扱う問屋にそれとなく訊《たず》ねましたところ、生糸の生産は、蚕《かいこ》を飼い、繭《まゆ》を採《と》るには、蚕棚《かいこだな》を設置する大きな建物も必要になるし、蚕の餌《えさ》である桑《くわ》を栽培することも必要で、短い年月にはなかなかできないそうですし、素人《しろうと》には難《むつか》しいようであります。それに対してお茶は、苗を植えて早ければ四、五年で生葉《なまは》を摘《つ》み取《と》ることができるそうです。安政六年（一八五九）の頃は、お茶の輸出は六万五千貫《がん》（二四〇トン）であったそうですが、十年後の今日では、その頃の約二十五倍の百六十万貫（六、〇〇〇トン）というように、急速にのびているようです。とくに横浜開港によって、お茶は日本の重要な輸出品となっており、お茶一貫匁（三・七五キログラム）と、米一俵（六〇キログラム）と同じ値段であり、有望な農産物であります。これからの世では、われわれ士族も現金の入ることを考えないといけません。それには、現金収入が望めるお茶の栽培が、一番よいのではないかと思ったのです」

と隆吉は、今までに知り得たお茶に関する情報を提供し、牧之原を茶園に開拓して、徳川士

族の新しい仕事にしようというのであった。

「なるほど、関口殿の説明でよく判りました。これでわれわれのすすむ道もどうやら決まったようですな。御一同……」

責任者である中条の発言で、元新番組の隊員一同の腹も決まってきた。続いて隆吉は、

「実はですね、俳聖松尾芭蕉《はいせいまつおばしょう》が元禄《げんろく》の頃に、東海道を旅行して、
　駿河路《するがじ》や花たちばなも茶のにほひ
　　馬に寝《ね》て残夢月遠《ざんむつきとお》し茶のけむり
という俳句《はいく》を詠《よ》んでおります。すでに芭蕉が活躍した二百年前に、牧之原には茶の木が植えられており、家康公にお茶が献上《けんじょう》されておりました。したがいまして、お茶は、牧之原の有望産品になることが大いに期待できます」

と含蓄《がんちく》のあるところを見せたのである。

するとと地方の事情に詳しい松岡萬が、隆吉に質問した。

「それで、関口殿にお聞きしますが、お茶の栽培には牧之原台地以外には、適地はないのでしょうか」

するとと隆吉は、さすがに松岡は鋭《するど》い所を質問すると感心して、

「松岡殿のご不審《ふしん》はごもっともなところですな。実は私もそのように思いまして、静岡でお茶

問屋に訊ねましたところ、茶畑の理想地は、砂礫地《されきち》で排水のよいところだそうです。この条件にピッタリのところは、久能山周辺の有度山《うどさん》、遠江の牧之原、小笠山《おがさやま》、磐田原《いわたばら》、三方原《みかたがはら》などであります。しかし牧之原以外の台地は、大勢の徳川士族を受け入れるのには、少し土地が狭いように思われます。その点、牧之原は面積も広く、距離的にも静岡に近く、なによりもご当家徳川様の御領地でありますから、いろいろやりよいのではないかと思ったのです」

そう説明すると、居合わせた一同の顔を見渡してその反応を窺《うかが》った。

すると、今日この会合に集まっていた二十人の班長たちの間から、どよめきにも似《に》た感嘆《かんたん》の声があがった。出席者二十人の心の内を読み取った中条は、一同を代表して、

「関口殿の慧眼《けいがん》には、恐れ入りました。まったく感服《かんぷく》のほかはありません。関口殿のご説明で、牧之原でお茶の栽培に取り組むことにいたそうではありませんか。御一同、いかがなものでしょうか。大草殿、松岡殿ご意見は……」

中条から意見を求められた大草は、

「中条殿同様に、私も牧之原でのお茶の栽培に賛同《さんどう》いたします」

という発言に続いて、出席者一同からも、

「賛成……、異議なし……」

の声があり、

「関口殿、ご覧のように、今日ご出席の皆さんのご意見も私と同じでありますので、善《ぜん》は急《いそ》げと申しますから、さっそく現地を見てくることにしましょう。そのうえで、牧之原に入植することが決まりましたら、勝海舟殿や山岡鉄舟殿のお力をお借りして、藩庁に『牧之原お下げ渡し』を申請して、お許しを得たいと思います。これからどんな難事《なんじ》が起ころうとも、全員力を合わせてやっていくことを誓《ちか》いましょう。関口殿お世話になります。よろしく……」

「関口殿よろしくお頼み申します……」

「よろしくお頼みします……」

と、参会者全員から隆吉に対して、感謝の言葉と今後の指導を依頼する言葉があった。一同のどよめきが静まるのを待って、中条は、

「さっそく明日、牧之原に視察に行ってきたいと思いますが、大草殿、松岡殿、ご一緒に行って下さらないか……。関口殿、申し訳ございませんが、我々一同を、牧之原にお連れ下さい」

と了解《りょうかい》を求めた。

もちろん隆吉たちに異存《いぞん》のあるはずはなく、翌日早朝、中条たちは、静岡を出発して牧之原に向かうことになった。

明治二年（一八六九）六月初め、隆吉の案内で中条たちは、静岡を午前六時に出発し、昼前《ひるまえ》

には大井川を渡ることができた。

牧之原台地は、大井川の右岸から、相良《さがら》、御前崎まで広がる広大な土地である。

四人は宿場町《しゅくばまち》の金谷の町はずれから、標高《ひょうこう》百メートル余の牧之原台地の側壁《そくへき》を、文字通りよじ登って牧之原台地の頂上《ちょうじょう》と思われる辺《あた》りにやってきた。

（やれやれ……　ようやく牧之原に着いた）

と思って背を伸ばして南の方を見ると、

「オーッ！」

四人は、異口同音《いくどうおん》に驚きの声を上げた。目の前には、渺渺《びょうびょう》たる大平原がはてしなく広がっているではないか。

（日本にもこのような大平原があったのか……）

三人は、他国へ行ったような錯覚を覚えた。

牧之原台地には、草《くさ》と雑木《ぞうき》が生《お》い茂《しげ》り、ここかしこに杉やヒノキの林が散見《さんけん》され、台地の中には、けもの道のような細い道が縦横《じゅうおう》に通っている。

四人は、道なき道を南に向かって進むと、ゆるやかに起伏《きふく》した大平原がはてしなく広がっており、ここが標高百メートル以上の台地であることを、忘れてしまいそうになった。

ふと後ろを振り向くと、はるか北東《ほくとう》の方向に、富士山が青空にくっきりとそびえていた。爽《そう》

快《かい》な気分になってさらに南へ歩いていくと、不意《ふい》に足もとに深い溝《みぞ》のような谷が現れて、

（そうか……我らは台地を歩いているんだ）

ということを思い出した。牧之原台地とはそのような広さの大平原である。

牧之原台地は、北は標高三百メートルの東海道小夜《さよ》の中山峠《なかやまとうげ》の辺りから、南は標高六十メートルの駿河湾《するがわん》の海岸近くまで続いており、平均標高百メートル、総面積一万五千町歩（一五、〇〇〇ヘクタール）の大平原である。

牧之原台地の一万五千町歩（一五、〇〇〇ヘクタール）を、他の物件と比較してみると、
草薙野球場《くさなぎやきゅうじょう》（一一・五ヘクタール）の　約六、〇〇〇倍
草薙総合運動場《そうごううんどうじょう》（二三・八ヘクタール）の　約六三〇倍
一八ホールのゴルフ場（八〇ヘクタール）の　約一八七倍
富士山静岡空港《ふじさんしずおかくうこう》の総面積（五〇〇ヘクタール）の　約三〇倍
の広さである。牧之原台地の広さが想像されようというものである。

そしてなお現在は、牧之原台地の東部地域に建設された「富士山静岡空港」の真下を、東海道新幹線が通っているのである。

さらに、牧之原台地に降った雨は、砂礫層《されきそう》に浸透《しんとう》して、低地《ていち》から湧出《ゆうしゅつ》しているので、田圃を作って米作も可能である。さらに生活用水も確保できそうであり、住宅も建設が可能と思われた。四人は、

（よし！　我々の入植地はここに決めた。ここは日本列島の真ん中だ。ここで頑張って、新生日本の発信源《はっしんげん》になろう）

そう中条たちは、誓い合ったのである。

さらに中条、大草、松岡の三人は、関口隆吉の案内で、周辺農村の民情や地理、農家や田畑の状況なども調査した。

この牧之原は、台地の西の一角から、石油も湧出する魅力《みりょく》ある土地である。

その夜は、旧田沼家相良藩《たぬまけさがらはん》一万石の城下町、相良に一泊して、翌日帰静した。

牧之原台地は、幸いにして静岡藩領地《りょうち》であったので、中条景昭と関口隆吉は、勝海舟や山岡鉄舟たちと協議し、すぐに藩庁に入植の願書を提出して、牧之原一万五千町歩のうち、千四百余町歩（一、四〇〇ヘクタール）の払い下げが許可され、転居《てんきょ》の準備《じゅんび》を始めた。

この頃、静岡藩の事務方では、関口隆吉が函館から徳川の兵士を帰還《きかん》させたときに受けた誹《ひ》謗中傷《ぼうちゅうしょう》が再燃《さいねん》し、隆吉は専断気ままな行いが多いと攻撃する者がいた。

この誹謗中傷は、当然隆吉の耳にも入ってきた。隆吉は潔癖《けっぺき》な性格で、清廉潔白《せいれんけっぱく》な人間であったので、このような心無い批判はひどくこたえ、苦悩の日々が続いた。

隆吉は意を決して、すべての職を辞することにして、辞表を提出した。すると意外にも、明治三年（一八七〇）七月六日付で、

『内願ノ通リ公用人御免《ごめん》ヲ命ゼラレ　同日金谷《かなや》開墾方《かいこんかた》御用ヲ命ゼラレ直チニ頭並《かしらなみ》ヲ命ゼラル』

という辞令が交付された。公用人は願い通り免職とするが、金谷（静岡県牧之原）の開墾方頭取格《とうどりかく》（開墾事業の副所長格）を命ずるということである。

隆吉は、今までに様々な難問題《なんもんだい》の処理を命ぜられ、いずれもこれを解決してきた。しかし、仕事ができる人は、ともすれば嫉《そね》まれやすいものであり、特に官界においてはこれがひどかった。

（休まず、遅れず、働かず）

というサラリーマンを揶揄《やゆ》した諺《ことわざ》があるが、この世界には、ともすれば年功序列《ねんこうじょれつ》で昇進《しょうしん》昇級《きゅう》して、

（大過無《たいかな》く勤《つと》めあげて、目出度《めでた》く定年退職《ていねんたいしょく》）

という風土《ふうど》がある。隆吉の時代とても似《に》たり寄《よ》ったりであった。そのような者が多い中では、藩当局としては、何としても隆吉の忠誠心、非凡《ひぼん》な指導力、判断力、処理能力は捨て難く、「牧

之原の開墾頭取格」という職名を付けて、隆吉を用いようとしたのであった。

　辞令を受け取った隆吉は、大いに驚いた。

「これはどういうことか。私は一切の職を辞めると申し出たのだ。それにも拘《かかわ》らず、金谷の開墾方頭取格とは……」

　隆吉は、驚きというか、怒りというのか、こみ上げてくる苛立《いらだ》ちの持って行き場所がなかった。しかし、誠実一途の隆吉は、命ぜられれば、

（いやだ）

とは言えなかった。それが隆吉の隆吉たる所以《ゆえん》である。

　任務を与えられた隆吉は、全力を挙げてこれを遂行することを決意した。

「それが、主《しゅ》に対する務《つと》めであり、多くの旧幕臣《きゅうばくしん》のためになろう」

　そう思った隆吉の顔には、厳《きび》しい使命感《しめいかん》に燃《も》えた表情《ひょうじょう》が現《あらわ》れていた。


　関口隆吉は、明治三年（一八七〇）の六月に、一家を挙げて東京から静岡に移転した。そして明治三年十一月にはさらに転居した。その住まいは、牧之原台地に近く、また亡父隆船《たかふね》の生家があった御前崎の佐倉村にも近い、遠州《えんしゅう》城東郡月岡村《きとうぐんつきおかむら》（現静岡県菊川市月岡）と決めた。

　そして月岡村で、折りよく元旗本の領地と陣屋《じんや》が売りに出されていたので、これを購入した。

隆吉が終《つい》の棲家《すみか》と決めたここ月岡村の屋敷《やしき》は、二町四方（二〇〇メートル四方＝四ヘクタール）の広さがあり、平成の現在は、広々とした茶畑になっている。

陣屋の建物には牢屋《ろうや》があり、屋敷には馬場《ばば》まである家であった。

月岡村からは、金谷牧之原台地まで約一里（四キロ）強の距離である。隆吉は、ここを本拠《ほんきょ》地《ち》として、日本一の牧之原大茶園の開拓に着手して、この大事業に精魂《せいこん》を込めるのであった。

また、隆吉の義弟、関口隆恕《たかひろ》も、牧之原開墾のために、中条や大草らと共に、「開墾方頭取並《かいこんかたとうどりなみ》」として入植した。

隆吉は、牧之原大茶園の開拓に当たっては、農政家であり、師である船橋随庵《ふなはしずいあん》の教《おし》えるところに従い、二宮尊徳《にのみやそんとく》の、領民の人心を開いて財政を復興した報徳仕法を大いに学び、日夜、大茶園の造成と経世済民《けいせいさいみん》（世を治め、民を救う）に尽力した。

そもそも牧之原大茶園の開墾は、新番組隊長の中条景昭や関口隆吉らが目を付け、山岡鉄舟、勝海舟などが応援して開墾に着手したものである。大名の版籍奉還により、家禄を失った新番組隊士三百人の生活の道筋を付けるためのものであった。したがってその後、牧之原へ入植した旧幕臣は、一時、三千人まで増加していくのであった。

しかし、明治維新により職を失い、収入を断たれたのは、武士だけではなかった。

この遠州東部には、東海道の中でも有名な暴《あば》れ大河の大井川が流れていた。

かつて江戸幕府は、大井川に橋を架けることも、舟で渡ることも禁止していた。そのため旅人は、川越人足《かわごえにんそく》による肩車《かたぐるま》や蓮台《れんだい》を利用して川を渡ったのである。当然、大雨が降れば川止め《かわど》になり、両岸の島田宿と金谷宿に、旅人が滞在して宿場は潤《うるお》った。一方、川越人足も、川止めが解除《かいじょ》になれば、一度に大勢の旅人が川を渡るので、渡《わた》し賃《ちん》が高騰《こうとう》して人足も潤った。

ところが、新政府になってから、この川越制度《かわごえせいど》が廃止《はいし》されて渡し舟が使われ、さらに明治十一年（一八七八）には蓬萊橋《ほうらいばし》も架けられたため、六百人もの川越人足が失業《しつぎょう》して路頭《ろとう》に迷った。これらの人足を、そのまま放置《ほうち》すれば、もともと気性《きしょう》の激《はげ》しい人足は、暴徒《ぼうと》となりかねない。この対策に静岡藩は頭を悩ました。

また静岡藩に移ってきた旧幕臣の多くは、戦国武将《せんごくぶしょう》の気風《きふう》を継承《けいしょう》しており、気位《きぐらい》は高《たか》く、常に新政府に楯《たて》を突こうと考えており、ことあれば、直《す》ぐに集団を作って戦闘暴走《せんとうぼうそう》しかねなかった。

また、秋葉寺訴訟事件《あきはでらそしょうじけん》なども起こり、世情不安《せじょうふあん》は日増しに拡大するばかりであった。

こうした中にあって隆吉は、旧幕臣や川越人足、それに近村農民を大茶園造りに導いて、上手に彼等の不安、不満を解消していったのである。隆吉は、旧幕臣の生活安定や、川越人足など窮民《きゅうみん》の生活確保《せいかつかくほ》を中心に、争いの仲裁和解《ちゅうさいわかい》、荒《すさ》む人心の安定に、寝食《しんしょく》を忘れて尽力《じんりょく》したのであった。

このような隆吉たちの努力によって、牧之原の開墾は一見、比較的平穏無事《へいおんぶじ》に推移した。しかし、入植者の実際の困窮《こんきゅう》は筆舌《ひつぜつ》に尽くし難く、隆吉にも、常に暗殺《あんさつ》の危険が付きまとっていた。

中でも佐倉村に移住してきた村上新五郎は、粗暴《そぼう》の振舞《ふるま》い多く、隆吉の月岡村の住まいを襲《しゅう》撃《げき》するという噂《うわさ》すら広まっていた。

牧之原大茶園の開拓が始まって、ようやく一年が経とうとしていた明治四年（一八七一）の秋のことであった。

薩摩《さつま》、長州《ちょうしゅう》、土佐《とさ》、肥前《ひぜん》などの旧藩士によって、明治新政府は運営されていたが、彼らには、一つの地方を治めた経験はあるが、日本全国を統治《とうち》したこともなければ、統治するための人材もいなかった。この統治力と人材の不足は、如何《いかん》ともし難《がた》かった。

そのため新政府は、旧幕臣の中から能力のある者を抜擢《ばってき》して、政府の要職《ようしょく》を任《まか》せざるを得なかった。このような状況下の中で新政府は、人材不足を補充するために隆吉に白羽の矢を立て、出仕《しゅっし》を要請《ようせい》してきたのである。

このとき隆吉は、牧之原台地の開拓が緒《ちょ》に就《つ》いたばかりであるので、新政府からの出仕の要請を何度も断《こと》わっていた。しかし、前島密《まえじまひそか》や山岡鉄舟は、すでに新政府の要職に登用されていた。そのため、この二人からも再三の勧《すす》めがあり、これ以上、新政府への出仕を断われない状況になってきた。

隆吉は、物事を中途半端にできない性格であったので、新政府からの要請に対して、大いに戸惑《とまど》った。牧之原台地千四百町歩（一、四〇〇ヘクタール）の開拓は、いま始めたばかりである。入植した三百人の元新番組隊士たちとその家族、さらに川越人足ら六百人の生活の目途《めど》を立てなければならない。いまはその大事な時期である。隆吉は新政府からの要請についてどうしたらよいか、大いに悩《なや》み苦しんだ。隆吉は、悩みに悩んだ末に、

（よーし、鍬《くわ》を振るって開墾することも大事だが、自分が政府に出仕して、新生日本の発展に尽くすことも重要な仕事である。新政府に出仕していれば、開墾に関する資材や資金を調達したり、牧之原茶園から収穫された農産物、特にお茶の輸出について便宜《べんぎ》を図ることもできるのではないか。それも入植者支援の一つである）

と決心した。

そこで隆吉は、旧静岡藩の有志や地元の有力者に、隆吉が去った後の牧之原開墾の支援を頼んで廻った。開墾の責任者である中条景昭、大草高重、仲田源蔵、丸尾文六、水島平八などは、隆吉の意図を理解して、快く東京への旅立ちを祝してくれた。

いよいよ隆吉の出発を明後日に控えた日の夜、月岡村の隆吉の屋敷で、中条ほか十人ほどが集まって、ささやかながら歓送《かんそう》の宴《えん》を催《もよお》してくれた。

この夜の宴席《えんせき》に出た者は、いずれも幕末の騒乱時《そうらんじ》に、修羅場《しゅらば》を切り抜けた酒豪揃《しゅごうぞろ》いであったので、大いに盛り上がった。

そこへ一人の風変わりな豪傑《ごうけつ》が、関口邸にやってきた。玄関に仁王立《におうだ》ちになったその男は、

「関口殿は、近々、東京に行くそうであるが、ぜひお会いしたい。拙者《せっしゃ》は士族村上新五郎《しぞくむらかみしんごろう》と申す」

割《わ》れ鐘《がね》のような大声で、案内を乞うた。妻女の綾《あや》が応対し、

「今日は、来客中でありますので、後日にお越しいただきたい」

そう穏《おだ》やかに断わると、村上なる豪傑は、

「なに、会えぬと、それは怪《け》しからん。今、座敷の方で宴会をやっているようではないか。相手は誰か知らないが、酒の相手はできても、拙者には会わぬと申すのか……」

と顔を真っ赤にして怒鳴《どな》りだした。

(選《よ》りに選って、このような乱暴者《らんぼうもの》が今日来るとは……)

綾はどう対応してよいのか、困っていると、

「よーし、上がってこい、俺が相手になる」

と座敷から、中条景昭が声を掛けてきた。

「おーう」

中条の声を聞いた村上新五郎は、どか、どか、どかっと乱暴な足取りで、宴会の席に無遠慮《ぶえんりょ》に踏み込んできた。

中条は、元精鋭隊の隊長で、文政十年（一八二七）生まれの四十四歳、元二千石の旗本、そして北辰一刀流《ほくしんいっとうりゅう》の達人《たつじん》である。度胸《どきょう》もあるし学問《がくもん》もある一角《ひとかど》の人物《じんぶつ》だ。

座敷に入った村上新五郎は、中条らには目を向けず、立ったまま隆吉に向かって、

「関口殿…… われわれ幕臣三百余人、力を合わせて慣《な》れない重労働に励《はげ》んでいる。その苦《くる》しみたるや言語に絶《ぜっ》する有り様だ。入植者《にゅうしょくしゃ》一同、禄を失い、住むところも、着るものとてない。否《いな》、否、満足な米も食わずに渇《かっ》しているが、それにも拘らず、明日の生活《くらし》のために、頑張っている。この困窮最《さい》たるときに、同志を見捨てて、一人薩長《さっちょう》の奴らの軍門に下り、あまつさえ、尻尾《しっぽ》を振り、媚《こ》びを売って、その禄にありつかんとして、東京に行ってしまうのか」

とわめきだした。村上新五郎の言葉を聞いた隆吉は、

（噂に聞く乱暴者の村上新五郎とは、この男か。今ここで口論しても無駄《むだ》である。少し冷却《れいきゃく》期間《きかん》を置いた方がよい。今日は気のすむまで、しゃべらせればよい）

咄嗟《とっさ》にそう判断して、逆《さか》らわないことにした。そこで、

「左様、明後日に東京へ立つ。後をよろしく……」

と隆吉は静かに応じた。それがなお気に入らなかったのか、村上新五郎は、

「俺が同志に代わって、汝《なんじ》に天誅《てんちゅう》を加える」

と、訳《わけ》も判《わか》らぬことを言って、いきなり拳《こぶし》を振り上げた。座敷にいた一同は、びっくりして、村上をなだめようとしたが、隆吉はそれを制《せい》して、

「天誅とあらばお受けしよう。存分になされよ……」

そう言って座り直し、口をキッと一文字に結び、丹田《たんでん》に力を入れて、村上をグイッと睨《にら》んだ。そして、村上の拳を受けるために、奥歯をギュッと噛《か》みしめた。大男の村上新五郎は、隆吉の鋭い眼光に、一瞬たじろいだが、もう後には引けないと思って、

「エィ……」

という気合いと共に、

(ガーン)

と一発、隆吉の右頬《みぎほほ》を力いっぱい殴《なぐ》りつけた。隆吉は、

「ウッ」

とわずかに声を出して、村上の一撃《いちげき》をこらえたが、小柄《こがら》な隆吉は、頬を強《つよ》く殴られて、廊下《ろうか》の方にひっくり返ってしまった。

しかし隆吉は、すぐに起き上がって、元の位置に座り直した。そのとき、隆吉は口の中を切ったのか、見る見るうちにくいしばった歯の間から、血が溢《あふ》れ出た。しかし、隆吉はこれを拭《ぬぐ》おうともせず、平然として、また顔を前に出した。

「こやつ、謝《あやま》らないのか……」

村上新五郎は、なおも威丈高《いたけだか》になって、滅茶苦茶《めちゃくちゃ》に殴りだした。

まわりにいた一同は、村上の気勢《きせい》に驚いて、一瞬、唖然《あぜん》としたが、すぐに村上を取り押さえて、屋敷の外に連れ出した。

夜空の冷気《れいき》に当たって冷静さを取り戻した村上新五郎は、自分の暴挙《ぼうきょ》が恥《は》ずかしくなったのか、挨拶《あいさつ》をしないまま、そそくさと暗闇《くらやみ》の中に消えて行った。

せっかくの送別《そうべつ》の宴も、とんだ邪魔者《じゃまもの》が入ってすっかり酒もさめ、一同気まずい思いをしつつ散会《さんかい》した。

さて、隆吉は色白、細面《ほそおもて》で端整な美男子だが、大男の村上新五郎から力いっぱい殴られたために、翌日には目の周《まわ》りは黒《くろ》ずみ、唇《くちびる》は切れ、むごたらしい顔となってしまっていた。

一方、乱暴者の村上新五郎は、夜が明け、冷静になってみれば、昨日の無法《むほう》が恥ずかしく、隆吉に申し訳ない気持ちと恥ずかしさでいたたまれない思いだった。あれこれと悩んだすえ、中条景昭《なかじょうかげあき》を訪れて、

「昨夜は、まことに関口殿に申し訳ないことをしてしまった。ご出立《しゅったつ》の前にお詫《わ》びしたいが、なんとしても敷居《しきい》が高くて……」

そう言って悄然《しょうぜん》とうなだれた。日頃大きな身体で、豪傑風《ごうけつふう》を誇示《こじ》しているだけに、悄然とした村上の姿は、おかしくも哀《あわ》れであった。中条は、

「自分の無分別《むふんべつ》に気付いたか……お前もバツが悪くて、関口殿に会わす顔がなかろう。私から関口殿に、お前が大いに反省《はんせい》していることを、よくお伝えしよう。以後は気を付けることだな」

そう諭《さと》して、村上を帰した。

その日の午後に隆吉は、中条から村上のことを聞いて、

「村上が、自ら行った行為を反省しているならば、今回のことはなかったことにして、忘れよう。これを機会に、短慮《たんりょ》な行動を慎《つつし》むように伝えて欲しい」

そう言って、赤黒《あかぐろ》くはれ上がった顔のまま、翌日の早朝、予定通り東京に向かって、単身で出発した。

関口の度量《どりょう》の大きさに驚いた村上新五郎は、これを機に、一転して開墾作業に打ち込み、関口隆吉の信奉者《しんぽうしゃ》になるのであった。

なお後日のことであるが、明治四年（一八七一）七月に、廃藩置県《はいはんちけん》となると、中条は、維新政府より神奈川県令を命ぜられた。しかし中条景昭は、開墾事業と入植者の将来を考えて、県令を固く断わり、生涯、官途に就かず、牧之原開墾と士族（入植者）殖産《しょくさん》のために一身を捧げたのであった。

副所長格の大草高重は、天保六年（一八三五）生まれであるが、武道は、弓道と剣道に優れ、特に弓道は当代随一《とうだいずいいち》といわれた。牧之原開墾に当たり、中条景昭に従って牧之原に入植し、開墾に次いで茶樹増殖《ちゃじゅぞうしょく》、製茶法の改良に尽力し、偉大《いだい》な功績《こうせき》を残した。

後日、静岡県知事となった関口隆吉は、明治二十年（一八八七）七月に、大草高重を開墾及び茶業功労者として褒賞《ほうしょう》した。現在御子孫が後を受け継いでいる。

第三章　明治新政府時代

（一）新政府に登用される

関口隆吉《せきぐちたかよし》は、私欲《しよく》がなく、正しいと思うことは相手の思惑《おもわく》など意に介《かい》せずに、どしどし実行する潔白《けっぱく》な性格であったので、新政府下の政官界は、決して住みよいところではなく、そのため、何回も引退を決意し、辞表も書き、田舎へ退こうとしたのであった。しかし、明治維新政府は人材不足であり、隆吉のような有能な人物を、田舎に埋《うず》もれさせておくことはできなかった。そのため政府の中枢《ちゅうすう》にいる者は、

（隆吉の頼まれれば断ることができない性格）

を知っていて、あの手この手で隆吉を引っ張り出すのであった。

明治四年（一八七一）に、牧之原開墾《まきのはらかいこん》に全力を傾けていた隆吉を、中央政府で仕事をさせるために、無理やり東京へ呼び出したのも、そのためであった。

隆吉は、断腸《だんちょう》の思いで、牧之原を離れて単身上京し、八丁堀の池田氏方に、ひとまず落ち着いた。

その翌年の明治五年（一八七二）一月五日、隆吉三十七歳のとき、新政府は、隆吉を三潴《みつま》県（現福岡県）権参事《ごんのさんじ》（副知事に準ずるクラス）に任命した。これが隆吉の官界における、最初の仕事であった。

内示を受けた隆吉は、まず、任地先の民情等の情報収集を始めた。

三潴地方の人たちは、他の土地から来た人を、余所者《よそもの》といって受け入れず、また新しい考え方や制度を拒《こば》む、排他的《はいたてき》な気風であることを知った。

そこで隆吉は、赴任《ふにん》に先立って、知人の宮内少丞《くないしょうじょう》（宮内省の課長）である清水正毅《しみずまさよし》（隆吉の養嗣子《ようしし》・隆正《たかまさ》の実兄）のところへ行って、直垂《ひたたれ》一領《りょう》と透烏帽子《すきえぼし》（礼装一式）を借用《しゃくよう》し、これを持って任地の三潴県へ向かった。

三潴県庁の近くまで来ると、隆吉は借用した礼装に着替え、馬に乗って役所へ入った。県庁前では県庁の役人や住民が整列して、隆吉の到着を今や遅《おそ》しと待っていた。そこへ礼装をととのえた隆吉が現れたので、そのりりしい姿を見て、大いに臣服《しんぷく》の意を表したのであった。

三潴県庁では、着任早々に次のような事件が起こった。

ある士族が県庁を訪れて、受付の吏員《りいん》の前に立ち、やや腰をかがめて、

「実はお願いがございます……」

と一見遠慮そうに申し出たことがあった。応対した吏員は、ふんぞり返り、椅子に腰かけたまま、下からじろりとその士族の顔を見上げて、

「なんじゃ、申してみろ……」

と横柄《おうへい》に応《こた》えた。吏員の人を見下すような応対が気に入らなかったのか、その士族は少々ムッとした顔になり、語気を強めて、

「剣術《けんじゅつ》、槍術《そうじゅつ》、弓術《きゅうじゅつ》などの武術の修業をしたいので、お許しをいただきたいのですが……」

と、定期的な武術練習《ぶじゅつれんしゅう》の許可願を申し出たのである。するとその吏員は、

「それは駄目《だめ》だ」

と、一言の下に却下《きゃっか》した。その言葉をきいた士族は、今まで下手《したて》に出ていた態度をがらりと変え、語気を荒《あら》げて、

「なに、駄目だと、なぜ駄目か……　昨年より、旧弊打破《きゅうへいだは》、文明開化の法令として、『散髪脱刀令《さんぱつだっとうれい》』が公布されて、我々士族は、散切《ざんぎ》り頭で丸腰となり、軟弱《なんじゃく》な人間が多くなった。だから、剣、槍、弓など武術の修業を行って、若者たちを鍛《きた》えたいのだ。鍛錬《たんれん》することによって御国のためになるような立派な若者を育てようというのが、なぜ駄目なのだ。君では話にならん。上役《うわやく》と話がしたい」

と大きな声で怒鳴《どな》りだした。吏員は、これは相手が悪かったと思ったが、後の祭りで、

「まぁまぁ……少しお待ち下さい。いま上役と相談してきますから」

と言って、慌《あわ》てて奥に入り、その旨《むね》を上役に告げた。するとしばらくして、奥の部屋から、関口隆吉の上席者に当たる水島参事が現われて、威丈高《いたけだか》に、

「武術の修業などもっての外《ほか》である。そのようなことを許可すれば、不平士族《ふへいしぞく》の反乱《はんらん》の温床《おんしょう》になりかねない」

と、士族の願出《ねがいで》を一言の下《もと》にはねつけた。

すると丁度《ちょうど》その時、その場に隆吉が居たのである。隆吉は、（それは少し考え方が違うのではないか）と思い、

「水島参事殿、それはまずい。人情というものはおかしなもので、やめると言えば余計にやりたくなり、やれと言えばやらなくなる。彼らが武術の修業をやりたいと言っているのを抑《おさ》えれば、かえって彼らの気持ちを煽《あお》ることになるでしょう。いま士族たちは、禄《ろく》を離れて、今までのような気骨《きこつ》も意地《いじ》もないでしょう。それぞれ農業に就く者、商売を始める者など、生活の道を開くことに汲々《きゅうきゅう》としています。それに、剣術にしても、槍術にしても、修業は大変厳《きび》しいものがあります。だから、激《はげ》しい鍛錬を行えば、腹は減るし、儲《もう》けにはならず、やがて、骨折り損の草臥《くたび》れ儲けになることに気がつくでしょう。そうなれば、その後はいくら勧《すす》めてもやらな

くなるでしょう。だから、今回は彼らの願出の通りに《武術勝手たるべし》と許可したらいかがでしょうか……」

そう隆吉は助言した。すると水島参事は、

「なるほどそうか……　関口殿のご意見も一理《いちり》あるな」

そう言って、この武術修業の願いを許可した。

案の定、隆吉の言った通り、初めは数十人が集まって盛《さか》んに稽古《けいこ》し、多いときは百数十人も稽古する日もあったが、やがて一人減《へ》り、二人減りして、何時《いつ》しか自然消滅的に立ち消えとなってしまったのであった。

もしも、これを許可せず、士族の行動を弾圧《だんあつ》していれば、恐らく彼らは暴挙《ぼうきょ》に出たであろうと、人々は、隆吉の才知《さいち》と洞察力《どうさつりょく》に敬服《けいふく》した。

この年（明治五年）の六月に、茶道宗偏流《さどうそうへんりゅう》宗家であった岳父《がくふ》（妻綾《あや》の実父）の山田宗也《やまだそうや》が、東京から隆吉の留守宅《るすたく》の月岡村《つきおかむら》に移って行った。

（二）山形県参事となる

この三潴県《みつまけん》（現福岡県）での仕事が、まだ一年もたたない明治五年（一八七二）十一月二日に、関口隆吉《せきぐちたかよし》は、今度は東北の置賜県《おきたまけん》（現山形県南部）の参事を任命され、従六位の官位を賜《たま》わった。一挙に九州から東北へである。

隆吉は、転任の辞令を受け取ったが、あまりにも突然のことで、直《す》ぐには赴任《ふにん》することができなかった。

しかし、命令とあらば、赴任しなければならない。そこで大急ぎで、今の仕事の残務《ざんむ》を整理し、引き継ぎの準備をしているうちに、まだ二十日間もたたない明治五年十一月二十三日に、今度は山形県参事の辞令を受けたのである。

置賜県に赴任もしないうちに、置賜県の隣の山形県の参事を任命されたのである（後に置賜県は山形県と合併）。これには隆吉も驚いた。

（置賜県に赴任する前に、隣の県とはいえ、別の県の辞令が出たのであるから、なにか大変なことがあるのに違いない……）

と、隆吉は気を引き締めた。そしていろいろ情報を収集してみると、置賜と山形の両県は、山口県や静岡県などと並んで、治《おさ》め難《にく》い県だということが判ったのである。

明治四年（一八七一）七月に行われた廃藩置県《はいはんちけん》により、地方制度が改革され、続いて明治六年（一八七三）六月、田畑等に対する収益税制度《しゅうえきぜいせいど》である地租改正令《ちそかいせいれい》が公布された。これによって、従来の米の収穫高《しゅうかくだか》を基準として年貢《ねんぐ》を課《か》していた「石高制《こくだかせい》」から、田畑の反別を標準にして課税する「反別賦課制《たんべつふかせい》」に変わったのである。

すると、この地租税制改正に対する反対の声が、全国各地から起こり、特に山形県の反対は、最も激《はげ》しかった。

そのため隆吉は山形に着任すると、直《ただ》ちに県の多額納税者《たがくのうぜいしゃ》である大地主のリストを作った。そしてその中から、学識《がくしき》、良識《りょうしき》ともに備えた適任者《てきにんしゃ》を抜擢《ばってき》して、県の職員に採用し、地租係《ちそかかり》官《かん》に命じたのである。

すると地租係官を命ぜられた地主たちは、抜擢された名誉と実力を認められた自負《じふ》もあって、真剣《しんけん》に土地税制に取り組み、

（地租改正はやむを得ないものであり、かつ、新制度の反別賦課制は、現在では最適な税制である）

ことを理解して、いつしか反対の声は、沈静《ちんせい》されたのである。

このように隆吉は、不平士族《ふへいしぞく》と積極的に意見を交換して、意思疎通《いしそつう》を図《はか》り、人のやる気を引き出して、士族たちの不平不満を沈静化する人心収攬術《じんしんしゅうらんじゅつ》に巧みだったのである。

明治六年（一八七三）十月には隆吉は、母琴《きん》と長女操《みさお》を山形に招いた。

この年の十二月に、隆吉は、権令《ごんれい》（現在の副知事クラス）に昇進し、翌明治七年（一八七四）二月には、正六位に叙《じょ》された。

するとこの頃、母の琴が病気に罹《かか》ったので、温暖な静岡より、寒い山形県に移ったためと思い、隆吉は、懸命《けんめい》にこれを看護《かんご》した。

それを見た人たちは、隆吉の熱心な看護振《ぶ》りに感心した。

隆吉は明治七年（一八七四）四月に、雪の解《と》けるのを待って、母と長女を再び静岡県城東郡月岡村の自宅に帰らせ、温暖な地において静養させることにした。

明治八年（一八七五）六月、隆吉は五等判事を兼務することとなった。隆吉は若い頃、駿河《するが》の国《くに》松長村（現静岡県沼津市松長）出身の兵法家吉原守拙《よしはらしゅせつ》について陸軍刑法を学んでいたので、和漢の法律に詳《くわ》しかったからであった。

これによって隆吉は、多くの疑獄《ぎごく》、贈収賄《ぞうしゅうわい》事件や、数々の難事件を裁《さば》いたが、法廷においては、常に公平中立を旨《むね》とし、裁判においては、上下の差別なく、明解適確《めいかいてきかく》なる判決を下《くだ》して、人々から信頼され、好評を得た。

なお、明治七、八年（一八七四〜七五）といえば、地租改正令、徴兵令《ちょうへいれい》、立憲政体樹立《りっけんせいたいじゅりつ》勅諭《ちょくゆ》などが公布され、行政、司法、立法機関をはじめ、施行機関として東京警視庁、第一国立銀行、元老院《げんろういん》、大審院《だいしんいん》などが設置され、第一回地方長官会議、大久保、板垣、木戸らの参議による大阪会議などが開かれ、明治政府も次第にその体制を整備《せいび》していった時であった。

（三）山口県令となり萩の乱を収める

山形県政が軌道《きどう》に乗りつつある中で、関口隆吉《せきぐちたかよし》は、愛知県令の内示が噂《うわさ》されていた。だが、その愛知県令が発令される直前に、上京中の隆吉の宿舎を、参議の伊藤博文《いとうひろぶみ》と井上馨《いのうえかおる》が来訪《らいほう》したのであった。それは隆吉を愛知県令でなく、山口県令にするための交渉であった。

内定していた愛知県令が急遽《きゅうきょ》、山口県令に変更になったのは、長州藩出身の参議木戸孝允《きどたかよし》（旧名桂小五郎）のたっての推薦《すいせん》があったからでもあった。

木戸孝允は、隆吉が十三歳の時に斉藤弥九郎《さいとうやくろう》の練兵館道場《れんぺいかんどうじょう》で学んだとき、その塾頭《じゅくとう》をしており、二人は練兵館での兄弟弟子《きょうだいでし》であり、極めて昵懇《じっこん》な間柄であったことも影響が大であった。

明治政府の実力者である伊藤と井上の両氏から、直接、山口県令への就任を要請《ようせい》されては、拒否することはできず、

「伊藤、井上両閣下より、たってのご要請とあれば、私として異存《いぞん》はありません。政府の方針に従って、御命令をお受けいたします」

と答えた。伊藤と井上の二人は、

「関口君、ありがとう。身共《みども》は長州藩の出身なので、山口県の県政については、何かと心配でならない。その山口県令を現在うまく治め得る人物は、貴殿を措《お》いて他には見当たらない。貴

殿がこれを引き受けてくれて、身共も大いに安心した。ぜひよろしくお頼み申します」

と深々と頭を下げ、謝意《しゃい》を述べて帰っていった。

飛ぶ鳥を落とす権勢《けんせい》の伊藤と井上の両参議が、幕臣《ばくしん》出身で、身分のはるかに下の隆吉を訪れて、山口県令就任を要請したということは、

（よくよく山口県政が、混乱しているということか、これは容易なことではないな……）

隆吉は、身の引き締まる思いがした。と同時に、それほど難《むつか》しい山口県政を隆吉に委《ゆだ》ねようということは、隆吉の行政手腕の優れている証《あかし》でもあった。

その翌年、明治九年（一八七六）一月に、隆吉は、従五位に叙《じょ》せられ、明治九年二月に、山口県に赴任《ふにん》した。

山口県の赴任に際し、隆吉は十二歳の長女の操《みさお》を同行した。なお、この年の四月に長男の壮《そう》吉《きち》が生まれている（壮吉は、後年、浜松高等工業学校〈現静岡大学工学部〉の初代校長を務《つと》めた）。

関口隆吉が山口県令に赴任する頃の山口県では、参議の前原一誠《まえばらいっせい》が、明治政府の方針に不満を抱《いだ》いて政府執行部と袂《たもと》を分かち、山口に帰って同志を集めて反乱《はんらん》を計画していたのであった。

前原一誠は元長州藩士で、吉田松陰《よしだしょういん》の松下村塾《しょうかそんじゅく》に学んで頭角を現し、長崎で洋学を修めた後、

尊皇攘夷運動《そんのうじょういうんどう》で奔走《ほんそう》し、戊辰戦争《ぼしんせんそう》の時、北越地方《ほくえつちほう》で活躍し、明治二年（一八六九）に参議となった。さらに兵部大輔《ひょうぶたいふ》（陸軍省次官）となったが、木戸孝允らと意見が合わず、明治三年（一八七〇）に官職を辞任して山口県の萩《はぎ》に帰っていたのであった。

しかし前原一誠は、江戸にいた頃に隆吉と交流があったので、二人は旧知《きゅうち》の仲であった。そのため前原は、隆吉が山口県令として山口に赴任すると、隆吉のところへ、「旧交《きゅうこう》を温《あたた》めたいから萩を訪れて欲しい」と、度々《たびたび》誘いの手紙を出した。しかし隆吉は、政府に対して不満を持つ前原に距離をおいて、深い交わりを避《さ》けていた。

明治九年（一八七六）十月二十四日深夜、熊本で明治政府の方針に不満をもつ国学者、林桜円《はやしおうえん》の門下生が組織する敬神党《けいしんとう》の百二十七名が、廃刀令《はいとうれい》をきっかけに反乱を起こした。

この反乱は、武士の特権を新政府に取り上げられ、職もなく、食べることもままならない士族が、かつての士農工商の身分制度の復活を求めて起こした事件であった。

彼等は熊本城内《くまもと》の熊本鎮台《ちんだい》と、司令官の種田政明《たねだまさあき》邸、熊本県令安岡良亮《やすおかりょうすけ》邸を襲撃した。世にいう「神風連《しんぷうれん》の乱《らん》」である。

反乱軍は、種田司令官や安岡県令、ほか県庁の役人四名を殺害し、さらに熊本城内に乱入して、鎮台軍兵士を殺害した。しかし翌日、児玉源太郎《こだまげんたろう》陸軍少佐が率いる鎮台軍により鎮圧《ちんあつ》された。首謀者《しゅぼうしゃ》太田黒伴雄《おおたぐろともお》は自刃《じじん》したが、死者は二十八人、自刃した者は八十六人、あと残った者はほとんど逮捕された。

熊本の神風連の乱をきっかけに、その三日後の明治九年（一八七六）十月二十七日に、福岡県の旧秋月藩士《あきづきはんし》宮崎車之助《みやざきしゃのすけ》や今村百八郎《いまむらひゃくはちろう》たち不平士族二百余名が蜂起《ほうき》した、いわゆる「秋月《あきづき》の乱《らん》」が起こった。

しかしこれも、その二日後に、乃木希典《のぎまれすけ》が率いる小倉鎮台兵《こくらちんだいへい》によって鎮圧された。そして首謀者の今村らは、十一月二十四日に逮捕、十二月三日に判決が下されて断罪された。

すると秋月の乱の翌日、明治九年（一八七六）十月二十八日に、関口隆吉が県令として赴任した山口県の萩において、前原一誠たち不平士族五百余名が、反乱を起こした。

その前日の明治九年（一八七六）十月二十七日夜、

（不平士族の八十余名が、萩の旧藩校明倫館《きゅうはんこうめいりんかん》に集まり待機している）

という報告が隆吉のところに届いていた。隆吉は、

「多数の人が集合していれば、反乱の嫌疑《けんぎ》がかけられるから、直《ただ》ちに解散して帰宅するように……」

との命令を発した。ところが士族たちはかえって人数が増え、「殉国軍《じゅんこくぐん》」を結成し、翌十月二十八日午前十一時、山口県庁へ向かって動き出したのであった。

隆吉は、県庁係官を三名、萩に派遣して、説得《せっとく》に当たらせた。しかし、反乱軍がこれに応じなかった。そこで隆吉は午後五時、自ら県庁係官四名と共に萩に向かった。

そのときすでに隆吉は、東京の政府あてに、（広島《ひろしま》鎮台兵の動員権限《どういんけんげん》の付与《ふよ》）を電報で要請し、内務卿《ないむきょう》（大臣）の許可を得ていた。

隆吉は、渡辺管吾《わたなべかんご》、兼常孝助《かねつねこうすけ》、桑野真澄《くわのますみ》などの県庁係官を率いて萩に乗り込んだ。

一方、広島鎮台からは、三浦梧楼《みうらごろう》陸軍少将が二個中隊三百名の兵を、萩街道一之坂《はぎかいどういちのさか》に進ませていた。

しかしこのとき既《すで》に、反乱軍は五百名ほどに膨《ふく》れ上がっていた。

反乱軍は、大区《だいく》扱所《あつかいしょ》を襲って、付近の住民に食糧《しょくりょう》の炊《た》き出しを命じたり、武器弾薬の資金を徴収《ちょうしゅう》したりした。さらに東京の陸軍省から来ている根津《ねづ》新《あらた》陸軍中尉を脅迫《きょうはく》して、沖原武器製造所で保管している新式小銃を強奪《ごうだつ》したりした。

反乱軍は十月二十九日午後六時に、暗くなった萩街道を、山口県庁に向かって進撃を開始した。

そこで午後十一時に、内務省から、兵力と軍艦を増援させる旨《むね》の電報を受け取った関口隆吉県令は、直ちに反乱軍を鎮圧するため、陣頭指揮《じんとうしき》して戦闘態勢《せんとうたいせい》をとった。

一方、反乱軍は、指揮命令系統がきっちりできていないために、戦闘態勢が整わないまま行動を開始していた。

翌日の十月三十日の午前二時頃になると、三浦梧楼陸軍少将が指揮をとる強力な鎮台軍と、統制《とうせい》のとれないまま五百名にまで膨れ上がった反乱軍とでは、実力に大きな差があることがはっきりしてきた。その強力な鎮台軍を見た反乱軍は、内部に動揺《どうよう》が起こり、次第に脱走者が出始《ではじ》めた。

反乱軍の首謀者である前原一誠と気脈《きみゃく》を通じていた萩区長の横山俊彦《よこやまとしひこ》は、萩区役所から公金七百両を奪《うば》って、前原と共に福井方面へ脱走した。

前原一誠が指揮する反乱軍百余人は、萩の北東七里（二八キロ）の須佐《すさ》に転進して、士族や農民を集め、食糧や兵器を調達し、これを漁船三十余艘《よそう》に積んで、石見の浜田港（現島根県浜田市）に入港した。

浜田港の住民は恐怖《きょうふ》におののき、騒然《そうぜん》となった。

そこで隆吉は、山口県令の威令《いれい》を示して、まず、横山区長に対しては、

「横山区長は賊徒《ぞくと》である。その罪は軽からず」

と、反乱罪《はんらんざい》の罪名を公開して、厳重《げんじゅう》に捜索中《そうさくちゅう》である旨を告示した。

そのうえ速やかに逮捕するように山口県警察および広島鎮台へも命令を発し、さらに萩市内に県令の名をもって掲示し、民心の安定を図った。

十月三十日になると、前原一誠は、山口県下に決起《けっき》の檄《げき》を飛ばして士族の心を揺《ゆ》さぶった。

この情報をキャッチすると、隆吉は佐々並《さざなみ》からさらに萩に近い明木橋《あきらぎばし》まで、司令所を進め、萩の市中およびその周辺に、次のような告示をし、住民を説得するよう努力した。

《県令諭告《けんれいゆこく》》
一、暴徒《ぼうと》の罪は許さず、追撃を徹底する。
二、暴徒に脅迫されて、これに従った者は、非を認めて自首《じしゅ》してくれれば、これを許し、罰しない。
三、暴徒の家族であっても、暴徒に味方せず、暴徒に協力しない者は、罪は問わない。

十月三十日の早朝には、広島鎮台から援軍《えんぐん》一個中隊が明木《あきらぎ》に布陣し、隆吉の司令所と合流した。しかし、鎮台兵が、いっこうに戦闘行動を開始しないので、不審に思った隆吉が、中隊長の杉山某に、

「中隊長、賊軍《ぞくぐん》は各地から同志を集め、その勢いが刻々盛んになっている。しかし、貴君《きくん》は兵を休めて一行に動こうとしない。どうしてか……」

と質問すると、杉山中隊長は、

「我々は、鎮台司令《しれい》から、《次の指令があるまで、明木にて待機《たいき》せよ》と命令されている。よって、ここを動くことはできない……」

といって、一向に行動を開始しようとしないのだった。隆吉は、

（なに、命令あるまで待機するのだと？　いまは緊急事態《きんきゅうじたい》だというのに、なんたることか……）

と思ったが、命令系統《めいれいけいとう》が違うので、どうすることもできなかった。

隆吉は、司令所を萩に進めて、そこに宿営《しゅくえい》した。

すると、山口県警察部の警部が、隆吉のところへ反乱軍の首謀者の一人である奥平謙輔《おくだいらけんすけ》が、反乱軍の小笠原男也《おがさわらおとや》などへ宛てた手紙と、前原一誠が、反乱軍の堺新三郎《さかいしんざぶろう》などへ宛てた手紙を入手したといって報告にきた。

その手紙の内容は、すべて、弾薬、兵器、食糧を送って欲しいという内容のものであり、反乱軍が相当困っていることが、手紙の文面からわかった。

そうしている間にも、状況が緊迫《きんぱく》してきたので、隆吉は、明木橋《あきらぎばし》の周辺に宿営している鎮台兵の上席指揮官諏訪《すわ》大尉《たいい》に、

「事態は一刻も猶予《ゆうよ》できない。直《す》ぐに戦闘行動を開始されたい。政府から総指揮の権限を与えられている県令として、貴官らの行動は許し難い」

ときびしい抗議《こうぎ》の書面を送り、広島鎮台の優柔不断《ゆうじゅうふだん》を強く詰問《きつもん》した。

隆吉の剣幕《けんまく》にようやく諏訪大尉は、明木にいる兵のうち、一小隊四十名を隆吉の萩司令所に送り、護衛《ごえい》に当たらせた。

十月三十日の午後三時半、赤間関出張所《あかまぜきしゅっちょうしょ》（現在の下関）から、大山巌《おおやまいわお》陸軍少佐や林友幸《はやしともゆき》内務少輔《ないむしょう》などが、小倉に到着したという情報が入った。

十月三十一日午前五時、萩司令所で指揮を執る隆吉は、逃げ遅れた反乱軍の士族らの全員を逮捕することを、警察隊に厳命《げんめい》した。

警察隊は、まず小笠原男也と堺新三郎のほか一名を逮捕して、警察出張所に拘置《こうち》した。

次に隆吉は、村長に命じて、首謀者である前原一誠と萩区長横山俊彦の妻子たちを保護させた。これは、反乱には関係のない妻子たちを危害《きがい》から守るためで、常に公平無私《こうへいむし》の態度で臨《のぞ》む

隆吉ならではの措置であった。

十月三十一日の夜十一時頃、隆吉は萩の大区扱所で県庁の事務の決裁をしていたが、そのとき、執務室の直近で、

「ドドドーン」

という大音響《だいおんきょう》と共に、

「ガタ、ガタ、ガタ……」

と建物が大きく振動《しんどう》した。

反乱軍の攻撃であった。

隆吉は、寝るときも洋服を着て、脚絆《きゃはん》を付けていたので、すぐに佩刀《はいとう》を腰に下げて、玄関に出た。するとすでに反乱軍が、四、五十人、役所を包囲し、鎮台兵と白兵戦《はくへいせん》を展開していた。

さらに反乱軍の後方からは、大砲による砲撃が加えられ、味方は、じりッじりッと後退させられていた。

その時、役所の玄関めがけて、

「ヒュルヒュル……ドーン……」

と砲弾が飛んできて炸裂《さくれつ》した。その爆風《ばくふう》で隆吉は玄関脇の土間に叩きつけられた。

「ウーッ……」

隆吉は、一瞬もう駄目かと思った。しかし幸いにも、玄関には、雨よけの板壁が造られてあったため、その板壁のお蔭《かげ》でさしたる怪我《けが》もなかった。

反乱軍の砲撃が、もう数メートル隆吉の方に寄っていたら、戦死か、少なくとも重傷はまぬがれなかったであろう。まさに《九死《きゅうし》に一生《いっしょう》を得《え》た》というところであった。

そのうち、反乱軍は、県令の司令所にしていた大区扱所に火を放った。その後、一旦《いったん》は後退を余儀《よぎ》なくされた鎮台兵も、じりじりと勢力を挽回《ばんかい》し、反乱軍と阿武川《あぶがわ》を挟んで銃撃戦《じゅうげきせん》を展開するようになった。

この白兵戦で、鎮台軍も反乱軍も大半が負傷し、双方に相当数の死傷者が出た。

夕方になり、ようやく反乱軍を撃退《げきたい》したので、鎮台軍は、ひとまず大谷まで退《ひ》いて陣容を立て直した。隆吉は反乱軍との戦闘を鎮台兵に任せ、自らは県令としての本来の公務に戻るべきと思い、第一線から後方に退くことにした。

そこで大区扱所の重要書類を取りまとめて梱包《こんぽう》し、庁舎内の地中に深く埋めた。そして部下の係官と一緒に裏口から出て、山口県庁へ帰ろうとした。

ところが、裏門を出たとたんに、待ち構えていた反乱軍の兵士が狙撃《そげき》してきた。さすがに、豪胆《ごうたん》な隆吉も、一瞬、物陰に隠れて身をひそめたが、すぐに塀を乗り越えて裏手にある酒蔵《さかぐら》まで脱出し、ほっと一息ついた。

そして、傍《かたわ》らにいる、桑野真澄や渡辺管吾、兼常孝助たちに、

「イヤー危《あぶ》なかった。危機一髪《ききいっぱつ》であったな。君たちも怪我がなくてよかった。これでなんとか第一関門を過ぎたが、安心はできない。しかし、我々は軍人ではないから、戦闘は諏訪大尉以下の鎮台兵に任せて、本来の職務に戻るべきである。だから一刻も早く本庁に戻ろう。ここにいる四人がたとえ一人になったとしても、本庁に戻らなければならない」

と諭《さと》して、しばらく酒蔵の中で、じっと戦況を見守っていた。

すると、一旦優勢《ゆうせい》であった鎮台兵は、反乱軍に押されて後退しているではないか。隆吉は、酒蔵の中にあった作業服を借りて、杜氏《とうじ》（酒の醸造職人《じょうぞうしょくにん》）に変装《へんそう》して、外の様子を窺《うかが》っていた。すると酒蔵の蔭に隠れて、なにやら、脚の傷を手当てしている者がいた。見ると、それは鎮台軍の指揮官諏訪大尉ではないか…… 驚いた隆吉は、思わず酒蔵から飛び出して、

「諏訪大尉、どうされたか。傷《きず》はどんなか……」

と抱《だ》きかかえんばかりに手を差し伸べて、声を掛けた。

すると大尉は、はっと振り向き身構《みがま》えた。作業服に着替えた隆吉を、敵と見間違えたのであったが、直ぐに関口県令と判《わか》り、

「おぉ！　県令閣下、御無事でしたか…… 敵の砲弾が、役所の建物に撃ち込まれたので、もう駄目かと思っておりました。私どもが護衛の役目を果たさず、申し訳ありません」

と地面に座ったまま、両手をついて頭を下げた。

「なんの、この通りみな元気だ。大丈夫だ。大尉の方こそ、怪我の様子はどうですか」

「いや、大したことはありません。かすり傷程度ですから……」

大尉と隆吉は、手を取り合って無事を喜んだが、その間にも、

「ビューンバッ、ビューンバッ……」

と無数の小銃弾が飛《と》び交《か》っていて、一瞬たりとも油断できなかった。前方を見れば、月明かりに敵兵の動きが見えるほどの至近距離《しきんきょり》から、絶え間なく小銃を撃《う》ってくる。味方の鎮台兵も、これに負けずに撃ち返している。両方の陣営から、物凄い数の銃弾が頭上すれすれに飛んでいた。

隆吉は、日本中の銃弾が、すべてここ萩に集まっているかと、思ったほどだった。それほど敵も味方も必死になって撃っているのだった。

（不平士族の不満は、それほどに大きいのか……）

隆吉の中に、士族対策の重要性が、一瞬頭をよぎった。そして、

（今度は助からないかもしれない。上野の彰義隊の戦いのときも、何度も死を覚悟《かくご》したが、あの時は、いまほどの近代兵器の戦いではなかった。私の武運もこれで終わりか……）

日頃豪胆な隆吉も、この時は死を覚悟した。しかし、

（ここで死ぬわけにはいかない。いま死ねば犬死にだ。五人で力を合わせて、なんとか脱出しよう。とにかくやってみよう……　反乱軍に負けてなるものか……）

隆吉は、四人の顔を見て、不屈《ふくつ》の精神《せいしん》を奮《ふる》い立たせて決心した。

それから、大尉を含めて五人、大尉を先頭に、ある時は地面に腹ばって匍匐《ほふく》し、ある時は身を屈《かが》めながらすこしずつ退《しりぞ》き、遂に橋本橋を渡り、ひとまず安全地帯まで後退することができた。諏訪大尉は、

「閣下、もうすぐ夜です。それまでここにいて、暗闇《くらやみ》に乗じて山口にお帰り下さい。ここは私が引き受けます。賊徒などには負けません。どうぞ、御安心なさって下さい。私は、新生日本のために、身を捨てる覚悟でおります。御無事に県庁にお帰りになられますことを祈っています」

と心から関口県令の身を案ずる諏訪大尉の心情が、ひしひしと伝わってきた。

隆吉たちは、それから三十分ほど後、暗闇に乗じて山口に帰った。幸い反乱軍とは遭遇《そうぐう》することもなく、翌朝には、県庁に到着した。

この夜、広島鎮台司令官の三浦梧楼陸軍少将が、山口県庁に関口県令を訪ねてきて、隆吉と戦況について情報交換をした。

月が改まって、明治九年（一八七六）十一月一日午前八時、広島鎮台軍は、六本杉に陣を張

り、反乱軍は濁渕《にごりぶち》の松雲院に陣取った。反乱軍との距離は、わずか三百メートルほどであった。戦況は、時々発砲する程度で、睨《にら》みあい状態が続いていた。

反乱軍は、一時、近くの茶臼山《ちゃうすやま》に陣を移したが、攻撃を仕掛けるのに不利と見たか、直ぐに山を下《お》り、再び戦闘が活発となった。一方鎮台軍は、山口に待機していた一個中隊二百名が加わって次第に有利になってきた。そのため反乱軍は、大砲などの武器を放棄《ほうき》したまま敗走し、首領格の飯田端《いいだはじめ》、今田浪江《いまだなみえ》など七人が逮捕され、死者、負傷者を多数出した。

さいわい鎮台軍は、負傷者一名を出しただけで圧勝《あっしょう》した。

そこで鎮台軍は、十一月二日の未明に、兵士を二隊に分けて、一隊は椿馬場《つばきばば》へ、もう一隊は南明寺に進軍した。南明寺隊が反乱軍を大谷畷《おおやなわて》に追い詰め、背後から椿馬場隊が攻撃を加えたので、反乱軍は浮足立《うきあしだ》ち、松雲院に火を放って退却した。鎮台軍の諏訪大尉は、

「敵は退却したぞ！　せん滅するのは今だ……」

と叫び、右手の大刀を振りかざし、前日に受けた脚の傷をものともせずに、敵陣目がけて突進した。

鎮台軍の兵士は、明治五年（一八七二）十一月に施行された「徴兵令《ちょうへいれい》」によって、民間から採用した兵士であったが、よく統率《とうそつ》され、指揮官の命令のもと、勇敢に敵陣に突撃した。

戦いは、鎮台軍有利のうちに展開され、反乱軍の兵士は、多数、殺傷《さっしょう》、捕獲《ほかく》されて、大いに

戦果を挙げることができた。

しかし鎮台軍が、ひとまず大谷畷に集結して、陣容を整えていると、反乱軍は再び逆襲《ぎゃくしゅう》してきた。敵方も必死で、その攻撃力は、侮《あなど》れないものがあった。

戦闘は、午後二時から、午後四時頃まで続いた。

反乱軍の別動隊は、旧藩校明倫館を占領して本営とし、萩の市内に抜刀隊《ばっとうたい》を繰り出しては、ゲリラ戦を仕掛けてきた。また、市内に沈黙《ちんもく》している士族に働きかけては、反乱軍に参加するよう、しきりに勧誘《かんゆう》していた。

旧長州藩士族の大津唯雪《おおつゆいせつ》たち五十人は、一旦は反乱軍に同調したかに見えたが、思い留まって、逆に県庁側に味方してきた。

明治九年（一八七六）十一月二日の夜になると、銃声もようやく鎮《しず》まり、戦《いくさ》は収束《しゅうそく》するかにみえた。しかし翌十一月三日の未明には、反乱軍は椿山に登り、鎮台軍と谷ひとつへだてて、にらみ合いの状態となった。

その日は天長節《てんちょうせつ》（明治天皇の誕生日）であった。隆吉は、酒を四樽《たる》と、するめ五千枚を、明木に駐屯《ちゅうとん》している鎮台軍に贈って、将兵の労をねぎらった。

将兵は、関口県令からの慰問品におおいに感激して、士気が盛り上がった。

生雲《いくも》では、七十余人の反乱軍の兵士が、小区扱所を襲い、副所長を脅迫して書類や帳簿、器具を破壊し、蔵目木《くらめぎ》銅山《どうざん》の人夫《にんぷ》を連れ去り、これを兵卒にしたという情報が入った。

その夜、大阪鎮台より、二個中隊の増援隊が三田尻《みたじり》に到着、うち一個中隊は、篠目口《しののめぐち》から萩東方の生雲に進んだ。鎮台軍の精鋭が県庁側に加われば、反乱軍にはとても勝ち目はない、と隆吉は確信した。

しかし隆吉は、一方的に反乱軍をせん滅してもよいものかどうか考えた。反乱軍の中にも有能な士《し》がいる。このような士を、一部の不平士族の反乱で失うのは国家の損失だ。だからそのように有能な士には、反乱軍から手を引かせ、山口県のため、そして新生日本のために働いてもらいたいと思った。

反乱軍の幹部である奥平謙輔もそのような役に立つ人物の一人であった。奥平謙輔は、隆吉より五歳年下の三十六歳、顔も体も大きくてごつく、性格は剛直《ごうちょく》で、一癖《ひとくせ》ある人物であった。

奥平は、藩校明倫館の俊英としてその名も高く、戊辰戦争においても、上級武士団の参謀として北陸越後《えちご》方面を転戦し、数々《かずかず》の武勲《ぶくん》を立てた。さらに明治新政府になってからも、越後府の権判事《ごんのはんじ》として力を尽くした有能な人物である。

隆吉は、一風変わった奥平の人柄を買って、使い方次第では役に立つ男だと見ていた。この前途有為《ぜんとゆうい》な奥平を、賊徒の汚名《おめい》を着せたまま死なせてしまうのは惜《お》しい。できることなら反乱を思い留まらせて、活躍する場を与えてやりたい。そう考えて、奥平謙輔に対して手紙を送った。

隆吉からの友情溢れる手紙を読み終わった奥平は、思わずはらはらと涙をこぼした。さしもの頑固者《がんこもの》の奥平も、隆吉の友情に大いに心を動かされたのである。

しかし、時すでに遅く、行動を共にする同志を説得して隆吉のところに行くことも、あるいは同志の隙を見て、単独にて鎮台軍の軍門に下ることも、もはや不可能な状態になっていた。そのため、奥平は隆吉の友情を無視する形となってしまった。

この頃山口県下の不平士族たちの間には、自分たちに与《くみ》しない関口県令を、暗殺しようとたびたび計画していた。

奥平には、後に法制局長官になった落合斎三《おちあいさいぞう》という友達がいた。落合はなかなかの策士《さくし》で、この落合が、奥平を介《かい》して、碁や釣りにたびたび隆吉を誘って味方に引き入れようとした。しかし隆吉は、どうも落合には気を許せないところがあったので、その誘いに乗らなかった。この落合という男は、隆吉を誘って、味方にならないときは、隆吉を暗殺しようと計画していたようであった。

またあるときは、東京の久安橋で、警視庁の警部を斬殺《ざんさつ》した高久進三《たかくしんぞう》という剣術遣《けんじゅつつか》いの旧

幕臣が、はるばる山口までやってきて、隆吉を訪ねてきた。不審に思った隆吉が、

「珍しい人が来たが、山口県にどんな用事があるのか……」

とたずねたところ、高久進三は、

「私も剣術だけでは飯が食えないから、商売をしようと思ってやって来た」

そうぬけぬけと、見え透いた嘘《うそ》をいうので、隆吉は、笑いながら立ち上がり、ランプを明るくしながら、

「君の商売というものは、鉄砲か弾薬でも九州へ売り込むという話ではないのか……」

と言いながら、高久の目の前にどっかと座り、グイッとにらんだ。隆吉は、眼は細いが、炯《けい》炯爛爛《けいらんらん》と輝き、相手の心を見通す眼力があった。その鋭い眼力に驚いた高久は、返事もできないまま、こそこそ逃げ帰ってしまった。

また、隆吉の師である大橋陶庵《おおはしとうあん》の家に出入りしていた大橋や益田という書生が、前原一誠と気脈を通じており、二人はひそかに隆吉の暗殺をくわだてていたこともあった。

いずれにしても、明治維新の頃は敵味方ともに、旧知の仲であり、ときによっては、敵味方の立場が入れ替わることも、しばしばであった。

明治九年（一八七六）十一月五日の午前十一時、関口隆吉県令は、広島鎮台司令官三浦梧楼

陸軍少将と共に山口県庁を出発し萩に向かった。その日の午後八時には明木に到着し、そのまま明木に宿営《しゅくえい》した。この時、鎮台軍歩兵一個中隊余、砲兵一小隊がこれに随行した。三浦司令官は、明木に到着後、直ちに一大隊二中隊を大谷に駐留《ちゅうりゅう》させ、別の二中隊を生雲口へ配備した。この新たな増援部隊により、前原一誠の反乱軍は、完全に動きを封じ込められてしまった。

五日午後五時には、有地海軍中佐より、軍艦孟春《もうしゅんごう》号を下関港から萩港に向けて、出港させる旨の電報が入った。

この時点で、鎮台軍が完全に優位に立ったことを確信した隆吉は、再度、前原一誠宛てに、手紙を書き送って、反乱を収めるように説得した。

しかし前原一誠は、隆吉の説得にも応じなかった。ところが、戦闘力において断然有利な鎮台軍を見て、とても勝ち目はないと判断した前原は、五日の夜、萩の陣中から密かに抜け出した。そして、萩の北方三十キロの須佐港から船で出雲国（島根県）宇龍浦《うりゅううら》港に逃れたが、待ち構えていた島根県の警察官によって、同志四名と共に逮捕されてしまった。しかし、不思議なことに、島根県では、前原らの逮捕を公表しなかった。

その頃になると、軍艦孟春号も萩港に入港し、砲撃態勢を整えて、攻撃命令を待つばかりとなった。

十一月六日の午前五時、陸軍、海軍、警察隊の三軍が、萩の市中に陣を構えていた反乱軍に、四方から一斉放火を浴びせ、その本拠地である元藩校明倫館は砲火に包まれた。

指揮官が逃亡した後の反乱軍は、物量豊富な鎮台軍の集中攻撃に、たちまち戦意を喪失し、須佐を目指して敗走した。その後の鎮台軍の追撃は厳《きび》しく、反乱軍の兵士は、ほとんど逮捕されてしまった。

十一月七日には、前原一誠の位階勲等《いかいくんとう》の官職を取り上げる告知が出された。

しかし、この時点でも、まだ前原一誠らの逮捕は公表されなかった。

さらにこの日に、東京警視庁の林少警視が、警察官百名を引率して萩に到着した。その後、反乱軍への加担者が次々と逮捕され、それに伴って、自首する者も続出した。

隆吉は、再び士族の反乱が起こらないようにするため、警察官の募集を行った。

十一月八日午前九時過ぎに、島根県令佐藤信寛《さとうのぶひろ》から、山口県令宛てに、元長州藩士、萩区長士族横山俊彦、および士族白井林蔵《しらいりんぞう》を逮捕したとの報告があった。

さらに、出雲の宇龍浦港に係留《けいりゅう》してある船の中に、前原一誠、奥平謙輔、山田頴太郎《やまだえいたろう》、佐世《させ》一清《かずきよ》、馬来杢《まくたくみ》の五名が潜伏《せんぷく》しており、逮捕に向かっているという公文書が、郵便で届いた。

島根県令佐藤信寛は、元総理大臣岸信介・佐藤栄作兄弟の曽祖父《そうそふ》に当たる人で、前原らの逮

捕をいつまでも公にしなかったのは、
（できることなら、前原らを助けてやりたい）
という思いがあったからではなかろうか。

（四）反乱者への友情

隆吉《たかよし》は、山口県民に新政府の仁政《じんせい》を示す必要があると考えて、

　県民のうちで、反乱軍《はんらんぐん》に強要されて、資金、食糧、衣料等を提供した者は、速やかに自首すれば、一切罪を問わないこととする。

という内容の告示をした。また隆吉は、

　人は誰しも、食に窮《きゅう》すれば心が乱れ、道徳に反した行いをすることがある。当時の士族は、道義は心得ていたが、禄《ろく》を失ったことにより、物心両面《ぶっしんりょうめん》において、極《きわ》めて不安定な状態におかれていた。そのために、道義《どうぎ》を逸脱《いつだつ》する者もあった。そこで、月に五～六円の収入があれば生活ができたので、職のない士族を、警察官に採用し、職を与えて生活を安定させ、同時に治安《ちあん》の維持《いじ》に当たらせることがベストだ。

と考えて、士族の中から多数の警察官を採用した。

前原一誠《まえばらいっせい》らによる萩《はぎ》の乱《らん》が、十数日で解決できたのも、早い時期から、士族の子弟を警察官に採用して、不平不満の出ないように処置したからであった。そのために、

山口県の警察官は、他県に比べて数が多い。

と隆吉は、手記に書き残している。

前原一誠らによる萩の乱の処理は、裁判所により、微罪者《びざいしゃ》は自宅謹慎《じたくきんしん》の処分となった。明治九年（一八七六）十一月十五日までに、山口県および島根県において反乱軍に与《くみ》した者は、ほとんど逮捕され、同じく明治九年十一月十六日に、内務省から山口、島根両県令に対して、大木喬任《おおきたかとう》司法卿の指示により、山口県において裁判を行う旨《むね》の通知があった。

これにより、萩の乱は収束《しゅうそく》した。

この間の十一月十四日に、前原一誠の父親の前原佐世彦七《さよひこしち》が、息子《むすこ》の一誠の反乱失敗を苦にして、雁島《かりしま》の自宅で自刃《じじん》した。

明治九年十一月十七日、隆吉は、島根県の警察から貨物船太平丸で護送されてきた前原一誠ら七名を受け取った。そして前原一誠には、位階勲等の剥奪《はくだつ》の告知書を直接手渡し、逮捕者七名を萩市内の仮監獄《かりかんごく》に勾留《こうりゅう》した。

仮監獄に勾留の際に、横山俊彦《よこやまとしひこ》と白井林蔵《しらいりんぞう》の二人は、逮捕時に格闘して負った傷を手厚く治

療してもらい、隆吉の反乱者に対する温《あたた》かい心遣《こころづか》いに、涙をながして感謝した。

それから十日後の十一月二十七日、前原らの裁判が、大木喬任司法卿の指示により、岩村通《いわむらみち》俊《とし》判事によって行われ、判決が言い渡されることになった。

隆吉は、未決囚《みけつしゅう》の前原一誠らへの判決が言い渡されるまでの間、公人《こうじん》関口隆吉としてでなく、私人関口隆吉として、未決囚に接することにした。

前原一誠を首領とする萩の乱の加担者は、一人として私利私欲で乱を起こした者はいなかった。すなわち、いずれも憂国《ゆうこく》の士《し》であり、ただその手段を誤《あやま》ったのである。そのために彼らは罪科を問われ、処断されることになったのだ。

彼らは、現政権の要人たちと、共に学び、勤皇倒幕のために、共に東奔西走《とうほんせいそう》した人たちである。しかし、法治国家《ほうちこっか》として、法に照らして処分《しょぶん》することは当然であり、いかなる人であっても、法を枉《ま》げることはできないのである。

隆吉にとって、前原一誠をはじめ、未決囚は、皆旧知の人たちであった。しかし隆吉は、法は法、情は情、と区別する原則に則《のっと》って、公人県令として未決囚に接した。

しかし隆吉は、公務終了後は私人として、毎夜獄舎《ごくしゃ》に未決囚を訪ねて、ささやかな酒肴《しゅこう》を持参して、酒を酌《く》み交《か》わして慰めた（当時は、今と違って規則もゆるやかで、この程度の酒肴は許されていた)。

前原は、思いもしなかった県令《けんれい》関口隆吉の暖《あたた》かな心遣いに触れ、その友情に感謝した。

奥平謙輔《おくだいらけんすけ》も、隆吉の情《なさ》けに感謝しつつも、人道に外れた政府の非をしきりに訴えて、頑《かたく》なに心を開こうとしなかった。そこで隆吉は、

「奥平君、君の漢詩《かんし》の素養《そよう》はすばらしい。ひとつ漢詩を作ってみてはどうか……」

と持ちかけてみた。すると奥平は、

「もう、その気持ちはない。ただ、以前に作った《七言絶句《しちごんぜっく》》(七言四句からなる漢詩)が、三十首ほどあって、落合斎三《おちあいさいぞう》のところに預けてある。私の処刑後、県令殿が御高覧下さるなら、私が死んでも、なお生きていることと同じである。こんなに嬉しいことはない」

と、隆吉の手を握りしめ、涙を流して話をするのであった。さらに奥平は、

「ところで県令殿、ひとつ頼みがありますが、お聞き届けくださらんか……」

と訴《うった》えるような眼差《まなざ》しで、隆吉を見つめた。

「私にできることなら、なんなりと……」

そう隆吉が、言葉短く答えると、

「ありがとうございます……」

そう言って、奥平は両の拳《こぶし》を固く膝《ひざ》の上に握《にぎ》り絞《し》め、溢れ出る涙を拭《ぬぐ》いもせず、嗚咽《おえつ》を洩《も》ら

していた。隆吉は、両手で奥平の固く握った拳をそっと包み込んだ。

「見苦しい姿をお見せして申し訳ない……」

奥平は恥ずかしそうに笑った。

「なんの、なんの、御遠慮なく」

隆吉は、優しく奥平を慰めた。

「実は、県令殿。私にはたった一人、年老いた母が家に残されております。親不孝のお詫《わ》びの印《しるし》に、老母《ろうぼ》に書を残したいのですが……」

奥平は孝心の一端を切々と訴えた。

「解《わか》りました。すぐに筆など用意させましょう」

これ以上奥平の気を滅入《めい》らせてはいけない、と思った隆吉は、気軽に返事して、警備の係官に命じてすぐに筆・紙・硯《すずり》を用意させた。

奥平は、墨を磨《す》り、奉書を延ばしてから筆を持つと、その筆を押《お》し戴《いただ》き、

『県令関口　能《よ》ク兒《げい》ヲ視《み》ル』

兒とは奥平自身を指す。関口県令は、死刑となる私に対し、限りなき友情を示してくれた。私は良き友を持つことができて幸せである。

と書きあげた。そのあと、奥平は、はらりと一筋の涙を紙上に落とした。

それから数日後、明日はいよいよ判決の言い渡しがあり、処刑されるという夜、隆吉は、前日と同じように酒肴を持参して獄舎を訪れた。前原ら未決囚は、隆吉の連夜にも増してねんごろな対応に、死の近づいたことを察した。隆吉は前原に、

「永い間、親しくしてもらったが、いよいよ、明日は永《なが》のお別れだな……

『多年相識《たねんあいしる》　一朝遠別《いっちょうえんべっす》　意甚《いはなはだこれをおしむ》　惜之』

詩にも歌にもならないが、永の別れとなるのが残念だ」

と、惜別《せきべつ》の言葉を述べて、思わず落涙《らくるい》した。すると前原は、涙を浮かべつつも、

「おれとの別れが、そんなに寂《さび》しければ、明日、おれと一緒に、首を刎《は》ねて貰ったらどうか、アハハハ……」

と空笑《そらわら》いした。これに応えて隆吉は、

「いや、遠慮しておこう。首は一度胴体と離れると、二度と繋《つな》がらんからな……」

と応酬《おうしゅう》した。死を明日に控えた刹那《せつな》のやりとりを聞いた他の未決囚六人も、声を上げて笑った。

隆吉は、もう一度、前原の両手をぐっと握り、最後の別れを惜しんだ。前原も、隆吉の手を

握り返し、

「ありがとう、県令の温かいご配慮で思い残すことはない。ありがとう、ありがとう」

前原の大きく、いかつい身体《からだ》が小刻《こきざ》みに震《ふる》えていた。

その翌日、即《すなわ》ち、明治九年（一八七六）十二月四日、前原一誠、奥平謙輔ら七名の刑が執行された。

（五）山口県の賢県令

前原一誠《まえばらいっせい》の反乱事件の翌年、すなわち明治十年（一八七七）二月に、鹿児島で西南戦争《せいなんせんそう》が起きたのである。

そこで山口県下にいた前原一誠の残党の町田梅之助たちが、西郷隆盛《さいごうたかもり》を応援しようとして、再び萩《はぎ》に集結した。この情報は、明治十年（一八七七）五月三十日の早朝、萩警察署警部の能一述利《のういちのぶとし》によって、関口県令《せきぐちけんれい》のところへ報告された。

その報告によれば、士族の石野某が、その前日（五月二十九日）の夜半、萩警察署山本信三警部の自宅を訪れて、

「萩《はぎ》の乱《らん》、再発の兆《きざ》しあり」

と知らせたのが発端《ほったん》であった。

戦《いくさ》の経験が豊富な隆吉《たかよし》は、直《ただ》ちに萩区長の桂路祐《かつらみちすけ》に実情調査を命ずる一方、山口市内の警察官に対して、厳重な警備を指示した。

しかし、あいにくこの日は、山口には八十名弱の警察官しか待機していなかったので、直《す》ぐ電報で馬関《ばかん》（下関）警察署に応援隊の出動を命じた。そして同時に、偵察《ていさつ》に出かけている警察官二十名を除く、残り六十名の警察官を、小銃などで武装させて、県庁の警備に当たらせた。

夜が明け、五月三十一日になると、萩警察署から、町田梅之助ら四人を、無許可集会の廉《かど》で逮捕《たいほ》したという報告があった。隆吉は、

「それはよかった。なによりのこと、大事に至らずよかった。ご苦労でした。食事をしてから休みたまえ」

と報告に来た警察官の労《ろう》をねぎらった。

すると、また一人の警察官が、全身埃《ほこり》まみれになって県庁に倒れ込むようにやって来て、

「県令閣下、私どもが逮捕者を取り調べておりますと、突如、数十人の賊徒《ぞくと》が警察署を包囲《ほうい》し、発砲した後、建物に火を放ちました。とても十人そこそこの警察官では、防ぎようもありません。そのため当方がひるんだ隙《すき》に、残念にも逮捕者四人を賊徒に奪われ、奴らは山中に逃げ込

みました。私は、賊徒の包囲網《ほういもう》を潜《くぐ》り抜《ぬ》け、ようやく山口まで来ることができました」

と報告し、そのまま倒れてしまった。

隆吉は、もはや前原の残党の反乱は決定的と判断し、馬関（下関）に駐留《ちゅうりゅう》する陸軍部隊に、派兵を要請した。そして同時に県庁の係官の中から、戊辰戦争《ぼしんせんそう》に従軍した戦争経験者を抜擢《ばってき》し、県吏の富田国輔《とみたくにすけ》など四人を分隊長に任命し、警察官と合同して総数八十人の援護隊《えんごたい》を編制して、萩に向けて出発させた。

にわか仕立ての援護隊ではあったが、戊辰戦争で生死の中を戦った一騎当千の強兵《つわもの》たちであったので、士気は大いに上がり、反乱軍の追撃を始めた。反乱軍も、陣容《じんよう》を立て直して攻撃に転じたが、近代的兵器で武装した警察軍には抗《こう》しえず、

（最早これまで……）

と思ったか、反乱軍の首領の町田は、

「我こそは町田梅之助なり……」

と名乗りを挙げて突撃してきた。その瞬間、秋良定臣《あきよしさだおみ》隊長が撃った拳銃《けんじゅう》が、町田の胸板《むないた》を撃ち抜き、町田は仰向《あおむ》けに倒れた後、自ら喉《のど》を掻《か》き切って自刃《じじん》した。

敵将である町田梅之助の死によって、反乱軍は多数の負傷者を置き去りにしたまま、逃げ去ってしまった。

この反乱により、賊徒七十余人が逮捕された。

一方、政府軍は、幸いにして若干の重傷者がでたものの、死者はなく、反乱を鎮圧《ちんあつ》することができた。

ところが、この事件の数日後、萩の町に、

「関口県令は、反乱軍の流れ弾に当たって死亡した」

という奇妙《きみょう》な噂《うわさ》が流れた。また、

「関口県令は、反乱軍の攻撃に怯《おび》えて、庁舎内の県令室に隠《かく》れている」

という話も広まった。

それは関口県令が、反乱軍が蜂起《ほうき》するや否や、手際よく鎮圧隊を編制して萩に出兵させ、自らは県庁内にあって指揮命令しており、萩の戦場に姿を見せなかったのが誤解《ごかい》されて、生まれた噂話や中傷《ちゅうしょう》であった。

隆吉は、県庁内の臨戦態勢《りんせんたいせい》を整《ととの》えるや、県の幹部係官数名と共に萩に出向いて、反乱の事後処理を終え、山口に帰庁した。

山口に帰った隆吉は、県民を安心させるため、朝夕、平服丸腰のまま、ステッキ一本を手にして、市内を視察して回った。

これを見た県庁の側近は、県令の身を心配して、単身での視察を中止するように進言した。

しかし、隆吉は、

「いや、大丈夫だ。護衛《ごえい》付きで散歩でもしようものなら、またまた《臆病《おくびょう》県令》といって笑い者になるだけだ。アハハハ……」

と言って呵々大笑《かかたいしょう》した。側近たちは、

「何とも胆力《たんりょく》の据《す》わった県令だ……」

と驚いたということである。


その後も、隆吉は、兵糧《ひょうろう》などを隣県に急送して、鎮台軍の活動を援《たす》け、また、広く民心の安定を図るなど、大いに功績を挙げたので、世の人々は、隆吉を、

「山口県には賢県令《けんけんれい》がいる」

と言ってその人徳を称《たた》えた。

明治政府は、関口隆吉県令の功績を賞して、明治十年（一八七七）十二月二十八日に、『勲四等』に叙し、『金五百円』を下された。そして、

『鹿児島の乱起こる。その功まことに多し。ここにその賞を授《さず》く』

との詔《みことのり》を賜わった。

その後山口県民は、率先して道路の建設や改修などのライフラインを充実させ、また、農産《のうさん》

工業《こうぎょう》を起こすなど、殖産事業《しょくさんじぎょう》を推進した。

これら山口県民の建国思想の昂揚《こうよう》と実践《じっせん》は、まさに関口隆吉県令の優れた行政手腕と実行力を示す一例といっていいであろう。

第四章　元老院議官時代

（一）元老院議官となる

明治十三年（一八八〇）二月、関口隆吉《せきぐちたかよし》は政府より月俸五十円増額のうえ、内務省《ないむしょう》栄転の内命があった。これについて隆吉は、

「いまや世情も安定し、いま、内務省に入っても自分のなすべき仕事はない。したがって、しばらくは閑職《かんしょく》に留まり、捲土重来《けんどちょうらい》を期《き》したい」

と、内務省への出仕を辞退した。政府は、やむなく引きつづき山口県令として留任をさせざるを得なかった。

隆吉の本心は、前原一誠《まえばらいっせい》らの反乱に疲れた山口県を、自分の手で復興させたい気持ちが強かったのかもしれなかった。

しかし人手不足の政府は、隆吉のような有能な者をいつまでも山口県令として使っている余

綾の遺体は、その三日後の七月三日、月岡村の村雲山洞月院《そんうんざんとうげついん》に葬《ほうむ》られた。
隆吉と綾との間には、一男四女が生まれていた。長男は壮吉《そうきち》（のち浜松高等工業学校《現在の静岡大学工学部》初代校長）、長女は操《みさお》（養嗣子《ようしし》隆正《たかまさ》の妻）である。

（二）関口家の家系

ここで関口家の家系図を説明しておいた方が、読者には理解しやすいと思われるので、その概略を左記することとする。

関口家の先祖は古く、源氏の系統で、今川氏の末裔《まつえい》といわれている。現在の愛知県豊川市、関口の庄が領地であった。

清和源氏の祖、源経基《つねもと》から十八代目の経国《つねくに》が「関口」と称したのが、関口家の始祖である。本著の主人公の関口隆吉《せきぐちたかよし》は、経国から数えて二十一代目となる。

関口隆吉の家庭関係であるが、隆吉は三度結婚している。

最初の結婚は、隆吉二十四歳のときで、安政六年（一八五九）四月に、武家故実の師である稲生虎太郎《いなおとらたろう》の娘と結婚した。この女性は病弱のために、翌年の十月に病死し、子供はいなかった。

関口家の系図

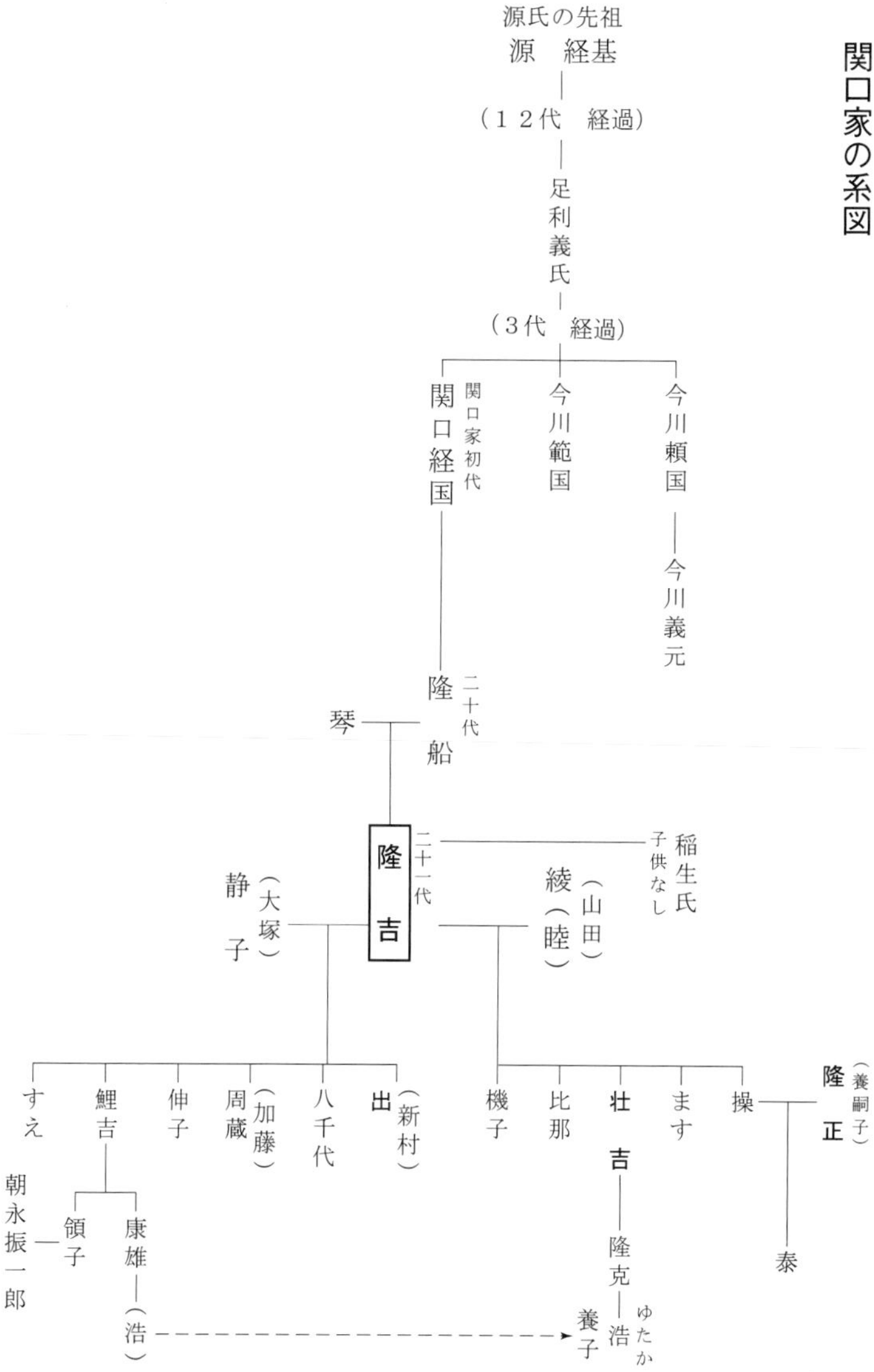
源氏の先祖
源　経基
（１２代　経過）
足利義氏
（３代　経過）
関口経国
関口家初代
今川範国
今川頼国
今川義元
隆船
二十代
琴
隆吉
二十一代
稲生氏
子供なし
静子
（大塚）
綾（睦）
（山田）
すえ
鯉吉
伸子
周蔵
（加藤）
八千代
出
（新村）
機子
比那
壮吉
ます
操
隆正
（養嗣子）
朝永振一郎
領子
康雄
（浩）
隆克
浩《ゆたか》
養子
泰

二度目は、隆吉二十八歳の文久三年（一八六三）三月に、茶道宗徧流《さどうそうへんりゅう》宗家山田宗也《やまだそうや》の娘、睦《むつみ》（二十一歳、後に綾《あや》と改名）と結婚した。この女性は、明治三年（一八七〇）に、隆吉が東京から静岡に移った時から、現在の菊川市月岡に住み、それ以来、月岡の自宅を守っていたが、明治十四年（一八八一）六月にふとした病から、三十八歳の若さで病死した。隆吉四十六歳。婚姻年数十八年間に、男子が壮吉《そうきち》、女子が操《みさお》、ます、比那《ひな》、機子《はたこ》の一男四女を育てたのである。

三度目は、綾が死亡した後、大塚静子と結婚。隆吉と静子の間に生まれたのが、次男の出《いずる》である（隆吉没後に新村家の養子となる）。その後、三男の周蔵《しゅうぞう》（加藤家に養子）、四男の鯉吉《りきち》、そのほか女子が三人生まれている。

従って、隆吉は全部で、四男七女の子福者であった。

隆吉は、二人目の妻、綾が死亡したときに、長男壮吉が数え年の六歳であったため、綾が死亡した年（明治十四年）の八月に、師であった大橋訥庵《おおはしとつあん》の甥の清水与四郎を養子に迎え、隆正《たかまさ》と改名させ、長女の操と結婚させて関口隆吉の後継者とした。

隆正二十六歳、操十七歳のことである。

養子の隆正が後継者となったため、実子の壮吉は、縁者の中村家の養子となった。しかし、隆吉が死んだ後に、隆正の希望により、実子《じっし》の壮吉が中村家から関口家に戻り、関口家二十二代の当主となった。

養子の隆正は、漢学者として著名であった。中国留学後、静岡県立静岡中学校の教師となり、その後、得意な中国語を買われて台湾総督府や陸軍省の通訳官になるなど大いに活躍した。隆正の長男、泰《たい》は東京大学法科を卒業し、朝日新聞社に勤務した後、文部省社会教育局長を経て、横浜市立大学学長となる。憲法、教育、選挙に関する著書などが多い。

長男の壮吉は、二十二代の関口家の当主になる。壮吉は化学が専門で、東京大学卒業後、米沢高等工業学校教授となり、文部省を経て浜松高等工業学校の設立に携わり、同校の初代校長を務めた。壮吉の長男隆克は二十三代関口家の当主となる。東京大学卒業後、文部省に入省し国立教育研究所、国立国会図書館勤務、その後、開成中学校、高等学校校長を務めた。

次男の出《いずる》は、父の隆吉が「山形」から「山口」へ転任したことにちなんで、山と山を重ね合わせて「出」と命名したといわれている。幼少から秀才の誉れ高く、徳川慶喜《とくがわよしのぶ》邸に出入りして、慶喜の子供の家庭教師をしていた。そのような縁で、慶喜の肝《きも》いりで、隆吉の死後、慶喜の筆頭家扶である新村猛雄の養子となった。専門は言語学で、東京大学大学院卒業後、ヨーロッパに留学、京都大学教授となり、国語学の権威として「広辞苑《こうじえん》」の編者となる。昭和三十一年（一九五六）に文化勲章を受章している。

三男の周蔵は、加藤家の養子になった。

四男の鯉吉は、父の隆吉が亡くなったときは数え年四歳と幼かったが、義兄の隆正や兄の壮吉、出などの支援で、東京大学理学星学科を卒業して、大学助手を経て気象台技師となる。その後富士山観測所の建設に携わり、昭和十一年に東京天文台長となった。鯉吉は一番父の隆吉に似ていたといわれた。鯉吉の長女、領子《りょうこ》の夫は、ノーベル物理学賞を受賞した朝永振一郎である。

このように男子は、養子の隆正《たかまさ》を含め、長男壮吉《そうきち》、次男出《いずる》、三男周蔵《しゅうぞう》、四男鯉吉《りきち》の五人である。

女子は、隆正と結婚した長女の操《みさお》、次女のます（夫は山田隆一郎）、三女は八千代《やちよ》（夫は三竹万吉）、四女は比那《ひな》（夫は本多鉄太郎）、五女は伸子《のぶこ》（夫は田中隆三）、六女は機子《はたこ》（夫は神山英三郎）、七女はすえ（夫は塚本卯三郎）である。

（三）地方巡察使となる

明治十五年（一八八二）十二月、隆吉《たかよし》は四十七歳の時、勲三等に叙せられ、旭日中綬章《きょくじつちゅうじゅしょう》を授けられた。

さらに、明治十六年（一八八三）四月、隆吉四十八歳のときに、元老院議官のほか、地方《ちほう》巡察使《じゅんさつし》（地方監督官）をも命ぜられ、東京府、神奈川県、静岡県などの一府八県を巡察することとなった。

そこで隆吉は、明治十六年（一八八三）四月、千葉県を振り出しに、五月には茨城県、続いて栃木県を経て、六月には神奈川県を視察した。

そして明治十六年六月十日には静岡県に入って三島を視察した。三島を視察した折には、初代三島小学校長を務めている兵法学の旧師である吉原守拙《よしはらしゅせつ》を訪れて、教えを受けている。その後も三島を通過する度に、隆吉は守拙とその嗣子《しし》である呼我《こが》を訪ねて、礼を尽くしている。

さらに六月十三日には蒲原を通り、静岡に入り、県庁で県内情勢について事情聴取をした。この夜は静岡に一泊し、徳川慶喜《とくがわよしのぶ》を表敬訪問したが、あいにく慶喜は外出中で、会うことができなかった。隆吉は、やむなく巡察を終えて、東京に戻るときに再度訪問することにした。


明治十六年（一八八三）六月十六日の早朝、隆吉は宿を出発、東海道を西に進み、島田の町を過ぎて、明治十一年（一八七八）に、はじめて大井川に架橋《かきょう》された長さ九百メートルの、世界最長の木造橋「蓬莱橋《ほうらいばし》」を渡って金谷の町に入った。

そして金谷の町から胸突《むなつ》き八丁《はっちょう》の急坂を上って、牧之原台地《まきのはらだいち》にやってきた。

この牧之原台地は、今から十四年前、旗本八万騎の同志である精鋭隊《せいえいたい》や遊撃隊《ゆうげきたい》の隊員三百名と共に、茶園開拓に情熱を燃やしたなつかしいところである。

牧之原台地に立った関口隆吉は、眼の前に広がる牧之原の大平原を見渡して、今から十四年前の明治二年（一八六九）六月、初めてこの地を訪れたときの牧之原とは、別世界のように見事に造成された大茶園を見て、目頭が熱くなってきた。

そこには、涯《はて》も見えない平原が、茶の木で埋め尽くされて拡がっていた。目を遮《さえぎ》るものは何もない。見事な大茶園が造成されていた。

見渡す限りの茶畑は、燦々《さんさん》とふりそそぐ初夏の大陽の光をうけて、若翠《わかみどり》が鮮《あざ》やかに輝いている。隆吉は、柔らかに伸びた若草色の茶葉《ちゃば》の香《かお》りを、胸いっぱいに吸い込んだ。

「おーぅ、見事な茶園だ！……」

隆吉の胸は高鳴り、再びジーンと熱くなった。

徳川慶喜の大政奉還、そして江戸城明け渡し、駿河への移住、千四百余町歩（一、四〇〇ヘクタール）の土地を下賜《かし》されて牧之原台地へ入植、不慣れで過酷な開墾作業を続け、苦しい生活に耐え切れずに離反者が相次ぎ、当初に入植した三百二名は、十年後の明治十二年（一八七九）には二百十五名に減少、さらにその四年後の明治十六年（一八八三）には百十九名と、三分の一にまで減少した。だが、ここまでくればもう大丈夫だ。中条景昭《ちゅうじょうかげあき》以下百十九人の同志の努力が実ったのだ。徳川慶喜からも、

「予《よ》もこれで安心」

とのお言葉があったと聞いたが、よかった、本当によかった。広大な牧之原台地は、日本一の大茶園の実現に向かって、着々と歩んでいるのだった。

隆吉は、安堵《あんど》のため息を洩《も》らすとともに、嬉し涙がこぼれてきた。

牧之原では、入植して四年目の明治六年（一八七三）には、はやくも初の茶摘みが行われた。入植から今日まで、農作物もあまり実らず、働く人々は食にも事欠く日々が続き、その労苦は筆舌に尽くし難いものがあった。また、資金的にも行き詰まり、徳川宗家からの援助も受け、さらに不足金の補てんのために、隆吉も自ら保証人になって、お金を調達したことも数え切れないほどであった。

しかし、何といっても、中条景昭、大草高重《おおくさたかしげ》たち入植者の必死の努力があったればこその牧之原大茶園である。入植者の努力を支えたのが、徳川慶喜、家達《いえさと》であり、その間に立って資金調達や販売促進の労を取ったのが、関口隆吉であり、山岡鉄舟《やまおかてっしゅう》であった。

今日は、責任者の中条景昭、大草高重らと会うのが楽しみだ。隆吉の心は、次第に弾《はず》んでくるのであった。

その日隆吉は、久し振りで中条たちと再開し、共に牧之原大茶園の成功を喜んだ。

そしてその夜は、月岡村の自宅に一泊し、墓参を済ませて、父の隆船《たかふね》、母の琴《きん》、妻の綾《あや》のそれぞれの冥福《めいふく》を祈った。

なお、牧之原台地開拓に尽力した中条景昭を顕彰《けんしょう》する、「中条祭―牧之原開拓感謝祭」が、平成元年から、毎年十月十三日に、島田市阪本（谷口原）の中条記念像の前で執り行われている。

地方巡察使の関口隆吉は、明治十六年（一八八三）六月二十日に、豊橋を巡察し、さらに六月二十二日には岡崎を巡察した。岡崎には、大樹寺を始め、高月院など徳川家ゆかりの寺院があり、この寺院が荒れているのを見て人生の儚《はかな》さを感じ、後年その復興に尽力することになるのであった。

七月には、三重、岐阜の二県を巡察した。

八月に入って一旦《いったん》帰京したうえで、東京府下を巡察し、下命《かめい》のあった巡察の任務を終了したのである。

この巡察行程は、およそ壱千里（四千キロ）、一府八県、一六カ国に及んだ。この頃は、まだ鉄道がない時代だったので、乗り物は駕籠《かご》であり、駕籠を乗り継いでの巡察は、肉体的にも大変な仕事であった。

隆吉は、巡察が終了すると、直《ただ》ちにその記録を「巡察復命書」としてまとめて、太政官《だいじょうかん》（いまの内閣に当たる）に提出した。

報告書には、それぞれの県政が細部に至るまで詳しく調査されて、その可否を判定している。これには田畑の耕作状況、民情風俗、民政の実行状況、学校教育の普及などがくわしく書かれていたので、以後の各県への政策に大いに参考となった。

この復命書を見れば、隆吉の高い調査能力、分析能力、判断能力、先見性のあることが推量される。


巡察復命書は、総論に各府県の政務全般を概観し、各論として
①租税の納付状況
②教育の状況
③犯罪の状況
④政談演説の状況
⑤士族の状況
⑥民情
⑦横浜税関など外国人の関係
そのほか衛生、徴兵、軍隊の配置、道路、治水、砂防工事、県議会、市町村議会、

警察、裁判所、刑務所、郵便電信電話、金融経済、銀行、商社、民間工場、新聞雑誌などのマスコミ関係など多項目に分けて、詳細に調査分析してあり、地方行政の状況や県民に対する上意下達、下意上達の状況が書かれている。

これをもう少し詳細に見ると、

総論では、府知事や県令は、政府の施政方針を十分理解し、法令を順守してよくその職務を遂行している。府県の職員も紀律規則に従って事務を処理し、順次に政務が府県民全般に及んでいる。ただし、地方自治体の首長（村長）においては、人材が少なく事務処理が遅滞するのみならず、ともすれば職権を濫用《らんよう》して政務を個人の利益に用いる者がある。これは役場の区画制度が実情に合わず、また、選挙方法や給料なども適切でないことに原因すると指摘している。

各論のうち、主なものは次のようになっていた。

① 租税の納付状況については、各地とも滞納は少なく、競売の処分を受ける者は少ない。酒造税及びたばこ税などは近年実施された税であるが、とくに苦情はない。ただし納付期限については苦情があり、改正を望む声が少なくない。調査の結果、現行の納付期限は各地の現状に適していない。検討の必要がある。

②　教育の状況については、明治十四年に、改正教育令が施行されて、修身（道徳）が正課となり、自由教育の悪いならわしが正され、実際に役立つ授業が行われつつある。県下の師範学校、中学校は各府県に一〜三、四校があり、おおむね府県立で、文部省の規則にそって運営されている。

医学校は府県ごとに異なるが、東京府は大学の医学部があるために府立医学校はなく、神奈川県は東京に隣接するため医学を学ぶのに支障はない。静岡県は、他県に比べて病院数は多いが、医学校はないから、設置の必要がある。

公立小学校は、各地とも、住民がその必要性を痛感し、競って寄付して学校を建設し、子弟を入学させている。そのため、各町村とも学齢期の児童の半数以上、多い地域では七〇〜八〇％は就学している。

したがって表面的には学校教育は順調で喜ばしいことであるが、その内容は憂うべきものがある。即《すなわ》ち、教員数は少なく、そのうえ、教員に老人の道徳家が多く、教育方法が偏《かたよ》り、新しい教科を教えていない。また現行の教員は学識も指導経験も乏しい。

たまたま徳育も学力も兼ね備えている人は、小学校教員になることを望んでいない。その理由は、小学校の教員の等級は十等官相当といっても、月俸二十円を超える者は極めて少なく、多くは五、六円～十円である。最も薄給の者は一円前後である。そのため現在の小学校教員は、十五、六歳から二十四、五歳の者が多く、外見は整っているが実力なく、教員としての威厳がない。

例えば、神奈川県においては、公立小学校五五〇校に対して、教員は一、七九三人で、うち正教員は一八五人、準教員一、六〇八人、一校平均三・三人弱と極めて少ない。早急に教員の養成が必要である旨《むね》を訴えている。

文部省事務官、県庁の地方官も、この弊害をよく把握していない。速やかに改正すべきである。

隆吉は、治世の根幹は教育にあるとして、かなりのスペースをとって教育の必要性を説いている。

③　犯罪の状況については、武蔵《むさし》地方（東京府、埼玉県、神奈川県東北部）に犯罪が多く、詐欺罪《さぎざい》、窃盗罪《せっとうざい》、富籤罪《とみくじざい》、賭博罪《とばくざい》が多発しており、次いで強盗罪《ごうとうざい》、通貨《つうか》偽造罪《ぎぞうざい》が多く、殺人罪《さつじんざい》や傷害罪《しょうがいざい》など生命身体に関わる犯罪は少ない。

隆吉は、金銭に関わる犯罪が多いのは、貧しい人が多いため《まず》であり、貧困対策《ひんこんたいさく》が重要であると指摘している。

④　政談演説の状況については、東京より、自由党や改進党、帝政党の三党の弁士

がたびたび来て演説会を開催し、民衆を勧誘している。聴集は商人が多く、自由、改進、帝政三党が互いに相手の欠点を攻撃するようになってから、聴集が増加している。政談演説会は目下盛大で、人心の動揺を生ずるような演説が行われている。そしてどの政党の演説会が、どこで何回開催しているなどと、細かく調べて報告している。

⑤　士族の状況については、秩禄処分《ちつろくしょぶん》によって士族に交付された公債を、国立銀行に差し入れて銀行の株主になった者が多いが、国立銀行の損失が大きく、多くの士族は資産を失い、困窮している。またアメリカから精米機を輸入して精米業を営む者もあるが、失敗して破産する者がいる。しかるべき対策が必要である旨、意見を述べている。

⑥　民情については、弁護士資格のない、いわゆる三百代言《さんびゃくだいげん》が村落を徘徊《はいかい》して県民をたぶらかし、金品を騙《だま》し取っている。また、住民は、各河川の改修工事などの治水費を負担しているが、これを公費で施工してもらうように、住民が切望している。とくに築堤《ちくてい》費用は、金額が多額に上るため、河川流域の住民は負担が増加して困却している。地租改正により、築堤費を負担する者も、負担しない者も、一律の地租負担であるため、築堤費を負担する農民より、地租減免の願い出があ

る。

したがって地租負担に差を設けるか、さもなければ、大河流域の住民には築堤費などの治水費用の負担を廃止すべきであるなどと、河川ごとに治水費用と耕作状況などを調査して、徴税の不公平さと民情の違いを指摘している。

⑦ 外国人の関係については、我が国の国力は急速に増強しているが、残念ながら諸外国と交易を始めて日も浅く、欧米諸国から学ぶべきところも多々ある。したがって外国人との交際は親密に行って国力を増し、国権の維持、国威の高揚に尽力することが必要である、と当時の発展途上にあった日本の状況を鋭く突いている。

この復命書の中では、農政については、農民の生活、耕作状況をはじめ、農村経済など、農政全般について詳しく調査され、併せて民情に対応させながら論述し、地方行政論、農政論について堂々と論じている。

とくに飢饉《ききん》の際の救助方法は、詳細、かつ、広範囲にわたってその必要性を論じ、次のように書いている。

現在政府の執っている「備荒貯蓄法《びこうちょちくほう》」は、公債および預金によるものが大半を占め、米麦等穀類《べいばくとうこくるい》による現物備蓄《げんぶつびちく》は皆無《かいむ》といってよい。

　過去の歴史を振り返れば、飢饉等の災害《さいがい》は、一定周期をもって反復して発生している。近時においては、天保の大飢饉は、天保四年（一八三三）から同十年（一八三九）までの七年間も続き、しかも飢饉の原因は、天候不順による冷害で、かつ、全国的であったことが、被害をより深刻にした。

　長期間の飢饉は、民衆を極度な貧困、飢餓《きが》に陥《おとしい》れ、その挙句《あげく》、米蔵の打《う》ち毀《こわ》しなど、農民一揆が各地で蜂起《ほうき》した。

　当時、全国の大名は、寛永九年（一六三二）の飢饉、元禄八年（一六九五）の飢饉、享保十七年（一七三二）の飢饉、さらに浅間山の大噴火をきっかけに起こった天明六年（一七八六）の大飢饉などの経験により、それぞれ備荒対策《びこうたいさく》をとっていた。それにも拘《かかわ》らず、食糧の備蓄量《びちくりょう》が不足し、全国的、かつ、長期間にわたった天保の大飢饉に対応できず、日本全国において、数十万人の餓死者・難民を出してしまった。

　天保の大飢饉以来、官民各層において、備荒の重要性を認識して、義倉《ぎそう》など予備倉庫を設けて米麦類を蓄え、また、飢饉対策を論ずる書物を著わして、人々にこれを説いたものである。

しかるに、はや天保の大飢饉より数えて四十年、人々は、飢饉の苦しみを忘れている。

明治政府になると、大蔵省は、旧藩時代の蓄えを消費して、今は、全国どこにも備荒の貯穀《ちょこく》は無くなっている。

いま、飢饉があったらどうするか、今日《こんにち》、飢饉の惨情《さんじょう》を知る者はいなくなり、その対策すら知らない。

新しい知識を持つ者は、今の文明開化の時代に、飢饉などあり得ない、不幸にして飢饉ありとしても、世界各国の、いずれの国からでも食糧を輸入できるから、金さえあれば、恐れることはないという。

しかし、果たしてそうであろうか。世界いずれの国からでも輸入が可能であるから、備荒は不要である、とする絶対的根拠があるのか。

万一、我が国以外の国々にて、同時に気候の変化があって、凶作《きょうさく》となったとするならば、どれほどの金銀財宝を積めども、自国の救済を後回しにして、我が日本に救いの手を差し伸べてくれる国があるであろうか。そうだとするならば、内外の政治情勢不安の今こそ、自力救済の道を執るべきである。

よって、備荒貯蓄法第五条の、

「公債証書または預金」

とあるを、

「一切現石《いっさいげんこく》（米麦の現物）をもって貯蓄する」

と改正するべきである。

天明、文化、天保の飢饉の要点を記述して、閲覧に供するので、よくよくご検討願いたい。


と副申書を書き、一府八県の巡察復命書に添えて、太政官に提出した。


享保の大飢饉（一七三二）の際に、伊予松山《いよまつやま》（現愛媛県）において、立派な衣服を身にまとい、百両の大金を首に掛けたまま餓死《がし》した人がいた。

「金銀は餓《う》えて食《く》らわれず、故に穀物《こくもつ》をもって貴《とうと》しとする」

いくら金を持っていても、買う米がなければ、餓死せざるを得ない。これは食物を大切にし、凶作に備えて農作物を蓄えるべきであるという教訓である。

また、享保十七年（一七三二）の秋、伊予郡筒井村の義農作兵衛は、餓死寸前のときに、隣人より、蓄えてある種籾《たねもみ》一斗（十五キログラム）を食べて命をつなぐべきと諭されたが、

（この種籾を自分が食べれば、自分は餓死を逃《のが》れられるが、それでは村人が来年植えるものがなくなる。われ一人の命を救うことよりも、来年沢山の村人を救う種のほうが大事である）
と隣人の勧めを断り、種籾を枕にして餓死した。まさに義農作兵衛の行為は、
「民はこれ国の本、穀種はこれ農の本」
の教えを体現したものである。

このように、備蓄は、米麦などの現物を蓄えなくては意味がない。公債や預金を蓄えても飢饉の備荒にはならない、という卓見《たっけん》である。

副申書の論述の基をみると、それは、
建部清庵《たけべせいあん》が著《あらわ》した日本初の本格的救荒書《きゅうこうしょ》『民間備荒録《みんかんびこうろく》』、
大蔵永常《おおくらながつね》が著した『農家心得草』、
高野長英が書き、渡辺崋山が挿絵《さしえ》を画いた『二物考《にぶつこう》』、
二宮尊徳《にのみやそんとく》の『報徳記』『報徳仕法書類』、
『奥州遊記《おうしゅうゆうき》』
『救荒便覧後集《きゅうこうびんらんごしゅう》』
などである（これらの書物は、現在、後述する久能文庫に収蔵されている）。

特に隆吉が尊敬した二宮尊徳の『報徳記』は、みずから写本して読み、人にも読み聞かせて、

財政に関する政策に大いに活用している。

隆吉は、天保の大飢饉の頃に生まれ、成人した後、下総国関宿藩《しもうさのくにせきやどはん》家老で農政家である船橋《ふなはし》随庵《ずいあん》について田制《でんせい》を学び、さらに船橋から二宮尊徳の報徳仕法を教えられ、それが明治の始め、幕臣の生計を守らんとして始まった徳川領の牧之原台地の開墾に生かされ、さらに開墾などで苦労した経験が、この報告書の作成に生かされていたのである。

このことは、関口隆吉が、いかに政策立案、推進、そして行政執行の能力に優れていたかを、証明するものである。

後年、隆吉は、『歓歳表記《けんさいひょうき》』という本を著して、このことを詳しく紹介している。

また、隆吉は、

「私が生まれたのは、天保七年（一八三六）で、天保の大飢饉の年である。物心がつく年頃から、いつも両親から、飢饉の惨情を聞かされて、それが私の胸に焼きつき、今も頭から離れない。私は青年時代に関宿藩の船橋随庵先生について、耕地に関する制度や法律を学び、また、二宮尊徳先生の報徳記や報徳仕法を教えられ、救荒対策の重要性を知ることができた。したがって、多少なりとも時間的余裕のある元老院議官の職にある間に、飢饉対策に関する書籍や記録、資料を可能な限り収集したものである。これも聖恩《せいおん》（天子からのお恵み）にお応えする一端である」

と言って、これらの救荒に関する書籍などを集めることに、時間も金も惜しまなかった。隆吉が久能文庫の設立を準備したのも、一時の思い付きではなかったのである。

このようにして収集された八三五部、二、四五四冊からなる膨大な図書、文書、記録類が、現在、静岡県立中央図書館所蔵の、

『久能文庫』

である。この久能文庫に所蔵されている救荒資料などは、現代においても、そのまま活用できる、救荒対策の教科書である。

また、水利、治水についても、幕藩体制の時代から、「治山治水の父」と敬《うやま》われている金原《きんぱら》明善《めいぜん》の治水対策に至るまで、詳しく説明し、詳細な統計まで添えてある。

これらのことは、関口隆吉の国民に対する仁政《じんせい》（思いやりの政治）の尊さ、重要さを説いた証拠の一つである。

（四）徳川慶喜と会う

関口隆吉《せきぐちたかよし》は、明治十六年（一八八三）七月下旬に、予定通り愛知、三重、岐阜の三県の地方

巡察を終えて東京へ戻る途中、静岡で再び徳川慶喜《とくがわよしのぶ》の邸へ伺候《しこう》した。

慶喜は、慶応四年（一八六八）七月十九日に、水戸から駿府に移った時は、現在の東海道線静岡駅より西方四百メートルのところにある、静岡市葵区常磐町の宝台院を寓居としていたが、隆吉が訪問したときは、宝台院より百五十メートルほど静岡駅寄りの、紺屋町の駿府代官所跡に変わっていた。

隆吉が慶喜の屋敷を訪れると、驚いたことに、偶然にも山岡鉄舟《やまおかてっしゅう》も慶喜のご機嫌伺いに参上しているではないか。隆吉と鉄舟の二人は、東京ではしばしば会う機会があったが、地方においてそれも慶喜の屋敷で顔を合わせるとは不思議なことである。隆吉は慶喜の御前に伺候して、

「上様《うえさま》のご尊顔《そんがん》を拝し、恐悦至極《きょうえつしごく》にございます」

と久し振りで目通りした嬉しさを、身体全体に表わして挨拶を申し上げた。

「そちも息災でなにより、しかるべく御用を務めているのであるな。今日はわざわざ来てくれてありがとう。今日は山岡もな、天皇陛下のお言いつけで、牧之原茶園の様子を見に来たその帰りに、予を訪ねてくれたのだが、陛下は五年前に、地方御巡幸の折りに牧之原の開墾状況を御高覧遊ばされて以来、大茶園のことを御心にお留《と》め下さり、この度も山岡にその後の様子を尋ねられたそうである」

と、慶喜もたいそうなご機嫌であった。

山岡鉄舟は十年間務めた侍従を辞して、いまは宮内省御用掛を仰せつかっていた。慶喜の言葉に、鉄舟も大きく頷《うなず》くのであった。慶喜はさらに言葉をつづけ、

「ところで、そちは地方を巡察して、民情は如何《いかが》であったかな、地方産業は他県に比べてどのような具合であるかな……。教育関係も順調に進んでいるのかな……。かつての不平士族の動きも鎮まってきたようであるが、なにやら近頃は、民権運動とかいう輩《やから》が策動《さくどう》しているようであるが、我が国の国力が増強されないうちに、国内で互いの政治勢力を伸ばすために、武力闘争などしていては、欧米列強の思う壺《つぼ》にはまってしまうのではないかと、予は心配している。と申しても、予は無位無官であるから表向きは何もできないが、かつての予の家臣たちが馬鹿な動きをしないようにと、日本の真ん中の静岡において静かに見ておるのだ。そちたちも十分に心して、民政を行ってもらいたいものだ」

と、鋭い観察眼で日本の政局の推移を見ていた。さすがに、

（家康の再来）

と世間から恐れられた慶喜であった。さらに慶喜は言葉をつづけ、

「関口、予はな、明治の御代《みよ》になったので、ひたすら恭順の意を表して、お上に対して叛意《はんい》のないことを示しつづけていたが、本当はそれだけではなかったのだ。ここ静岡から睨《にら》みを効《き》か

せて、新政府の者たちが、当初目ざした立派な日本の国を建設しているか、その動きを見ていることも予の役目であると思っているのだがな……」

と、淡々と話すのだった。隆吉も鉄舟も、ただただ嬉しく感激《かんげき》するばかりであった。

慶喜は、隆吉と鉄舟の二人に、自らの果たせなかった日本の国際化について次のように語った。

「そもそも予が大政を奉還したのは、そちたちも存じておるだろうが、欧米列強国の通商問題に直面して、我が国の政局が混乱しており、この国家的危機を打開するためには、強力な国家を築く必要があり、そのためには、政権の一元化が是非とも必要だと判断したからである。それから明治の御代になり、新政府は、富国増強《ふこくぞうきょう》を合言葉にもろもろの政策を実行し、その成果が表われているようである。予は、もはや政権とはかかわりない身となっているから、そちたちのような者が、社会をリードして日本の将来のために、大いに持てる能力を発揮してもらいたいのだ。のう、お二人……」

慶喜の言葉をじっと聴いていた鉄舟は、

「上様のお言葉は、まことにかたじけのうございますが、私は、武骨者でございますゆえ、日本の未来と申されれば、行政に秀でた関口殿がうってつけの人物でございます。のう関口殿……」

と言って隆吉を見やった。隆吉は、

「私が地方巡察して見ましたところ、民情も落ち着き、富国にとってもっとも必要な教育政策も、日進月歩の勢いで普及しております。日ならずして御上の御威光が、国の隅々までゆきわたることでございましょう。地方の産業も次第に盛んになっておりますが、物産の流通は主に船に頼っておりますので、これからは、陸路、すなわち道路の開設、橋梁《きょうりょう》の建設、付け替え改修、鉄道の敷設《ふせつ》など仕事は山ほどございます」

と一府八県におよぶ巡察の一端を報告した。地方の状況を聞いた慶喜は、

「諸外国に対抗するには、まず第一に国力を付けねばならないが、それには地方産業の振興が必要であろうな……　産業の振興には、政治が豊かでなければならないが、近頃の様子は如何かな……」

と隆吉に訊《たず》ねた。隆吉は、

「中央政党の影響が地方に及んでおりますが、現在、政党としましては、自由党、改進党、それに士族を中心とした帝政党の三党がございます。しかしいずれも良識の士が少なく、他の政党を非難するばかりで、政策は中身に乏しく、ともすれば庶民を惑《まど》わす輩《やから》が多く、嘆《なげ》かわしき次第でございます。今後とも庶民《しょみん》を啓蒙《けいもう》して、大いに政治経済の高揚が必要と存じます。私も微力ではありますが、明日の日本のために全力を尽くす覚悟でございます」

と地方政治と経済の充実が、日本の富国有徳《ふこくゆうとく》に欠かせないことを説明した。

「よくわかった。それにしても関口、そちは相変わらずよく勉強しているな。これからも頼みますぞ……」

慶喜は、隆吉の話を聞いて、大きくうなずいた。そして、

「まぁ、堅苦《かたくる》しい話はこれくらいにして、そちたち二人が揃って予のところに顔を出すことは、めったにないだろうから、今宵《こよい》は無礼講《ぶれいこう》で、大いに飲もうではないか」

そう言うと慶喜は、

（リン、リーン）

と呼び鈴を鳴らし、家人を呼んで酒肴《しゅこう》の支度を命じた。

それからしばしの間、慶喜と鉄舟は、隆吉の山口県令時代の話を聞いて、世情の移り変わりに思いをはせるのであった。

やがて座敷《ざしき》に、慶喜の好物である鯛《たい》の刺身《さしみ》やヒラメの焼き物、ウニとナマコの突き出しなど、色とりどりに盛り付けられた料理がならべられた。酒肴の支度が整《ととの》うと、慶喜は、

「さぁ飲もう、今宵は久し振りで関口と山岡が顔を揃えてくれた。予は大いに嬉しいぞ、大いに飲もう。いまの私は昔とは違う。いまは趣味《しゅみ》と余興《よきょう》に明け暮れる一介の素浪人《すろうにん》じゃ、遠慮するでないぞ……」

と磊落《らいらく》に言うと、ほどよく燗《かん》された酒を、大振りの盃に注がせて、キュッとひと息に飲み干した。

「そちたちもどうだ、飲め……」

と慶喜は、隆吉と鉄舟に酒をすすめた。もとより酒豪の隆吉と鉄舟は、大いに飲み、そして大いに唄ったのである。ほど良く酩酊《めいてい》した隆吉は、

「上様に少しお訊ねいたしますが……」

と切り出すと、慶喜は、

「おぃおぃ関口、もう上様はやめてくれ。いまの予は徳川家の居候で、何もできぬ人間じゃ。それに年齢もそちたちより一つ下じゃ。徳川君とでも呼んでくれ、アハハハ……」

と大笑いした。隆吉は、

「めっそうもございません。『徳川君』などとお呼びしては、罰が当たりますが、やはり上様はいけませぬか……　困りましたな。それではこれからは御前様《ごぜんさま》とお呼びさせていただきとうございます。のう山岡殿」

「如何にも、上様がいけないと仰せならば、御前様とお呼びさせていただきます」

ということになって、隆吉も鉄舟も、

「御前様……」

とお呼びすることになった。

「それで関口、予に何を聞きたいのじゃ。なんなりと申すがよいぞ」

慶喜はせっかちに隆吉に催促した。隆吉は、少しためらっていたが、

「御前様は、いろいろとご趣味をお持ちのようでございますが、最近はどのようなことをおやりでございますか……」

と質問すると、慶喜は、

（なんだ、そんなことか）

と、思ったのか、笑いながら、

「そちたちも存じているように、予は弓術をやってきたが、最近はよい鉄砲が手に入ったので、伊豆の山などに行って、もっぱら狩猟《しゅりょう》をやっている。しかしこの狩猟も、政府がいろいろと詮索《せんさく》するので、供も連れずに伊豆の温泉巡りということにしてやっておるが、なかなか世間はうるさいものであるな」

といいながら、慶喜はなれた手つきで酒を注《つ》ぎ、うまそうにきゅうっと飲み干《のほ》した。

「御前様は絵もお描きになられるやにお聞きしておりますが……」

そう隆吉がたずねると、慶喜はよくぞ聞いてくれた、と言わんばかりに、

「初めは狩野探渕《かのうたんえん》について、山水画を描《か》いておったが、最近は、高橋由一について、油絵《あぶらえ》を描

いておる。写真も面白いが、油絵は塗り重ねができて実に楽しいわ。戸外に出て日本の風景を写生したり、外国の写真を見て、西洋の風景などいろいろ描いているわ……」

と少々得意気に、新しものの油絵の講釈《こうしゃく》をした。隆吉は、

「御前様は、なにごとも凝《こ》り性《しょう》でいらっしゃいますから、油絵も随分と腕を上げられたでございましょう。ぜひ作品を拝見したいものです」

と持ち上げると、万事控え目な慶喜が、

「自分でほめるのはどうかとも思うが、予の絵は殿様芸とは少し違ってな、我ながらよく描けたと思っているわ、ワッハ、ハ、ハ……」

と照れ笑いをした。すると、今度は鉄舟が口を開いた。

「さようでございますか、ぜひ一度御前様のお描きなされた絵を拝見したいものでございます。ところで、御前様は、自転車乗りもお始めになられたとお聞きしておりますが」

とたずねた。慶喜は、いろいろ私のことを知っておるな、というような顔をして、

「実はな、予は子供の頃から、人に負けるのが嫌いでな、外出には馬車か人力車を利用するが、他の馬車や人力車に追い越されるのが嫌いで、『追い越せ、負けるな』と御者《ぎょしゃ》や車夫《しゃふ》を追い立てたので、彼らが困って『もう私を乗せるのは嫌《いや》だ』と言い出した。そこで、それならば自転車がよいだろうということで、いまは自転車で清水方面まで行って、魚釣りをやっているとい

うわけでな……」

慶喜の多趣味には、隆吉も鉄舟もいささか驚き、

「ほかには、なにをおやりになられますか」

と鉄舟がたずねると、慶喜は、

「そうだな、引き続いて外国語を習っている。フランス語をな」

と言うと、少し照れながらおでこをポンと叩いた。

慶喜は、将軍になる前から、

『フランスかぶれ』

といわれたほど、フランスに傾倒《けいとう》し、フランスから政治組織、軍事、工業、経済などを積極的に導入した。

（大政奉還のとき、フランス仕込みの共和制の構想が実現していれば、明治維新はもっと違った方向に進んだかも知れない）

と隆吉の脳裏《のうり》に、チラリとそのようなことがかすめた。

三人は、久し振りに時の過ぎるのを忘れて語った。隆吉は、だいぶ時刻も過ぎたことだし、この辺《あた》りが退《ひ》け時《どき》と思い、

「御前様のお元気なご尊顔《そんがん》を拝して、私も安心しました。明日は早立ちいたさねばなりません

ので、本日はこれにて失礼いたします」
とお礼を申し上げて、鉄舟ともども慶喜邸を退出した。

第五章　静岡県知事時代

（一）静岡県令となる

明治十七年（一八八四）九月二十七日、関口隆吉《せきぐちたかよし》は、元老院議官兼高等法院陪席判事《ばいせきはんじ》から、静岡県令に転任を命ぜられた。そして、

「月俸三百五十円を支給する」

という辞令も併せ交付された。隆吉が四十九歳のときであった。

隆吉は、元老院議官兼高等法院陪席判事という中央政界と法曹界の高級官僚から、地方長官に転出《てんしゅつ》したのである。年俸三千五百円（今の三千万円くらい）から月俸三百五十円（年俸に換算して四千二百円くらい）と二〇％アップという異例の待遇であった。この頃は、

「地方長官（県令）は、他県の出身者を当《あ》てる」

というのが原則であった。つまり、当該地方の出身者は、情実が絡んで公平な政治ができな

いという理由からであった。

それにも拘《かかわ》らず、静岡県城東郡月岡村（現菊川市月岡）に住居のある関口隆吉が静岡県令に就任したのは、異例の人事である。

隆吉は、

「静岡は、私の父の代からの故郷である。このような光栄はない」

と言って赴任した。


こうして関口隆吉は、静岡県の初代県知事になったのである。しかし県知事としては初代であるが、県政のトップとしては四代目である。これには明治維新初期の複雑な行政事情があった。

徳川慶喜《とくがわよしのぶ》は慶応三年（一八六七）に大政奉還すると、翌年の慶応四年に六歳の家達《いえさと》（田安家《たやすけ》から養子）に、徳川宗家を相続させた。家達は明治政府から駿河、遠州（現在の静岡県）の大半と、三河（愛知県）東部の封地七十万石を与えられて駿府藩が成立し、同年八月に駿府（現在の静岡市）に入った。

年号が慶応から明治に代わるのは、この年の九月八日である。

そして、明治二年（一八六九）六月に版籍奉還《はんせきほうかん》されると、家達は静岡藩知事に任命された（この時点ではまだ藩であって、県ではない、したがって県知事とは違う)。

明治政府は、明治四年(一八七一)七月に廃藩置県《はいはんちけん》を行ったので、これまでの藩は県となり、そのため、藩知事は免ぜられて、すべて東京在住となった。したがって家達も東京へ戻り、静岡での在住は四年足らずであった。

藩が県になると、トップの名称も「藩知事」から「県令」へと変わった。そして静岡県では、家達の次に静岡県のトップになったのが、初代県令の大迫貞清《おおさこさだきよ》であり、それに続く県令が奈良原繁《ならはらしげる》、その次の県令が静岡県出身の関口隆吉であった。

すると明治十九年(一八八六)七月に府県制が改正され、「県令」の名称が「県知事」となったので、関口隆吉は県令から県知事となったのである。

こういう意味において関口隆吉は、静岡藩、県のトップとしては、徳川家達から数えれば四代目であるが、県知事としては初代となるわけであった。


明治七年(一八七四)一月に初代静岡県令として発令された大迫貞清は、薩摩人であった。が、当時、静岡県に大勢いた旧幕臣とも気が合って、牧之原の開墾を支援するなど、県民の面倒をよくみたので評判がよく、十年間静岡県令をつとめた。

明治十六年(一八八三)十二月十五日に、大迫県令の後任として二代目の静岡県令として奈良原繁が着任した。奈良原県令も、同じ薩摩人であった。

隆吉は地方巡察のときに、奈良原県令とも会っており、奈良原は、

「幕臣の多い静岡県は、薩摩人の私には、なかなか思うように治められない。その点、貴君《きみ》は幕臣だし、静岡県に縁故《えんこ》があるから、貴君のような人が適任ではないか……」

と、隆吉に話したことがあった。

しかし隆吉は、元老院議官は県令よりも上位にあり、高等法院陪席判事を兼ねている自分に、よもや静岡県令に任ずる命令が下るとは思っていなかった。

そもそも関口隆吉は、

①品性高潔《ひんせいこうけつ》

②清廉潔白《せいれんけっぱく》

③幼時より「穎悟《えいご》の子」（才知《さいち》に優《すぐ》れ悟《さと》りが早《はや》い）として評判が高く

④正義感が強く、実行力に富み、決断力が旺盛であり

⑤思想にブレがなく、時流・大局を見極める眼力があって

⑥人を慈《いつく》しみ、思いやる心、仁《じん》の心が篤《あつ》く

⑦芯《しん》は強いがまことに温厚な人物

で、そのような多くの美点が明治新政府に買われたのであった。

奈良原繁が在任十カ月で、工部省鉄道局長に転任した。明治政府はその後任に誰を充てるかを考えた末に、関口隆吉の今までの実績と人柄を評価して、この人物ならば、ということで県令に任命したのである。

このころの静岡には、三つの問題があった。

一つ目は、関口県令が着任したころの静岡県庁の庁舎は、全国でも数少ない老朽、かつ、狭隘《きょうあい》な建物で、改築が急務であった。

しかし、静岡県内には、奥州の最上川、九州の球磨川《くまがわ》と並んで日本三大急流に挙げられている富士川を始め、天竜川、大井川の大河があり、さらに伊豆半島の狩野川、東部の潤井川《うるいがわ》、中部の興津川、安倍川、瀬戸川、西部の菊川、太田川など中小の河川が多く、洪水《こうずい》による被害が頻繁《ひんぱん》に起こり、そのため、治水費に県費の大半を費消され、県財政は極度に困窮し、県財政の立て直しが必要であった。

二つ目には、静岡県は、平成の今日こそ、工業立県《こうぎょうりっけん》として富有県《ふゆうけん》の一つに数えられているが、明治の時代には、気候こそ温暖であったが、特筆する産業はなかった。

そのため、県民は貧困に苦しみ、明治政府の新しい政治の有り方に不満を抱いて、常に反乱の気運が漂い、一触即発の危機が続いていた。したがって、静岡県政を抜本的に改革し、世の中を安定させて、県民が安心して生活できるような、環境の確立が絶対的に必要であった。

三つ目は、県庁内の規律の問題であった。

初代県令大迫貞清は、明治七年（一八七四）一月から約十年間在任した。第二代県令奈良原繁は、血気盛んな人物で、指揮命令がやや鷹揚《おうよう》で、気ままな傾向があった。そのため庁内の規律がやや緩《ゆる》み、威力のある命令が行われず、県政がばらばらになりつつあった。

この三つの問題を解決して県政を治めることのできるのは、山形県、山口県、元老院議官などで、優れた行政力を見せ、かつ、人格的にも申し分のない関口隆吉を措《お》いて他にはない。とくに、静岡に徳川慶喜が居り、旧幕臣が多い静岡県には、隆吉が最も適した人物であると政府は判断したのであった。

そのため、あえて中央の高級官僚である地位から、下位の地方長官に転出させたのである。とくに政府の中で、隆吉を静岡県令に推薦したのは、隆吉が旧知の木戸孝允《きどたかよし》（元長州藩士で、旧名桂《かつら》小五郎《こごろう》）であった。木戸孝允は、斉藤弥九郎《さいとうやくろう》の練兵館道場で、隆吉とは兄弟弟子で、お互いに気心が知れた仲であった。木戸の内々の意向を受けて、幕臣の当時から友人であった山岡鉄舟《やまおかてっしゅう》と長州出身の伊藤博文《いとうひろぶみ》の二人が、隆吉の自宅を訪れて説得《せっとく》し、関口隆吉の第三代静岡県令が誕生したのである。

隆吉は、着任と同時に、この三つの問題解決のため、いち早く適切《てきせつ》な処置を施《ほどこ》すのであった。

（二）関口隆吉と鹿児島県出身の初代県令大迫貞清

静岡県令を拝命した関口隆吉《せきぐちたかよし》は、静岡県庁内の問題とは別に、つぎの四つの問題を考えた。

第一は、静岡県下の政治《せいじ》情勢《じょうせい》である。現在もっとも気配りしなければならないのは、不平《ふへい》士族《しぞく》の反乱が鎮静した後に起こってきた、自由民権運動に関する問題である。

第二は、徳川慶喜《とくがわよしのぶ》の生活のことである。現在でこそ政権から遠ざかったとはいえ、十八年前まではまぎれもなく日本国の最高実力者、征夷大将軍であったのだ。したがって、慶喜にはプライドがある。武士の頭領《とうりょう》としてのメンツを守るにはそれなりの経費が必要であろう。王政復古の最大の功労者である慶喜が、体面を保つことができるかどうかは、隆吉にとって大きな関心事であった。

第三は、徳川宗家と共に静岡県に移住した公称一万五千人の元幕臣の生活問題である。とくに、隆吉とともに牧之原台地に入植した元幕府新番組隊員の生活問題は、他人ごとでは済まされないことであった。

第四は、新生日本が成功するためには、静岡県としては、いかなるビジョンを持ち、いかなる県になっていかなくてはならないか、という将来像の実現である。

そこで隆吉は、明治十七年（一八八四）九月のある日に、初代静岡県令で、今は警視総監《けいしそうかん》である大迫貞清《おおさこさだきよ》から、これらの問題点について意見を聞きたいと思い、警視庁に大迫を訪問した。

大迫は、快く隆吉を警視総監室に迎えて、

「関口さん、よくいらっしゃいました。関口さんは、私や奈良原県令のように鹿児島県出身ではなく、地元静岡県の方でありますから、友人知人がたくさんいて、仕事がやりやすいことでしょう。しかし静岡県は、我が郷里の鹿児島県同様に、気候は温暖ですが特産品が少なく、県民の生活は決して恵まれているとはいえません。私は、鹿児島のことは勿論ですが、静岡県のことも勉強しましたので、気候風土だけでなく、両県の歴史的なことや、文化的なことも知りました。私の知っていることは、すべてお話しいたしましょう」

といって静岡県政について、一通《ひととお》り語った後で、静岡滞在十年間に積《つ》み蓄《たくわ》えた知識を話し出したのである。

「話が長くなりますが、少しお聞き下さい。まず第一に、どういうわけか、鹿児島県出身の私と奈良原繁《ならはらしげる》が、二人続いて静岡県令を拝命したことは、なにか鹿児島と静岡の因縁《いんねん》めいたものを感じますな……」

そういわれてみると隆吉も、

「いかにも……　なにか眼に見えない糸のようなもので、両県は結ばれているような気がいたしますね……」

そう言って、大きく頷《うなず》くのであった。その後で大迫は、想像のつかないような史実を語った。

「古い話ですが、鎌倉時代に比企尼《ひきのあま》という頼朝の乳母《うば》がおりました。頼朝は伊豆（静岡県）に流され、伊豆で育ちました。が、その乳母の娘の丹後局《たんごのつぼね》と頼朝との間に生まれた子供が、初代《しょだい》薩摩藩主《さつまはんしゅ》の島津忠久《しまづただひさ》公であります。忠久公は、文治《ぶんじ》元年（一一八五）に島津の庄《しょう》の守護職《しゅごしょく》に任ぜられて鹿児島に赴任し、島津の姓を名乗ったのが始まりといわれております。そのほかにも、伊豆半島の東海岸に勢力を張っていました伊東氏や、御前崎に近い相良《さがら》の庄の豪族相良氏が、海を渡ってはるばる鹿児島に来ています。歴史的にも、鹿児島県と静岡県とは、ずーっと昔から、遠くて近い関係にあった訳ですな」

この話を聞いた隆吉は、

「随分と古い時代から、両県は関係があるのですね。話はかわりますが、鹿児島の方々は、土木技術がすぐれていると聞いております。江戸幕府が創業された後、家康公は、将軍職を秀忠公に譲られて、駿府、現在の静岡に住むようになったのですが、その頃、静岡の西を流れる安倍川がいつも氾濫《はんらん》して、住民がとても困っておりました。すると家康公が、住民を氾濫から護《まも》るには、安倍川の堤防を堅固にしなければ駄目だといって、その工事を、薩摩藩に依頼したそうです。そして薩摩藩士が大変な犠牲を払い、土木技術を駆使して、立派な堤防を造ってくださいました。そのお蔭で、安倍川の氾濫はなくなったといわれております。それから地元の人たちは、薩摩藩士の労苦に対して感謝の意を表し、この堤防を『薩摩土手《さつまどて》』と呼んでいます」

と鹿児島の土木技術を評価すると、大迫は、

「そうですな、当時から鹿児島の人は土木技術にすぐれていましたので、駿府城築城のときも薩摩藩士は活躍したようですね。そのとき、鹿児島から築城資材を船に積んで、清水湊《しみずみなと》まで運んだという記録もありますな」

と、ちょっと自慢げに話すのだった。さらに
「そういえば、西郷隆盛《さいごうたかもり》先生と山岡鉄舟《やまおかてっしゅう》先生が、江戸城無血開城の談判をしたのが、静岡伝馬町の松崎家だと言われております。その後山岡氏は、明治二年に静岡県の権大参事《ごんのだいさんじ》になりましたが、西郷・山岡の会見が、静岡であったということは、何にも増して鹿児島と静岡との結びつきを感じますな」

と大迫が、鹿児島出身の偉人の話をしたので、隆吉も、

「元薩摩藩士で石川正龍《いしかわまさたつ》という方がおりましたが、この方は、島津斉彬《しまづなりあきら》公が進められた集成館《しゅうせいかん》事業の一つである紡績事業を、日本の各地へ広められ、静岡県の紡績事業にも貢献されました。なかでも遠州紡績所（浜松市）と島田紡績所（島田市）は、石川氏がご尽力されてできたと聞いております。このことを見ましても、両県の間には、本当に深い繋がりがあることが解ります」

と地方巡察使時代に聞いた話を思い出した。すると大迫は、

「いや、いや、石川正龍氏には、お茶に関する話もあります。石川氏は、明治九年（一八七六）に、静岡の多田元吉《ただもときち》氏と一緒にインドへ行ってお茶を学び、お茶の原木《げんぼく》を持ち帰って鹿児島と静岡で、お茶の栽培を広めました」

と、隆吉が深く関心を寄せている茶について、多田元吉の話を始めた。

「多田氏のことは、私も知っておりましたが、元薩摩藩士の石川氏とそのような関係があったということは、初めて知りました」

隆吉は、静岡県下の政治情勢について、教えてもらおうとして来訪したのであるが、それだけに止まらず、鹿児島県と静岡県の歴史的な結びつきや、産業経済の関係にまで話が及んで、大いに得るところがあった。さらに大迫は、

「多田元吉氏は、元は千葉県富津《ふっつ》出身の幕臣です。徳川慶喜公に従って静岡に移り、静岡の丸子で茶畑を造成して製茶業を営んでおりましたが、政府に抜擢されて内務官僚になった人です。静岡の丸子で紅茶を作ったり、『紅茶製法』の本も書いたりしました。また、その弟子の杉山彦三郎は、茶の研究を重ねて新種（やぶきた）の発見と普及に努《つと》めるなど、師弟で静岡県の茶産業の発展に尽くしています。そのようなこともあって、鹿児島、静岡の両県とも、お茶を輸出の重要産品にしています。静岡では、牧之原茶園がお茶の一大生産地となりつつありますが、

緑茶の生産量では静岡県が第一位、鹿児島県が第二位、紅茶の生産量では鹿児島県が第一位、静岡県が第二位という訳で、お茶をめぐっても両県の関係は大変深いですな」

さすがに静岡県令十年のキャリアを持つ大迫は、なかなか博識《はくしき》であった。さらに、

「鹿児島は枇杷《びわ》がよく採《と》れますので、私は枇杷が好物です。私が明治十年に中国へ行ったときのことですが、洞庭湖畔《どうていこはん》の洞庭寺《どうていじ》という寺の境内で食べた白枇杷《しろびわ》が、とても美味《おい》しかったので、日本でも栽培したらどうかと思い、そのタネを持ち帰り、鹿児島県と静岡県の両方で栽培してもらいました。鹿児島でも静岡でも、白枇杷の木が大きくなって、もう美味しい実《み》が生《な》る頃ではないかと思いますよ。静岡県では、伊豆半島の西海岸の土肥《とい》地区が、温暖で白枇杷にぴったりの土地柄だと思いましたので、そこで栽培するように勧《すす》めたのが功《こう》を奏《そう》して、近い将来、白枇杷は土肥地区の特産品になるでしょう」

一見、鷹揚《おうよう》な性格の大迫貞清であるが、地場産業の振興にも一役買うという、木目《きめ》の細《こま》やかな面もある人物であった。

静岡県において仁政を施《ほどこ》した、大迫貞清の施政《しせい》振りを垣間見《かいまみ》た隆吉は、

「いや、大変良いお話をお聞きしました。大いに勉強になりました」

と丁重に礼を述べて、警視総監室を後にした。

（三）静岡県政の実像

関口隆吉《せきぐちたかよし》は、静岡県令として着任すると、さっそく県政改革に着手したが、ただやみ雲に改革を急がず、少しずつ成果が表れる遅効《ちこう》の策《さく》を採ることにした。改革は、県の役人を始め、県民にその必要性と進め方を理解させ、全員参加の形態をとりながら行政を行う方法を基本とした。

これに対し、一部には、隆吉のやり方は、その場逃《のが》れの姑息《こそく》なやり方であるとか、怠慢《たいまん》であるなどと批判する者もあったが、隆吉はこれを気にかけず、着々と我が信念を実行するのであった。例えば、

「庁舎新築が、目下の急務であるのに、一向に着手しないのは怠慢である」

と批判する人には、隆吉は、

「私は役所の建物の美しいことは貴《とうと》ばない。政治の美しいことを貴ぶべきである。したがって、まず政治を美しくすることを実行しようと思う。県庁舎はそれからでよい。貴下《あなた》も静岡県の政治を美しくするために、ぜひお力をお貸し下さらんか」

そう言って隆吉が施政の神髄《しんずい》を話した。すると始めは威丈高《いたけだか》に批判論をまくし立てていた人も、すっかり勢いをなくして、すごすごと引き下がる、というようなこともしばしばであった。

関口隆吉が静岡県令になって、まずやらなくてはならぬと思っていたのは、清水次郎長のことだった。次郎長が静岡の監獄懲役場《かんごくちょうえきじょう》に投獄されていたのだった。が、これには若干わけがあった。

それは関口隆吉の前任の、奈良原県令が就任した直後の明治十七年（一八八四）一月四日に、全国的に『賭博《とばく》犯処分規則』というのが公布され、各地で博徒《ばくと》のいっせい検挙が始まったのである。

次郎長もこれによって明治十七年二月二十五日に逮捕された。なお逮捕されたのは次郎長だけでなく、市中近在で四十余名の者が、賭博罪で逮捕されたのである。

しかし清水次郎長は一般の博徒とは違う。

すでに明治初年には、浜松藩家老で朝廷軍の駿府長官であった伏谷如水《ふせやじょすい》の懇請によって新政府方の警備役をつとめ、それ以後、山岡鉄舟《やまおかてっしゅう》の指導の下に、渡世人家業《とせいにんかぎょう》から足を洗って正業《せいぎょう》につき、大迫県令の支援を受けて富士山麓の開拓事業を行うなど、世のため人のために尽くしている、立派な社会人であった。

しかし奈良原県令は、法令は法令であると、法令通りに次郎長を静岡井之宮監獄懲役場に収監したのである。そして明治十七年四月七日、懲罰七年、過料金四百円に処せられた。

しかしこの懲罰は、どう見ても妥当ではないというので、山岡鉄舟などが釈放運動を行い、また天田五郎の書いた『東海遊侠伝─次郎長伝』が出版されると、評判となり、次郎長への同情がたかまった。とくに『東海遊侠伝』の最後の次の一文が、人々の心を打った。

清水次郎長は改心するや、その力を農桑《のうそう》に専《もっぱ》らにし、富士山麓の荒野《あらの》数十町歩を開拓し、殖産《しょくさん》につとめた。懲役刑の囚人《しゅうじん》を数十人使って、開拓作業を行った。静岡県の法制においては、囚人が戸外の役務に服する時には、みな鉄の鎖をはめねばならぬが、次郎長は許しを得てこれを外し、自由な身にして作業に従事をさせた。しかし一人の逃亡者もなかったので、人々はこの快挙を賞賛《しょうさん》した。県令の大迫《おおさこ》貞清《さだきよ》もこの事業を称《たた》えて、次のような歌を詠んだ。

皇国《すめらぎ》のためにと開《ひら》け駿河なる
　富士の荒野のあらぬかぎりは

明治十二年、次郎長の気力は壮者をもしのぎ、みずから鍬をとって日々耕作に精励した。

そのようなムードの中へ明治十七年（一八八四）九月に、関口隆吉が静岡県令として赴任したのである。山岡鉄舟はすかさず次郎長のことを隆吉に懇請した。いや、関口隆吉を静岡県令にと運動した山岡鉄舟の意図の一部には、この清水次郎長のことも含まれていたのであろう。

隆吉は、元老院議官の当時、一府八県の巡察使をして静岡を巡察した際に、次郎長のことを、山岡鉄舟から聞いていた。次郎長が戊辰戦争《ぼしんせんそう》の末期《まっき》に、清水湊《しみずみなと》内で死んでそのまま放置されてあった幕臣の遺骸《いがい》を、手厚く弔《とむら》ったことや、富士の裾野の開墾《かいこん》に尽力したことなどを聞いており、できることなら仮出獄《かりしゅつごく》させてやりたい。

服役中の次郎長は、獄舎内の規則も遵守《じゅんしゅ》し、囚人たちの面倒もみる摸範囚《もはんしゅう》である。しかし県令になったからといって、すぐに釈放《しゃくほう》させるわけにもいかなかった。

すると隆吉が静岡県令として着任した翌年、すなわち明治十八年（一八八五）十月十五日の夜、大型台風が太平洋から駿河湾へ進入して、静岡地方を直撃した。はげしい風雨は監獄の古い建物を襲い、獄舎の屋根の一部が吹き飛び、壁が倒れた。

次郎長は、囚人たちを指揮して避難させたが、そのとき十八間四方の屋舎が突然崩れ落ちてきて、次郎長は梁《はり》に足をはさまれて、下敷きになってしまった。そこで囚人たちが協力して、大屋根を破って次郎長を引き出し、救い出した。

次郎長は獄内の病室で治療を受けたが、明治十八年十一月十六日に、特赦《とくしゃ》により仮釈放され、出獄することができた。これは関口隆吉が政府と折衝し、特例として仮釈放を認めてもらったもので、明治維新以後の仮釈放第一号である。

釈放の当日は、次郎長を迎える人々が静岡から清水まで道にあふれた。次郎長は蒔絵塗《まきえぬり》の馬車に乗って、あたかも凱旋将軍《がいせんしょうぐん》のようであり、一年九カ月ぶりにわが家へかえったのであった。

隆吉は、翌年の明治十九年（一八八六）六月に起こった、「静岡事件」に連《つら》なる旧幕臣の自由民権運動家たちに対しても、よく説得して集会結社を解散させ、二度と激化事件は起こらなかった。

また、ある時は、長雨が数十日も続いたので、日雇《ひやとい》労働者らは、働くところもなく、日々の食糧にも事欠く状態であった。またある者は、前年の暴風《ぼうふう》と、それによる大洪水《だいこうずい》に襲われて、田畑を流され、今年は耕作することもできない農民もでたが、いずれも、関口県令指示の下《もと》、各郡長や村長の適切な処置で、急場を乗り切ることができた。

そのほか静岡県は、明治維新になって、大量の知識人《エリート》が、東京から移ってきて、学問が盛んになっていた。

そして静岡県下に、静岡学問所と沼津兵学校が開校されて、多くの旧幕臣が学んでいた。その中から、近代国家の成立に必要な人材が供給されていった。

後年、「日本近代化の父」と謳われた渋沢栄一《しぶさわえいいち》も、静岡で徳川慶喜《とくがわよしのぶ》に仕えた有能な人材の一人であった。

関口隆吉も、明治の初期に、同じ徳川慶喜の側近として渋沢栄一と交流を重ねて、静岡県の産業経済《さんぎょうけいざい》の振興《しんこう》に、力を尽くそうと話し合ったことがあった。その頃に渋沢栄一から学んだ金融《きんゆう》経済のノウハウが、隆吉の静岡県下の殖産振興や牧之原茶園の開墾資金の調達などに、大いに役立った。

静岡県は、気候が温暖で、しかも本州の中央に位置する立地条件に恵まれて、産業界において、多様な産業と技術、人材が育ったのである。

また静岡県には、伊豆半島の金山を始め、製茶、ミカンなどの柑橘類、豊富な富士山の地下水が湧出《ゆうしゅつ》する岳南地方の製紙、西遠地方の別珍、コール天や浴衣地などの綿織物、県中部で盛んな駿河漆器《するがしっき》と、漆器を基にして生まれた鏡台《きょうだい》、箪笥《たんす》などの木工家具など、有望な産業が育つ素地《そじ》がいっぱいあった。

明治維新後の徳川家の静岡藩、その後の大迫貞清《おおさこさだきよ》初代県令、奈良原繁《ならはらしげる》第二代県令の治世により、静岡県は太平洋岸の東海道の要衝地として、江戸時代にも増して存在感を示しつつあった。

そして第三代県令として静岡に着任した関口隆吉は、さまざまな産業の振興が期待される、無限の成長性を秘めた有望県であると認識していたのであった。

関口隆吉は、地方巡察使として県内を視察したときから、静岡県内の農商工業の将来性に着目していたが、静岡県令として着任すると殖産振興に力を注ぎ、我が国屈指の富有県としての今日の静岡県の基礎を創ったのである。

(四) 社山隧道

明治十七年（一八八四）、四十九歳となった関口隆吉《せきぐちたかよし》は、静岡県令となって以来、民情を把《は》握《あく》するため、たびたび県内を視察し、県民と親しく話し合って、自分の目や耳で、県民の生活状況を知ることに努《つと》めた。

静岡県は、駿河《するが》（きびしい河）の名の通り、大小の急流な河川が多く、豊富な水の恩恵を受ける人と、その反対に大洪水《だいこうずい》や干天《かんてん》による水飢饉《みずききん》に苦しむ人の両方があった。

隆吉は、明治十六年（一八八三）六月に地方巡察使として視察中に、静岡県の西部（遠州）地方は、天竜川と太田川の大河があるのにもかかわらず、深刻な水不足に悩む磐田原《いわたばら》台地のあることを知り、それ以来、この地方にはどのような手を打つべきかが、頭から離れなかった。

そしてこの度、静岡県令を命ぜられてからも、たびたび磐田原台地を訪れ、天竜川の治水《ちすい》対策と、磐田原台地の利水《りすい》対策を考えた。

磐田原台地とは、天竜川の下流平野の東側に広がる台地で、標高約一三〇メートル、現磐田市中北部に位置し、総面積は二千五百町歩（二、五〇〇ヘクタール）に及ぶ広大な台地である。磐田原台地は、天竜浜名湖鉄道、天竜二俣駅の南側を最北部とし、そこからJR東海道線磐田駅にいたる扇状形《おうぎじょうけい》の砂礫層《されきそう》からなり、明治初めに幕臣の手によって、開墾《かいこん》されて茶畑になっていた。

磐田原台地の西側は、暴《あば》れ天竜の異名を持つ天竜川に接する低地となり、台地の東側は急崖《きゅうがい》で太田川《おおたがわ》流域の低地に接している。この低地は、一たび大雨が降れば、天竜川も太田川も氾濫《はんらん》して、住民は洪水《こうずい》に泣かされた。反対に日照《ひで》りが続けば、深刻《しんこく》な水不足に悩まされるといった状況にあり、隆吉はその実情をつぶさに見て、治山治水《ちさんちすい》や、用排水施設の完備が急務であると痛感した。特に、磐田原地区における永年《ながねん》の用水不足は、直ちに解決しなければならない問題であると判断した。

そして、これらの農業問題の解決には、二宮尊徳《にのみやそんとく》が提唱、指導した報徳思想による、県民の意識改革「心田《しんでん》の開発《かいはつ》」を行うべきであると、決意を新たにしたのであった。

この磐田原台地の灌漑用水対策《かんがいようすいたいさく》の歴史は古く、遠く徳川家康の時代までさかのぼる。

徳川家康が天正十八年（一五九〇）に、関東に移封された頃、当時の寺谷、匂坂代官である平野重定《ひらのしげさだ》が、現在の磐田市寺谷から遠州灘の海岸に近い袖浦《そでうら》までの三里（十二キロ）の大井堀

（寺谷用水）を作ったのが始まりとされている。

その後、天保二年（一八三一）に、幕臣の犬塚祐一郎が天竜川堤防普請と仿僧川《ぼうそうがわ》改修奉行として当地に出張し、磐南《ばんなん》地方《ちほう》の水飢饉の惨情《さんじょう》を知って、その対策に取り組んだ。犬塚祐一郎は、磐田原の最北にある社山《やしろやま》の下を打ち抜き、隧道《ずいどう》を掘って天竜川の水を磐南に通す、社山《やしろやま》疎水《そすい》を計画した。この計画は、現在磐田市及び袋井市を潤《うるお》している「磐田用水」の発祥《はっしょう》である。

それ以後、幾度か磐田用水計画が、地域の有力者によって計画されたが、見付宿（現磐田市見付）ほか七十カ村の間で利害得失、即ち天竜川の洪水を防ぎたい村と、天竜川の水を引いてその水を利用したい地域の思惑が一致せず、着工に至らなかった。

明治十六年（一八八三）六月八日に、磐田周辺の一宿七十カ村の総代が、初代静岡県令大迫《おおさこ》貞清《さだきよ》に『新用水路開鑿《かいさく》願』を提出した。しかし、この新用水路開鑿願は、大型工事であり、かつ、工事費も四万五千円と多額になるので、農商務省の直轄工事とし、工事費も国で立て替えてもらおうという内容であった。幸いにもこの願書は、翌年の明治十七年（一八八四）二月二十日に工事が許可され、同年四月に新用水路及び社山《やしろやま》隧道《ずいどう》（疎水）工事が着工された。

この工事は、大迫貞清初代県令のときに計画され、次の奈良原《ならはら》繁《しげる》県令が、農務省大書記官時代の経験を生かして計画を進めたものである。

工事は、天竜川の東岸の磐田郡上野部村神田地域（現磐田市上野部神田）を取水口《しゅすいぐち》として神《かん》田隧道《だずいどう》を設け、磐田原台地の頂上部《ちょうじょうぶ》の社山の下にトンネルを掘って社山隧道を造り、その隧道（トンネル）に天竜川の水を通す、いわゆる社山疎水というものであった。この神田隧道と社山隧道が貫通するまでの工事を、内務省の技官の設計による国の工事とし、それ以南の工事が地元民の負担ということとなって、磐田用水の大工事が始まった。

地元民の負担となる金額は、おおよそ十万円余という大金であったので、政府は社山疎水組合の区域を指定して、それを周智郡長の足立孫六に命じて管理させることになった。

関口隆吉が静岡県令を命ぜられたのは、社山疎水組合《くみあい》が結成される頃の、明治十七年（一八八四）九月二十七日であった。隆吉は、その後の明治十九年（一八八六）七月十八日に地方官制の改正により知事に職名が変わるのである。

この磐田用水の工事は、静岡県内においては、未《いま》だかってない最大級の難工事で、この計画が地元に示されると、地域住民は賛否両論に分かれて対立した。

地元民の感情としては、用水は欲しいが金は出したくない、仮に金を出してもできる限り、少なくしたいというのが常である。一般にこのような大工事は、完成後はその恩恵を受けて、大変感謝するものであるが、工事中は、資金面と労働力の両方の提供があるので、地域住民に大きな負担がかかり、工事の進行を妨げられることが多々あった。

磐田用水を建設するときも同様で、住民は賛否両論に分かれて、お互いに一歩も譲らず、着工すら危ぶまれた。しかし隆吉は、県民を慈《いつく》しむことが、政治には最も大切なことであると信じていたので、ある時は人を介して、ある時は、地元に泊まり込んだりして、自ら地域住民に根気よく説明して、漸《ようや》く工事着工にこぎつけた。

そして公務の余暇をみては、工事の進捗《しんちょく》状況《じょうきょう》を視察した。

この頃、隆吉は、「植林王《しょくりんおう》」と称《たた》えられた浜松出身の、金原明善《きんぱらめいぜん》と親交をもっていた。

金原明善は、天竜川の治水《ちすい》と、その上流の植林に生命《いのち》をかけていたが、治山《ちさん》治水は静岡県内だけでなく、日本国中どこでも民政の基礎であった。

隆吉は、天竜川の西側の治水は金原明善に任《まか》せ、隆吉自らは天竜川の東側の社山隧道（トンネル）を掘って、磐田用水路を造り、天竜川の水を、磐田原を経由して小笠地方にまで流すことを担当したのだった。

この用水が完成すれば、中遠地方一帯を潤す大農業用水路となり、磐田郡、小笠郡の両郡（現在の磐田市・袋井市・掛川市とその周辺）に跨《また》がり、太田川流域七千七百町歩（七、七〇〇ヘクタール）の農地に水をもたらすことができた。

もっとも至難といわれた社山隧道工事は、一年四カ月後の明治十八年八月に完工し、用水路の敷地川《しきじがわ》、太田川などの低地のかさ上げ工事も完工して、いよいよ天竜川の水が磐田原を始め、太田川流域を潤すばかりとなった。

ところが、通水直前になって、静岡県庁の係官の杉山某が、あわてて県庁に戻り、

「閣下、大変なことが起きました。社山隧道に水が流れません」

と報告した。

そもそもこの社山隧道は予想以上に地質が悪く、トンネルを掘ったところから崩れるという最悪の状態だったので、当初の計画を変更して全部石畳に変更せざるを得ず、そのために、工事費も当初の見積額を三万円もオーバーするという工事であった。

そのため、隆吉は政府に交渉して、特例で不足分の資金の貸付けを受け、県からも五千円を助成したばかりであった。

そんなところへ社山隧道に水が流れないという報告を受けて、隆吉は大いに驚き、

「杉山君、なぜ隧道に水が流れないのか……通水量が足りないのではないのか」

と矢継ぎ早に、杉山係官に質問した。

「それが……」

杉山係官の説明によれば、長さ千三百メートルの社山隧道（トンネル）の設計にミスがあって、水が流れないということであった。

それまでの総工費は約十万円（十億円相当）、うち政府からの貸付金は七万円であり、残りは地元で負担することになっていた。隆吉は、住民の拠出《きょしゅつ》を督励《とくれい》する意味もあって、私財七千円を寄付していた。

多額の工事費と、地元民の協力によって行われた社山隧道が失敗したとなれば、政府から派遣されていた工事責任者は、大きな責めを負わなければならない。そこで隆吉は、設計ミスの原因究明にも配慮し、技術者の責任の軽減に努めたので、現場の係官たちから感謝された。

その後、設計ミスは修正され、工事は再開されたが、明治二十年六月頃、ふたたび神田取水口の石水門に、設計ミスがあったという流言《りゅうげん》が広まった。

するとこの流言をきっかけに、関係各村から苦情が出て、遂に社山疎水組合を脱退するという村まで出てしまった。また、工事費の地元負担を免れるために、組合に対していやがらせをする地域まで出るしまつであった。

隆吉は、工事の前途を心配し、県庁から技官などを派遣して、神田取水口の神田隧道や、社山隧道をはじめ、幹線水路は勿論、支線水路に至るまで詳細に再調査させた。さらに、必要な個所には、耕作地の灌漑水量まで調査させるなど、行き届いた気配りをして、地元関係者を感激させた。

その結果、このままでは天竜川の流水は、社山隧道に通水できないとの結論に達した。

この調査結果に基づいて、社山疎水組合及び関係各村の責任者は、関口隆吉県知事の応援を受けて、連日協議を重ねた。しかし良い案が出ないままに、明治二十一年（一八八八）八月に、社山疎水組合は、遂に工事の中止を決断するに至ったのである。

隆吉は、地元民が多大の犠牲を払って工事した社山隧道ほかの用水路を、このままに捨て置くことは、大変な損失であると思った。

隆吉は、さっそく社山疎水組合と諮《はか》り、内務省と農商務省に誠意をもって交渉し、国から貸し付けられた工事金の償却と、造成した隧道、用水路などの構築物の無償払下げを得ることができた。最終的に工事費は九万三千余円であったが、そのうち八万円は、国の負担となり、地元は、一万三千余円ということになった。

社山疎水事業は、不幸にして一旦《いったん》は挫折《ざせつ》の状態になったが、関口隆吉県知事は、既に完成している寺谷用水と神田取水口の神田隧道、さらにほぼ完成の形となっている社山隧道、その他の用水路の管理を、県庁の係官に指示した。

用水組合の有志と篤志家は、磐田用水の完成は、不本意にも一時中止の状態となったが、三百年前に寺谷用水を施工した平野重定の偉業《いぎょう》をたたえ、その功徳《こうとく》を永遠に記念するために記念碑《ひ》を建立した（磐田市豊田の大円寺境内）。

この記念碑の建立に際して関口隆吉県知事は、大いに賛意を示してこれを全面的に応援した。

そして碑の篆額《てんがく》（碑の上部に書かれた題字）は、十六代徳川家達《とくがわいえさと》の筆により、『利澤久遠《りたくきゅうえん》』と刻まれ、碑文は関口隆吉が自ら撰文《せんぶん》し、養嗣子《ようしし》の隆正《たかまさ》が謹書《きんしょ》した。碑文の漢詩が平野重定の偉業をよく顕《あらわ》しているので、ここに紹介する（『新寺谷用水誌』一九八六年発行一四〇頁より）。

執戈荷犁（ほこをとって戦い　すきをかついで耕す）
夙夜奉公（日夜奉公に心をくだき）
良田万頃（水を引いて万余の美田を作る）
世頼厥功（世の人はその功績をたたえる）
嗟後之人（あゝ後世の人々よ）
庶克有終（有終の美とならんことを願う）

明治二十一年十一月

静岡県知事正四位勲三等　関口隆吉　撰文

男　隆正　謹書

その後、天竜川東岸地域の住民は、一日千秋の想いで用水の再興を待ち望み、明治二十六年(一八九三)と明治三十年(一八九七)の二度にわたって測量に着手したが、いずれも多額な工事費の地元負担ができないために、着工できないまま歳月が経過した。

そのうえ、大正十五年(一九二六)三月に、社山疎水組合も、工事再興を念じながらも工事着工の見通しが立たないまま、涙を呑《の》んで解散するに至った。

こうして初代静岡県知事関口隆吉の悲願も遂に消滅するかと思われた。しかし、隆吉の死後、昭和二年(一九二七)八月になって、磐田用水期成同盟が発足、静岡県の事業として再開され、社山隧道は、昭和十年(一九三五)にひとまず完成を見たのである。

そしてこの大事業は日中戦争の勃発《ぼっぱつ》などにより、さらに昭和十六年(一九四一)に、農地開発法に基づく事業として引き継がれ、陸軍兵士三千人による突貫工事が行われた。

そして三年後の、昭和十九年(一九四四)に工事は終わり、江戸時代初期から、実に三百五十年の歳月を経て、ようやく「磐田用水」は完成したのであった。

こうして磐田用水は、磐田原台地を始め、磐田市、袋井市及び掛川市の西南部におよぶ七千七百ヘクタールの広範囲の田畑に、豊かな水の恵みを与え、関口隆吉の悲願もようやく達成されたのである。

さらに磐田用水の近代化は、昭和五十三年(一九七八)に、船明《ふなぎら》ダム(浜松市)の完成により、用水の取水口が設けられ、発電に利用した天竜川の豊富な水が、一滴も余すことなく灌漑用水として、あるいは上水道水、工業用水として、静岡県西部地域を潤しているのである。

(五) 富士石水門

静岡県東部には、愛鷹山麓《あしたかさんろく》と駿河湾に面した千本松原海岸の間に、浮島沼《うきしまぬま》と呼ばれる二千町歩（二、〇〇〇ヘクタール）に及ぶ広大な沼地がある。

浮島沼とは、大雨などが降ったりすると、沼の中を流れる沼川《ぬまかわ》の水が溢れて、沼地の中の田圃が、水面に浮き上がって流れるといわれ、文字通り「浮いた島」のようになるところから付いた地名である。

沼津市の西方を流れるこの浮島沼川は、海とほとんど同一の水面であるために排水が悪く、海が荒れると、沼川の出口である田子の浦港から海水が逆流し、愛鷹山麓一帯（富士市・沼津市）の水田は、塩害《えんがい》を受けて甚大な損害を被《こうむ》った。

田子の浦港は、万葉歌人の山部赤人《やまべのあかひと》によって、

田子の浦ゆうち出でて見れば真白《ましろ》にぞ
不尽《ふじ》の高嶺《たかね》に雪は降りける

と和歌に詠まれた田子の浦海浜の中ほどにあり、江戸時代から駿河湾を航行する廻船《かいせん》が、台風の難を逃れて停泊して、賑《にぎ》わった港であった。

この田子の浦港は、沼津浮島方面より流れる沼川と、愛鷹山麓の元吉原方面より流れる和田《わだ》川《がわ》、それに富士宮方面より流れる小潤井川《こうるいがわ》の三つの川が合流してゆっくりと注ぐ、いわゆる良港である。しかし、ひとたび大雨が降り、あるいは海岸に高波が押し寄せると、駿河湾の水位が上がって海水が沼川などに逆流し、三つの川の流域の田畑は、塩害で全滅の憂き目を見るなど、この地方の農民は、いつも塩害に泣かされていた。

大雨が降ると愛鷹山麓より流れる河川が氾濫し、地下から湧き出る水と共に沼の水位を上げて、田圃が浮き上がって流され、あるいは海水の逆流により、塩水化した雨水などが田圃に流れ込むと、稲の茎や葉が数日で溶けてしまうという、塩害の威力は想像を絶するものがあった。その上に、翌年の春になると、水田に「汐虫《しおむし》」が発生して、水稲を枯れ死させてしまうなどの後遺症も発生した。

このために、江戸時代の中期から、再三、田子の浦湾に防潮堤《ぼうちょうてい》を築造したが、その都度《つど》、高波で破壊《はかい》され、周辺住民は、高潮逆流《たかしおぎゃくりゅう》との戦いに終始していた。

安政三年（一八五六）十二月から六年（一八五九）十月までの間に、住民代表が、老中本多加賀守や脇坂中務大輔などへ、六度も御法度《ごはっと》の駕籠訴《かごそ》をするほど、住民は塩害に泣かされていたのであった。

時代は下がって、明治二年（一八六九）の春に、放水路《ほうすいろ》と防潮堤が完成したが、同年八月の高波来襲で、跡形もなく崩れさってしまった。

そこで海水の逆流を防ぐ石水門《いしすいもん》建造に着手した。しかし竣工寸前の明治五年（一八七二）八月に、この地方を襲った大暴風雨によって、石水門完成目前に完膚《かんぷ》なきまでに破壊されてしまい、住民は大いに落胆《らくたん》して、もはやこれまでと断念《だんねん》するに至った。

その後、浮島村の森藤七郎を中心とする住民から、水門建設の要望が持ち上がり、明治十七年（一八八四）四月に、工事費一万二千円にて石水門の再築と防潮堤工事が着工されたのである。

しかし工事にあたっては、沼川の水を堰《せ》き止《と》めて、その水を西に回して排水しなければならないなどの難工事が続き、設計変更を余儀《よぎ》なくされるという有り様であった。

設計変更により、石材やセメントの追加や、それに伴う運搬費用などが増加したために、工事費五千六百円の増額申請を、静岡県に申請した。すると、意外にもこの増額申請が、議会において否決《ひけつ》されてしまい、工事担当者を慌《あわ》てさせてしまった。

このままでは、折角《せっかく》完成直前まで進んできたのに、ここで工事がストップしてしまっては、今までの苦労が水泡《すいほう》に帰してしまう。関係者が協議の結果、静岡県に再申請することになった。

工事者である沼川連合土功会は、関係町村の住民連書にて、関口隆吉《せきぐちたかよし》県令に対して、工事金の借用嘆願書を提出することになった。

嘆願書を見た県令の関口隆吉は、すぐに係官に現地を調査させた。

数日後に担当係官から沼川石水門工事の報告を受けた隆吉は、

（田子の浦港の改修は、必要、かつ、緊急である）

と判断し、自ら現地を視察した。そして田子の浦港の改修と、第二次石水門の完成を命令し、工事金の貸与をも承認した。

こうして一時ストップしていた浮島沼川の防潮石水門工事は、隆吉の英断で再開されることになった。

このような経緯《けいい》があって、明治十八年（一八八五）十一月、総工費二万円を投じて、六個の眼鏡橋《めがねばし》の形をした石水門が完成したのである。

そしてその翌年の明治十九年（一八八六）四月には沼川下流の防潮堤も完成し、これにてすべての工事が終了した。

防潮石水門《ぼうちょうせきすいもん》は、
総　工　費　二〇、七六〇円
工事延人員　三八、三八〇人

石水門の長さ　四〇メートル　　高さ　六・三メートル　　幅　六・三メートル
六つのアーチを持った石水門である。

この田子の浦港の北端、鈴川地区に位置する浮島沼川の防潮石水門（石閘《せきこう》）工事は、関口県令の農政関係の業績として、社山隧道《やしろやまずいどう》工事と並び称される事業といえよう。

石水門が完成すると、海水逆流の被害がピタリとなくなり、周辺住民は大喜びし、この石水門を「六つ眼鏡《めがね》」と呼び、県令関口隆吉の英断を感謝した。

爾来《じらい》、八十年、昭和四十一年（一九六六）十二月、新田子の浦港築港のために撤去されるまでの間、この石水門は大いに活躍し、地域の繁栄に貢献した。

現在は、回転式井堰鉄橋《かいてんしきいせきてっきょう》二基が新設され、その傍らに、従来の石水門の石柱を用いて「石水門遺蹟碑《いせきひ》」が建てられている。

さらに、富士市鈴川の、田子の浦港入り口の東岸「港の見える丘公園」に、立派な「石水門記念碑」が建立されている。

（六）久能文庫を設立

関口隆吉《せきぐちたかよし》が静岡県令を命ぜられた少し前の明治十七年（一八八四）五月、隆吉は、養嗣子《ようしし》の隆正《たかまさ》（長女操《みさお》の夫）を中国に留学させることにした。人々は、

「欧米《おうべい》に留学すれば、帰国後は必ず中央官庁に就職できて、将来の出世が望めるのに、なぜ中国などへ留学させるのか」

と不審に思った。これに対して隆吉は、

「これは私の道楽《どうらく》だから、仕方《しかた》がない」

と笑って答えたということである。さらに隆正が留学した後、

「薄給《はっきゅう》の身では、学費を送ることも大変だろう。官費留学生《かんぴりゅうがくせい》にしたらどうか」

とも言われたが、これに対して隆吉は、

「ご厚意《こうい》は誠にありがたい。しかし隆正は、留学してから一年足らずである。今の時点では、隆正の勉強が、国家のためになるかどうか解らない。だから、折角《せっかく》のご推薦でも官費留学生は気が引けるので、遠慮いたします」

と言って、あっさり辞退したのである。

その後、次第に隣国の、中国研究の重要性が見直されて、隆吉の先見性が評価されるように

なった。

明治十九年（一八八六）一月、隆吉は、中国に留学させていた隆正を帰国させると、書籍や古文書の収集《しゅうしゅう》整理《せいり》を手伝わせるようになった。

関口隆吉は、徳川幕府の終焉《しゅうえん》に伴い、江戸城内にある「紅葉山文庫《もみじやまぶんこ》」に所蔵されている、徳川家代々の貴重な記録や古文書、書籍が散逸《さんいつ》してしまうのを惜しんだ。

紅葉山文庫の中には、隆吉が、深く慕《した》っている幕臣近藤重蔵《こんどうじゅうぞう》が魂を注いで整理した書物が、多数所蔵されていたのである。

近藤重蔵とは、江戸後期の探検家《たんけんか》、書誌学者《しょしがくしゃ》（書物の解説者）である。

近藤は、幕府の命令を受けて、五度《ごたび》、北蝦夷《きたえぞ》、千島列島を探査《たんさ》し、北方領土防衛の重要性を幕府に、上申、要請した人物である。

近藤重蔵は、北方探査の後、書物奉行となり、それまでは、ただ本が収納してあるだけの紅葉山文庫を整理し、これを学問的に分類整備して、初めて活用されるに至った経緯があった。

隆吉は、徳川家の貴重な書物などが、市中に流出したのを残念に思い、また、旧幕臣の蔵書が捨て値で売られていくのを惜しんで、買い集めたのである。

隆吉が収集したものは、いわゆる古代中国の四書五経などの類《たぐい》ではなく、庶民生活に関する、地理、歴史、政治、経済に関するものであった。その中でも、「備荒《びこう》に関する書物」（飢饉対策の書物）が多かった。

この隆吉の蒐集を手助けしたのが、中国留学から帰国した隆正であった。なお隆吉の意を受けて、隆正自身も、機会を見ては書物を購入している。

収集した書物のうちには、官衙文《かんがぶん》（役所用の文体）で書かれているものも多数あり、その解読に、中国（清国）へ留学し、当地の書物を学んだ隆正の学識が役立ったのである。

隆吉は、生前、隆正に、

「いかに祖先が苦心して書物を集めても、子孫が愚《おろ》かで無学、遊び呆《ほう》けていれば、祖先の愛読書なども売り払い、その金で生活の一時しのぎをして平然としている。こうして貴重な書物が離散《りさん》、行方不明《ゆくえふめい》になっていくことは、世間によくあることであり、大変嘆《なげ》かわしい」

と言って戒《いまし》めた。またある時は、

「三百年も続いた徳川家でさえも、事情が一変して、政権の座を離れれば、その文書記録は瞬《また》く間に散逸してしまう。まして数代続いたに過ぎない我が家のような一士人《いちさむらい》の家で、書物を子孫にいつまでも伝えようとするのは、大変難しいことである」

と子々孫々にまで、残し伝えることの難しさを教えている。

「遠く過ぎし昔、陪臣《ばいしん》に過ぎぬ鎌倉幕府の北条氏でさえも、国政に携《たずさ》わるときは、その一族の中に、学問を愛する者がいて、日本や中国の書物を集めて、金沢文庫を建てて、一般に公開した」

「その後、天下は麻の如く乱れたが、家康公が出てこれを統一すると、近藤重蔵（一七七一〜一八二九）が現れて、金沢文庫の書物を調査して、これを永遠に伝えようと計画した。徳川家の優れた威徳《いとく》、大事業は、北条氏など到底かなうものではない。したがって、徳川家の蔵書が散りじりになって、無くなってしまうことを惜《お》しみ、この蔵書を集めて後世に伝えようと志す人物が現れるのは当然である」

と、隆吉は語り、さらに隆正も、

「それゆえに、わが父（隆吉）が、徳川家に関する諸々《もろもろ》の書物を収集しようとしているのは、単に、この徳川家の書物を我が子孫に読ませようというだけでなく、実に近藤重蔵氏の志を継ごうとするものである」

と言っている（静岡県立中央図書館報「葵」十八号、昭和五十九年二月号、六頁より）。

関口隆吉は、かくして蒐集した多くの書籍、記録、資料、書簡等を、図書館の形にして、一般に公開しようと計画、その地を徳川家ゆかりの久能山東照宮の傍《かたわ》らに選んで、有志の後援を期した。

その後、養嗣子の関口隆正、長男の関口壮吉を始め、子孫の人々から、前後四回にわたって遺品《いひん》（書簡《しょかん》、遺墨《いぼく》）などの数々が、静岡県に寄贈され、それが静岡県立中央図書館久能文庫の基礎となっているのである。

関口隆吉は、久能文庫設立の趣旨を次のように述べている。

世は文明開化の時代となり、日本は近代国家として目覚ましい発達を続けている。これに伴い、欧米文化の流入も盛んである。このようなときに、我が国古来の文化を尊び、久能文庫を設立するのは、時代に逆行するといわれるかも知れないが、これは私が古いものを好む性格から出たものであって、別に他に考えがあってしたものではない。かつては金沢文庫、足利文庫など色々な文庫があったが、今日では、林家が創った伊勢の宮崎文庫と栃木の足利文庫の二つだけである。

この二つの文庫も、蔵書はほとんど中国の宋《そう》、明《みん》時代に出版された古い書籍ばかりで、日本の歴史などに関するものは、極めて少ない。そこで、久能文庫では、歴史、地理、法律、沿革諸資料など、広く各部門に共用できる書物を対象として、版本《はんぽん》（印刷された本）、写本、綴《と》じてない文書、折紙（鑑定書、公文書など二つに折った文書）など、静岡地方に関係ある、あらゆる書籍、文書、書画を集め、四書五経のような漢書、漢文の書物などは二の次とした。

また、これら、私の集めた書籍なども、多くの学徒によって、かなり利用されていて、うれしいことである。

このような趣旨で、久能文庫の設立を思いついたので、広く天下同好の諸氏は、どうか大切にしまいこんでいる書籍や文書を、久能文庫にご寄附いただきたい。

久能文庫の概則

1、久能文庫は、静岡県有度郡（静岡市）久能山上に創立する
2、但《ただ》し、当分、神庫《しんこ》を代用する
3、寄付の書籍は目録を編纂《へんさん》し、寄付者の姓名を詳記《しょうき》し、永遠に保存する
4、一切の費用はすべて発起人（関口隆吉）が負担し、寄付金等を求めない
5、もし寄付した者があったときは、書籍保存費として使わせてもらう
6、旧家伝来の宝物の書で、外部持出しの許されないものは、その写本をとって寄付してもらいたい
7、右の場合、文庫の主任者が参上して原本を拝借して筆写してもよい

8、寄付書籍の目録および所有者の住所氏名は予め通知してもらいたい
9、但し、文庫寄付書籍細目規則は、文庫実施の日に送付する
10、久能文庫は、明治二十年（一八八七）一月をもって実施する

ところが、この久能文庫の設立の理想も、後述するように関口隆吉の不慮の死により、当人の生前には実現されなかった。大変残念なことであった。

隆吉の死後、当時の久能山東照宮宮司である柳沢保中伯爵《やなぎさわやすなかはくしゃく》らが、隆吉の遺志《いし》を実現しようとして、有志を募り、協議を重ねたが、機が熟さず、収集した書籍類は、そのまま久能山東照宮の社務所に保管されたまま、日の目を見ることもなく眠っていた。

大正十年（一九二一）になり、久能山東照宮宮司の出島竹斎《でじまちくさい》のひとかたならぬ尽力で、ようやく久能文庫が実現の運びとなり、関口隆吉知事の長男関口壮吉《そうきち》（当時、浜松高等工業学校校長）から、関口家の蔵書二千余冊の寄贈申し出により、隆吉宿願《しゅくがん》の久能文庫が発足したのである。

そして現在は、静岡県立中央図書館の『葵文庫』のうち、『久能文庫』として収められている。

平成十七年（二〇〇五）、静岡県立中央図書館発行の『「しずおか」の貴重書』によれば、

図書・文書・記録類

「八三五部、二、四五四冊」からなる久能文庫は、次のような特色を持つ。

① 久能文庫設立趣意書に記されているように、明治初期という時代背景にあって、社会の改善に役立つ内外の資料が意識的に収集されている。具体的には、静岡県関連資料や歴史、地理、統計、法律などに関する資料である。

② 農政関係、特に備荒救荒関係の資料が多い。七九種の農業関係書物のうち、七割近くが救荒書及びそれに類するものである。

③ 軍書・兵書が多い。

また、元老院議官時代に地方の巡察を命ぜられ、一府八県を巡ってその状況を克明に記録した『巡察復命書』、『関口議官視察特別書類』、『士族ノ景況』がある。これらは明治時代の政治学の研究に欠かせない資料である。

なお、久能文庫には、書籍の他に、三条実美《さんじょうさねとみ》、大久保利通《おおくぼとしみち》、木戸孝允《きどたかよし》、伊藤博文《いとうひろぶみ》、勝海舟《かつかいしゅう》、山岡鉄太郎《やまおかてつたろう》その他、歴史上に名を残した貴人《きじん》、顕官《けんかん》との、書簡が多数所蔵されている。いかに隆吉の交際が広かったかが判るというものである。書籍などと共に一見するに値する。

現在、久能文庫は、次のように分類されている。

Ｑ０　総　記
Ｑ１　哲　学（哲学、心理学、倫理学、宗教）
Ｑ２　歴　史（歴史、伝記、地誌、紀行）
Ｑ３　社会科学（政治、法律、経済、統計、社会、教育、民俗、軍事）
Ｑ４　自然科学（数学、自然科学、医学）
Ｑ５　工　学（工学、工業、技術、家事）
Ｑ６　産　業（農林：救荒書、水産、商業、交通）
Ｑ７　芸　術（美術、音楽、演劇、運動、遊芸、娯楽）
Ｑ８　語　学（辞書）
Ｑ９　文　学（日本文学、詩歌、小説、随筆、日記、全集）

久能文庫の書籍の主なものを列挙すると、左記のようなものがある。
『吉良《きら》上野介《こうずけのすけ》様《さま》御下向《ごげこう》御休《おやすみ》御宿割帳《おやどわりちょう》』、元禄八年（一六九五）、一綴。
『浅野《あさの》内匠頭《たくみのかみ》様《さま》御泊《おとまり》御宿割帳《おやどわりちょう》』、元禄八年（一六九五）、一綴。

『西洋紀聞《せいようきぶん》』（写本）、宝永五年（一七〇八）、新井白石著、二冊。
『采覧異言《さいらんいげん》』（写本）、正徳五年（一七一五）、新井白石著、二冊。
『民間備荒録《みんかんびこうろく》』、宝暦五年（一七五五）、建部清庵著、二冊。
『培養秘録《ばいようひろく》』（写本）、天明四年（一七八四）、佐藤信淵校正、七巻。
『かて物書《ものがき》』、享和二年（一八〇二）、上杉鷹山著、一冊。
『老農茶話《ろうのうちゃわ》』（写本）、文化元年（一八〇四）、大蔵永常著、一冊。
『救荒事宜《きゅうこうじぎ》』（写本）、天保二年（一八三一）、斎藤拙堂著、一冊。
『農家心得草《のうかこころえぐさ》』（写本）、天保五年（一八三四）、大蔵永常著、一冊。
『漁村維持法《ぎょそんいじほう》』（写本）、天保年間（一八三〇年代）、佐藤信淵校正、明治九年版。
『二物考《にぶっこう》』、天保七年（一八三六）、高野長英著、渡辺崋山画、一冊。
『駿府風土記《すんぷふうどき》』（写本）、天保七年（一八三六）、著者、成稿年不明、一冊。
『救荒便覧《きゅうこうびんらん》』、天保七〜八年（一八三六〜三七）、遠藤勝助著、三冊。
『戊戌夢物語《ぼじゅつゆめものがたり》』（写本）、天保九年（一八三八）、高野長英著、一冊。
『慎機論《しんきろん》』（写本）、天保十年（一八三九）、渡辺崋山著、一冊。
『わすれ筐《がたみ》』（写本）、天保十年（一八三九）、高野長英著、一冊。
『砲家必読《ほうかひつどく》』（自筆本）、嘉永三年（一八五〇）、高野長英訳著、三冊十一巻。

『駿河国御城図《するがのくにおしろず》』（模写）、安政年間（一八五四〜六〇）、天野大助ほか、一幅。
『遭厄日本紀事《そうやくにほんきじ》』（写本）、安政二年（一八五五）、馬場佐十郎ほか訳、九冊十二巻。
『御用留《ごようどめ》』、慶応三年（一八六七）、徳川昭武フランス万国博覧会記録、一冊。
『製茶新説《せいちゃしんせつ》』前篇上下巻、明治六年（一八七三）、増田充績編、一冊。
『凶荒図録《きょうこうずろく》』、明治十八年（一八八五）、小田切春江編集、木村金秋画、一冊。
『報徳記』（写本）、明治十八年（一八八五）、富田高慶著、農商務省版、二冊。

《関口隆吉の報告書》
『関口議官視察特別書類《せきぐちぎかんしさつとくべつしょるい》』、明治十六年（一八八三）。
『巡察復命書《じゅんさつふくめいしょ》』、明治十六年（一八八三）。
『遠州 救荒小録《えんしゅうきゅうこうしょうろく》』、明治十八年（一八八五）。

《書　簡》
三条実美　書簡　　宍戸　璣　書簡
岩倉具視　書簡　　岩村通俊　書簡
木戸孝允　書簡　　大迫貞清　書簡

伊藤博文　書簡
山県有朋　書簡
松方正義　書簡
山田顕義　書簡
山岡鉄舟　書簡
勝　海舟　書簡
品川弥二郎　書簡
前島　密　書簡
大久保一翁　書簡
浜村蔵六　書簡
榎本武揚　書簡
清浦奎吾　書簡
大草高重　書簡
安田善次郎　書簡

（七）熱海梅園の造園

静岡県熱海市は、日本有数の温泉地である。

この熱海には、「日本一早咲きの梅」で知られる『熱海梅園』があり、毎年十一月下旬から十二月上旬に、第一号の梅の花が咲き始める。熱海梅園は、四・四ヘクタール（一万三千坪）のゆるやかな傾斜地《けいしゃち》に、樹齢百二十年を超える、紅白六十四種、七百三十余本の梅が咲き誇り、多くの観光客が訪れて、大変賑《にぎ》わっている。

しかし、この熱海梅園の造園に、静岡県令関口隆吉《せきぐちたかよし》が、大きく係《かか》わっていることは、あまり知られていない。

そもそも熱海梅園は、明治十八年（一八八五）、内務省の初代衛生局長である長与専斎《ながよせんさい》が、熱海温泉施設「きゅう汽館」（大湯）の完成式に出席し、

「温泉が、よく病気に効《き》くのは、ただその中に含まれている、塩基《えんき》や鉄分《てつぶん》によるばかりでなく、適当な運動もするからである。もし、一日中室内にいて、温泉に浸《つ》かっていたら、飽《あ》きもするし、かえって疲れもして、養生《ようじょう》にならない……」

と言ったのがきっかけで、横浜の豪商の茂木惣兵衛、地元の日吉、小松、露木の諸氏が出資し、地元の協力によって、一万余坪（三・三ヘクタール余）の土地を確保し、そこに梅三千株と、松、檜、楓を植えて、明治十九年（一八八六）に完成したのが「熱海梅園」であった。

その後、熱海梅園は皇室財産となり、次に国有財産という経緯を経て、昭和三十五年（一九六〇）、熱海市に譲渡されたものである。

この熱海梅園は、遊歩公園造成の許可申請が関口県令のところに提出されたとき、

（熱海には、温泉浴客など多くの人が訪れるので、その人たちに、十分楽しんで貰うためには、梅を植えるのが良い。梅は百花に先立って最も早く咲き、しかも困難に堪えて良い香りを放ち、その実は、梅干しにして保存食にもなる）

という考えで梅園を許可したのであった。

隆吉は、かつて徳川慶喜《とくがわよしのぶ》に従って水戸を訪れたときに見た、水戸の「偕楽園《かいらくえん》」に倣《なら》って、大小各種の数百本の梅の木を植栽するように指導すると同時に、園内に「一茶亭」という四阿《あずまや》を新築して寄贈した。

なお、勝海舟《かつかいしゅう》が、関口隆吉県令の梅園にかける情熱を知って、梅園の碑文《ひぶん》を書いている。

当初（明治十九年＝一八八六年）熱海梅園は、一万余坪（三・三ヘクタール）であったが、その後、拡張されて、現在は、一万三千二百坪（四・四ヘクタール）、梅の木は六十四種、七百三十余本（早咲き：三百九十本、中咲き：百五十六本、遅咲き：百九十一本）、楓類三百六十本、松類百三十四本などが植えられ、多くの観光客の目を楽しませている。

（八）県政に報徳の教義を活用

明治政府は、明治十九年（一八八六）七月、地方官官制《ちほうかんかんせい》を改正して、従来の「県令」という名前を、「県知事」と変えた。

これにより、関口隆吉《せきぐちたかよし》の職名は、県令から「県知事」に変更になり、これにより、県知事としては「初代」の静岡県知事となったわけである。そして勅任官《ちょくにんかん》二等に叙《じょ》せられ、上級俸を賜わることになった。

また同じ年（明治十九年）の十一月には、正四位に叙された。この年に、官営鉄道東海道線の敷設《ふせつ》が計画された。そのようなことがあって、隆吉は、ますます多忙となり、翌明治二十年（一八八七）にかけて東京出張が多くなってきた。

隆吉は、はじめは静岡西草深町《にしくさぶかちょう》にある徳川宗家十六代の徳川家達《とくがわいえさと》公爵の邸跡を借りて住んでいたが、ここに静岡尋常中学校（現県立静岡高等学校）が建てられることになった。そこで明治十九年（一八八六）九月二十三日に、一時、市内材木町の商家伏見忠左衛門宅の一部を間借りして、そこに転居した。

しかし県知事ともあろう者が、間借り生活では権威にかかわると、銀行家の小林年安《こばやしとしやす》が、静岡大岩村に新しく住居を建ててくれた。そこで隆吉はそこへ移った。

一方、徳川慶喜《よしのぶ》は、明治元年に静岡に来て以来、紺屋町《こうやまち》の駿府代官跡（現在料亭浮月楼《ふげつろう》）に住んでいたが、この頃西草深に移ることになった。これは、東海道線が開通すれば、紺屋町は静岡駅に近く、列車の騒音《そうおん》がひどいだろうという隆吉の慶喜に対する配慮であった。西草深の徳川家新居の建設に際して、隆吉は、公務の余暇《よか》を見ては尽力した。

西草深の新居は、明治二十一年（一八八八）完成したので、慶喜はここに転居した。

慶喜は、その引っ越しのときに隆吉を呼んで、

「関口、新邸の新築については、そちには大変世話になった。改めて礼を申す。ついては、今

までの紺屋町の住まいは不要になるので、世話になったそちに、下げ渡すことにいたそう。そちは、今は他人の家に住んでいるようであるから、県庁に近いここに住めば、便利でよかろう」

と隆吉に感謝の意を表した。有り難いお話を賜わった隆吉は、

「ハハーッ……」

と言ったまま返事ができなかった。世が世ならば、お目通りも叶《かな》わぬ高位の主君から、身に余る言葉をかけてもらった隆吉は、感激で身体が震《ふる》え、声も出ぬまま平伏していた。その様子を見た慶喜は、

「遠慮せずともよいぞ。それとも古くなった予《よ》の住まいでは、不服か……」

「滅相《めっそう》もございません。あまりにも身に余る仰《おお》せに、感激いたしておるのでございます」

隆吉は、西草深の慶喜邸の建設に尽力したことを、慶喜がこれほど喜んでくれるとは、思いもしなかった。

「ありがとうございます。上様《うえさま》（慶喜公）からのお言葉でありますので、有り難くお受け致します、と申し上げるべきでございますが、私は、今は公職についている身でありますので、何かと世間の目もございます。したがいまして、この度はご遠慮させていただきたく存じます」

と辞退し、さらに、西草深町の新邸の建設に力を注いだことについて、

「私は、上様のために、私的な時間を用いてやったまでのことで、報酬を得ようと思って致し

たことではございません」

とこれを固く辞退した。すると、慶喜は、

「関口、そちは相変わらず固い人物だな。でも、県知事の職にある者は、それでなければ人から非難されるであろう。それでは、紺屋町の住まいのことは無いことにしよう。だが、これだけは受け取ってくれ、それでなければ予の気持ちが収まらぬ……」

そう言って、慶喜は徳川家の宝刀を一振り隆吉に贈った。

「それまでに仰せ下さるならば、謹《つつし》んで拝受《はいじゅ》いたします」

それは慶喜が将軍になるときに前将軍家茂《いえもち》から引き継いだ、二尺三寸（約七〇センチ）の郷《ごう》義弘《よしひろ》の鍛えた名刀であった。

この紺屋町の慶喜邸は、その後料亭浮月楼が買い取り、平成の今日も、名庭園として静岡の名所の一つになっている。

明治二十一年六月、隆吉は、かねてから久能山東照宮が官幣社《かんぺいしゃ》に列せられないことを残念に思っていた。そこで内閣の関係大臣に陳情して、ようやく別格官幣小社（国家に功労ある者を祀《まつ》る官幣社と同格）の勅命《ちょくめい》があり、次いで、浅間神社を国幣小社（国土経営に功績のあった神を祀る神社）にする勅命も下された。

これらは、隆吉の運動が功を奏したものである。

隆吉は、このとき、勅使の役目を命ぜられた。隆吉は、

「この頃の人は、新しいことばかりを好み、古い良いものを捨ててしまう傾向にある。祭祀《さいし》の儀式《ぎしき》などは、残すべきであるし、祭礼服なども残すべきだ。この度は、久能山東照宮は官幣社昇格となり、私に勅使の大命を賜わった。そのために、京都の装束師《しょうぞくし》に依頼して《衣冠束帯《いかんそくたい》》を作ることにした。よって、当日はこれを着て参列する」

と言って、明治二十一年（一八八八）五月十五日の式当日には、最高の正装である衣冠束帯を身に付けて身を正し、馬に乗り、行列を整えて、粛々《しゅくしゅく》と式場に臨んだ。それはかつて九州三潴県《みつまけん》（現福岡県）権参事《ごんのさんじ》を命ぜられたとき、衣冠束帯姿で入国したときのような厳粛《げんしゅく》さであった。沿道の群衆は、初めて古式にのっとったこの儀式を見て、

「素晴らしい、実に荘厳《そうごん》だ……」

と感嘆《かんたん》の声を上げて見守《みまも》った。

この頃、かねてより論議されていた、県庁舎新築の計画が上程され、県議会で議決された。ところが、県庁舎新築計画は、財政上の事情等があって、なかなか進展しなかった。

隆吉は、明治二十一年（一八八八）四月に、上京した機会を捉《とら》えて、「庁舎新築も機が熟してきた。それにも拘《かかわ》らず進捗《しんちょく》しないのでは、知事として天下に面目《めんぼく》が立たない。したがって、具体化するまで、静岡には戻らない」

と周囲の人に話したところ、これを聞いた関係者は大いに驚いて、建設計画実現に動き出した。

明治二十一年（一八八八）五月五日、隆吉は、日本の海防《かいぼう》の重要性を力説して、私財壱千円を政府に献金《けんきん》した。

米一俵（六〇キログラム）が、一円五〇銭前後の時代の一、〇〇〇円である。隆吉は、（社会に必要なことには労働や財産の提供を惜しまない）

という社会奉仕の精神を実行したのである。

明治二十一年（一八八八）五月七日に、旧友の子爵《ししゃく》山岡鉄舟《やまおかてっしゅう》が死亡した。死亡する寸前、隆吉は、京都に出張中であったが、

「鉄舟が危篤《きとく》」

との報を聞き、鉄舟が、

「ぜひ、関口君に会いたい。会って死後のことを彼に託《たく》したい」

と言っているとと聞いたので、隆吉は、急いで京都から東京へ駆《か》けつけた。

鉄舟は、家人を退《しりぞ》けて、枕元に隆吉を招き、鉄舟が常に心に抱いていたことを、隆吉に頼んだうえ、

「あとのことは、よろしく頼む……」

と言って、一通の書状を差し出した。その書状は、書家として著名な鉄舟が、細い楷書できちんと書いたもので、とても大病の床の中で書いたものとは思われない見事なものであった。

隆吉は、死の直前でも、常と少しも変わらぬ鉄舟のエネルギーに、さすがに、「剣禅一如《けんぜんいちじょ》」の鍛錬《たんれん》によるものと深く感じ入った。

この鉄舟の死の直前に、勅使として土方久元《ひじかたひさもと》宮内大臣《くないだいじん》が来訪し、

「従三位勲二等」

への昇叙《しょうじょ》（官位の昇格）が伝えられた。関口隆吉が鉄舟に代わってこれを拝受した。

こうして山岡鉄舟は、明治二十一年（一八八八）七月十九日九時過ぎに、座禅《ざぜん》のまま、大往生《だいおうじょう》を遂《と》げた。

享年五十三歳。病は、胃に穴が開いて、腹膜炎《ふくまくえん》を併発したのであった。

隆吉の養嗣子《ようしし》の隆正《たかまさ》は、この当時、父隆吉が語ったことを、次のように伝えている。

山岡鉄舟の葬儀に、隆吉は万感《ばんかん》胸に迫りくるものがあり、特に旧主徳川家達公が、弔問《ちょうもん》にこられ、焼香《しょうこう》したときは、沈着冷静《ちんちゃくれいせい》、人前では決して喜怒哀楽《きどあいらく》の情を見せない隆吉が、感涙《かんるい》とどまるところを知らず、胸が張り裂けんばかりであった。思えば今から過ぎし二十年前、江戸城明け渡しの前から、生死の中をくぐり抜け、また、明治の御世《みよ》になった後も、徳川旧士族の生活を支えるために、牧之原の開拓に心血を注ぎ、あるときは、開拓費用の捻出《ねんしゅつ》に、自らを担保に供したこともあるなど、苦しい想い出に時の過ぎるのを、しばし忘れてしまった。

葬儀のときに、徳川家達公や、田安公《たやすこう》が弔問したのを見て、

「徳川家では、旧臣《きゅうしん》にそれほど手厚く義理《ぎり》を尽くされるのか……」

と参列した人々は涙を流して感嘆した。また、

「我々は、官軍として戦勝《せんしょう》気分で、徳川軍と戦っていたが、山岡鉄舟、大久保一《おおくぼいち》翁《おう》たちは、徳川の最後に当たって、文字通り生命《いのち》をかけて戦い、君家《くんか》に尽くし、朝廷に対しても功労あり、徳川には、忠臣の道を遂げ、誠を尽くす姿は、武士の鑑《かがみ》である。頭が下がります」

と誉《ほ》め称《たた》えた。また、隆吉は、

「私が、旧幕臣で知事をしているので、人の世辞《せじ》かも知れないが、静岡を通過する

北白川宮様、小松宮様、山県有朋《やまがたありとも》大臣、西郷従道《さいごうつぐみち》大臣なども、別れるときに、必ず、（おついであらば、慶喜様によろしく……）と言伝《ことづて》を残されるようになった。嬉しいことだ」

「勝海舟《かつかいしゅう》と、大久保利通《おおくぼとしみち》の二人は、私はどうもあまり親しくならなかったが、山岡とは、本当に親しくなり、私を信頼してくれた。もっとも勝も、四、五年前から、私に目を掛けてくれるようになった」

など、いろいろ話をするようになり、慶喜公が、東京にお帰りになるときのことや、勝海舟に斬りつけたことなど話すこともあった。

明治二十一年（一八八八）六月二十日に、徳川慶喜は従一位《じゅいちい》の位を与えられた。慶喜が叙位を受けて静岡に帰ってくると、旧幕臣は、旧恩《きゅうおん》を思い、全員で慶喜を出迎えた。馬車でやってくる慶喜の姿が見えてくると、大歓声《だいかんせい》を挙げて歓迎《かんげい》した。これに応《こた》えて慶喜は、金子《きんす》や土地を旧幕臣に分配したが、その処理監理《しょりかんり》はすべて隆吉が執り行った。これらのことについて、

「知事の公職にある者が、徳川の私事《わたくしごと》をするとは怪《け》しからん」

といって隆吉を責める人がいたが、隆吉は、

「私は、これは当然の人情というものである。人間として、当然のことをやったまで……」

といって意《い》に介《かい》さなかった。そして、翌朝、慶喜の邸を訪ね、大いに飲み、歌い、踊り、そして慶喜の配意に感激した。


隆吉は、これより少し前のことであったが、公務で上京した際に、宮内大臣に対し、徳川家達の官位《かんい》を上げてもらうように請願したが、実現しなかった。


家達の官位について、ある時、隆吉は、勝海舟に会って相談してみた。

「三位様《さんみ》（家達公のこと）の御位階《おんいかい》（官位）を上げていただくように、関係の筋に話を付けてみたいが、どうでしょうか」

と話を出したら海舟は、胡坐《あぐら》をかいてニヤニヤ笑い、

「位《くらい》なんて何でもよい、三位でも、五位でも構うもんか。徳川は徳川だよ……」

と相変わらずの調子であった。海舟に話をしても進展しないと思った隆吉は、自分で宮内省に出向くことにした。海舟の家を出て、その足で宮内省の係官に、家達のことを話すと、

「そのような大事は、私ではお応えできません。直接大臣にお話しなさってはいかがでしょうか」

と真剣な眼差しで、アドバイスしてくれた。隆吉は、直接土方久元宮内大臣に面会してお願いしたところ、人の心を察することに聡《さと》い旧土佐藩士の土方大臣は、

「関口君、君のいうことはよく判ったが、ものにはおのずから順序がある。直《す》ぐには回答はできない」

ということであったが、さらに隆吉が、

「特別の思《おぼ》し召《め》しで、お取り計らいしていただけないでしょうか。第一、旧臣の榎本武揚《えのもとたけあき》も、大久保一翁も従二位になっているではありませんか。その旧主である家達公が、明治元年に従三位に叙されたままで、一段も進んでいないのは、おかしいではありませんか。

慶喜公は、昨年（明治二十一年）王政復古に功績があったとして従一位に叙されました。それならば慶喜公の嗣子である家達公もそうあってしかるべきだと思います。家達公御自身は何も仰せられませんが、私一人のお願いではなく、幾万人《いくまん》もいる旧幕臣のお願いを、私が代表して申し上げているのです。時代が変わったとは申せ、人の世の情義《じょうぎ》は大切にしなければなりません。情義を守るということは、人の人たる道を守るということであり、社会の秩序と調和を維持するということであります。人の人たる道を守らなければ、世は乱れます。ぜひとも情義に基づくご裁断《さいだん》をいただき、遠からずご昇進の恩徳《おんとく》を賜わりますようお願い申し上げます」

と誠心誠意《せいしんせいい》胸中《きょうちゅう》を申し述べたところ、土方宮内大臣は、心を打たれ、何度も何度も頷《うなず》いた。

こうして隆吉が行った、徳川十六代家達の位階昇進《しょうしん》の嘆願《たんがん》は、土方宮内大臣に大きな感動を与え、大臣の配慮《はいりょ》により、逐次《ちくじ》昇進、遂に従一位公爵、貴族院議長を務めることになった。

余談ではあるが、大正三年（一九一四）に、山本権兵衛《やまもとごんべえ》内閣総辞職の際に、徳川家達は組閣の大命を受けたが、徳川家一族会議で反対されたため、徳川家達内閣総理大臣の誕生には至らなかった。

また、明治二十年（一八八七）のことである。隆吉が慶喜公のお住まいにするべく、静岡西草深の土地を求めようとした際に、土地所有者は、当方の足許を見て、ここぞとばかり世間一般の地価より十倍も高い価格を吹っかけてきた。その時仲介役をしていた男は、やたらと法律がどうのこうのと言い出して、なかなか契約をしようとしなかった。

隆吉は、

「人情が薄くなったが、ここまでひどくなったのか、今土地を求めようとしているのは、彼らの旧主君である。土地の所有者も仲介役も、二人とも静岡藩士として徳川家の御恩を受けている。一方は、利をむさぼろうとして恩を忘れ、もう片方の者は、法律にこだわって、義理と人情を忘れている。私は知事として不愉快極《ふゆかいきわ》まりない。仮に知事が私的なことに関与することに対して、公務員の規律違反で職を去るべきだというならば、それは甘んじて受けよう。しかし私は一人の人間として、行いは正しく、心豊かで、人から非難されることのないように行動したい」

と同行の養嗣子の隆正に語った。また、隆吉が、公務の余暇に慶喜のために、動いていることを、東京の某新聞が、

「静岡県知事は、旧藩主のために、公務を放棄している」

と書いたので、隆正が腹を立てて、同新聞に訂正の記事を書かせようとしたところ、

「止めときなさい。青臭い未熟な書生（記者のこと）なんか、本当の義理人情は理解できないのだ。悪く言いたい奴には、言わせておけばよい。私は、国にも、県にも、県民に対しても、恥じるようなことは何一つしていない」

といって、天地神明に誓って、恥ずべきことをしていない隆吉は、中傷記事など全く意に介さなかった。


隆吉は、江戸時代末期に支配階級（領主とその家臣団）と被支配階級（農民と町民）も共に苦しんでいた経済問題を解決した二宮尊徳の報徳教義を、静岡県政に活用したいと考えて、県下小笠郡掛川町（現掛川市）の遠江国報徳社社長の岡田良一郎と親交をもつようになった。遠江国報徳社は、その後、明治三十一年（一八九八）十月に、民法の施行に伴い、主務官庁の許可を得て、公益法人である社団法人となり、名称も大日本報徳社となっている。

報徳社社長の岡田良一郎は、二宮尊徳最後の門人で、二宮門下四高弟の一人であり、明治十

九年（一八八六）三月の選挙で、静岡県議会議員となった（五年後に衆議院議員となる）。

明治十九年（一八八六）二月十六日に、岡田良一郎と金原明善《きんぱらめいぜん》（後に植林王と称される）、永富権三郎の三人が、隆吉の住まいする県令官舎を訪問した。話の内容は、遠江地方の治山治《ちさんち》水《すい》と灌漑用水《かんがいようすい》問題であった。

隆吉は、まず第一に現地を視察する必要があることを説明して、できる限り早い機会に、遠江地方を視察する約束をして面談は終わった。

用件が済むと隆吉は、丁度《ちょうど》良い機会であるということで岡田良一郎たちと、夕食を共にしながら、報徳について大いに意見を交換した。

さらに、明治十九年三月十六日には、隆吉は岡田良一郎を城東郡月岡村（現菊川市月岡）の自宅に招いて、懇談《こんだん》している。

また、同年三月二十九日に、岡田良一郎は、隆吉の知事官舎を訪問し、報徳について夜を徹して論議している。

岡田良一郎は、報徳社の社長であると同時に、静岡県議会議員であり、常置委員となっていたので、静岡県庁に行く機会も多く、良一郎と隆吉は、お互いに意気投合《いきとうごう》して、しばしば面会しており、報徳の同志としても、親密な交流を続けていた。

隆吉は、ある日、岡田良一郎に対して、

「岡田さん、私は、かねてから県政に、報徳の教義を活用したいと考えておりました。つきましては、県庁の係官に報徳をわかりやすく説明するのに、なにか特別な方法がありますでしょうか……」

と最もポピュラーな質問をした。すると良一郎は、

「いやいや、そのような特別な方法などございません。成果を得ようとするならば、県令閣下以下、県庁の係官が一致協力しなければできません。大変失礼なことを申し上げますが、知事さんがお一人で報徳を実践しようとしても、たいした成果は得られません。県庁の係官全員が、力を合わせて報徳を実践することが絶対に必要であります。それには、まず第一に、係官にやる気を起こさせることでしょう。二宮先生ならば、必ずそのように教えて下さるでしょう」

と、報徳の一般論から説明を始めた。

「ごもっともですな。いくら働けと声高に叫んでも、住民が働く気力をなくしていては、空念仏に終わるというわけですな。では、働く気を起こさせる方法はなんでしょうか」

するとと良一郎は、

「二宮先生は、住民にやる気を起こさせるには、将来に希望がもてるようにしなければ駄目だ。頑張って働けば、自分も幸せになれると、励みがでるような仕組みにしてやらなければ、やる

気を失ってしまう」

と、仁政が報徳の第一歩であると説明した。さらに、

「二宮先生は、働かずして人の援助を待っていても、誰も助けてはくれない。しかし、最善を尽くして努力すれば、必ず援助の手を差し伸べてくれるものだ。『天は自ら助くる者を助く』のだと指導しました」

と自助の精神が基本にあることを強調した。

「人の行いは、誠を尽くすことが第一であり、次に勤労に励み、三番目には能力に応じた生活を守って貯蓄し、四番目に仕事や生活に必要な資金を除いて残ったお金は、社会のために提供するという四つの綱目《こうもく》が、二宮先生の基本であります」

と、報徳の四大綱領《よんだいこうりょう》を岡田良一郎が説明すると、隆吉は、

「報徳の基本綱領は解りましたが、官と民とでは、報徳の実践方法が異なるのでしょうか……」

と、行政を施行する側と、受ける立場の違いを訊《たず》ねると、

「公の機関においても考え方は、全く同じであります。県庁では、年間歳入額が決まっているのですから、それを上回る歳出を行いますと、財政が破綻《はたん》して、県民から増税を取り立てることになります。そうすれば、県民は働く気力を失くして、県政は支障をきたします」

良一郎の説明は、あくまでも、

『初めに歳出ありき』

という予算構成はよくないということであった。隆吉は、

「歳出を絞り込みますと、県民は、『ケチだ』と非難しませんか……」

と、県政の姿勢を問われることを心配して、報徳の教えを訊ねると、良一郎は、

「ケチと倹約はちがいます。歳出を抑《おさ》えて自分のためのみに使うのがケチで、歳入額を限度として歳出予算を組み、それを執行するのが倹約であります。歳入の見込みがないにも拘らず、安易な歳出予算を組んで執行してはなりません。このことをよく承知して政治を行えば、非難する人などございません」

「いかにもよくわかりました。しかし、歳入、歳出ともに年々変化しますので、分を守ることは、よくよく意志強固でないとできませんな」

隆吉は、かつて地方巡察使のときに見聞《けんぶん》した、地方政治の難しさを改めて思い出した。

「さようでございますな。かつて山岡鉄舟先生が、静岡県の権大参事であったときに、報徳についてこんな話が言い伝えられております」

その話とは次のようなものである。

ある時山岡鉄舟が、駿河中報徳社の荒木由蔵と面談したときに、鉄舟が、

『報徳とは一体何であるのか……』

と訊ねると、由蔵は、たったひと言、

『報徳とは、一度死ぬことでござる』

と答えた。鉄舟は、よくその真意を理解した。それは、

『一度死ぬこととは、命を捨てるということではなく、心の大改革をして生まれ変わったようになって勤倹力行する』

ということである。

さらに良一郎は、話を続け、

「二宮先生の女婿《むこ》さんで、福島県の旧相馬藩家老を務めた富田高慶《とみたたかよし》先生によれば、

『報徳の教義は、至誠《しせい》、勤労《きんろう》、分度《ぶんど》、推譲《すいじょう》の四綱目である』

と私たちを指導して下さいましたが、生半可《なまはんか》な、安易な気持ちでは報徳は実践できません。それはそれは厳しい覚悟が必要です。それだけに、報徳仕法を完遂したときの達成感、充実感は素晴らしいものがあります。本当に一度死ぬつもりで、取り組む必要があるのです。その覚悟を、荒木由蔵は、『一度死ぬこと』と表現したのです」

「なるほど、報徳実践思想というものは、実に深淵《しんえん》でありますな」

二宮尊徳から直接指導を受けた良一郎の説明によって、隆吉は哲学的な意義を強く感ずるのであった。すると良一郎は、

「この報徳四綱目のうち、至誠と勤労は純然たる道徳行為で、分度と推譲は経済行為でありま す。人というものは一人では生活できません。必ず社会の中にあってこそ存在できるのです。したがいまして、政府機関といえども、社会の要請に基づいて組織された組織である以上、道徳行為と経済行為が、バランスを保ちながら活動することが、絶対に必要であります」

と報徳の「道徳経済一元論」を力説した。

隆吉は、良一郎の話をじっくり聴いて、よりいっそう報徳教義の県政活用の決意が高まるのであった。良一郎はさらに言葉を続け、

「二宮先生は、常に陣頭に立ち、『我には至誠と実行あるのみ』と言って有言実行し、住民を指導したので、住民もこれに従いました。

二宮先生は、真面目に仕事をする孝行者や、地域社会に貢献する者を、積極的に表彰して、その善行に報《むく》いて下さいました。そうなりますと、表彰された者はさらに励み、表彰されなかった者は、次は自分が表彰の栄に浴したいと励むようになります。二宮先生は、精農者《せいのうしゃ》や篤《とっ》行者《こうしゃ》の表彰をはじめ、地域の運営などは、すべて地域住民全員の投票によって決定し、しかも

投票は、女世帯も含めて住民全戸に一票ずつ平等に投票の権利を与えるなどして、公平を重視しましたので、不平不満をいう者は、一人もありませんでした。最近、世上にて自由主義だ民主主義だと騒いでおりますが、二宮先生は、今から五十年前の幕藩時代に、民主制度を採用していたのです。

また二宮先生は、住民の働く気を起こさせることを、『心田《しんでん》の開拓』といい、わたしの教育方針は、すさんだ村人たちの心の田を開拓し、天から授かった良心を育て、勤労の精神を培《つちか》うことである。この良心と勤労の精神を人々に繰り返し教え育てて村々に広め、ついには国全体に良心と勤労の精神を広めることにある。一人の荒れすさんだ心を開拓すれば、荒れ地が何万町歩あっても恐れることはない。すなわち、わたしの教えとは、人々の心の荒れ田を開拓すること、『心田の開拓』であると政治の根幹を説明しておりました」

と報徳実践哲学を説明した後に、

「二宮先生は、少年の頃より、学問をはげみましたが、学ぶことも労働の一つであると考えておりました。人は学問を積むことによって知性が磨かれ、磨かれた知性によって、農工商の仕法を会得《えとく》し、さらに合理的な理財の道を悟るようになるなど、労働と学問を一体と考えておりました」

と労働学問一元説を紹介した。こうした報徳談義のあと、良一郎は、

「県令閣下は、頭脳明晰《ずのうめいせき》、博識《はくしき》、博学《はくがく》でありますので、この上さらに報徳の奥義《おうぎ》を窮《きわ》めれば、我らが静岡県の施政は、まさに順風満帆《じゅんぷうまんぱん》で、私たち県民は大変幸せとなりますでしょう」
と県民一同を代表して関口隆吉県令に、敬意を表するのであった。

その後隆吉は、岡田良一郎を、品川弥二郎《しながわやじろう》（後の内務大臣）、内大臣平田東助《ひらたとうすけ》、大蔵大臣松方正義《まつかたまさよし》（後に総理大臣）等に紹介するなど、報徳関係、農政関係、産業団体関係（後の農業協同組合・信用金庫）について、共に政府へ交渉することもしばしばであった。

関口隆吉は、このように静岡県政に、報徳の教養を活用するとともに、県内各地の報徳社の育成強化に尽力した。

岡田良一郎を始めとする報徳人の熱心な普及活動により、報徳社運動は、静岡県内は勿論、日本全国に広がっていった。

（九）静岡県の二人の偉人

この頃、静岡県には岡田良一郎のほかに、もう一人の偉人がいた。

浜松の金原明善《きんぱらめいぜん》である。この二人の偉人の業績は、関口隆吉《せきぐちたかよし》の県政と表裏一体の重要な関係にあったので、次に二人の偉人のプロフィールについて、若干記してみたい。

金原明善は、天保三年（一八三二）六月七日に、遠江国長上郡安間村《とおとうみのくにながかみぐんあんまむら》（現在の浜松市東区安間町、東名高速道路浜松インターの南側）に生まれ、関口隆吉より四歳年上である。安間村は、天竜川の西側にある。

天竜川は長野県の諏訪湖を水源として、遠州灘に注ぐ、長さ二百キロに及ぶ大河であるが、ひとたび大雨が降れば、「暴れ天竜」と呼ばれて人々に恐れられる大河である。この天竜川の水害から流域の住民を護《まも》ったのが、植林王と呼ばれて静岡県民から尊敬された金原明善である。

明善は、嘉永《かえい》二年（一八四九）から明治元年（一八六八）までの二十年間に、五度の天竜川の大洪水に出会った。なかでも十九歳の嘉永三年（一八五〇）の年は、かつてない大雨が降り、天竜川が増水して大氾濫《だいはんらん》を起こし、堤防が決壊《けっかい》して生家のある安間村は一瞬のうちに水没《すいぼつ》。

これが明善の脳裏《のうり》に焼き付いて、終世《しゅうせい》忘れることがなかった。それ以来明善は、

「自然の力には勝てないとはいえ、天竜川の洪水《こうずい》を防ぐことはできないものか……」

と日夜、天竜川の治水《ちすい》に情熱《じょうねつ》を燃《も》やし続けるようになった。

嘉永三年の大洪水から十八年後の慶応四年（一八六八）の五月、またもや天竜川の増水によ

り堤防が決壊して、天竜川右岸の浜松地方と左岸の磐田地方に大きな被害をもたらし、住民は立ち上がることができないほどの痛手《いたで》を被《こうむ》った。

この年一月三日に王政復古《おうせいふっこ》の大号令が発せられ、明善の治水計画に希望をあたえた。明善は、大災害に遭《あ》い、途方に暮れていたときに明治維新《めいじいしん》を迎えたので、不退転《ふたいてん》の決意をもって住民の苦難《くなん》を救おうと立ち上がったのである。

さっそく、京都に上って天竜川の治水を新政府に建白《けんぱく》した。しかしこの建白は取り上げてもらえなかった。ところが八月になると、新政府は、突然に天竜川流域の水害復旧工事に着手した。これは、明治天皇の東京行幸の道筋になる東海道を、整備するためであった。

この年の九月八日に、慶応から明治に改元され、文字通り新しい日本が誕生したのである。明善を始め住民一同も、天竜川流域の復旧に全精力を傾けた。

復旧工事は明治元年（一八六八）十月上旬にはほぼ完了し、天皇の行幸をお迎えすることになった。

明治天皇は、東京行幸の際に、浜松行在所《あんざいしょ》において、明善の功績を賞されて、明善は苗字帯刀《みょうじたいとう》を許される栄誉を与えられた。明善は感激してこれを謹んでお受けした。

明善はこの感激を生涯《しょうがい》の誉《ほまれ》として、社会貢献《しゃかいこうけん》にその身を捧げることを天に誓った。

明治五年（一八七二）に、明善は浜松県から堤防附属を任命され、二年後の明治七年（一八七四）に、天竜川通堤防会社を設立して、堤防工事に着手した。この時点での県令は、初代県令の大迫貞清《おおさこさだきよ》であった。

さらに明治十年（一八七七）、明善は全財産を献金する覚悟を決め、大久保利通内務卿《おおくぼとしみちないむきょう》に謁見《えっけん》して天竜川の築堤工事実現を訴えた。このとき明善自身は、自分は一介の田舎者であるから、新政府の最高官である大久保卿が会ってくれるとは思っていなかった。ところが快く大久保との謁見が実現して、明善を感激させた。このときすでに大久保は、明善の天竜川の治水に対する実績を認めていたのであった。

この大久保利通と金原明善の会談により、政府支援による本格的な、天竜川の治水事業が始まった。

明善は、私財五万六千円を投じて、まず、堤防の補強、改修工事から始め、

一、天竜川の現状を把握するために、西洋式測量機器を用いて、天竜二俣村（現在の浜松市天竜区二俣町）から河口に至るまでを実測量する。

二、治水、利水に携わる人材育成のため、自宅に水利学校を設立する。

三、水源地の諏訪湖から、鹿島村（現在の浜松市浜北区上島）までの高低を測量する。

ことを実施し、天竜川の治水計画の基礎を創った。

しかし明治十六年（一八八三）に、大変残念であったが、地域住民の利害が調整できず、天竜川通堤防会社を解散することになった。しかし、以後は、このとき明善が建てた計画を基にして、国と県が天竜川の治水事業を継承《けいしょう》していった。

このとき、関口隆吉は地方巡察使として、静岡県の西部地域を詳細に視察しており、その後、関口隆吉は静岡県令として、天竜川の治水利水事業に深く拘《かか》わることになるのであった。

明善は、天竜川の下流地域の治水事業が進むにつれて、天竜川の氾濫は、いかに強固《きょうこ》な堤防を築堤しても、水の力で堤防は決壊する。これを防ぐには、上流の山に植林して、雨水を山に蓄え、大量の水がいっきに流れないようにしなければ、洪水は防ぐことができないと判断した。

当時の天竜川の上流地域は、はげ山が多く、大雨が降ると、大量の水が土砂もろとも、下流地域を押し流していた。

明治十八年（一八八五）、明善五十四歳のとき、

「治山なくして治水なし」

との結論に達し、治水と並行して本格的な治山事業として植林事業に取り組むことを覚悟した。明善は天竜川の川上の瀬尻の官有林に杉の苗木二百五十万本、檜の苗木五十万本を植えた。同時に六十キロ余の新しい林道を開設した。

明善は、この植林作業を人任せにせず、自らも山守りの樵《きこり》たちと共に山小屋に寝泊まりしながら、植林をしたのである。

明善の植林に取り組む真摯《しんし》な姿に共鳴した住民は、こぞって植林に手を貸し、多い時には、八百人もの人々が、明善の植林作業を手伝った。そして後年、

「植林王」

と敬称されるようになり、また、このときの植林により、浜松市天竜区の杉は、天竜杉の美林として世に知られるようになったのである。

明善は、治水治山事業を推進する一方、豊富な天竜川の水の活用を考えた。即ち、

「天竜川の分水事業」

である。明善は、天竜川の豊富な水を活用して、

一、運河を造って、天竜川上流材木などを運ぶ。

二、三方原台地の農業を発展させる。

三、浜松市の工業地帯の工業用水に利用する。

という目的のために、天竜川の水を、

一、三方原台地を通して浜松市の西部、舞阪町に通水する。

二、三方原台地の北をながれる都田川から浜名湖に通水する。
という計画を立てて、多額の測量費用をすべて負担して、測量を実施した。

明善は、この計画を静岡県に申請したが、県当局は、この頃の技術では工事が不可能と判断して、不採用となった。

このときに計画した材木の運輸計画は、後の天龍運輸となり、それが現在の株式会社丸運となって、今日に至っている。

明治十七年（一八八四）九月に、関口隆吉が静岡県令となった。隆吉は、地方巡察使の視察の際に、天竜川の治山治水の必要性を認めていたので、県令となるや、直《ただ》ちに現地を視察して、金原明善と協議して、治山治水事業に取り組んだ。

関口県令の全面的な支援を受けて、明善は植林事業に力を入れ、天竜地区のみならず、岐阜県の植樹や、北は北海道から南は九州まで、植林を指導したのである。

現在、明善が植林した森林は、記念林や学術林として残っており、また、その偉業を称えて、浜松市天竜区佐久間町には明善神社が祀《まつ》られ、生家は金原明善記念館として残され、その偉業を今日に伝えている。

関口県知事は、天竜川の西側の治水利水は金原明善に託し、自身は左岸の磐田側の治山治水に力を注ぎ、明善と二人三脚で、静岡県西部の殖産振興《しょくさんしんこう》に尽くしたのであった。

岡田良一郎は、遠江国佐野郡倉真村《くらみむら》（現掛川市倉真）の総名主を務める岡田家の長男として、生まれた。関口隆吉より三歳年少であった。

岡田家は、近隣名主の総代を務める豪農《ごうのう》で、近在に知らない人がないほどの、資産家であった。ところが、良一郎の祖父の清光《きよみつ》が、酒におぼれて贅沢《ぜいたく》な日々を送ったため、清光の代で急に没落していった。

岡田清光の妻の田鶴《たづ》（良一郎の祖母）は、稀なる良妻賢母であったので、かろうじて没落するのを食い止めることができた。その一方で、跡取り息子の佐平治を厳しくしつけ、近郷の先生方のところへ、佐平治を預けて儒学や漢学などを学ばせた。

佐平治の長男の良一郎は、安政元年（一八五四）八月に、父親の佐平治の勧めで、二宮尊徳《にのみやそんとく》の二宮塾に入門した。十六歳のときのことであった。尊徳はその二年後に没《ぼっ》するが、良一郎を、

『遠州の小僧』

と呼んで可愛がり、将来を大いに嘱望していた。

明治八年（一八七五）に、父親の佐平治は神谷与平治たちと共に、遠江国報徳社を創立し、推されて佐平治が初代社長に就任した。現在の社団法人大日本報徳社の発祥である。

そして岡田佐平治と良一郎は、親子ともども掛川を中心に、全国的に報徳思想の普及につとめるのであった。

明治十年（一八七七）十月、三十九歳になった良一郎は、新生日本の国運を推進させる若者を育てたいと思って、自邸内に私塾《しじゅく》の冀北学舎《きほくがくしゃ》を創立した。冀北学舎は報徳の理念に基づき、「立徳《りっとく》、開智《かいち》、致富《ちふ》」（道徳を高め、知識を啓発し、富を得る）を教育の基本とし、近郷の英才を集め、英語、漢学、報徳を主軸とした教育を始めた。良一郎は、二宮尊徳の教えに従い、道徳と経済は、社会生活のうえで不可欠なものであり、両者は不離一体をなすものだと説いた。

冀北学舎（県立掛川西高等学校の前身）の卒業生の中に、

岡田良平（良一郎の長男で、後に文部大臣、枢密顧問官、貴族院議員、京都大学総長、東洋大学総長など）

一木喜徳郎（良一郎の次男で、後に文部大臣、宮内大臣、枢密院議長、法学博士など）

山崎覚次郎（東京大学教授、法学博士）

松本君平（衆議院議員）

など多くの俊英を輩出した。

明治十一年（一八七八）二月に、農業のリーダーを育成するための財団法人掛川農学舎を創立した。この時良一郎は、四十歳。

その翌々年の明治十三年（一八八〇）二月に、資産金貸付所（現在の掛川信用金庫）を創立した。日本で最古の信用金庫である。

同年十月一日に、静岡県立掛川中学校が創立されると、初代校長に就任した。

その後、良一郎は、報徳の教えを生かした政治を行いたいという狙いがあって、県会議員を経て、明治二十三年（一八九〇）に、衆議院議員に当選し、二期勤めた。

関口隆吉は、岡田良一郎が報徳活動を推進しているときに、明治十七年に奈良原《ならはら》繁《しげる》県令の後を継いで、三代目の静岡県令として着任した。

関口隆吉も岡田良一郎も教育には人一倍熱心であったので、二人が顔を合わせれば、必ず報徳思想や教育問題を話し合うのであった。

ある日、二人の間でこんなことが語り合われていた。まず関口隆吉県令が、

「岡田さん、あなたは二宮尊徳先生の直弟子《じきでし》で、報徳には人一倍造詣《ぞうけい》が深いと承《うけたまわ》っております。そこで、我が国の小学校教育に、道徳教育「修身」を取り入れてはどうだろうかと考えています」

と将来、日本を背負って立つ若者を育てるための教育問題について、岡田良一郎に自分の考

え方を話した。すると良一郎も、

「いかにも、道徳は人間形成の基本でありますので、ぜひ倫理や道徳を、小学生の時から教える必要があります」

と道徳教育論を話し出した。

「おっしゃる通りです。道徳教育は幼時から学ぶ必要がありますね……」

この点について、隆吉も全く同感であった。

（十）徳川慶喜と関口隆吉

こうして関口隆吉《せきぐちたかよし》は、明治十七年（一八八四）に静岡県令として赴任し、様々な富国有徳の行政を展開したのであるが、そうした中で表向き目立った動きはないが、一番心の中で重要な動きをしていたのは、徳川慶喜《とくがわよしのぶ》との関係であったと思われる。

前述したように徳川慶喜は、徳川家達《いえさと》が駿府（静岡）へ移った同じ年の慶応四年（一八六八）（九月に明治となる）に、駿府（静岡）へ移住した。そして明治三十年（一八九七）まで静岡に滞在したのである。即ち養子の家達は四年間しか静岡に在住しなかったが、父親である慶喜の方は、三十年間も静岡で暮らしたのであった。

関口隆吉は、慶喜が大政奉還して上野寛永寺の一室に籠《こも》って謹慎《きんしん》していたときから側近に仕え、さらに慶喜が、水戸から駿府へ移るときにも、一緒に行動を共にした最も信頼されている側近の一人だった。

こうした徳川慶喜と関口隆吉との関係を見ると、隆吉が静岡県知事に就任したのには、慶喜の意向が強く働いていたことが考えられ、隆吉は慶喜と二人三脚で県政に携《たずさ》わったとも考えられるのである。

では慶喜と隆吉の二人三脚政治とは何であったのであろうか。それを一口に言えば、

《明治新政府を成功させる》

ということであった。

明治新政府はスタートしたけれども、薩長《さっちょう》を中心とした政府では、人材も財力も弱く、全国を統括していく実力は到底なかった。しかも全国には廃藩置県《はいはんちけん》による不平士族が溢《あふ》れていた。そのため明治七年（一八七四）には佐賀《さが》の乱《らん》、明治九年（一八七六）には神風連《しんぷうれん》の乱《らん》（熊本県）、秋月《あきづき》の乱《らん》（福岡県）、萩《はぎ》の乱《らん》（山口県）が起き、明治十年（一八七七）には西南戦争《せいなんせんそう》（鹿児島での西郷隆盛《さいごうたかもり》の反乱）まで起きるという、波乱続《はらんつづ》きであった。

だからこの時期、明治新政府が一番恐れていたのは、静岡県であった。

静岡県で反乱が起きたら大変なことになる。というのは徳川家達は廃藩置県のとき東京へ呼

び戻されてしまったが、一番大物の慶喜が在住しているからである。

さらに、慶喜と一緒に静岡県に移住した何万人という旧幕臣、それも将軍親衛隊《しょうぐんしんえいたい》の精鋭《せいえい》（新番組）が、牧之原《まきのはら》茶園開拓《ちゃえんかいたく》に当たっていたのである。

彼らが、もし慶喜を担《かつ》いで反乱を起こしたら、大変なことになる。万が一そんな事態が起これば、全国に散らばっている不平士族が静岡へどっと押し寄せて、旧幕臣に協力したら、それこそ西南戦争以上の大反乱となる。新政府の一番の心配はそれであった。

慶喜と隆吉の二人三脚政治とは、その政府の心配を取り除くことであった。

歴史の表面の動きだけで見ると、鳥羽伏見《とばふしみ》の戦《たたか》いで敗れた慶喜は、船で大阪から江戸に逃げ帰り、慶喜が大政を奉還し、尊皇倒幕《そんのうとうばく》によって薩長軍が勝って明治新政府ができた。そのため、負けた幕府軍には恨《うら》みが残り、慶喜の心の中にもその恨みが残っていると明治政府は恐れ、心配していた。

しかし慶喜の胸の中は、そんなものは微塵《みじん》もなく、むしろその逆であった。慶喜は、恨むどころか、新しい日本が新政府によって形成されることを願っていたのである。だから慶喜が急きょ大阪から江戸へ船で戻ったのは、逃げ帰ったのではなく、江戸へ引き返すチャンスを狙《ねら》っていたといってよかった。

慶喜は、慶応二年（一八六六）に徳川幕府十五代将軍となり、翌年の慶応三年に大政奉還しているから、将軍としての在位期間は、約一年間である。しかし慶喜はそれ以前、文久二年（一八六二）に将軍後見職《こうけんしょく》に就いている、慶喜が二十七歳のときである。そのときの十四代将軍の家茂《いえもち》（正室は皇女和宮《かずのみや》）はまだ十七歳と若かったから、将軍の職は実質的には後見職であった慶喜が取り仕切っていたものと思われる。

したがって慶喜は、この後見職の期間を入れれば、五年間の実質的な将軍職にあったといってよく、そうした意味で、日本で一番日本全体の政治情勢や国際情勢が、総合的に判っていた人といってよいであろう。

そのような立場にあった慶喜は、日本の歴史の中において、

（すでに徳川幕府の使命は終わった）

ということを知ったのである。その理由は二つある。

その一つは、さすがの徳川幕府も、二百六十年という長い期間、政権を担当して、いわゆる制度《せいど》疲労《ひろう》に陥《おちい》っているということで、新しい制度が必要になってきた時であった。それが王政《おうせい》復古《ふっこ》なのか、公武合体《こうぶがったい》なのか、それとも西洋流の民主的なものなのか、それは解らなかったが、とにかくいまのままの幕府組織、運営では、難局《なんきょく》への対応は不可能となっていたのである。

二つめの理由は、ハリスなどの来日による諸外国との関係である。これからは、否応なしに国際化の時代に入るので、それを乗り切っていくには、新しい国政が必要である。

このように、徳川幕府のトップに座る慶喜は、

(徳川幕府の存続を考える)

よりも、

(国際化の中での日本の未来を考える)

という、冷静で、スケールの大きい人物だったのである。

それを実現するチャンスを、どのような時に、どのような形で掴《つか》んだらいいのか、それを考えていた慶喜のところに飛び込んできたのが、鳥羽伏見の戦いでの幕府軍の敗北であった。

(これぞ、チャンスだ……)

そう直感した慶喜は、夜陰《やいん》にまぎれて船に乗り、大阪から江戸に戻ったのである。

表面上は、幕府軍は負けたという形をとりながら、慶喜が新生日本誕生の第一歩の火ぶたを切ったのである。勿論この慶喜の心の内は、慶喜以外は誰一人として知らない(もっとも、勝《かつ》海舟《かいしゅう》、山岡鉄舟《やまおかてっしゅう》、関口隆吉あたりの、ごく側近の者には打ち明けていたかも知れない)。

それとは知らずに薩長軍は勢いに乗って、官軍と称して江戸に攻撃を仕掛けた。幕臣たちは、慶喜の不甲斐なさを嘆き、官軍に抵抗したが、慶喜の心は、遠い日本の将来を見つめ、冷静不動であったのである。

明治新政府がスタートすると、慶喜はこのような心境を胸の奥深くに秘めて、静岡に居住し

たのであったから、（一矢《いっし》を報《むく》いてやろう）などという気持など全くなく、逆に、（うまく新政府の運営が成功し、自分が考えている新しい日本がはやく誕生してほしい）と願っていたのである。

しかし、薩長軍を中心にした新政府には、そうした慶喜の深い心の底などは判らない。いつまた西南戦争や、萩の乱、佐賀の乱などと同じような乱が、慶喜の居る静岡から起こらないとも限らないと、戦々恐々《せんせんきょうきょう》とした眼で絶えず静岡県を眺めていたのに違いなかった。

そのような新政府の視線が、慶喜にはよく判った。だからその防止策をつくる必要があった。それが慶喜の趣味《しゅみ》への道だった。

慶喜には、写真《しゃしん》、絵画《かいが》、刺繍《ししゅう》、投網《とあみ》、狩猟《しゅりょう》、作陶《さくとう》、サイクリング、その他多くの趣味があった。気分の赴くままに次から次へと趣味に手を伸ばし、静岡在住の三十年間は、趣味に遊び暮らしたという感があった。それは勿論、あり余る時間と金と才能があったから出来たのであったが、そこには慶喜のある意図が隠されていたのである。それは明治新政府に対する一種のデモンストレーションであった。新政府は、

（いつ慶喜が反乱を起こすか判らない）

と警戒の眼を光らせている。それに対して慶喜は、わざと多趣味に溺《おぼ》れて、

（これこの通り、私は趣味の世界に満足して生きており、反乱の意図などありませんからご安

心下さい。私のことなどに気を掛けないで、新しい政治をしっかりやって、立派な新しい日本を創って下さい）

という、新政府へのサインだったのである。

ちょうど忠臣蔵で、大石内蔵助《おおいしくらのすけ》が仇討《あだうち》の意思をカモフラージュするために、祇園一力茶屋《ぎおんいちりきちゃや》で遊《あそ》び戯《たわむ》れたデモンストレーションに、ちょっと似ているのではなかろうか。

明治政府に対する慶喜のデモンストレーションは、もう一つあった。それは、滅多に人に会わないことだった。慶喜には諸大名や幕臣をはじめ、人脈が多い。しかし慶喜は、一、二の例外を除いて、めったに人と会わなかった。それは、たとえどのような用件で人に会っていても、新政府から、

（反乱の密談をやっているのではないか）

と疑いの眼で見られる危険があったからであった。だから、わざと人に会わないのだった。慶喜は、

（趣味に溺れ、人に会わない変人、孤独な人）

と見られようと平気であった。いや、そのように見られるように、わざと自作自演していたのである。

（あんな有り様では、とても反乱など起こす心配はない）

と新政府を安心させると同時に、

（そんなことを心配する暇があったら、少しでもよい政治に励《はげ》め）

と、新政府にはっぱを掛けているのだった。

こうした意味において、慶喜の趣味の生活は「遊び」ではなく、「修業」であり、新政府へのリモートコントロールであり、新生日本誕生への「祈り」だったのである。

そのような慶喜を、明治十七年（一八八四）から、静岡県令、静岡県知事の立場から精神的に支えたのが、関口隆吉だったのである。

慶喜が大阪から船で江戸へ帰って以来、慶喜が心に期しているのは、「新生日本」の誕生であった。しかし将軍という立場上、自ら前向きに動いて実現することができない。そこで、あえて朝敵という逆の立場に立つことによって、慶喜は新生日本の誕生をリードしたのであった。

歴史の表面上では、明治維新は薩長の力によって出来上がったとされているが、実際は見えないこのような慶喜の動きによってリードされていたのである。

静岡県知事になってからの関口隆吉は、同じ静岡県に居るとはいえ、あくまで県知事であるから、勿論、県政に専念した。

しかし折を見ては慶喜の所を訪ね、そのような慶喜の心を慰め、励ましたのであろう。

関口隆吉の前任の大迫県令や奈良原県令は、慶喜の多趣味の本当の意味を理解することはできなかった。しかし隆吉には、慶喜の心の中がよく判ったから、慶喜の、(趣味という修業)を精神的に支えたのであった。慶喜としても心強かったに違いない。慶喜と隆吉の二人三脚の政治とは、このことである。

こう見てくると、日本の幕末や明治維新を論ずるに当たって、一番広い世界観を持ち、新生日本への明確な先見性と実行力を持っていたのは、西郷隆盛でも、大久保利通《おおくぼとしみち》でも、坂本竜馬《さかもとりょうま》でもなく、徳川慶喜だったのである。

もし、慶喜がそのような志を持たず、すんなり大政奉還していなかったら、日本国内は、「応仁の乱《おうにんのらん》」のような大戦乱となり、日本の近代化が閉ざされると共に、中国の阿片戦争《あへんせんそう》のように、欧米列強国《おうべいれっきょうこく》に蹂躙《じゅうりん》されたかも知れないのである。

明治維新の第一の功労者、それはまさに十五代将軍徳川慶喜であり、それを支えたのが、初代静岡県知事の関口隆吉であった。

(十一)　列車事故に遭遇

明治二十二年(一八八九)二月十一日、明治憲法が発布され、同時に皇室典範《こうしつてんぱん》も公布された。

政府は、各府道県に勅使を遣《つか》わして、御陵《ごりょう》や招魂社《しょうこんしゃ》（維新前後に国家のために殉難《じゅんなん》した人を祀《まつ》った神社）に憲法などが公布されたことを報告することになった。静岡県知事《しずおかけんちじ》関口隆吉《せきぐちたかよし》は、この勅使《ちょくし》の大命を賜《たま》わったが、たまたま在京中であったため、直《ただ》ちに静岡県庁に連絡して、県内関係者にその旨《むね》を知らせた。

同年四月、愛知県では、名古屋の招魂社において招魂祭を執り行うことになった。隆吉は、隣県知事としてこれに出席することになり、明治二十二年（一八八九）四月九日に開通したばかりの官営鉄道の東海道鉄道で、名古屋に出発することになった。

東京と神戸を結ぶ東海道線の全面開通は、明治二十二年七月一日である。東海道本線と呼ばれるようになるのは、さらに二十年後の明治四十二年である。

ところが、公務多忙な隆吉は、九日には出発できず、その翌十日も県庁内で公務に忙殺《ぼうさつ》されてしまった。

そのために、ぎりぎりの十一日に県庁を出て、静岡停車場《しずおかていしゃば》から汽車に乗車することになった。しかし生まれつき真面目《まじめ》で、仕事第一人間であった隆吉は、十一日も出発間際まで書類の決裁や、仕事の指示をしていたため、予定していた旅客列車の出発時刻に間に合わなくなってしまった。

この当時は、出掛ける時間ぎりぎりまで執行しなければならないほど、職務規律が厳しかったといえるのかも知れない。

そこで隆吉は、やむを得ず、土木工事資材運搬のための臨時貨物列車に乗って、名古屋に行くことになったのである。

隆吉は、幕臣の時代から山口県令時代までの間に、死を賭《と》して戦場を駆《か》け廻った経験が幾度もあったので、貨物列車に乗って旅行するなど、日常生活の延長程度と考えていたであろう。

明治二十二年（一八八九）四月十一日、隆吉は、県庁の役人と一緒に貨物列車に乗り込んだ。

だが、不運にも、臨時の貨物列車に乗ったばかりに、思いもかけない大事故が隆吉を襲ったのである。

隆吉の乗った下り十五号貨物列車は、静岡停車場を発車して西へ向かった。開通当初のこの時点では、東海道線は単線運転であった。

隆吉の乗った貨物列車が、安倍川鉄橋を渡って静岡の用宗《もちむね》付近まできたのは午前十一時八分、その頃、同じ線路の上を、上り五号普通旅客列車が、汽笛を大きく鳴らしてこちらへ向かって進んで来たのである。このままでは、正面衝突《しょうめんしょうとつ》してしまう。

驚いた両方の機関士は、

「危ない！　馬鹿者、汽車を止めろ……」

とお互いに、相手の機関士を怒鳴《どな》りつけたが、相手の機関士に聞こえる筈《はず》がない。すぐさま急ブレーキを掛けたが、双方とも機関車の罐《かま》に燃料の石炭を目いっぱいに投げ込んで、蒸気機関の圧力を上げている最中であったので、汽車を止めることは不可能であった。

（間に合わない、もう駄目だ）

両方の機関士がそう思って眼をつぶった瞬間、

「ギ、ギ、ギーッ！　どどどーん」

機関車同士が、物凄《ものすご》い大音響《だいおんきょう》を立てて正面衝突したのである。

隆吉一行は不運にも、開通したばかりの東海道鉄道で、最初の正面衝突事故に遭《あ》ってしまったのである。

このときの隆吉は、貨車の後方の壁に寄り掛かって座っていたが、衝突の衝撃《しょうげき》で、どーんと前へ投げ出され、思いっきり前方の壁に叩きつけられてしまった。

が、その瞬間、運悪《うんわる》く、すぐ後ろの車両《しゃりょう》に積んであった工事用の鉄材約二十トンが、衝突の衝撃で、隆吉一行が乗っていた車両に「どどっ」と崩《くず》れて雪崩《なだれ》込んできたのである。一瞬《いっしゅん》のことだった。

隆吉が乗っていた貨車には、県庁の係官など十八人が乗っていたが、その中の三人が鉄材の下敷きになって即死した。残りの十五人も鉄材が当たって重傷を負った。

隆吉も左脚の踝《くるぶし》の下に、鉄片が突き刺さる重傷を負った。傷は十五センチほどであったが、出血多量でズボンがべとべとになってしまった。

たまたまこの貨車には、隆吉と共に牧之原茶園の開拓に尽力した大草高重《おおくさたかしげ》が、名古屋に行くために同乗していた。大草は、隆吉の向かい側にいたので、二人は折り重なるようにして、鉄材の下敷きになった。

丁度《ちょうど》隆吉が大草をかばうような形になっていたので、大草の方が、傷は浅いようであった。大草は、鉄材の下敷きになって、ぐったりしている隆吉の耳元へ口を近づけて、

「先生！　先生！　大丈夫ですか……」

と大声で呼びかけると、隆吉は、大草の顔を見て、わずかにうなずき、

「先生って、私のことか？　日頃、俺、お前と呼び合う二人の仲で、先生と呼ぶとは他人行儀なことよ、ははは……」

と笑ったので、大草は、この元気なら大丈夫だと思い、一安心した。

しかし隆吉の顔面は蒼白で、大怪我《おおけが》を負っていることが大草にもわかった。

だが、事故の起こったところが、田圃の真ん中であったので、負傷者の救出は、容易なことではない。

何分にも大量の鉄材が、乗客の上にめちゃくちゃに雪崩落ちたのであるから、負傷者が自力《じりき》で取《と》り除《のぞ》けることなど、とてもできなかった。

積み荷の鉄材を取り除き、貨車の外に救出されるまでには三十分以上もかかった。さらに線路は人家から離れており、衝突した場所は田圃の真中であったから、救援の医師が駆け付けて手当を受けるまでに、一時間以上もかかってしまった。

事故の知らせを受けた隆吉の養嗣子《ようしし》の隆正《たかまさ》は、すぐさま事故現場《じこげんば》に駆けつけると、途中で、担架《たんか》で運ばれて来る隆吉に出会った。

「父上、しっかりして下さい」

隆正が隆吉に声を掛けると、隆吉は、

「隆正、タバコをくれ……」

と、しっかりした声で隆正に言った。隆正が煙草《たばこ》に火を付けて、父の唇《くちびる》にくわえさせてやると、煙草を吸い、煙をふーっと吐いて、

「うまいな……」

そう言って笑顔を見せた。しかし、血の気がなく青ざめた父の顔を見た隆正は、常に意気軒昂《いきけんこう》の父のことであるから、重傷《じゅうしょう》であるにも拘《かかわ》らず、心配かけまいと軽傷に見せているのだろうと、思わず目頭が熱くなってきた。

それから隆吉は、担架で私邸に運ばれて、医師の手当を受けるのであるが、出血がひどく、相当な重傷であることは素人目にも明らかであった。

ゆっくり担架で私邸に運ばれた隆吉は、脇門から新築の茶室の方へ行こうとしたところ、

「ちょっと待て、そっちは駄目だから、玄関から上がれ……」

隆吉はそう指示したが、後から考えると、自分で死期を予知していたのであったのかも知れなかった。

翌日の明治二十二年（一八八九）四月十二日の容態《ようだい》も芳《かんば》しくなかった。しかし隆吉は、看病に付き添っている人たちに、努《つと》めて明るく振る舞っていたが、体温も脈拍数《みゃくはくすう》も上がってきて、隆吉の体調に異変が起こっていることが判った。

それでも夕方には、僅《わず》かに寝返りができる程度になったが、全身の疼痛《とうつう》はひどいようで、自分では何も動作ができず、洋服も着たままであった。

夜になって、さらに体温も脈拍も上がってきたが、一言も苦痛を言ったことはなかった。

隆吉の治療には、静岡病院長の井上豊作《いのうえとよさく》、医師大川宗炳《おおかわそうへい》、同柏原学而《かしわばらがくじ》、静岡監獄医長の坂《さか》主鉞太郎《ぬしえつたろう》、医師清水性一《しみずせいいち》たちが当たっていた。

隆吉は、隆正を枕元に呼んで、

「よいか、新聞にでかでかと書かれることのないように注意しなさい。また、世間を驚かすようなことがあってはいけないから、そのように関係先によく注意するように伝えてくれ。それ

から私の治療のために、東京から医者を呼ぶのではないぞ。私は静岡県の知事であるから、静岡の医者に治療してもらいたい。間違っても、東京から医者を呼ぶではないぞ」

と大げさなことを嫌い、そして、常に地元を重視している県知事としての姿勢を、瀕死《ひんし》の重傷の時でも、示したのであった。

その翌日の明治二十二年（一八八九）四月十三日も、怪我の状況は変わりがなかった。が、隆吉の顔にむくみが出てきて、病《やまい》が進行しているように感じられた。そのため側近の伊志田友方《いしだともまさ》書記官が、隆吉には内緒で上京し、内閣総理大臣の黒田清隆《くろだきよたか》と内務大臣の平田東助《ひらたとうすけ》に対して、東海道線の列車衝突事故で静岡県知事が負傷した旨を報告した。

東京から帰ってきた伊志田書記官は、知事の病の様子が単なる怪我という程度のものでないような気がして、一刻も早く専門医に診察させる必要があり、このまま包帯を巻き替える程度の治療では、取り返しのつかないようなことになりはしないかと、気が気でならなかった。

そこで伊志田書記官は、村田豊《むらたゆたか》書記官や隆吉が幕臣であった時から友人であった相原安次郎《あいはらやすじろう》警務部長らと協議した。そして隆吉の了解を得ずに、その翌日（四月十四日）の一番列車で再び上京し、ドイツ留学を終えて帰国した、名医の評判が高い順天堂《じゅんてんどう》の佐藤進博士の往診を要請した。

伊志田書記官の様子からそんな空気を察知していた隆吉は、病室に県庁の役人を呼んで、病

床にあって居ずまいを正し、

「諸君が病気の時には、東京から名医を招いて診療を受けるのもいいだろう。だが私は、いやしくも静岡県知事である。今は静岡の医師に診察、治療を受けているのであるから、もしこれで死んでもなんら思うことはない。静岡県知事が、静岡の医師を差《さ》し置《お》いて、東京から医師を呼んだのでは、静岡県民に申し訳がたたない。だから、決してそのようなことはしないで欲しい。よいな、判ったな……」

と真剣な眼差《まなざ》しで指示するのであった。すると役人たちは、

「ハイ……」

と返事をしたものの、その時には、既《すで》に、伊志田書記官が上京した後だったので、県庁の役人一同は、もじもじして、隆吉の顔をまともに見ることができなかった。

伊志田書記官が、黒田首相らに、隆吉が鉄道事故で重傷を負ったことを報告した四月十三日には、有栖川宮熾仁親王《ありすがわのみやたるひと》からのお見舞いと病状経過照会の電報が入り、慶喜《よしのぶ》公は、お使者を遣わして、お菓子と鶏卵をお見舞いに下された。

一方、政府からは、井上鉄道局長から丁重なお見舞いが届き、宮家、首相、大臣を始め、各界各層から三百余のお見舞いが来た。

四月十四日になると、容態が次第に悪化してきた。伊志田書記官の報告によれば、佐藤医博

の往診は、十八日以降とのことであったので、さらにお願いするべく再度伊志田書記官が上京した。

その翌日（四月十五日）、多少気分がよくなった隆吉は、看護婦に、こっそり頼んで筆記用具の墨、筆、紙などを用意させ、仰臥《ぎょうが》したまま、徳川慶喜あてに手紙を書き始めた。

さて、私め隆吉は、汽車の正面衝突事故により、不測《ふそく》の負傷を負い、三位《さんみ》様、田《た》安《やす》様よりお見舞いを頂戴し、まことに有り難く厚く御礼申し上げます。その折に容態についてお尋ねがありましたので、概《おおむ》ねのことは申し上げましたが、私が負傷いたしましたことは、鬼神《きしん》にあらずば致し方なきことと思っております。

汽車が衝突いたしましたときは、どうすることもできませんでした。私は目の前に崩れてきた鉄材二本を直正面に受けました。傍《かたわ》らにも三人がおり、前にいた御婦人（陸軍士官安田某の母堂）などは、飛び上がって倒れましたが、その後どのようにしておられるや気になる次第であります。同じ貨車に乗っておられた人でも、死せる人も三人おり、また、軽傷の人も三人いたようであります。

私は左脚のくるぶしあたりを負傷いたしましたが、軽傷であります。まだ痛みますが、医師たちがよく治療してくれますので、四月中には必ず全快いたします。十一日の事故以来、初めて筆をとりました。気分は平常の通りでありますが、五体が不自由でありますので、大変乱筆にて申し訳ございません。非礼《ひれい》のこと宜しくご寛容《かんよう》くださいますようお願い申し上げます。

と重傷にも拘らず、隆吉は、徳川慶喜には、何を措《お》いても自分で筆をとり、お礼を申し上げねばならないと思って書いたのである。

誠実な隆吉ならではの、心情《しんじょう》が滲《にじ》み出た手紙である。

文中には、同乗者《どうじょうしゃ》の容態を心配し、自分のことは、ことさら軽傷で、直《す》ぐにも完治《かんち》するように書き、また、事故のときの様子をユーモラスに明るく書いて、少しでも慶喜に心配かけないようにとの配慮《はいりょ》が見受けられる。仁政《じんせい》第一とする関口隆吉知事の真骨頂《しんこっちょう》が現れている。

常に病室で看病している隆正が、少しの間病室を離れたときに、隆吉は慶喜あての手紙を書いたのである。隆吉が手紙を書いたことを隆正は、診察に来た医師から聞かされるまで、全く知らなかった。医師は、

「閣下が手紙を書いておられたが、病状によくありません。今は大事な時ですから、今後は厳《げん》重《じゅう》にご注意を願います」

ときびしく言われて、隆正は大いに驚き、直ぐに病室に入って、病床の父隆吉を見た。

隆吉は、手紙を書いて疲れたのか、眼を閉じて、肩で呼吸をしていた。隆正は、じっと父の顔を見つめていたが、時にはきびしく指導し、あるときには優しい眼差しで語りかけてくれた過ぎし昔の頃を思い出して、眼が潤《うる》んでくるのを抑《おさ》えられなかった。

ややしばらくすると、隆吉は、眼を閉じたまま、

「隆正か、何時《いつ》来た……　徳川様にはご返事を出してくれたか」

とやや弱々《よわよわ》しい声で訊《たず》ねた。

「一昨日、田安様あての郵便と一緒にお出ししました」

そう隆正が答えると、

「そうか、ご苦労でした……」

隆吉は安心したのか僅かに眼を開け、隆正の顔を見てほほ笑んだ。

「父上、手紙は言って下されば私が書きます。これからは、決して筆など持たないで下さい」

ややキツイ口調で隆正がたしなめると、暴漢が竦《すく》みあがるほど貫録のある隆吉が、このときばかりは、いたずらがばれて照れ隠しに首を引っ込め、ちょろりと舌を出す子供のようなしぐさを見せて、窓の方に顔を向けじっとしていた。

それから隆吉は、もじもじしながら、いま書き終えたばかりの別の手紙を、そっと布団《ふとん》の下に隠《かく》したが、それが隆正に見つかってしまい、隆吉は、「にやっ」と照《て》れ笑《わら》いして、首をすく

めた。

この手紙と「潜叔《せんしゅく》並びに清見寺に与《よ》するの書」が、遂に静岡県知事関口隆吉の絶筆《ぜっぴつ》になるとは、隆吉も、隆正も、知《し》る由《よし》もなかった。

明治二十二年（一八八九）四月十五日、伊志田書記官は上京して、榎本武揚逓信《えのもとたけあきていしん》大臣を訪問して、佐藤博士の往診を早めて下さるようにお骨折り願いたいと頼み、さらに松方正義《まつかたまさよし》大蔵大臣を訪問して医師の派遣を要請したところ、佐藤博士は予定を変更し、来静の日を一日早めて四月十七日に診察を受けることができた。

この日は、井上鉄道局長と久能山東照宮宮司の柳沢保中伯爵《やなぎさわやすなかはくしゃく》が見舞いに来て、親しく病状を問われていた。

このとき隆吉は、周りにいる者たちに、

「見舞客に心配をかけてはならないから、決して病状が重篤《じゅうとく》などと言ってはならぬ……」

と箝口令《かんこうれい》を敷くのであった。

いよいよ四月十七日、佐藤進博士が来診して病状を詳細に調べた。

「これは重症です。破傷風《はしょうふう》に罹《かか》っています。いま直ぐ、脚を切断する以外に助かる道はありません。両方の脚に赤紫色《あかむらさきいろ》の腫瘍《しゅよう》（はれ）がきているのは、負傷の際に鉄銹《てつさび》の中に含まれた黴菌《ばいきん》が、繁殖《はんしょく》して全身を冒《おか》し始めている徴候《ちょうこう》です。脚を切断しても治《なお》るかどうか判りませんが、万が一つの僥倖《ぎょうこう》を望むのみです。どうか、ご家族皆さんでご相談下さい。手術は一刻も猶予《ゆうよ》はできません。手術をするか否《いな》か、早くお知らせ下さい」

佐藤博士はそう言って家族の顔を見渡した。しかし、家族は、脚を切断するか否かを決めかねて、とにかく治療を続けてもらうことを、佐藤博士にお願いするしか結論は出なかった。

佐藤博士は、病室に詰めている地元の医師たちと相談して、直ちに大腿部《だいたいぶ》と下腿筋肉《かたいきんにく》に、数箇所注射して、毒素《どくそ》の上進《じょうしん》を防《ふせ》ぐ手当てを施《ほどこ》した。

この日、徳川慶喜は、自ら隆吉の病室を訪れて、

「関口君、君の協力があったればこそ、予《よ》は自分の理想を実現することができた。そしてこうして静岡に隠棲《いんせい》することができたのだ。水戸に謹慎《きんしん》していたときも、大名たちから色々と誘いがあったが、君が大名たちから予を護《まも》ってくれたのだ。あの時の君の計《はか》らいがなかったら、予が目指した天皇親政《てんのうしんせい》と平和日本の建設はこのように早く実現しなかったであろう。牧之原茶園も、君の支援のお陰で運営し、輸出もできるようになった。君が山形にいるときも、山口にいるときも、牧之原の開墾にはずいぶん金銭的にも世話になった。中条君《ちゅうじょうくん》も、大草君《おおくさくん》も予のところに近況報告に来るが、いつも、

『関口知事の応援がなければ、牧之原の開拓も挫折《ざせつ》するところだった。関口知事は我らの恩人です』

と感謝の言葉を述べている。予もその通りだと思っている。だから関口君、君にはこれからも、もっともっと日本のために、活躍してもらいたい。ぜひ一日も早く全快して、元気な顔を見せて欲しい。これが予の願いだ、しっかり療養して下さい」

と、隆吉を親しく慰《なぐさ》め、励《はげ》まして、見舞金百円を賜わった。このとき、徳川宗家《そうけ》十六代家達《いえさと》も同じ日に使者を遣わして見舞った。

隆吉は、思いがけない慶喜の言葉に感激して、

「日ならずして全快します。そしてお邸に参上します。そのときは、是非とも囲碁《いご》をお手合わせ願います。どうか作戦を練《ね》ってお待ちになって下さい」

と努めて明るく申し上げると、慶喜は、

「これまでは、いつも君の妙手《みょうしゅ》にしてやられたが、今度はそうはさせない。予が白を持つように腕を磨《みが》いておくからな……」

人前ではあまり冗談を言わない慶喜も、顔を赤らめてそう言うと、隆吉の手をしっかり握り、こみ上げてくる感情をこらえていた。

やがて閉じた慶喜の両の眼から、涙が一筋隆吉の手に流れた、と佐藤博士にはそう見えた。

その日の夜、看病する人たちを下がらせた隆吉は、病室に養嗣子の隆正夫妻、それに十四歳

の次男である出《いずる》と、妻の静子の四人だけを呼んで、後事を託すとともに、

「よいか、借りたものは、必ず返さなければならない。貸したものは督促《とくそく》してはならない。しかし、私は今すぐ返さなければならないものは少なく、貸してあるもののほうが多い。私が死んだ後、借りを返すという者がいたら、それは受け取っておけばよい。遺産《いさん》なぞたいしてないが、それだからといって、誰か返してくれる人はないかなどと思ってはならない」

「……」

「それから、私が死んだら臨済寺《りんざいじ》に葬《ほうむ》ってくれ。墓石《はかいし》の図は、前に書いておいたから、それで造ってくれ。決して大きな墓を造ってはならない。また、麗々《れいれい》しく讃辞《ほめことば》など刻《きざ》んではならない。しかし、私の死後に、もし朝廷から特別のおぼしめしを賜わるというようなことがあったら、それは有り難くお受けして、墓の側らに刻んでよい」

と戒《いまし》められた。

これは、あたかも二宮尊徳《にのみやそんとく》が死の直前に、子息や弟子を枕元に呼んで、

『我が死、既に近きにあらん。我を葬るに分を越えることなかれ。墓石を建てることなかれ。碑《ひ》を建てることなかれ。只々《ただただ》土を盛り上げて、その傍らに松か杉を一本植えておけばそれでよい。必ず我が言葉を違《たが》えるなかれ……』

と遺言した故事《こじ》を踏襲《とうしゅう》したかのようであった。

次男の出《いずる》は、隆吉の遺言で、明治二十二年十二月十五日に慶喜の筆頭家扶新村猛雄《しんむらたけお》の養子となるのであるが、このとき静岡中学校生徒であった。新村出は、後に国語学者《こくごがくしゃ》となり、広辞苑《こうじえん》の編者《へんしゃ》として著名になる。昭和三十一年（一九五六）に文化勲章《ぶんかくんしょう》を受章する。

その後隆吉は、親族たち十数人を病室に入室させ、

「新陳代謝《しんちんたいしゃ》というものは、花や草木ばかりではない。人生も同じである。今、一かけらの氷を口に入れれば、たちまち溶けてなくなる。人の命もそれと同じで、お前たちは、私が死んでもただただ悲しんではならない。悲しんでいるよりは、しっかり勉強し、努力して、一族仲良く援《たす》け合い、世のため、国のために役立つ人間になって欲しい。それを見て、私は成仏《じょうぶつ》できるのだ」

としっかりした口調で、言い遺《のこ》した。隆吉は、常に天皇親政を考え、報徳の教えに従って奉仕の精神を貫くことが、仁の心に従うことであるということを、皆に教えたかったに違いない。

それから隆吉は、静かに眼をとじて、深い眠りに入っていくのであった。

今日は、永い一日であった。養嗣子の隆正は、父の顔をじっと見つめながら、寝ずの看病を続けるのである。

（十二）危篤に陥る

明治二十二年（一八八九）四月十八日の未明になって、隆吉《たかよし》の容態《ようだい》は急変し、発熱と苦痛のためにうわごとが漏《も》れるほどだった。

静岡に滞在して治療に当たっている佐藤博士は、直《ただ》ちに患部《かんぶ》に、メスを入れて血膿《ちうみ》を取《と》り除《のぞ》くなど可能な限りの処置をしたところ、容態もやや好転して眠りに入ったので、看病する人たちも、やや安堵《あんど》した。

夜半になって隆吉は、ふと眼を醒《さ》まし、交代で看病に当たっている書記官の伊志田友方《いしだともまさ》、同じく村田豊《むらたゆたか》、警務部長の相原安次郎《あいはらやすじろう》を近くに呼んで、

「私の命はそう長くはあるまい。東京からも名医が来て診察して下さっているようだが、自分の寿命《じゅみょう》は自分で判《わか》る。そこで、我が静岡県の行政について、言い残しておきたい。これが取り越し苦労に終われば、それにこしたことはない」

「知事閣下、なにをそんな弱気《よわき》なことをおっしゃいます。佐藤先生も、峠は越したから大丈夫だ、とおっしゃっておられるではありませんか」

と、三人は、代わる代わる隆吉を励まし慰めたが、

「いや、ありがとう……　私だって、こんな病気で死にたくはない。しかし、これも寿命とあ

ればいたしかたない。三人とも、私を支《ささ》えてよくやってくれました。礼を申します」

まず始めに隆吉は、明治十七年（一八八四）九月に、静岡県令として着任以来、五年間の行政に対する協力に感謝の意を表し、次いで、

「それからあまり猶予《ゆうよ》もできないから、次に私がいうことを、直《す》ぐにやってもらいたい。できることならば、私の息のあるうちに県の上級所轄長官である内務大臣に内申《ないしん》し、かつ、枢密院《すうみついん》議長の伊藤博文《いとうひろぶみ》閣下と、勝海舟《かつかいしゅう》伯爵のお二人に上申《じょうしん》することにより、私の考えが内閣諸大臣から賛成していただけるならば、この上ない幸せである。村田君、君に頼むから、大至急上京してもらいたい」

と言って、隆吉はいつ書いたのか、一通の手紙を枕の下から取り出して、村田書記官に手渡した。内務大臣あての手紙は、

（事故の経緯《けいい》と、医師団の献身的な治療の経過と謝意を述べ、かつ、緊迫した県政の現況に対する所信を述べて、詳細《しょうさい》は、書記官の村田豊にご下問《かもん》願いたい。重篤《じゅうとく》な現在、書面では意を尽くせない。どうか私の言わんとするところをご賢察《けんさつ》願いたい）

という簡潔なものであった。隆吉は、村田豊書記官に、

「村田君、今から私の所信を述べるから、この点を各大臣に強調して伝えてもらいたい。

第一は、国が健全な発展をするには、まず地方の健全な発展が必要である。したがって、中

央政府において政治を執《と》る者は、中央集権に陥《おちい》ることなく、如何《いか》にして自律自営《じりつじえい》の地方（府県）を育成するか、常に念頭において、政治を行って欲しいのだ。

かつて二宮尊徳翁《にのみやそんとくおう》は、君民《くんみん》は、ちょうど一本の木のようなもので、君主が幹で、領民は根である。幹は尊《とうと》くて上にあり、花を咲かせ、葉を茂らせる。根は土の中の水気を吸って、幹や枝を養う。その水気を吸うのは細い根である。細い根がなければ、幹は太らず、枝も葉も花も養えない。国家も同様で、地方が疲弊《ひへい》すれば、国家の財政は賄《まかな》えない。国政に携《たずさ》わる者は、よろしく君民一体の理《り》を知り、地方に政治の眼を向けて欲しいものだ。

と説いている。この理論を是非政治に生かされたい。

第二に、日本は王政復古《おうせいふっこ》以来、二十余年を過ぎ、近代国家として躍進していることは、喜ぶべきことであるが、その中において、常に地方の育成、地方行政の充実を忘れてはならない。

二宮尊徳翁は、ある藩の重臣から、藩財政再建《はんざいせいさいけん》の道をたずねられた。よくよくその理由を質問すると、藩の財政再建のみを考えて、領内のことには触れていない。

『その本《もと》乱れて末治《すえおさ》まるはずはない』

とあるように、国家の本は領内で、藩そのものは末である。しかるに、その本たる領内を捨てておいて、末たる藩の財政のみを再建しようとしても、順序が違うのであるから、成果は期待できないであろう。本当に藩財政を再建しようとするならば、民政も共に改革しなければ、藩財政の再建はできない。

と藩主にも重臣にも、篤《とく》と諭《さと》している。

各大臣にあっては、地方民政を名実ともに充実して、新生日本の建設にご尽力願いたい。

隆吉は持論《じろん》の民政について論じたのである。

隆吉の所信の説明は、一時間余りであったが、少しも疲れた様子を見せず、理路整然《りろせいぜん》と話す態度は、いかにも才能豊かで、経験《けいけん》と研鑽《けんさん》を積み、大局《たいきょく》を見抜く鋭い政治感覚を身に付けた実力派政治家の面目躍如《めんもくやくじょ》であった。

村田書記官は、その日に上京して、松方内務大臣を始め、伊藤枢密院議長、各大臣、及び勝伯爵などに面会し、関口県知事の言葉を伝えた。

各大臣は、いずれも隆吉の至誠溢れる忠愛の精神と、綿密周到《めんみつしゅうとう》な政治姿勢、施策《しさく》を聞いて大いに感銘《かんめい》し、隆吉の見識《けんしき》にすべて賛成し、今後これらを着々実行すると約束した。その上で、

「国家のために、くれぐれも療養に努められ、一日も早く全快されるようお祈りします」

という伝言を、村田書記官に託された。

この、死を目前にして、瞬時《しゅんじ》たりとも県政を忘れない態度を見ただけでも、隆吉が権勢欲に無縁、かつ、清廉潔白で、立身出世のために、中央に媚《こび》を売り、すり寄るが如《ごと》き人間でないことが明らかである。

平成の今日、地方への権限移譲、地方自治の確立、地方経済の重要性などということが叫ばれているが、すでに隆吉は、この時代にしっかりと、自分自身の考えとして持っていたのである。

関口隆吉こそ、地方自治の原点を、死をもって明示したといえよう。

（十三）関口隆吉の終焉

明治二十二年（一八八九）四月十八日の午後一時、順天堂の佐藤進博士と井上豊作静岡病院長は、連書の診断書を添えて、隆吉《たかよし》の病状を内務大臣と宮内大臣に報告した。

その日の午後七時五十分、宮内大臣から、

天皇皇后両陛下、負傷の容態を御心配されて御下問あり、御見舞いとして御菓子を賜わる。御品は明日贈られる。

という電報が隆吉の病室に届けられた。

この夜、松方内務大臣の代理の大森鏡一書記官、駅逓《えきてい》次官の前島密《まえじまひそか》、加藤評定官が相次いで、見舞に来静した。

さらに翌日（四月十九日）、天皇の御言葉と共に御菓子一匣《ひとはこ》を賜わり、特別の思し召しにより、従三位に叙《じょ》すという宮内大臣土方久元《ひじかたひさもと》の宣旨《せんじ》（公文書）と位記を拝受した隆吉は、再三つつしんでこれを拝読して、傍らの養嗣子《ようしし》の隆正《たかまさ》に、

「生前に、特旨《とくし》による叙位《じょい》を賜わることなど、私が初めてであろう。まことに有り難く、勿体《もったい》ないことである。本来ならば、威儀を正してお受けすべきであるが、今の私は怪我のためにそれができない。隆正、お前は私に代わって斎戒沐浴《さいかいもくよく》し、つつしんで宮城《きゅうじょう》を遥拝《ようはい》して、陛下の御恩に御礼を申し上げてくれ……」

と感激の涙を流すのであった。

後日のことであるが、隆吉の病状について、有栖川宮《ありすがわのみや》も、徳川慶喜《とくがわよしのぶ》、家達《いえさと》も、共に我がことのように心配され、特に脚の切断手術には反対の意を表わされたということであったが、切断見合わせの報を受けて、安心されたと伝えられた。

四月二十一日、東京から村田豊書記官が帰り、内務大臣の松方正義《まつかたまさよし》直筆の手紙を隆吉に見せて、内閣各大臣の言葉を報告し、誠意ある隆吉の所信はすべて了解されて、必ずや実行されることになる旨《むね》を伝えると、隆吉は、

「僭越《せんえつ》なる我が所信を披瀝《ひれき》したが、各大臣方はこれを受けていただき、まことに感銘に堪《た》えない。私の命は、もはやいくばくもない。しかし、これで思い残すことはない。唯々《ただただ》、恐れ多いことは、陛下の御恩にお報いすることができないことと、内閣総理大臣ほか大臣諸公のご厚意にお応えできないことである。できることならば、今一度、療養に専念して、再びご奉公したいものである。この気持に偽《いつわ》りはない。そこで、ここにおられる諸君にお願いしたいことは、ぜひとも心を合わせ、協力一致、公務に精励していただきたいのだ。自分の利益を考えず、県民のための仁政第一とすることを、肝に銘じていただきたい。どうかよろしく頼みます」

そう言い終わると隆吉は、一人頷《うなず》き、眼を閉じた。

この日、内務大臣の松方正義は、軍医高木兼寛《たかきかねひろ》を見舞いとして差し向け、診察させた。

宮内大臣の土方久元は、村田書記官に対して、

「陛下が、隆吉の病状を大変心配しているので、静岡から電報が来る都度、その内容を御報告申し上げている。したがって、これからも引き続き経過を知らせて欲しい」

と依頼した。このことを知った隆吉は、陛下の御情に対し奉り、

「なんと勿体ないことである。陛下の御心を汚《けが》して、恐れ多い極みである……」

と感激して、涙が止まらなかった。

その後の病状は、一進一退、看護する家族や側近を喜ばせたり、心配させたりした。

月が替わって、明治二十二年（一八八九）五月二日、有栖川宮からお見舞いの使者があり、洋酒を賜わった。さらに、徳川慶喜からは、侍医局長の池田謙斎《いけだけんさい》を見舞いのために来診させた。

そのほか、各方面からの見舞いが連日相次いだ。


五月十七日、隆吉の容態が急変した。隆吉は、苦しい中で、自らの死期が近づいたことを知り、医師団を除《のぞ》いて全員を退室させ、医師団に、

「先生方には、これ以上望むべくもない最高の治療をしていただいて、感謝の言葉もありません。私はすでに死期の来たことを知っています。ただ、先生方のご尽力に対してお報いできないのが、如何《いか》にも残念です。これも天命で、いたしかたないことと、お許しいただきたい。長い間、お世話になりました。ありがとう……」

と述べると、肩の荷が下りたように、微笑《ほほえ》んだ。

一カ月に及ぶ闘病《とうびょう》で、さすがに忍耐強《にんたいづよ》い隆吉も、憔悴《しょうすい》の色を隠《かく》せなかった。

隆吉は一呼吸した後、村田豊書記官を呼んで、

「君には世話になるな。さぞ忙《いそが》しいだろう。どうも故障《こしょう》ができると、困ることがおおいな……」

といって、村田の手を握り、にっこり微笑んだ。その時の隆吉の声は、今までと違って大きな声であった。それは、病と闘う苦痛から逃れるために発した大声なのか、誰にも判らなかった。

それからしばらく隆吉は、半生《はんしょう》の状態で、生死の間を彷徨《さまよ》っていたが、その夜の八時過ぎに、養嗣子の隆正を枕辺《まくらべ》に呼んで、

「済《す》まぬが、世話になった先生方にお礼をしたい。井上先生には自分の洋服を作ろうとして購入した洋服地を差し上げてくれ。坂主、清水の両先生には、形身にもならないが、金子《きんす》を差し上げてくれ。それからな……」

そういうと安心したのか、静かに眼を閉じた。驚いた隆正は、父隆吉の顔に自分の顔を近づけて、

「父上！　父上！」

と必死に声を掛けた。

八時半、佐藤進博士と井上豊作静岡病院長は、危篤を宣言、医師団は全員隆吉の枕辺に集合

した。

明治二十二年（一八八九）五月十七日、午後八時三十五分、佐藤、井上両医師に脈をとられながら、

「天皇陛下のふかい御恩にお応えすることができず、誠に申し訳ないことである……」

の一言を最後に、波乱の生涯を終えたのである。

ときに隆吉、五十四歳。見事な一生であった。

本葬儀は、明治二十二年（一八八九）五月二十一日、臨済寺において、おごそかに執《と》り行われた。

葬儀の参列者は、実に五千余人にのぼる。各大臣などの使者数十人を始め、東西の顕官《けんかん》多数参列し、盛大を極めた。

この日、明治天皇は、伊志田友方《いしだともまさ》を勅使として、白絹二疋、葬祭料金千円を下賜され、さらに、年忌料金千円を下賜された。

翌五月二十二日の静岡大務新聞は、栗本主筆自らペンを執り、ほとんど全紙を割《さ》いて、この葬儀の模様を詳細に伝えるとともに、関口知事の偉業と経歴を報じた。

葬儀を済ませた遺族は、翌月の明治二十二年六月五日、故人の遺命《いめい》により、静岡県安倍郡安東村（現静岡市葵区大岩町）の臨済寺に葬った。

《法名・大淵院殿默斎恭道大居士》

嗚呼《ああ》惜《お》しむべし、快男児「関口隆吉」は遂に世を去ったのである。

第六章　その後の静岡県

(一) その後の徳川慶喜

徳川慶喜《とくがわよしのぶ》は、側近であった山岡鉄舟《やまおかてっしゅう》と大久保一翁《おおくぼいちおう》が、明治二十一年（一八八八）七月に相次いで死去し、またその翌年の明治二十二年五月に、関口隆吉《せきぐちたかよし》が不慮の鉄道事故で死去するという事件が発生し、非常なショックを受けた。

慶喜は、慶応三年（一八六七）十月十四日に大政奉還し、上野の大慈院に謹慎したとき以降、隆吉に身の回りのことを世話してもらっただけに、隆吉の突然死はこたえた。しかし、慶喜は、隆吉のことを悲しんでばかりはいられなかった。

慶喜は、明治二年（一八六九）九月二十八日に、勅命により謹慎を許されて、宝台院から駿府代官所跡へ住居を移したが、新政府は慶喜の実力を推し量って、戦々恐々としていることは十分に想像がついた。慶喜は、その誤解を解消するために、初代県令大迫貞清《おおさこさだきよ》が静岡県庁に赴任してきたときには、さっそく県庁へお祝いの挨拶に出向き、以来年始の挨拶など、機会ある度に大迫県令のところを訪れていた。

しかし、慶喜は、なんといっても前徳川宗家の頭領《とうりょう》である。毎日毎日、何人もの来客があり、その応対に忙殺されていた。来客の中には、旧幕臣や旧藩主諸侯は勿論、東海道を往来する宮家や公家、大臣の方々もご挨拶に見えられるなど、一日とて玄関の閉まる日はなかった。

慶喜邸を訪れる人たちの中には、毎月、定期便のように、手作りの野菜などを手土産に、ご機嫌伺いと近況報告をする、牧之原茶園の中条景昭《ちゅうじょうかげあき》や大草高重《おおくさたかしげ》などもいた。中条は、毎月判で押したように、自らが手もみした牧之原のお茶と、薩摩芋一俵を手土産にして、慶喜を喜ばせた。

中には、生活に困窮した徳川旧士族がお金を借りに来ることもあり、慶喜は事情によっては百円、二百円と融通してやっていた。

関口隆吉が生存中の、明治二十一年（一八八八）十月二十六日に、久し振りに徳川家達《とくがわいえさと》が来静したので、慶喜は、関口隆吉と村田豊書記官の案内で、興津の清見寺を訪れた。その折に、多くの旧徳川士族が慶喜に面会を求めた。快く謁見《えっけん》した慶喜に、士族の代表が、隆吉を通じて、

「御前様にお願いがございます……」

と願い許しを請うた。気さくな慶喜は、

「なにか……？　申してみよ」

と直答を許した。すると士族の代表は、しばらく言いしぶっていたが、やがて意を決し、

「恐れながら申し上げます。実は、申し上げにくいことでございますが、士族の中には子弟の教育費に事欠く者がおりまして、これをなんとかしてやらねばならないと、われら一同相談しておりますが、よい知恵もなく困っている次第でありまして……」

そう申し上げると、暑くもないのに顔を真っ赤にして、しきりに汗を拭《ふ》いていた。

「そうか、それは気の毒なことだな……。関口、なんとかいたさねばならないな」

万事呑み込みの早い慶喜は、すぐに育英資金のことを考えた。隆吉は、

「士族の子弟の教育問題は重大なことでありますので、御前様の思し召しにより、士族代表と協議いたします」

と答えた。これによって慶喜の静岡育英会が創られたのであった。

このとき慶喜は、旧徳川士族の修学予備費として、
①　五千円
②　田畑、宅地、山林など四十八町歩余
を下賜された。さらに慶喜は、その育英資金の管理を、静岡県知事の関口隆吉に託されたのであった。

ところが、管理者である隆吉が、不慮の鉄道事故で死去したため、慶喜は、

「新村《しんむら》、静岡育英会の資金の管理を、だれに託したらよいだろうか……」

と筆頭《ひっとう》家扶《かふ》（慶喜邸の家政会計責任者）の新村猛雄に相談した。

新村猛雄は、かつて慶喜が慶応三年（一八六七）十月十四日に、京都の二条城にて、諸侯を集めて大政奉還を宣言したときに、慶喜の背後で、佩刀《はいとう》を捧持《ほうじ》していた小姓頭で、それ以後、常に慶喜の側近に仕えていた。

隆吉は、静岡県知事となって以来、慶喜の身のまわりの世話をしているうちに、子供のない新村との間で、次男の出《いずる》を養子にすることを話し合っていたのであった。これが隆吉の遺言となって、隆吉の死後であるが、慶喜の肝《きも》いりで、出の養子縁組が整ったのである。

隆吉の後任の県知事には、高知県知事であった旧薩摩藩士の時任為基《ときとうためもと》が任命されて、明治二十二年（一八八九）七月初めに着任した。慶喜は、さっそく県庁に出向き、時任県知事に就任祝いを述べて、親しく懇談した。

時任知事は、明治十年十二月から明治二十年一月までの十一年間、北海道函館支庁の支庁長を務めたが、その間、「寛仁《かんじん》にして民を愛し、すこぶる徳望《とくぼう》あり」（心が広く情け深く、市民を愛して、はなはだ徳が高くて人望がある）と、善政を高く評価されている人物であった。

新村猛雄は、そのような時任知事の評判を聞いていたので、

「静岡育英会の管理者には誰がよかろうか」

という慶喜の質問に対して、

「時任知事が適任ではないでしょうか……」

と答えた。すると慶喜は、

「そちもそのように思うか。実は予《よ》もそのように考えておった。それでは時任知事にお願いすることにしよう」

ということで、時任知事が育英会の管理者になった。時任知事は、隆吉が生前に構想を抱いていた通り、委員七名を選任し、

『静岡県士族の子弟で、中学校予備科で修学する者の学資を補助する』

と、使用目的を明確にした。この育英会の恩恵にあずかった子弟は、非常に勉学の励みになった。

委員は、
相原安次郎（警務部長）
蜂屋定憲（師範学校長）
近藤　弘（安倍郡長）
小林年保（国立第三十五銀行頭取）

山家一松（授産所頭取）
中林　仲（授産所取締）
前田五門（函右日報社長）

以上の七名で、いずれも旧幕臣で、静岡で活躍している人格者であった。

その後、この育英会は、次第に活動範囲が広がり、総裁に徳川家達がなり、その他役員に榎《えの》本武揚《もとたけあき》、赤松則良、平山威信などが名を連ね、貸与規定では、貸与の対象者が、

「静岡県下の旧幕臣の子弟及びそれに縁故のある者」

となっていたが、大正六年（一九一七）に、

「その他すべての静岡県人」

と改正された。さらに昭和になって、

「静岡県下の中学校の首席卒業生の表彰」

なども行い、静岡県下の多くの好学少年が、慶喜の始めた育英会の恩恵にあずかった。なお、貸与された育英資金の返済は、

「卒業後、給料の二十分の一をもって返済する」

となっていた。

明治維新以後、政府は欧米列強に追いつくために富国強兵策《ふこくきょうへいさく》をとり、日本の資本主義社会を構築して、国力増強に取り組んでいた。そのために、すべての国民生活の安定に対する施策に手が回らなかった。とくに凶作時の飢饉対策と、不況時経済政策が欠けていた。生前の関口隆吉はこの点を深く憂慮《ゆうりょ》し、飢饉対策を繰り返し政府に提言し、県政担当者として、自らも貯《ちょ》穀《こく》を推し進めていた。

隆吉が死去した翌年の明治二十三年（一八九〇）は、二年続きの凶作の影響を受けて、米価《べいか》が高騰《こうとう》し、米一俵の値段が三円六十銭と二年間で八〇％も値上がりした。

静岡県下においても米を買えない士族など続出して、草木の葉っぱを代用食にして空腹を癒やす状態であった。

明治二十三年七月に、静岡市内の有志が、慶喜邸を訪問して、

「米価が高騰し、米を買えない貧しい人たちを救う方法がないので、ぜひ助けていただきたい……」

と懇請《こんせい》した。慶喜は、米価高騰の世情を見るにつけ、関口隆吉が生前に、救荒備蓄《きゅうこうびちく》の不備に対して警鐘を鳴らしていたことに思いを馳せ、二百円を寄付したのであった。

ちなみに高騰したときの米の値段は、一俵三円六十銭であったが、さらに高騰することが予《よ》測《そく》されていた。

それから七年後の明治三十年（一八九七）には、日清戦争（明治二十七～二十八年＝一八九四～九五）の戦後《せんご》恐慌《きょうこう》のあおりを受けて、二年間で米価が五〇％も急騰《きゅうとう》した。慶喜は、関口隆吉の遺言ともいえる救荒対策を思うとき、隆吉の急死を残念に思うのだった。

この間にも、年を追うに従って慶喜の邸には訪問者が増えて、慶喜は、好きな狩猟や釣りも満足に楽しめない状態となった。そのために、僅《わず》かに趣味の写真撮影と、健康保持を兼ねて日課の弓道をする程度であった。

明治二十六年（一八九三）一月に、慶喜は母文明夫人が死去し、さらにその翌年の明治二十七年（一八九四）七月には、美賀子令夫人が死去するなど、近親者が相次いで他界して、慶喜の周辺は次第に寂《さび》しくなっていった。そのうえ、いつも身辺を賑やかにしていた多くの子供たちも、成人して東京に居住するようになると、慶喜自身も東京に移住したいと思うようになってきた。

そこで明治三十年（一八九七）十一月に、ついに意を決し、三十年ぶりで東京に居を移すことにした。

慶喜が静岡にいたことは、新生日本に対してどのような意味をもったであろうか。慶喜自身も静岡を去るに当たって、いろいろの想《おも》いが去来《きょらい》したであろう。

慶喜は、十一月十三日に久能山東照宮を参拝し、その帰路には、宝台院、浅間神社を参詣し、県庁へ千家《せんげ》尊福《たかとみ》知事を訪ねて、親しくお礼の挨拶をした。その翌日の十一月十四日には、特に親しくしていた相原安次郎県警務部長と柏原学而医師らを招いて、送別の宴を開いて、手厚く謝礼の意を表した。

そして、東京出立の前日である明治三十年十一月十五日には、筆頭家扶の新村猛雄（関口隆吉の次男出《いずる》の養父）を供にして、静岡市臨済寺の関口隆吉の墓を詣でた。六十一歳になった慶喜は、波瀾万丈《はらんばんじょう》だった隆吉の生涯に想いを馳せつつ、在りし日の隆吉の面影を偲《しの》ぶのであった。

いよいよ今日は東京へ出発である。明治三十年（一八九七）十一月十七日、静岡駅午前八時十五分発、東京行きの列車に乗って、慶喜は静岡に別れを告げた。そして途中、熱海温泉真誠社に二泊して、十一月十九日に東京に到着、巣鴨《すがも》の別邸に入った。

明治三十四年（一九〇一）十二月に、慶喜は明治天皇直々の御召しにより、宮中に参内《さんだい》して、拝謁の栄に浴した。が、その時の様子が奇抜であった。

当時は、宮中に参内するときは、洋風の礼装と決められていた。ところが慶喜は、礼服がないからと言って参内を辞退した。すると明治天皇は、

「和装でよろしい。朕《ちん》も和装に付き合おう……」

とおっしゃって、皇后陛下ともども紋付袴で拝謁された。聞くところによれば、そのときに、

酒肴《しゅこう》まで賜わり、皇后陛下が自らお酌をされて、新生日本誕生の第一殊勲者としての、慶喜の功を賞されたと伝えられている。

その翌年の、明治三十五年（一九〇二）六月に、大政奉還の功により、公爵《こうしゃく》を授けられ、徳川宗家とは別に、

「公爵徳川慶喜家」

の創設を許され、さらに、

「貴族院議員《きぞくいんぎいん》」

に選任された。それから六年後の明治四十一年（一九〇八）四月に、

「大政奉還の功により、勲一等旭日大綬章」

を賜わった。

関口隆吉が生前に望んでいた慶喜の昇進が、隆吉の死後二十年にしてようやく実現し、大政奉還前の正二位、大納言、征夷大将軍にまさる従一位、勲一等、旭日大綬章、公爵に昇ったのである。さぞや隆吉も泉下《せんか》で喜んだことであろう。

慶喜は、明治四十三年（一九一〇）十二月に、家督《かとく》を七男慶久に譲って隠居し、そして大正二年（一九一三）十一月二十二日に、

「旭日桐花大綬章」

を賜わり、七十七年の生涯を終えたのであった。

（二）歴代の静岡県知事

明治維新後の静岡県の首長は、初代徳川家達《とくがわいえさと》をはじめとし、現在の石川嘉延《いしかわよしのぶ》が四十二代となる。参考までにその名前を列記すると、次の如《ごと》くである。

静岡藩知事：明治二年（一八六九）より
初代：徳　川　家　達

静岡県令：明治七年（一八七四）一月より
一　：大　迫　貞　清
二　：奈良原　　繁
三　：関　口　隆　吉

静岡県知事：明治十九年（一八八六）七月より

官選知事

一：関口隆吉
二：時任為基
三：小松原英太郎
四：千家尊福
五：加藤平四郎
六：小野田元熙
七：志波三九郎
八：山田春三
九：亀井英三郎
一〇：李家隆介
一一：石原健三
一二：松井茂
一三：笠井信一
一四：湯浅倉平
一五：安河内麻吉

三二：今　松　治　郎
三三：菊　池　盛　登
三四：堀　田　健　男
三五：小　林　武　治
三六：川　井　章　知
民選知事：昭和二十二年（一九四七）四月より
三七：小　林　武　治
三八：斎　藤　寿　夫
三九：竹　山　祐太郎
四〇：山　本　敬三郎
四一：斉　藤　滋与史
四二：石　川　嘉　延

(三) 殖産振興

その後の静岡県の、殖産振興《しょくさんしんこう》を見てみたい。

静岡県は、本州の中央に位置する立地条件に恵まれ、東京と京都、大阪の間を往来する政治経済の影響を受けて今日に至っている。

静岡県の地形は、北には日本一の名峰富士山と、南アルプスがそびえて、冷たい北風を遮断《しゃだん》し、南は、太平洋が広がり気候は温暖で、暖かい南風が吹いて、住みよい土地である。

かつて武家政治のさきがけとなった源頼朝は、静岡県の伊豆韮山に二十年間も住んで、気力、体力を養って天下を統一し、また、徳川家康《とくがわいえやす》も政権奪取前の少年時代と壮年時代を静岡に住み、晩年の大御所時代《おおごしょじだい》を静岡で過ごして江戸幕府二百六十年の基礎を創り、全国に睨《にら》みを利《き》かせていた。

温暖な気候と立地条件に恵まれた静岡県には、殖産振興の素地《そじ》があった。

古くには安倍川上流にある関の沢の安倍金山（静岡市）や、大井川上流の井川金山（静岡市）からは、良質な金鉱が採掘され、また、江戸時代に入っては、富士川上流の麓《ふもと》地区（富士宮市）や伊豆半島の土肥《とい》、持越《もちこし》（伊豆市）などには、日本でも有数な金鉱山が営まれていた。そのほかにも、恵まれた立地条件に支えられ、さまざまな産業が発達した。

徳川家康は、御朱印船《ごしゅいんせん》を活用して銀、銅、漆器、醤油などを輸出する反面、砂糖、陶磁器、綿布を輸入するなど、外国貿易を活発に行った。

このため、静岡の外港である清水港には、家康詣《もう》での外国船が停泊するなど、静岡は、大阪、東京に次ぐ一大商工都市として栄えていた。

また、静岡県は、徳川家の直轄地、すなわち天領が多く、そのためゆるやかな年貢の取り立てで、比較的に平穏な生活を送ってきた。そのうえ、豊富な資源と東西の物資の流通地という立地条件に恵まれ、創意工夫をする優れた人材が輩出《はいしゅつ》し、多様な産業が起こった。

例えば、静岡から生まれた駿河漆器が、やがて、豪華な雛人形《ひなにんぎょう》や、婚礼道具《こんれいどうぐ》の鏡台《きょうだい》や塗下駄《ぬりげた》などの工芸品を生み、さらに木工家具に進展するのであった。

さらに関口隆吉《せきぐちたかよし》は、地方巡察使として県内を視察したとき、岳南地方の製紙工業、遠江地方の綿布織物、県内各地の製茶、柑橘類《かんきつるい》などの有力産業に着目していた。

注目すべきは製茶業の発展である。「第二章（十）牧之原開墾と旧幕臣の授産」の項でも述べたとおり、静岡茶の歴史は古く、徳川家康は好んで茶を飲む一方、茶の生産も奨励した。

幕末に入り、安政五年（一八五八）六月に、日米修好通商条約が調印され、その翌年の安政六年には横浜港が開港されて貿易が始まり、製茶百八十トンが輸出されて、待望の日本茶の輸出がスタートしたのである。

その後、茶の輸出は次第に盛んとなり、関口隆吉は、この流れに着目して旧幕臣の同志とともに、牧之原台地に入植し、茶園を造園したのである。

なお、牧之原茶園の造園と並んで、三方原台地と磐田原台地も旧幕臣の手によって茶園に開発され、今日の、生産高日本一の静岡茶のいしずえを築いたのである。
そのような歴史の流れもあって、隆吉は、明治十七年（一八八四）九月に静岡県令になると、さっそく茶の生産に力を入れて、地場産業の振興に努めたのである。
すでに述べたとおり、牧之原茶園は、入植者とその子孫の努力によって、現在五千町歩（五、〇〇〇ヘクタール）、一番茶の荒茶《あらちゃ》の収穫量六千五百トンの大茶園となり、我が国最大の生産量を誇る茶産地となっている。
現在の静岡県下には、牧之原、三方原、磐田原の茶園を始め、安倍川流域を中心として生産される本山茶、川根茶で有名な大井川上流地域、藤枝市、島田市の山間部の玉露、日本平や興津川流域に多く生産される「駿河の清見」の茶など、伊豆半島を除くいたるところで生産されている。
平成十九年度の
我が国の茶園の総面積……四八、二〇〇ヘクタールのうち、
静岡県の茶園の面積………一九、九〇〇ヘクタールで、四一％
を占めている。
また、荒茶の生産量は、
全国の総生産量………九四、二〇〇トンのうち、

静岡県の生産量………三九、九〇〇トン、四二％

を占め、品質、生産量ともに、日本一の茶の産地である。

また、牧之原の初倉《はつくら》地区の茶は、静岡県下において一番早く収穫されるために、茶相場の基準となるといわれた時期もあった。

静岡は、古くから茶商人が活躍し、我が国最古の茶市場である静岡茶業取引所は、明治十七年（一八八四）四月に開業しており、さらに、明治二十年（一八八七）には、静岡茶商組合も設立されている。

さらに明治二十九年（一八九六）には、清水港が茶の特別輸出港に指定されてから、全国のお茶が静岡に集まり、盛況をきわめた。

初代静岡県知事関口隆吉は、静岡茶の隆盛を見て、茶の将来性を見通して明治三年（一八七〇）に牧之原台地に入植したことが、正《ただ》しかったことに大いに満足していることであろう。


つぎは蜜柑《みかん》の生産である。

国民体育大会での静岡県選手団のユニホームは、オレンジ色であるが、これは静岡県の特産ミカンをイメージしたものである。

国体の選手だけではない。Ｊリーグの清水エスパルスのイメージカラーも、オレンジ色である。

関口隆吉は、すでに地方巡察使の視察の時に、日本における柑橘類の将来性を認めていた。ミカンといえば、元禄期《げんろくき》（一六八八～一七〇四）の御用商人、紀国屋文左衛門が、暴風をおかして紀州ミカンを江戸に送って巨利を得た話は有名である。

静岡県におけるミカンの歴史は古く、今から二百八十年前の頃、遠江国三ケ日村平山（浜松市北区三ケ日町）の山田弥衛門が、西国巡礼のときに紀州那智《きしゅうなち》（和歌山県）から、「紀州ミカン」の苗木を一本持ち帰って、庭の片隅に植えたのが始まりといわれている。

紀州ミカンは、小さいが、香りが強く、甘味があって大変おいしく、種《たね》がたくさんはいっているのが特徴である。山田弥衛門の持ち帰った紀州ミカンが甘かったので、住民が苗木を分けてもらい、浜名湖の北辺地域の三ケ日地方は、気候も温暖で、降雨量も多く、ミカンの栽培《さいばい》に適していたので、紀州ミカンの栽培は急速に広まっていった。

その後、天保年間（一八三〇年代）に、三ケ日村平山の農民、加藤権兵衛が三河国の吉良（愛知県幡豆郡吉良町）から、中国原産の「温州《うんしゅう》ミカン」の苗木を貰い受けて植えたのが、温州ミカンの最初といわれている。

温州ミカンは、紀州ミカンとくらべて、実が大きく、種がなくて甘みもおとらないところから、人々に喜ばれ、次第に紀州ミカンにとって代わるようになっていった。

やがて三ケ日地方では、温州ミカンをミカン園として大規模に栽培するようになってきた。それは、あたかも関口隆吉が、地方巡察使として、静岡県から愛知県を視察した頃と時を同じくしていた。

なお紀州ミカンは、三ケ日村だけでなく、文政年間（一八一八〜一八三〇）に駿河国岡部宿（静岡県藤枝市岡部）へも紀州ミカンの苗木が導入されて、ミカンの栽培が始まった。

そしてこの岡部ミカンが、静岡県の中部、伊豆へと広まっていき、静岡県のいたるところで、ミカンが栽培されるようになったのである。

元老院議官時代の関口隆吉は、在日外国人の食習慣を見聞して、現在、我が国には食後に果物を食する習慣はないが、やがて日本人の間にも、欧米人の食習慣をまねて、果物を食後のデザートにする時が必ず来る。その時には、ミカンは、茶の生産に匹敵する有望な産業になるだろうと、柑橘類の将来性に着目したのであった。

隆吉は、静岡県令として静岡に着任すると、さっそく農商務部の係官を呼んで、

「静岡県の地場産業として、ミカンの栽培をすすめたい。三ケ日ミカンの栽培農家の状況を調査して報告するように……」

と指示して、ミカンの増産に着手した。

やがて静岡県下のミカンは、実の大きな種なしミカン「温州ミカン」が主流となって、県下

全域で栽培されるようになった。
静岡県下のミカンの栽培面積は、
明治の終わり頃（一九一〇年）には、二千二百町歩（二、二〇〇ヘクタール）、
さらに、大正末（一九二五年）には、四千町歩（四、〇〇〇ヘクタール）、
昭和十年（一九三五年）には、八千町歩（八、〇〇〇ヘクタール）
と倍々ゲームで増加して、遂に全国一のミカン生産県となり、関口隆吉の狙《ねら》い通りに、ミカンの生産量は増加していったのである。
第二次世界大戦後も、昭和四十年代（一九六五）までは、全国一の座をキープしていたが、その後、次第にミカン畑が茶畑に転作されて、
現在は、栽培面積七千四百五十町歩（七、四五〇ヘクタール）、生産量十四万トン、
愛媛県、和歌山県に次いで第三位となっている。
栽培面積と生産量が減少したのは、日本人の食習慣の変化にともない、ミカン栽培から茶の生産に転換した農家が多くなったからだといわれている。
温州ミカンの収穫時期は、十二月までであったが、品種の改良が進み、静岡県内では、ハウス栽培による夏場出荷の早生ミカンから、一月以降に出荷される静岡産の青島《あおしま》ミカンや、伊豆

で栽培される寿太郎ミカンなどの銘柄品も、消費者の食卓をにぎわしている。
ミカンの収穫量は、平成十九年度（二〇〇七）で
全国合計………　一〇六万六、〇〇〇トン
①　和歌山県………　一八万五、四〇〇トン（全国シェア一七％）
②　愛媛県　………　一六万八、三〇〇トン（全国シェア一六％）
③　静岡県　………　一四万六、二〇〇トン（全国シェア一四％）
となっているが、従来第一位の愛媛県が平成十九年度は第二位となり、代わって和歌山県がトップになった。このように、上位三県の差は、僅差《きんさ》であり、今後とも、天候による収穫量の多寡などにより、順位は変わるであろう。

最近は、ミカンの缶詰を始めとして、冷凍ミカンや加工ミカンが、ダイエット食品として売り出されており、また、風邪薬の漢方薬としても見直されている。

さらに、高級果物の一つとして輸出の道も開かれている。

ミカンは、関口隆吉がお茶と共に静岡県の名産物として嘱望《しょくぼう》した通り、日本人のみならず、全世界の人々に永遠に愛される果実になるであろう。

(四) 富国有徳を国際化した富士山静岡空港

現在の石川嘉延《いしかわよしのぶ》知事は、「富国有徳《ふこくゆうとく》」を県政のスローガンに掲げ、次世代につながる政治理念として、静岡県の「地域づくり」「人づくり」をすすめている。

富国有徳の県政とは、豊かで、思いやりのある政治のことであり、それを石川知事は、徳を兼ね備えたものとして、けだかく美しい富士山に託すことを理念としている。

初代県知事の関口隆吉《せきぐちたかよし》は、未曾有の大飢饉《だいききん》があった天保七年（一八三六）に生まれ、幼時に父母を始め多くの人々から、飢饉の惨情《さんじょう》を繰り返し繰り返し聞かされて、「人倫愛《じんりんあい》」の重要性を悟《さと》ったのである。

後年関口隆吉は、自らが政治に携わるようになると、この人倫愛に基づく家族愛を政治に応用して、国民の幸せを優先する「徳治《とくち》政治」を理念として、報徳思想と共に政治に生かそうとしたのである。

したがって隆吉が目指した徳治政治と、石川県政の富国有徳の政治理念は、その根源を同じくするものである。

静岡県は本州の中央に位置して、人口は三百八十万人、県内総生産額は十六兆円、製造品出荷額十八兆円で国内第三位の「ものづくり県」である。

県内の産業は多岐にわたり、企業の立地条件に恵まれて、静岡県への企業進出件数は、二年連続して百件を数え、平成十九年度は第一位であった。

静岡県は、富士山静岡空港が開港することにより、県内産業は一層活気づき、二十一世紀のグローバル時代の競争社会の幕開けとなっていくであろう。

静岡県では、明るく豊かな未来を創造する「富国有徳」の石川県政の基本理念に基づき、富士山静岡空港は国際化の大空に羽ばたいていくのである。

饒村曜《にょうむらよう》静岡気象台長によれば、昭和四年(一九二九)に、東京航空輸送が日本で初めて東京—下田(伊豆半島)後に清水間の定期航空便を飛ばし、さらに昭和六年(一九三一)四月には、日本初の女性乗務員をのせた水上飛行機を飛ばした。この水上飛行機にたびたび搭乗した作家の菊池寛は、『エアーガールは近代的天女である』と表現したという(平成二十一年二月二十四日付静岡新聞夕刊『窓辺』から)。

菊池寛は、清水三保の松原の天女の姿と、エアーガールをダブらせたのであろうか。

平成二十一年六月四日、富士山静岡空港はスタートした。

昭和の天女のフライトから、実に七十八年後、待望の平成の天女が、関口隆吉が精魂を込めた牧之原茶園の一角に完成した富士山静岡空港から、飛び立ったのである。

したがって静岡空港には、関口隆吉の魂もこもっているといえるであろう。

その昔、関口隆吉が切り倒した雑木のあたりや、隆吉が鍬《くわ》で掘ったあたりが、空港の滑走路になっているのかもしれないのである。そうした意味もこめて、静岡空港には隆吉の魂がこもっている。

飛行機が飛び立つたびに、

（また、飛行機が飛んだな！）

と微笑《ほほえ》む隆吉の顔が、富士山を背景に浮かんでくる。そして、

（世界にはばたけ、静岡県よ！）

という隆吉の声が、青空にひびくのが聞こえてくるようである。

おわり

関口隆吉の年譜

和暦	年数	西暦	年齢	主要事項
天保	7	一八三六	1	九月十七日、江戸葛飾郡本所相生町で、隆船、琴の次男として生まれる。この年は天保の大飢饉あり、二宮尊徳は、飢民救済に大活躍する
	9	一八三八	3	父、隆船は、幕府御持弓与力となり、住所を牛込赤城町に移す
嘉永	1	一八四八	13	神道無念流斉藤弥九郎の練兵館道場に入門する。兄弟子の桂小五郎が塾頭を務める
	3	一八五〇	15	二月十五日、隆吉元服する
	4	一八五一	16	御持弓与力見習となる
	5	一八五二	17	父隆船の隠居により家督を相続して、御持弓与力となる
	6	一八五三	18	吉原守拙の門人となり、兵法学を学ぶ。八月に、米国ペリー提督浦賀に来航（黒船来襲、日本中が驚く）。露国プチャーチン提督長崎に来航
安政	1	一八五四	19	三月、日米和親条約締結
	2	一八五五	20	十月、安政の大地震が起こる。江川太郎左衛門、韮山反射炉の建設に着手する
	3	一八五六	21	長沼流兵法の免許皆伝を許される
	5	一八五八	23	大橋訥庵の門人となり、尊皇攘夷論者になる。四月に井伊直弼、大老となり、安政の大獄が起こる。六月に、日米修好通商条約締結され、神戸と横浜などを開港する
	6	一八五九	24	六月に稲生虎太郎の娘と結婚するも、病弱で翌年死別する

万延	1	一八六〇	25	勤皇の志士、久坂玄瑞と親交を深める。三月三日、桜田門前にて井伊大老暗殺される
文久	1	一八六一	26	家督を義弟に譲る。一月、坂下門外で、開港派の安藤老中襲われ、重傷を負う。四月に、倒幕の急先鋒の薩摩藩士が、同じ薩摩藩士の奈良原繁らに襲われる伏見寺田屋騒動が起こる
	2	一八六二	27	一月、大橋訥庵が幕府に捕らえられるも、難を逃れる。病気と称して御持弓与力の職を辞し、儒学塾を開く。五月、長州藩はアメリカ商船を砲撃する。八月、薩摩藩は英国人四人を殺害する（生麦事件発生）
	3	一八六三	28	十一月、隆吉、山田綾（二十一歳）と結婚する
元治	1	一八六四	29	水戸藩の尊皇攘夷派の天狗党が筑波山で挙兵、首謀者の藤田小五郎は関口家に支援を依頼するも、かえって綾に諭される。新撰組、池田屋を襲う。禁門の変起こり、隆吉の友人で長州藩士の久坂玄瑞は、その責任をとって自害。第一次長州征討行われる
慶応	1	一八六五	30	下野国関宿藩の船橋随庵に農政学と報徳思想を学び、救荒の重要性を教わる
	2	一八六六	31	川越藩松平侯に書を送る。八月、一橋慶喜は十五代将軍となる
	3	一八六七	32	父、隆船没する。隆吉、勝海舟に斬り付けて失敗する。海舟は、隆吉に鐙斎とニックネームを付け、二人は親友となる。十月、徳川慶喜は大政を奉還する
明治	1	一八六八	33	慶喜の警護役を務める。一月、鳥羽伏見の戦い（戊辰戦争）が始まる。慶喜、大阪城から海路、江戸に帰る。二月に慶喜、上野寛永寺に移り

			謹慎する。四月、江戸城無血開城となる。五月、徳川家は駿府藩七十万石となり、徳川宗家、家達は駿府城主となる。七月、慶喜は水戸から静岡の宝台院に移る。江戸は東京と改称され、九月に明治と改元される
2	一八六九	34	徳川家公用人となる。続いて江戸城の徳川廟を駿府の久能山に移す。和宮の京都西還の警護役を務める
3	一八七〇	35	六月、一家で東京から静岡に移る。公用人を辞し、金谷開墾方頭取並となる。静岡県菊川市月岡に自宅を買い求める。士族授産事業として、牧之原台地の開墾を始める
4	一八七一	36	廃藩置県が行われる。隆吉、明治政府に登用されて上京する
5	一八七二	37	一月、九州三潴県権参事となり、赴任する。十一月に山形県参事となる
6	一八七三	38	六月、山形県権令となる。母琴と長女操を山形に呼ぶ
7	一八七四	39	正六位に叙される。母琴は体調を崩し、静岡県の月岡村に帰る
8	一八七五	40	五等判事を兼ねて山口県令に任ぜられる
9	一八七六	41	従五位に叙される。長男の壮吉が生まれる。山口県に長女操を同道する。十月に萩の乱（前原一誠の乱）が起こり、これを鎮定する。次男の出が生まれる
10	一八七七	42	西郷隆盛の西南戦争が起こる。それに呼応して町田梅之助の乱が起こり、これを鎮定する。反乱鎮定の功績により、勲四等に叙される
13	一八八〇	45	徳川慶喜、正二位に叙される

14	一八八一	46	元老院議官に任ぜられ、居を東京に移す。従五位に叙される。妻の綾が六月二十八日にたった二日病んだだけで、月岡村の自邸で病死。享年三十八歳。それから半月後の十二月十八日に母琴が病死。享年七十八歳。長男壮吉が若年のため、大橋訥庵の甥の清水隆正が養子となり、長女操と結婚し、関口家を相続する
15	一八八二	47	勲三等に叙されて、旭日中綬章を賜わる
16	一八八三	48	地方巡察使を命ぜられ、一府八県を巡察する
17	一八八四	49	二月、高等法院（現在の最高裁判所）陪席判事になる。九月二十七日、静岡県令に任ぜられる。養嗣子の隆正を中国に留学させる
18	一八八五	50	遠州、社山に隧道を造り、天竜川の水を遠州地方に通水する。富士の田子浦港に石水門を設け、海水の逆流を防ぐ。治山治水事業を進める
19	一八八六	51	金原明善及び報徳運動を推進する報徳社の岡田良一郎と親交を始める 五月一日、地方官制の改正により、静岡県令から、静岡県知事となる。熱海梅園の造成に力を入れる。久能山に移した徳川廟墓を修復する。 久能文庫の設立を計画する
20	一八八七	52	静岡県庁舎新築が、県議会で議決される
21	一八八八	53	東海道本線が敷設されることになり、徳川慶喜は代官所跡から西草深町へ移転する。友人、山岡鉄舟と大久保一翁が相次いで没し、隆吉大いに傷心する。徳川慶喜、王政復古に功績があったとして従一位に叙される
22	一八八九	54	東海道本線全線開通し、四月十一日に安倍川鉄橋の西側付近で、隆吉

の乗った列車が正面衝突し、重傷を負う。四月十七日、特旨をもって従三位に叙される。徳川慶喜は自ら隆吉の病床を見舞う。天皇、皇后両陛下を始め、有栖川宮、伊藤博文など多くの見舞いがあったが、事故の際の傷口から破傷風となり、それが原因で、五月十七日に永眠する。大淵院殿默斎恭道大居士。静岡市葵区大岩町の臨済寺に葬られる

参考文献

一．八木繁樹『関口隆吉の生涯』緑蔭書房、一九八三年
二．関口隆正『関口隆吉伝』何陋軒書屋、一九三八年
三．静岡県立中央図書館報『葵』一七号ほか、同図書館、一九八三年ほか
四．『静岡県の百年』静岡県、一九六八年
五．本多隆成ほか『静岡県の歴史』山川出版社、一九九八年
六．原口 泉ほか『鹿児島県の歴史』山川出版社、一九九九年
七．前田匡一郎『慶喜邸を訪れた人々』羽衣出版社、二〇〇三年
八．静岡県『静岡県史・通史編』ぎょうせい、二〇〇一年
九．宮本勉編『静岡歴史年表』羽衣出版社、一九九六年
十．田村貞雄編『徳川慶喜と幕臣たち』静岡新聞社、一九九八年
十一．平井正修編『山岡鉄舟』教育評論社、二〇〇七年
十二．吉本襄編『氷川清話』前田大文館、一九二七年
十三．頭山満『幕末三舟伝』国書刊行会、二〇〇七年
十四．松浦玲『勝海舟』中公新書、一九六八年

十五．子母沢寛『逃げ水』角川文庫、一九七七年
十六．深澤渉『次郎長の風景』静岡新聞社、二〇〇二年
十七．『「しずおか」の貴重書』静岡県立中央図書館、二〇〇五年

あとがき

富国有徳の理念を持って県政を展開する静岡県の、初代県知事が関口隆吉《せきぐちたかよし》である。関口隆吉は文武両道に秀でた静岡出身の幕臣であり、徳川慶喜《とくがわよしのぶ》の側近であった。そして大政奉還から明治新政府スタートにかけての複雑な世情の中で、よく徳川慶喜を援けて活躍し、新生日本誕生の舵を取り、国政を動かした。

その人格は高潔にして、仁政に富んでいたので、関口隆吉はその能力を明治新政府に高く買われ、さまざまな県令や中央官庁の要職を経て、最後に静岡県知事となったのである。徳川慶喜は大政奉還後、ずっと静岡に移り居住していたので、関口隆吉はふたたび徳川慶喜のところに戻ってきたわけである。

徳川慶喜は静岡から東京へ向けて、新政府を成功させるテレパシーを発信しつづけていた。それはちょうど、かつて徳川家康が大御所として駿府に住んで、江戸の幕府をコントロールしていたのと似ていた。関口隆吉は県政を執りながら、徳川慶喜の国政を援けていたといえよう。

一般に幕末から明治維新にかけてのものというと、勤皇の志士とか、明治維新の立役者などの視点から書いたものが多く、県知事という地方行政のトップの視点から書いたものは少ない。

しかしこれを県知事という視点から眺めてみると、これまで見えなかった明治初期の日本の姿、ひいては静岡県の姿がよく見えてくるものである。
関口隆吉の一代記は、日本が近代国家へ飛躍せんとする中での、静岡県の果した偉大な姿を、浮かび上がらせてくれるのである。

平成二十一年六月四日

三戸岡道夫
堀内永人

三戸岡道夫（みとおかみちお）

本名　大貫満雄（おおぬきみつお）

日本文芸家協会員。日本ペンクラブ会員。

社団法人大日本報徳社副社長。

1928年　浜松市生まれ。

1953年　東京大学法学部卒業。

協和銀行副頭取を経て、作家活動に入る。

著書に「二宮金次郎の一生」「金原明善の一生」「孔子の一生」「保科正之の一生」「冀北の人　岡田良一郎」「声に出して活かしたい論語（70）」（正・続）「二宮金次郎71の提言」「降格を命ず」（以上栄光出版社）、「大山巌」（ＰＨＰ研究所）、「児玉源太郎」（学習研究社）等多数ある。

堀内永人（ほりうちながと）

社団法人大日本報徳社参事講師。国際二宮尊徳思想学会会員。

1930年　静岡県掛川市生まれ。

2005年　日本大学大学院博士前期課程修了（74歳）。

スルガ銀行名古屋支店長、公務室長を経て会社を経営。その後「経営道徳」の研究に入る。

著者に「韮山に咲く報徳の花」「財界に静かなブーム　報徳の教え」「企業経営と報徳仕法の研究」など。

初代静岡県知事　関口隆吉の一生

2009年6月4日　初版発行

著　者　三戸岡道夫・堀内永人

発行者　松井　純

発行所　静岡新聞社
〒422-8033　静岡市駿河区登呂3-1-1
電話　054-284-1666

印刷・製本　図書印刷

ISBN978-4-7838-1082-7　　C0093